U0146859

中文社会科学引文索引（CSSCI）来源集刊

国际文学理论学会
中国中外文艺理论学会
北京语言大学外语学部
清华大学比较文学与文化研究中心

Frontiers of Literary Theory

文学理论前沿

（第二十二辑）

王　宁 / 主编

社会科学文献出版社
SOCIAL SCIENCES ACADEMIC PRESS (CHINA)

编者前言

经过数月时间的选稿、审稿和编辑加工，《文学理论前沿》第二十二辑很快就要与专业文学理论工作者和广大读者见面了。我像以往一样在此重申，本集刊作为中国中外文艺理论学会的会刊，由学会委托清华大学比较文学与文化研究中心负责编辑，开始几年一直由北京大学出版社出版，前几年改由清华大学出版社出版，自第20辑开始改由社会科学文献出版社出版。由于目前国际文学理论学会尚无一份学术刊物，而且该学会秘书处又设在清华大学（王宁任该学会秘书长），因此经过与学会主席希利斯·米勒教授等领导成员商量，决定本集刊实际上担当国际文学理论学会的中文刊物之角色。自2019年起，由于本刊主编王宁被北京语言大学外语学部聘为特聘教授，因而本刊将由北京语言大学和清华大学两大名校联合主办，这应该说是一种卓有成效的强强联合。值得我们欣慰的是，本刊自创刊以来在国内外产生了较大的反响，不仅读者队伍日益壮大，而且影响也在逐步扩大。可以说，本刊立足中国、面向世界的第一步已经实现。尤其值得一提的是，从2008年起，本集刊已连续四度被中国社会科学引文索引（CSSCI）列为来源集刊，前几年，国家新闻出版总署又对各类集刊进行了整顿，一些集刊由于种种原因停刊，而本刊则得以幸存，而且自前几年起改为半年刊。这些无疑是对本刊的一个极大鼓励和鞭策，我们今后的任务不仅是要继续推出高质量的优秀论文，还要争取在国际学术界发出中国学者的强劲声音。

正如我在第一辑编者前言中指出的，我们办刊的立足点有两个：一是站在国际文学理论和文化研究的前沿，对当今学术界普遍关注的热点话题提出我们的研究成果，同时也从今天的视角对曾在文学理论史上产生过重要影响但现已被忽视的一些老话题进行新的阐释；二是着眼于国际性，即我们所发表的文章并非仅出自国内学者之手，而是我们要在整个国际学术界物色优秀的论文。鉴于目前国际文学理论界尚无一份专门发表高质量的反映当今文学理论前沿课题的最新研究成果的集刊，本刊的出版无疑填补了这一空白。本刊的一大特点是专门刊发 20000～30000 字的既体现扎实的理论功力同时又有独特理论创新的长篇学术论文，最长的论文一般不超过 35000 字，每次刊发论文为 10 篇左右。我们对于广大作者的热心投稿，表示衷心的感谢。本刊每一辑发表海外学者论文 1～2 篇。国内外学者提交的论文需经过匿名评审后决定是否刊用。

本辑与第二十一辑的栏目设置略有不同。第一个栏目依然是过去沿袭下来的主打栏目"前沿理论思潮探讨"。这一栏目有三篇文章讨论生态批评及其相关主题。第一篇文章出自青年学者马军红之手，探讨的是生态批评的第四波浪潮：偏爱自然伦理的第一波，环境定义更为包容的第二波，全球视野下"多形态行动主义"的第三波，物质转向与跨文化、跨学科研究并举的第四波。作者最后聚焦第四波的一些发展方向进行深入阐发。在作者看来，这一波生态批评的特色在于：物质生态批评、跨国生态批评、生态叙事学与情感生态批评、信息处理与生态批评以及与环境人文学的契合等。这些不同的发展方向具体体现在研究方法和所关注的重点的不同，对我们了解当代生态批评的最新走向有着较大的帮助。接下来的两篇文章分别从不同的理论视角深入探讨生态环境问题。华媛媛和李家銮的文章试图从中国道家典籍《道德经》《庄子》《列子》《淮南子》中发掘出意蕴神似的表述，并将其与深层生态学进行比较。通过这种比较，作者认为，造成当今生态危机的是人类中心主义，而人类中心主义更深层的哲学根源正是逻各斯中心主义主客二分的对立思维。与其相对的是，道家思想超越了人类中心主义，提倡人类与自然的和谐，其根本原因在于它跳脱出了逻各斯中心主义主客二分的对立思维。因此，道家思想及其丰富的生态资源完全可以帮助当代人建立一个尽善尽美的生态环境。姚成贺的文章充满了思辨的色彩，她首先指出，哲学诠释学认为，人类存在的意义源自将自身置于更大的文本语境范畴之中，并以此为意义探寻的起点。而环境恰恰体现了这种文本语境,人类栖居的世界总是已经得到诠释并因此充满了意义。姚文接下来分析了一些现象学和诠释学大师的理论,认为这些理论揭示了语言与世界的相互关联,阐明了人类可以重新定义自然的方式。因此,在她看来,通过诠释,我们使"环境"成为一个可居的、有意义的"世界"。总之,环境诠释学提供了审视环境哲学与环境伦理学中传统问题的新方式,带来了生态批评的诠释学转向,并打开环境文学与自然文学研究的新视角。这些具有洞见的看法对我们从一个生态哲学的高度来理解生态批评的意义不无帮助。王刚的文章继续了他以往提出的全球圆形流散理论的建构,将其与人类命运共同体这个大的话题相联系,并用于对 21 世纪以来的诺贝尔文学奖得主的分析。在王刚看来,全球化时代出现的各种变化深刻地改变了世界文学研究的样貌,其学科领域、话语表述、文学实践等都产生了明显的变化,而诞生于 20 世纪的当代西方文论已经无法适应上述趋势,因此,中国的世界文学学者有必要构建出符合中国视角的新理论和新概念,以适应 21 世纪以来经典化的作家与文本的文学实践。可以说,他这种自觉的理论建构就是朝着这个目标迈出的扎实的一步。

　　本辑的第二个栏目"马克思主义与世界文学研究"仍有计划地刊发一些围绕国家社科基金重大项目写出的研究论文。这个栏目刊发的三篇文章分别讨论了两位马克思主义世界文学理论家以及在世界文学史上占有重要一席的中国著名作家。杨林聚焦西方马克思主义的鼻祖卢卡奇,认为他所倡导的世界文学沿袭了马克思对异化的批判路径,以辩证法和人道主义为出发点,旨在为物化的资本主义社会提供解放的可能性。虽然卢卡奇本人并没有对世界文学概念做多少阐述,但是他从理论上提出了现实主义的总体性、典型性以及人道主义等思想,这些都是指导马克思主义世界文学研究的重要理论思想。此外,杨林还考察了卢卡奇的世界文学理论的中国之旅,认为他的理论思想实际上参与了中国马克思文艺理论的实践。这对我们中国的马克思主义世界文学研究不无启发。冯丽蕙的长篇论文作为中文语境下首篇全面讨论莫瑞提的世界文学理论的论文,聚焦他的具有革命性范式意义的"远读"理论策略。确实,作为一种以跨学科方法为基础的文学研究范式,莫瑞提于 21 世纪初提出的"远读"策略对世界文学研究进行了前所未有的概念创新和方法论革命，在学界引起了强烈的反响和激烈的论战。在作者看来，"远读"策略并不是一蹴而成的，而是莫瑞提在不断尝试的基础上逐渐从偶然的史学实践转变成后来逐步成型的实验方法。"远读"策略引入了大数据的科学方法，对于学者们从浩如烟海的世界文学中提取一些具有指导性的方法和概念有着重要的启迪意义。她的文章从"远读"策略的缘起与建构、争议与挑战以及发展方向三个方面来论述这一策略对现有的世界文学研究所做出的理论贡献，讨论了这一策略具有的实践指导价值。通过这种细致的梳理，读者对莫瑞提"远读"策略的历史发展轨迹，对该策略二十年来所引发的批评性讨论及其回应有一个较为全面的了解。邹理的文章将中国现代作家巴金放在世界文学的语境下来考察，认为在当前的巴金研究中，学界通常关注巴金作品与中国社会文化的关系以及外国思想、文学对他创作的影响，较少从中国的视角探讨巴金的中国本土文化书写的世界性价值。因此邹理试图以本土－世界的混合视角去阅读巴金的两部小说《寒夜》《第四病室》，以其中的身体焦虑叙事为案例来探讨巴金作品中的本土性和世界性。邹理通过对巴金的两部著名小说《寒夜》和《第四病室》的细读，剖析其中对身体物质性需求、生命力透支和身体衰变的焦虑，并讨论了这些身体焦虑展现的战争时期中国社会个体自我、社会文化边界以及意义的破坏、重构及其世界性特征。这种宏观与微观相结合的研究对我们重新认识巴金的世界性意义不无启迪。

　　本刊第三个栏目为"文学阅读与理论阐释"，刊载了四位学者的文章。杨茜的文章将美国小说家 E. L. 多克托罗当作一位理论家来讨论，聚焦他的文学思想。在作者看来，多克托罗的文学思想散见于其随笔和论文中，鲜少被论者关注。鉴于文学思想是作家创作理念的展示，指导着作家的写作模式，反映其伦理道德观念，决定其作品的价值，因此杨茜通过细读多克托罗的作品和批评文章，对其文学思想进行系统的梳理与总结。杨茜认为，多克托罗的主要文学思想体现为：小说叙事宜"宏大化"，小说与非小说并无区别，文学应独立于权力，重视"讲故事"，推崇存在主义。这五个方面的文学思想彼此之间联系紧密，对存在主义内涵及作用的认同则构成了多克托罗文学思想的基石。从这一理论视角得出的结论自然有助于我们更加全面地认识这位有着自己独特文学思想的作家及其作品。刘辉的文章通过美国非裔作家特雷·艾利斯的非裔书写来探讨他所提出的"新黑人美学"，认为这一美学所代表的是像特雷·艾利斯这样一批二代中产阶级黑人青年知识分子的美学诉求，反映了美国 20 世纪 80 年代末非裔书写的新趋势。这些新一代作家能更自由地表达新的时代非裔群体的美学经验，着力塑造"繁荣的文化混血儿"形象，直面复杂的黑人性，并来动态地界定黑人性。这是颇有见地的理论抽象和升华。潘滢的文章从文学达尔文主义的理论视角重新解读乔治·爱略特的小说《弗洛斯河上的磨坊》，认为其中的爱情故事承认了人类生命历史基本现实的重要性，但是更重要的是表现了对个人头脑和性格的尊重。这部小说还体现了人类生命进化史中的另一个重要动机：对亲缘关系的忠诚。主人公麦琪和她的哥哥分别选择了忠诚于不同的亲缘关系。由此可见，从进化论的角度理解这部文学作品，可以使我们更充分地理解文学的意义和功能。王艳萍的文章以格雷厄姆·斯威夫特、约翰·福尔斯、彼得·艾克罗伊德、朱利安·巴恩斯、伊恩·麦克尤恩和拜厄特等当代英国小说家的作品为案例，运用新历史主义的批评理论，从"质疑传统历史叙事、用故事建构历史、互文本编织的历史、历史编纂元小说、回归心灵与叙事意义"五个方面分析了英国当代历史小说的历史性。王艳萍文章探讨的作家的大部分作品正是在新历史主义提出前后创作的，新历史主义理论与这些历史小说相互映照、彼此渗透，分别从理论和文学创作角度展现了当今学界对历史本质及历史书写意义的认识。

本刊的编订正值春季学期即将结束，疫情的暴发和蔓延给我们的工作造成了一些影响，也使我们能静心地审读各篇来稿。我在此谨向为本刊的出版投入大量时间和精力的社会科学文献出版社的编辑人员致以深切的谢意。我们始终期待着广大读者的支持和鼓励。

王 宁

2020 年 6 月

目 录

Contents

前沿理论思潮探讨

生态批评的第四波浪潮*

马军红

（北京第二外国语学院翻译学院 北京 100024）

【内容提要】 生态批评从 20 世纪 80 年代至今，经历了四波浪潮：偏爱自然伦理的第一波，环境定义更为包容的第二波，全球视野下"多形态行动主义"的第三波，物质转向、跨文化与跨学科研究并举的第四波。本文在简要梳理前三波的基础上，重点引介第四波浪潮发展的几个重要方向：物质生态批评、跨国生态批评、生态叙事学与情感生态批评、信息处理与生态批评以及与环境人文学的契合等。生态批评研究日益认识到环境问题的复杂性和交叠性，切实关注现实中的环境正义、跨文化和跨民族的环境认知与意识等问题。在观念上，既有星球人文主义的关怀，又有跨国思考生态问题的全球视野，特别是突破了早期对自然伦理和"纯净叙事"的固守和偏爱；在研究方法上，越来越倾向于采用跨学科研究来推进自身理论的建构；在研究对象上，从早期的自然写作扩展至多题材、多体裁、多文类的非自然写作，从英美文学扩展至世界文学的生态批评研究。生态批评的新发展更清晰地呈现了生态与社会、历史、文化、政治、经济等问题的相互交织和作用，人类与非人类之间微妙、复杂的关系，有助于我们反思在人类纪时代人类的行为尺度及行动问题。

【关 键 词】 生态批评　四波浪潮　星球人文主义

---

* 本文为北京对外文化传播研究基地项目（WHCB18A001）的阶段性成果，国家社科基金一般项目（18BWW047）的阶段性成果，以及教育部人文社会科学研究规划项目（17YJA752023）的阶段性成果。

在后理论的语境下，生态批评作为文学批评的一个新思潮，不但解构了长期以来的人类中心主义思想，而且不再是"安于书斋"的抽象文学理论。它的行动主义取向使学者们走出书斋，从文学到文化，从学术到政治，承担起生态责任和社会责任。四十年来，生态批评的发展历经了四波浪潮。国内学界对前三波浪潮已有详述，但对新近涌起的第四波浪潮尚未有较全面细致的引介。本文以生态批评学者斯各特·斯洛维克（Scott Slovic）提出的四波浪潮为基础，在简要梳理前三波浪潮后，重点引介生态批评的第四波浪潮，详细考察生态批评发展的历史、现状与发展趋势。

20世纪60年代，西方环境运动的兴起和学界环境意识的涌现，促发了生态批评的诞生。威廉姆·鲁克特（William Rueckert）在1978年首次提出"生态批评"（ecocriticism）这一术语，而劳伦斯·布伊尔（Lawrence Buell）主张以"环境批评"（environmental criticism）代之，因为"比起'生态'，'环境'这个概念更能概括研究对象的混杂性——在现实中，一切'环境'都是'自然'与'建构'的融合；'环境'也更好地囊括了日益增加的生态运动中形形色色的关注点，尤其是对大都市和/或受污染的景观以及环境正义等问题的关注"①。"环境批评"这一术语包容范围更广，使生态批评研究不局限于自然文学或荒野文学的研究，突显了人与自然的相互作用，体现了文学与环境研究的跨学科性，与目前的环境人文学发展趋势更加契合。现阶段这两个术语都被学界接受。有关生态批评的界定很多，广为接受和引用的是彻丽尔·格罗特菲尔蒂（Cheryll Glotfelty）的界定。她认为生态批评是"探讨文学与物质环境关系的批评，采取以地球为中心的方法进行文学研究……所有生态批评有一个基本前提，即人类文化与物质世界相互关联，文化影响物质世界，同时也受到物质世界的影响"②。

过去四十年，生态批评经历了一系列的发展和完善。斯洛维克选用

---

① Lawrence Buell, *The Future of Environmental Criticism*: *Environmental Crisis and Literary Imagination*, Malden: Blackwell Publishing, 2005, p. viii.

② Cheryll Glotfelty & Harold Fromm eds. , *The Ecocriticism Reader*: *Landmarks in Literary Ecology*, Athens: The University of Georgia Press, 1996, pp. xviii. and xix.

"浪潮"这一隐喻来展现生态批评的微观历史进程，并做了四波浪潮的划分，认为它"作为一种生态批评的编史，反映了生态批评对其在不同阶段（1980～1995，1995～2000，2000～2008，2008～2012）发展的细微变化和差异所进行的自我反思和认识"①。2005 年，布伊尔在《环境批评的未来：环境危机与文学想象》（*The Future of Environmental Criticism：Environmental Crisis and Literary Imagination*）一书中界定了生态批评的第二波浪潮。2010 年，斯洛维克在欧洲生态批评刊物 *Ecozon@* 上阐述了生态批评的第三波浪潮。2012 年，他在期刊《文学与环境的跨学科研究》（*Interdisciplinary Studies in Literature and Environment*，简称 ISLE）的编者语中提出可以将生态批评不断扩大的物质转向看作生态批评的第四波浪潮。之后，在与斯洛维克的讨论中，学者们相继提出一些新的隐喻，以展现生态批评的发展，如分形（fractals）、机场航站楼（airport terminals）、斯潘达（Spanda，即宇宙的原始振动，这提醒我们所有生态批评都回应着存在的最深层的节奏和向往）、织锦（tapestry idea）。2017 年，斯洛维克又用分水岭（watershed）来隐喻生态批评领域各种智识思考的汇聚。同年，他在《劳特里奇宗教与生态手册》（*Routledge Handbook of Religion and Ecology*）一书中，对生态批评第四波浪潮做了补充思考。目前学界广泛采用的还是"浪潮"这一隐喻。

一　偏爱自然伦理的第一波浪潮（1980～1995）

生态批评的第一波浪潮始于 20 世纪 80 年代，开始时主要关注非虚构的自然写作或书写自然史的散文（即对真实自然世界密集精确再现的文本），出现了一些松散的生态女性主义观点（如女性与自然有着共同的特别的纽带联系）以及崇尚生态中心主义的观念，尤其强调对非人类自然和荒野的体验。第一波浪潮中对生态文学的范畴划分比较严格，认为具有环境取向的作品必须"（1）把非人类环境看成主动的在场，而不仅仅作为作品的背景；

① Scott Slovic, "Seasick among the Waves of Ecocriticism: An Inquiry into Alternative Historiographic Metaphors," in Serpil Oppermann and Serenella Iovino, eds., *Environmental Humanities: Voices from the Anthropocene*, London: Rowman & Littlefield International, 2017, pp. 106 – 107.

（2）人类的利益不应被看作是唯一的合法利益；（3）人类对环境所负的责任是文本伦理导向的组成部分；（4）至少'环境感（环境意识）作为一个过程'在文本中出现而非不变的或已知的事物"①。因此，这一时期的研究集中于英国浪漫主义诗作，以及美国从亨利·大卫·梭罗（Henry David Thoreau）开始的自然写作，如奥尔多·利奥波德（Aldo Leopold）、安妮·迪拉德（Annie Dillard）、巴里·洛佩兹（Barry Lopez）、爱德华·艾比（Edward Abbey）、加瑞·斯奈德（Gary Snyder）、温德尔·贝里（Wendell Berry）等作家的作品。这些美国当代生态作家的创作对梭罗既有承继，又有自己的独特发展，但总体上强调自然/荒野的价值或田园农业的传统。

受深层生态学与生态伦理的影响，这一时期的研究深刻反思了人类与整个生态系统的关系，严厉批判人类中心主义观念，倡导生态中心主义，主张尊重自然的权利，重新建构人与自然的伦理关系，倡导人与自然的和谐关系。第一波浪潮对推动生态意识的觉醒，确立针对文学与环境的研究，起到了重要作用。然而，这一时期对生态文学的界定及其研究对象都较为狭窄，忽视了环境问题的复杂性和交错性，以及其间所隐含的政治、经济和社会的相互作用，因此被批评为一种"白人、有钱人和欧洲中心的特权主义，并把自然本身作为一种特殊的文化怀旧产物的空间而分离开来"②。罗布·尼克森（Rob Nixon）也批评了早期"人文学科绿色运动"的局限：一是仅关注美国的重要作家和批评家；二是布伊尔、格罗特菲尔蒂、斯洛维克、弗洛姆（Harold Fromm）、佩恩（Daniel Payne）等学者倾向于推崇实现自我选择的同一类型的美国作家；三是占据主导地位的环境文学读本、出版的专刊和大学开设的生态批评课程展示的也几乎是同一类型主题；四是环境文学批评几乎成为美国研究的分支，忽视了其他国家和民族对环境运动的贡献，如尼日利亚作家卡山伟华（Ken Saro - Wiwa）的作品有力地呈现了种族、污染、人权、地方、民族国家和全球政治纠结在一起的复杂状

---

① Lawrence Buell, *The Environmental Imagination*, *Thoreau*, *Nature Writing*, *and the Formation of A-merican Culture*, Cambridge, Massachusetts: The Belknap Press of Harvard University Press, 1995), pp. 7 – 8.

② Lawrence Buell, "Foreword", in Stephanie Le Menager, Teresa Shewry and Ken Hiltner eds., *Environmental Criticism for the Twenty – first Century*, New York: Routledge, 2011, p. xiv.

况，但主流生态批评家却对其视而不见。①历史学家威廉·克罗农（William Cronon）认为，对荒野的纯粹赞美和追求遮盖了历史，虽然表面看来，荒野是城市工业现代性污染中仅存的纯净之玉，是一片可供人类洗净铅华的净土，但事实上荒野是人类在特定历史时期的特定文化产物，是人类自身创造出来的意象②。城市生态批评学者迈克尔·伯奈特（Michael Bennett）认为生态中心主义的观点，漠视城市生态，自然写作和田园叙事等文体也未能很好地表达政治选择、社会经济结构与塑造城市环境的密集居住的生态系统之间的相互作用③。

二 环境定义更为包容的第二波
浪潮（1995～2000）

生态批评研究逐步认识到第一波浪潮中的局限性，做了必要的修正，调整了关于环境文学的界定。布伊尔承认生态批评研究过度集中在将"环境"等同于"自然"，以自然写作为最具代表性的环境文类，的确太过狭隘，忽视了公众健康和生态正义。"无论繁华都市和杳无人烟的偏远内地之间，还是人类中心和生态中心的关注之间，都互有渗透。"他转而认为"把环境性看作是任何文本所具有的一种属性，是更富有建设性的思考"④。

环境正义和城市生态批评是生态批评第二波浪潮的两个重要研究方向。环境正义是第二波浪潮中的一个重要研究方向，除了人与自然、人与人之间的平等和谐问题外，还涉及各种与环境问题相关的政治经济不平等的问题，特别是因权力和财富不平等导致的健康环境享有的不平等，以及对被边缘化群体所犯的生态非正义罪行等，如穷人和有色人种所遭受的不公正

---

① Rob Nixon, "Environmentalism and Postcolonialism," in Ania Loomba eds. , *Postcolonial Studies and Beyond*, Durham: Duke University Press, 2005, p. 233.

② William Cronon, "The Trouble with Wilderness: Or, Getting Back to the Wrong Nature," *Environmental History*, 1996, Vol. 1 (1), p. 7.

③ Michael Bennett, "From Wide Open Spaces to Metropolitan Places: The Urban Challenge to Ecocriticism," in Michael P. Branch and Scott Slovic, eds. , *The ISLE Reader: Ecocriticism*, 1993 – 2003, p. 296.

④ Lawrence Buell, *The Future of Environmental Criticism*, pp. 22 – 23.

环境待遇（毒性污染环境的分布），发达国家对发展中国家的生态殖民和生态危机的转嫁等。这一点过去均为生态批评和后殖民批评所忽视。尼克森批评了生态批评家和后殖民批评家的相互漠视，认为这不利于双方的发展。他指出二者彼此漠视的原因主要在于：后殖民批评强调杂糅和跨文化适应，关注"移置"问题，偏爱世界主义和跨国思考，挖掘和重新想象被边缘化群体的过去，从底层和边界的历史、移民记忆来考察；而生态批评强调"纯净叙事"，如未开发的处女地荒野、保护最后的"未受污染"的伟大之地，强调深深植根于经验与想象的单一国家中的某一特定场所，偏爱本国或本民族的地方环境文学，追求时间的永恒以及与自然独处的寂静的共融时刻。美国的自然写作常常消除了被殖民者的历史，塑造了荒芜之地的神话。然而，追溯历史，我们会发现这样一种纯净叙事遮蔽了历史，荒野实际上可能意味着文化清洗、驱逐或被放逐，乃至种族人权享有方面的不平等。尼克森批评了生态地方伦理学中的狭隘，如对移置者的排斥甚至仇外。他倡导生态批评和后殖民批评的对话，融合世界主义和生态区域主义的视角，而非厚此薄彼，认为唯此才有助于重新思考生态区域主义和世界主义、超验主义和跨国主义、地方伦理和移置经历之间的对立关系。[1]

城市生态批评是第二波浪潮中的另一个重要研究方向，但发展一直较为缓慢。迈克尔·伯奈特和大卫·蒂格（David W. Teague）在1999年编撰出版了第一部论述城市生态批评的著作《城市的本质：生态批评与城市环境》（*The Nature of Cities： Ecocriticism and Urban Environments*），讨论了城市本质、城市自然写作、城市公园、城市荒野、理论化城市空间、生态女性主义与城市等问题。该书不仅反思和批评了早期生态批评对自然与城市环境边界的严格划分和限制，对城市和城市居民在生态系统中的漠视，而且开创了城市生态批评的研究空间，为城市文学和城市文化研究提供了新的视角。另一部重要的著作是劳伦斯·布伊尔的《为濒危的世界写作》。该书思考了毒性话语与城市生态批评，把"绿色"和"褐色"、城市远郊景观和工业化景观置于对话中，认为应对历史景观、景观类型和环境话语进行全

---

① Rob Nixon, "Environmentalism and Postcolonialism," pp. 235, 247.

方位的思考，才能实现全面的环境想象。① 上述两部著作具有开拓性，让我们意识到人类不能简单地依靠对自然的称颂和环境伦理观来给自然复魅，解决生态危机，并且这种做法对大多数城市居住者而言，既无说服力也不可能获得。无论过去、当前还是未来，人为与自然的维度始终相互渗透、交织和作用。因此，只有超越人类中心主义与生态中心主义的二元对立，将城市、乡村和荒野等都纳入生态批评研究中，才会有更宽阔的视野和更现实的意义。

尽管伯奈特和布伊尔都指出了城市生态批评的重要性，但他们的开创性观点并未引发研究热潮，除了缺乏相应的理论和批评方法之外，对城市根深蒂固的观念也是原因之一。在传统文学作品和文化意象中，城市与乡村被看作截然不同的两个地方：城市代表着黑暗，乡村代表着光明。在工业化时代，城市的拥挤与单调、环境污染、食品安全等问题，更加剧了这一对立。生活在钢筋混凝土中的城市人，总对田园抱有格外的渴望和热情。因此，在第二波浪潮中，城市生态批评的发展相对迟滞。直到 2010 年，斯蒂芬·勃兰特（Stefan L. Brandt）等编辑的《跨文化空间：城市、生态和环境的挑战》，才进一步专门探究了城市生态问题。其中，布伊尔的文章《自然与城市：对立或共生?》解析了与自然和城市相关的六个隐喻：（1）城市/自然的二元；（2）城市作为整体或宏观有机体；（3）城市作为零碎的集合；（4）城市作为再生羊皮纸卷（历经时间的多重意义、多层次的叠写）；（5）城市作为网络；（6）城市作为天启。② 这六个隐喻，呈现了人们思考和想象城市的方式，提供了进行城市生态批评研究的路径。2016 年，厄休拉·海斯（Ursula K. Heise）在《都市主义者的地貌改造》（Terraforming for Urbanists）中提出"地貌改造"（terraforming，或行星地球化）这一概念，进一步补充了关于城市的隐喻。克里斯多夫·施利法克（Christopher Schliephake）的《城市生态学：当代文化中的城市空间、物质能动与环境政

① Lawrence Buell, *Writing for an Endangered World*, Cambridge, Massachusetts: The Belknap Press of Harvard University Press, 2001, pp. 7 – 8

② Lawrence Buell, "Nature and City: Antithesis or Symbiosis?" in Stefan L. Brandt, Winfried Fluck and Frank Mehring, eds., *Transcultural Spaces: Challenges of Urbanity, Ecology, and the Environment*, *Real: Yearbook of Research in English and American Literature*, Volume 26 (2010): 3 – 20.

治》一书，从文化城市生态学入手，通过各种各样的文化媒介和体裁，如非小说的城市写作、电视剧、纪录片和电影等，考察当代城市文化中自然、空间、物质性与环境政治之间的相互作用。他把城市看作一个杂糅的环境，人类与非人类施事者在其中不断地相互运作，重新塑造了城市的居住环境。[①] 2016 年，欧洲生态批评刊物 *Ecozon@* 出版城市生态批评研究专刊：以文学和电影为诊断工具，理解现代想象中的城市历史，使之成为城市新思想和新概念的资源；研究文学和电影叙述对城市空间和城市生活物质现实的影响。[②] 人类是对生命世界产生最持久影响的物种，我们应重新思考人类在这个星球的生存方式和生存理念，把城市重新放入生态系统中，将之看作其中不可割裂的一部分，非人类和人类在此空间中彼此关联、相互依赖。此后，关于城市生态批评的著作日益增多，学者们逐步意识到环境问题的复杂性以及城市生态批评研究的必要性和重要性。

目前城市生态批评有城市自然研究和城市褐色景观研究两个维度，都需进一步推进。城市自然的观念虽然很好，但城市与乡村历久弥坚的二元对立模式，城市化与工业化不断扩张的脚步，城市问题的不断涌现，使得"城市自然"的观念难以引发更多共鸣。而就城市褐色景观研究而言，尽管布伊尔在环境学家杜撰的术语上进行了延伸和发展，提供了研究范例，但在具体的文学批评中该如何实践与应用，仍有较大空白。笔者在 2010 年完成的博士学位论文中，尝试以狄更斯、哈代和劳伦斯三位经典作家为研究对象，考察英国城市与乡村的百年生态变迁与作家的文学反应，当时难以借用已有的生态批评方法，只得运用跨学科方法进行研究。城市生态批评若想获得突破性发展，就需要建构相应的方法论。在大多数城市文学中，环境多是背景与衬托，不像在自然写作和动物写作中，环境是作品的主题。想找到大量合适的文本进行分析，发展出一套行之有效的研究方法，难度很大。城市生态批评的发展相对滞后，确有现实性的制约。然而，城市生态问题应该被深入探究，因为在世界范围内城市化已是大势所趋。到 2050

---

① Christopher Schliephake, *Urban Ecologies: City Space, Material Agency, and Environmental Politics in Contemporary Culture* (ebook), Lanham, Maryland: Lexington Books, 2015, p. 37.

② Catrin Gersdorf, "Urban Ecologies: an Introduction", *Ecozon@* Vol 7, No 2, (2016), p. 6.

年，世界上四分之三的人口将居住在城市。城市中人可能没有那么多机会直接体验纯粹的自然，那如何培养他们对自然的想象，建立与自然的联系？如何打造人与自然和谐相处的田园城市？在今天跨学科研究的环境人文学大背景之下，城市生态批评必然有进一步的发展。

三 全球视野下"多形态行动主义"的第三波浪潮（2000～2008）

生态批评的第三波浪潮把生态批评纳入文化研究的领域，倡导用全球化思维看待生态问题，从环境视角探索人类体验的各个层面，跨越国家、种族、民族考察人类和自然如何彼此相连。厄休拉·海斯（Ursula Heise）对生态批评中的地方依恋，如栖居、再居住、生态区域主义、地方爱欲、土地伦理等地方研究进行反思。她肯定恋地情结在环保主义斗争中的重要作用，但认为过度关注对地方意识的重塑，可能导致僵化的本土观念，与全球化理论的中心观念有些脱节。海斯从全球化和世界主义理论出发，倡导生态世界主义的意识，主张树立环境世界公民身份，培养一种星球意识，"理解自然和文化的地方与过程是如何在世界范围内彼此联结和相互塑造的，以及人类的作用如何影响和改变这种联系"，并强调对文化的生态批评理解应把对风险感知及其社会文化体系的研究囊括在内。她认为超越本土和国家的疆界思考生态问题，将有助于更好地理解地方，以及理解文学与艺术是如何塑造全球环境想象的。[①]

生态批评不断把自身扩展到对其他前沿问题的思考中，如人种、种族、性别、身份等文化问题；涉及全球霸权体系，帝国主义政治、经济和文化统治体系的运作问题；对非人类动物、边缘化性别的压迫问题；不公正的全球化等社会问题；近来又积极参与环境正义和酷儿理论的建构，并采用

---

① Ursula K. Heise, *Sense of Place and Sense of Planet*: the *Environmental Imagination of the Global*, Oxford: Oxford University Press, 2008, pp. 10, 21.

了关于地方概念和人类经验的跨区域和跨国研究的新方法①。这些思考直接导向新的研究路径，如生态后殖民主义、后国家和后种族研究、生态物质女性主义以及各种性别研究等。斯洛维克将生态批评的第三波浪潮总结为以下几个层面：（1）从地方到全球、全球到地方的双向视角；（2）后国家、后种族与民族身份的辩证视野；（3）生态批评性别研究方法的多元化，如生态物质女性主义、生态男性主义以及绿色酷儿理论；（4）动物生态批评（进化论生态批评，对动物主体性和施事作用的生态批评讨论）；（5）把生态批评的实践和生活方式联系起来，如素食主义或杂食主义；（6）扩展环境正义的范围，把非人类物种及其权利囊括在内。斯洛维克把第三波浪潮的精神归结为全球视野下的"多形态行动主义"。在此过程中，学者们运用不同的方法把学术研究和社会改造联结起来：有的学者将文学作为一种描述可持续性生活方式的手段，有的学者将文学作为一种环境激进主义的手段②。斯洛维克本人新创的"学术叙事"也是一种把生态批评与严肃的学术写作相结合的探索，避免了枯燥艰涩难懂的术语，在从学术层面思考生态问题的同时，加入了个人的生命经验。它不再是只有研究文学的人才能读懂或愿意读的艰深晦涩之作，而是读者群更为广阔，更具可读性、生动性和启发性的叙事著作。此外，在第三波浪潮中，生态批评内部出现了对自身的反思与批评，如认为之前的研究疆域过窄，在某种程度上造成了生态批评内部的殖民，缺乏理论建构和对方法论的精确定义等。这些自我反思对推进第四波浪潮中的理论建构起到了积极的作用。

四　物质转向、跨文化与跨学科研究并举的第四波浪潮（2008至今）③

2008年，史黛西·阿莱莫（Stacy Alaimo）和苏珊·赫克曼（Susan Hek-

---

① Serpil Oppermann, *The Future of Ecocriticism: New Horizons*, Newcastle Upon Tyne: Cambridge Scholars Pub., 2011, p. 16.

② Scott Slovic, "The Third Wave of Ecocriticism: North American Reflections on the Current Phase of the Discipline," *Ecozon@ 2010*, vol. 1. no. 1, p. 7.

③ 斯洛维克认为生态批评第四波浪潮发生在2008~2012年，但2012年以后生态批评还有很多新发展，因此本文将时间改为2008至今。

man）编撰出版了《物质女性主义》（*Material Feminisms*），该书对第四波浪潮中物质生态批评的产生和发展，产生了较大的影响，也喻示着生态批评第四波浪潮的肇始。2012 年，斯洛维克在《文学与环境的跨学科研究》的"编者语"中，强调生态批评趋向于关注"环境事物、地点、过程、力和经验的基本物质性（物理性、结果性）。此外，从气候变化文学的研究到对诗歌语言物质的审视，生态批评实践中的实用主义正在增长"①。2017 年，他提出了生态批评第四波浪潮发展的几个重要模式②。笔者认为第四波浪潮具有的一个突出特点是：尝试对生态批评进行理论层面的建构，研究中跨学科的视野和方法更为凸显。笔者下面将基于斯洛维克的观点，并结合其新近的发展，从物质生态批评、跨国生态批评、生态叙事学与情感生态批评、信息处理与生态批评、生态批评与环境人文学的契合等方面进行梳理和介绍。

（一）物质生态批评

2012 年，《文学与环境的跨学科研究》刊载了由希瑟·沙利文（Heather I. Sullivan）和达娜·菲利普斯（Dana Phillips）组织的专辑《物质生态批评：污物、垃圾、身体、食物和其他物质》（*Material Ecocriticism：Dirt，Waste，Bodies，Food，and Other Matter*），是该领域初步且较为重要的探索。2014 年，塞雷内拉·伊维诺（Serenella Iovino）和塞尔皮尔·奥珀曼（Serpil Oppermann）编撰出版了《物质生态批评》，推进了这一研究。物质生态批评的形成，受到了新物质主义、物质女性主义、生物符号学、思想生态学、生态后现代主义、后人文主义、事物理论、文化生态学等的影响。它不仅吸收

---

① Scott Slovic，"Editor's Note，" *Interdisciplinary Studies in Literature and Environment*，19.4（Autumn 2012），p. 619.

② Scott Slovic，"Literature，" in Willis J. Jenkins，Mary Evelyn Tucker and John Grim eds.，*Routledge Handbook of Religion and Ecology*，Taylor and Francis，2017，pp. 360－361. 斯洛维克提出的模式包括：物质生态批评、跨国生态批评、生态叙事学、生态批评动物研究、生态批评与信息处理。动物伦理及动物研究在前三波浪潮中均有所涉及，国内已有不少研究成果。本文囿于篇幅，略去这一模式，补充了情感生态批评和环境人文学的内容。有关生态批评动物研究，可看王宁教授的《当代生态批评的动物转向》（《外国文学研究》2020 年第 1 期）一文。

了上述领域的研究成果，还积极与之对话，并有所创新。其中新物质主义对物质生态批评的影响颇深，这个方面的代表作有大卫·艾布拉姆（David Abram）的《成为动物：尘世的宇宙学》（*Becoming Animal：an Earthly Cosmology*），史黛西·阿莱莫（Stacy Alaimo）的《身体自然：科学、环境和物质自我》（*Bodily Natures：Science，Environment，and the Material Self*），凯恩·巴拉德（Karen Barad）的《中途遇见宇宙：量子物理学与物质和意义的缠绕》（*Meeting the Universe Halfway：Quantum Physics and the Entanglement of Matter and Meaning*），简·贝内特（Jane Bennett）的《活力之物：事物的政治生态》（*Vibrant Matter：a Political Ecology of Things*）和温迪·惠勒（Wendy Wheeler）的《全部的造物：复杂性、生物符号学和文化的演变》（*The Whole Creature：Complexity，Biosemiotics and the Evolution of Culture*）等。

物质生态批评旨在研究"物质（如身体、事物、元素、有毒物质、化学物质、有机和无机物质、景观及生物实体）之间以及与人类之间的缠绕、渗透和相互作用，以及如何生成我们可以阐释为故事的语义和话语体系"[1]。它主张物质具有施事能力、叙事能力和交流能力。长久以来，对物质和人类的二元划分，使人类对人类以外的世界总抱有控制心态，认为任何生态问题都可以通过技术解决，而物质生态批评给我们提出了一个问题：人类真的能控制世界么？事实上，被人类当作"被动的、惰性的、无法传达独立意义"的物质世界，与人类处于复杂的联结中，彼此缠绕。经此缠绕，物质与我们的身体、地方的生活融为一体，"居住在世界上，即使简单地使用抗生素也可以长期破坏人类微生物组的复杂平衡，进而危害人类的健康。忽视这种力量格局的复杂性以及所有在人体内部和内部循环的非人类力量"[2]，不仅会导致对世界进程非常局部的了解，而且会影响人类的生存以及整个生物圈。此外，"万物和众生具有与其他众生交流的能力"。他们的施事能力被视为一种"固有的属性，不断地发挥自己的积极创造力和感知力。这不仅暗示了关于自然、生命和物质性的新概念，而且使人类重新定

---

① Serenella Iovino and Serpil Oppermann eds. , *Material Ecocriticism*, Bloomington：Indiana University Press, 2014, p. 7.

② Serenella Iovino and Serpil Oppermann eds. , *Material Ecocriticism*, p. 3.

位于更大的物质符号学中"①。

物质生态批评不仅探索物质形式的能动属性，而且探究这些属性如何与其他物质形式及其属性、话语、进化路径、政治决定、污染和其他故事相互联系，强调在物质生成的过程中，有一种隐含的文本性。这种文本性既存在物质表达自身的能动维度中，也存在物质动态和话语实践的融合中，以及同时发生行动时身体所涌现的方式中。从相互运作的力量和实体网络中的身体、事物和现象的共同涌现中，可以看到物质表达的动态过程。无论它们是否被人类的思想所感知或解释，这些故事都塑造了具有持续重大影响、生成力量的轨迹。这种物质叙事形式也导致了一种非人类中心的文学观念。文学故事以物质－话语的相遇为框架，通过人类创造力和物质叙事能力共同发挥作用，创造性地产生了新的叙事和话语。这种话语表达了我们共存的复杂性，突出了其多重和"分形"的因果关系，并扩大了我们的意义范围。② 物质生态批评认为对物质和意义、身体和身份、存在与知识、自然与文化、生物和社会的新兴动力的研究和思考不应相互孤立，而应融合考虑。物质是一个持续不断的体现过程，涉及并相互决定认知、社会建构、科学实践和道德态度。也就是说，自然与文化相互缠绕、相互嵌入。人类与非人类的身体作为"中间地带"（在此，物质与政治、社会、技术、生理的话语力量彼此缠绕），既是肉体、内在属性和象征性想象的复合体，又是生动的文本，叙述着自然文化的故事。③ 物质生态批评在把"故事"或"叙事"的概念应用于物质时，借用了拟人化的方法。它认为拟人化可以揭示人类与非人类之间存在的相似性和对称性，从语言、感知和伦理层面缩小二者之间的距离，对抗主体与客体的二分论，使我们认识到世界是充满组成联盟的各种物质。简而言之，物质生态批评打破了物质与人类的二元论，有助于我们重新认识世界，为话语与物质之间的复杂关系打开新的阐释视野。笔者认为物质生态批评中的"跨身体性"、物质与人类的相互"缠绕"与嵌入，与布伊尔提出的"毒性叙事"有共通之处，都强调

---

① Serenella Iovino and Serpil Oppermann eds., *Material Ecocriticism*, p. 6.
② Serenella Iovino and Serpil Oppermann eds., *Material Ecocriticism*, pp. 7 – 8.
③ Serenella Iovino and Serpil Oppermann eds., *Material Ecocriticism*, pp. 5 – 6.

了生命之网，人类不能独善其身，必须与自然、文化和社会形成良性的动态关系。在这个意义上，物质生态批评是在跨学科基础上，对毒性叙事的一种延伸与发展。此外，物质转向中所强调的"环境道德的重要性"，也与第二波浪潮中的环境正义有着千丝万缕的联系，因为无论族际环境正义、跨国环境正义、贫富环境正义，还是物种间的环境正义，道德都是"环境正义"中所关注的核心内容。

（二）跨国生态批评

近年兴起的跨国生态批评研究，开始强调比较文学与世界文学的视角。哈佛大学比较文学和东亚研究教授唐丽园（Karen Laura Thornber）2012 年出版的《生态含混：环境危机与东亚文学》一书被看作这一方向的力著。该书是第一部从比较文学视角研究中国大陆和台湾地区，以及日本、韩国生态问题的专著。之前的生态批评研究集中在欧美文学作品，近年来由于环境正义与后殖民生态批评的发展，开始有学者关注非洲、拉丁美洲和南亚文学中的生态批评，但多数研究都只关注这些地域用西方语言写就的文学作品。唐丽园精通东亚各国语言，直接采用一手的源语材料，对东亚地区的汉语、日语和韩语作品进行了研究。与此同时，她不局限于上述国家和地区，还囊括了来自不同时代和地区的文本，包括非洲、美洲、澳洲、欧洲、中东、南亚和东南亚的文本，所涉及的文学作品数量颇大。

唐丽园提出了"生态含混"（Ecoambiguity）的概念，认为"文学内在的多义性使其可以凸显并且协调——揭示、阐释（重新阐释）和塑造——长期以来人与环境之间充满相互作用的含混，包括那些涉及人类破坏生态系统的相互作用。生态含混指认识论上的不确定状态，既可以被充满同情地剖析为作者和文学人物的缺乏意识，也可以被严苛地剖析为作者和文学人物无能为力的含蓄的忏悔。它常以相互交织的多重方式呈现，包括对自然的矛盾态度，对非人类实际状态的困惑（通常是含混信息所导致的结果），人类对生态系统的矛盾行为，态度、条件和行为的不一致所导致的对非人类世界毁坏的轻视和默许，甚至是对意欲保护的环境的无意伤害。"经由"生态含混"的概念网络，唐丽园考察了百余部来自不同文化的文学作品，分析其中蕴含的"生态含混"，"揭示了这些相互交叠的生态含混形式作为基本属性存在于探讨人类与非人类世界关系的文学作品中，并思考了这些作品如何呈现了差异在纵向时间维度上、横向物理和社会空间上的排列和隐含之意"①。此外，她通过多部作品的文学网络，观察到环境含混的错综复杂性，如自然观和实践的分离、景观的复杂性、边界模糊造成的环境变化的复杂性、跨时空的人类与非人类关系、环境问题的区域性与全球性。尤其是在东亚社会和文学中，一边是天人和谐的浪漫自然观，一边是重塑自然、破坏生态的现实。观念和现实为何出现如此脱节？文学如何呈现这一矛盾的环境态度和社会标准，并由此呈现了一个重要的思考与启示：环境问题并无轻而易举的解决之道，如何将环境态度与环境实践有机结合，知与行合一，任重而道远。

唐丽园研究的独特之处在于：她观察到了介入环境必然产生的模糊性，阐释了形成、实施和解释环境伦理关注的复杂性，以及观念和实践意义。她不仅凸显了现代东亚文学的在场性，重新定位东亚生态批评，而且强调了"生态含混"的全球性，推进了世界文学与全球环境关系的研究，提高了生态批评研究的全球意识。

（三）生态叙事学与情感生态批评

生态叙事学和情感生态批评是近年来兴起的新方向，代表作有艾琳·詹姆斯（Erin James）的《故事世界协议：生态叙事学和后殖民叙事》（2015）、亚莉克莎·莫斯纳（Alexa Weik Von Mossner）的《情感生态学：移情、情感和环境叙事》（2017）、凯尔·布拉多（Kyle Bladow）和詹妮弗·拉蒂诺（Jennifer Ladino）编撰的《情感生态批评：情感、具身与环境》（2018）。

詹姆斯将文学形式和环境洞察力联系起来，融合叙事学、生态批评和后殖民主义，并借用认知科学的方法，对后殖民文学进行研究，拓宽了叙事理论和后殖民研究的范围。她认为尽管叙事学和生态批评之间存在一些分歧，彼此忽视，但二者可以实现对话，形成一种新的阅读模式——生态

---

① Karen Laura Thornber, *Ecoambiguity*: *Environmental Crises and East Asian Literatures*, Ann Arbor: University of Michigan Press, 2012. p. 6.

叙事学。生态叙事学不仅研究文学与自然环境之间的关系，而且通过叙事，"敏感地关注我们用来沟通表征自然环境的文学结构和手段。它强调叙事的潜力，通过突出叙事浸入的比较性，使读者理解人们在不同时空的生态之家生活的样态"。生态叙事学"不仅能让文学评论家更好地欣赏彼此讲述环境的方式，而且能让他们发现不同场所和文化特有的细微差异，这些差异蕴含在很多读者赖以构建世界的线索提示之中"。①

　　在方法上，詹姆斯结合了叙事学中的语境叙事学和认知叙事学，认为它们可以成为一种有用的生态批评工具。语境叙事学将超文本世界作为主要关注点，把读者在叙事中遇到的现象与特定文化、历史、主题和意识形态联系起来，即把叙事结构和生产它们的语境联系起来，考察文本如何编码或挑战一定的意识形态。② 认知叙事学则关注叙事的人类精神和情感过程，以询问叙事与读者之间的互动方式，探究读者认知和理解角色意识的能力。标题中的"故事世界协议"（The Storyworld Accord）恰恰表达了"心理模拟与传播之间的联系"，而"故事世界"在传播中起着关键作用。有学者把它界定为一种思维模式，"谁做了什么，对谁做，何时，何地，为什么，以及在阐释者重置的世界里以何种面貌出现。阐释者试图理解叙事时，不仅尝试重构发生的事情，还尝试重建嵌入故事世界的周围语境或环境，其属性以及其中所涉及的行为和事件。故事世界中故事的基础对解释叙事的沉浸感，将叙事者和阐释者转移到不同地方的能力大有帮助。"③ 这种富有想象力的传输过程有助于我们从他人的角度理解环境，弥合想象的鸿沟，从而起到沟通的作用。因为环境的想象绝不是普遍的，环境想象不同，面对环境问题的立场自然也不同。想象力冲突时，现实也会发生冲突。叙事能让我们理解为什么会有这些不同的环境立场。④ 这种理解的增加必然有助于环境问题的现实解决。

　　此外，詹姆斯对后殖民文学的生态叙事解读也有益于环境和叙事两个

　① Erin James, *The Storyworld Accord: Econarratology and Postcolonial Narratives*, ebook, Lincoln and London: University of Nebraska Press, 2015, pp. 85 – 86.

　② Erin James, *The Storyworld Accord: Econarratology and Postcolonial Narratives*, p. 67.

　③ Erin James, *The Storyworld Accord: Econarratology and Postcolonial Narratives*, p. 84.

　④ Erin James, *The Storyworld Accord: Econarratology and Postcolonial Narratives*, pp. 39 – 40.

层面的讨论。一方面，叙事学帮助生态批评家提高对文学形式的敏感性，使他们能够更好地阅读世界各地叙事中具有洞察力和文化底蕴的环境。特别是后殖民叙事能以其他非叙事文本无法做到的方式，为读者提供对文化多样性的理解和全球环境的体验，使读者模拟和生活在原本会被拒绝的环境中，从另一个角度体验这些环境。另一方面，叙事学也可从与生态批评话语的接触中受益。在双方的互动中，叙事理论家能更好地理解叙事如何建构、颠覆和永久保留环境的主要表现形式，包括那些与文学现实主义相关的模仿形式。这种参与还将扩大叙事理论家对叙事的疑问，如哪种类型的环境再现与特定的微观和宏观叙事结构相关联；叙事如何展现不同的环境空间和时间尺度，如地质时间或行星空间；环境退化的再现是否与某种观点或空间类型有关。[①] 詹姆斯的生态批评叙事分析，呼应了伊维诺和奥珀曼对物质生态批评的讨论，但与她们强调物质本身的"叙事"能力不同，詹姆斯并不将身体置于环境网络或人类与非人类物质的缠绕之中，而是侧重探究人脑对叙事内在运作的理解。

长期以来，生态批评高度关注自然写作，强调对自然环境——特别是荒野或田园——的真实再现。将研究拓展到创造性的、对物质世界的非写实主义再现的故事叙事世界，并探究人们对其的体验，不仅为所有叙事开辟了生态批评话语，而且有助于文学评论家克服在空间、时间、环境和环境体验中所处的区域和文化特殊性（这些特殊性通常嵌入在叙事结构中），经由对想象和可能陌生的物质世界的描述，彻底思考环境、再现和主体性之间的关系。[②] 因此，詹姆斯倡导借助故事叙事的媒介，促进人们在气候变化、环境破坏、跨文化互动以及土著文化丧失等问题上达成共识和相互尊重。

莫斯纳的《情感生态学：移情、情感和环境叙事》则意识到生态叙事、情感研究与认知科学之间的联系，采用跨学科的研究方法，重点围绕人的主体性、文化和自然环境之间复杂的相互作用和相互依赖展开讨论，考察环境叙事如何在感知、认知和情感层面上影响读者和观众，分析其产生的后果。早期的生态批评研究关注了自然写作叙事对美国读者和公共领域的

---

① Erin James, *The Storyworld Accord: Econarratology and Postcolonial Narratives*, pp. 88 – 90.

② Erin James, *The Storyworld Accord: Econarratology and Postcolonial Narratives*, pp. 93 – 95.

影响，强调自然写作中积极的叙事情感价值和社会功能，特别是凸显自然的净化和疗愈作用，但有关小说和电影的环境叙事研究较少。莫斯纳的研究对此做了有益的补充。她认为，任何在媒介中强调生态问题、凸显人与自然关系并公开声明要带来社会变革的叙事，都可被纳入环境叙事中。在叙事传播和读者对文学故事世界的情感参与过程中，小说和非小说并不存在质的区别。此外，视听文本同样能在观众的具身思维中营造环境，在情感上突出环境以及角色与环境的关系，这一点值得研究。在莫斯纳看来，环境叙事对读者的态度和行为会产生持久的影响。环境叙事的感知和情感过程，不仅对环境叙事的产生起着重要作用，而且有重大的社会影响。她的专著主要涉及以下五个层面的研究：（1）探讨环境正义叙事如何从策略上吸引读者移情，为遭遇不公正待遇的人进行道德辩论，特别是当环境叙事涉及开采、滥用和不公正现象时，我们的同理心如何在道德层面上参与其中；（2）运用情感神经科学和认知行为学（动物心智研究）的知识，探索我们在文学和电影中遇到动物时情感反应背后的心理机制，并考察这类描写是否会触发观众的跨物种同理心；（3）思考重要的生态乌托邦叙事是否具有引发社会变革的潜在价值，在生态乌托邦和反生态乌托邦叙事中，对未来环境的推测会给我们带来怎样的具身体验，以及这些叙事引发了哪些消极和积极的情绪；（4）关注风险感知的情感层面，风险感知涉及跨国与全球的环境问题，不同的情感立场是否有可能共同促进社会变革；（5）探索电影如何应用技术手段将观众带入另一世界，为观众提供虚拟但情感丰富的环境体验。①

莫斯纳注意到情感理论关注了叙事、身体和环境之间多样复杂的互动、交流和循环。她特别强调了具身认知与叙事分析的联系，指出在对环境叙事的情感反应研究中，必须重视具身认知。因为具身认知在模拟社会经验和道德理解的过程中以及与世界的接触和审美反应中，起着至关重要的作用。阅读和观赏都是高度具身化的活动，一方面我们需要调动感官来感知事物，另一方面我们的身体充当了共鸣板，使我们能够模拟故事世界以及虚拟世界中的人物认知、情感和动作，用身体来理解周围的环境，包括非

---

① Alexa Weik Von Mossner, *Affective Ecologies: Empathy, Emotion, and Environmental Narrative*, Columbus: The Ohio State University Press, 2017, pp. 13 - 16.

人类媒介的思考、情感和行动，甚至无生命物体的运动。莫斯纳更开放地接受了科学领域的成就，借鉴了认知科学、神经科学、哲学、心理学等领域的研究，尝试建构一种叙事情感的认知生态批评方法。这种利用认知科学知识和跨学科认知文化研究的生态批评方法，思考了人类：（1）如何在心理和情感层面上，以生物通用但文化特殊的方式与环境叙事进行互动；（2）如何在感官和情感层面体验文学和电影中的人物、事件和环境，以及环境叙事如何引导我们关心处于危险中的人和非人类自然；（3）如何看待生态乌托邦和反生态乌托邦文本和电影中预测的未来。①

2018 年出版的《情感生态批评：情感、具身与环境》汇集了多个学科领域的对话，如认知科学、神经科学、哲学、情感理论、物质批评、文学文化研究等，从深度和广度上把环境危机和未来可能出现的情况联系起来。编者布拉多和拉蒂诺提出环境人文学者应找到新的、更具说服力的方式探究环境与社会正义之间的关系，认为必须跨越意识形态、物种和标量的界限，在新的地质时代找到二者之间的共同点。情感理论可以对环境与社会正义有帮助，因为"情感可以把我们从个人的微观层面带到机构、国家或地球那样的宏观层面"②。

情感生态批评融合情感理论和生态批评的观点，考察了围绕环境问题的情感因素及其运作方式，认为环境本身在塑造情感体验中发挥了巨大的作用。通过在空间上重新审视习以为常的情感，扩大环境情感的范围，以及借助生态批评视角理解新发现的情感，情感生态批评更为直接地考察了情感和环境的关系。尼尔·坎贝尔（Neil Campbell）在理论上借用费利克斯·瓜塔里（Felix Guattari）三种生态模式的生态和情感维度，将"虚构区域性"、"棱镜生态"和"路径生态"等概念结合起来，形成新的智能联系，概述了情感虚构区域性的理论和政治潜力，并称其促进了"新式温柔"的发展，其中包含好奇心、惊诧、协调和伦理责任。乔布·阿诺德（Jobb Ar-

---

① Alexa Weik Von Mossner, *Affective Ecologies: Empathy, Emotion, and Environmental Narrative*, pp. 2 – 4.

② Kyle Bladow and Jennifer Ladino, eds. , *Affective Ecocriticism: Emotion, Embodiment, Environment*, Lincoln: University of Nebraska Press, 2018, p. 3.

nold）将"土地情感"理论化为"一种与生俱来的感受土地潜力的非技术介导关系，而这种关系是由自由流动的社会和生态能量激活的"。学者们认为如果要实现环境正义，首先要对土地、家园、人类和非人类物种的情感依恋有更清晰的理解。《情感生态批评：情感、具身与环境》还集中探讨了情感理论在环境和社会正义的各种流派中的应用，包括食品研究和土著权利；讨论生态批评、情感研究和叙事理论（以及其他领域）中存在的移情，移情如何发生作用并与人类世界之外的事物建立联系，以及如何运用移情探索理解人类身份以及环境政治的潜力，并主张"移情现实主义"；此外，考察影响人类对非人类世界理解和关系的因素，以及负面情感在人类世中的政治和教育作用。学者们探索了从认知科学到文化理论等情感研究领域的方法，创造了一系列术语，包括"土地情感"、"食品情感"、"奇怪的环境情感"和"海上遇险"等。该文集注意到那些反映当今人类生活环境的复杂和多样的脆弱情感，特别考察了在人类世时代出现或被重新定义的情感（通常是"糟糕的"情感），如失望、焦虑、绝望、顺从、气愤、悲伤和安慰。在环境变化日益加速的时代，爱和失去紧密相连，读者会感受到书中角色所感受到的生态怀旧情绪和被遗忘的"慰藉之痛"。学者们打破了绝望和希望二元对立简单化的情感表达和认知界限，让我们意识到情感的复杂性，带我们进入一个更为包容、细致，与各种各样环境退化和变化有着千丝万缕关系的"情绪集合"。其中，萨拉·杰奎特·雷（Sarah Jaquette Ray）在其环境课程中提出"情感曲线"的概念，指出面对气候变化，大部分学生的情感在绝望和希望中徘徊，似乎这是对气候变化的唯一反应。在环境教育中通常主张遵循希望曲线，防止人们陷入绝望，但雷鼓励教师在课堂上为情感对话留出空间，允许学生体验负面情绪，帮助学生理解自己对人类世复杂的情感反应。想要更好地认识和解决环境问题，建立公正和可持续的世界，就必须对人类的情感有更加深入的认识，理解情感是如何运作的，如在个体内部和不同物种之间，以及在各种环境、文件和等级体系内部以及之间如何运作。① 从上述研究可以看到，生态叙事与环境的情感

① Kyle Bladow and Jennifer Ladino eds., *Affective Ecocriticism：Emotion，Embodiment，Environment*，pp. 10 – 16.

认知对生态批评研究具有重要意义，有助于促进对环境正义、动物研究、生态公民权、环境教育、不同地域环境认知与想象等问题的理解。

（四）信息处理与生态批评

"我们时代的许多重大人道主义和环境危机都超出了我们的理解能力，它们发生的速度太慢，距离太远，或者超出了我们的感觉。即使我们通过'数据'形式了解了这些信息，也难以掌握这些信息的含义。"① 因此，面对庞大的数字、遥远的空间和漫长的时间，人类容易变得麻木和漠视。面对环境问题的错综复杂和时空的距离，如何唤起公众对此的认知和反应，生态批评对信息处理和环境关注之间的联系进行了探讨，代表性研究学者有罗伯·尼克森和司各特·斯洛维克。

尼克森的著作《慢暴力与穷人的环保主义》常被看作后殖民主义和环境正义的代表作。然而，这部著作的核心概念"慢暴力"涉及的信息处理与认知，尚未引起足够的重视。慢暴力，指逐渐发生且看不见的暴力，常常被人们忽视，但其破坏性分散在时间和空间里，表现为一种消耗性的暴力。通常人们所认为的暴力是即时的、轰动的、有能见度的事件或动作，而慢暴力是渐进的、递增的暴力，既不是惊人的也不是瞬间爆发的，其灾难性的影响在时间中缓慢展现出来，如气候变化、冰冻圈解冻、有毒物质漂移、生物放大、森林砍伐、海洋酸化、战争的放射性后果或战争造成的人员伤亡和生态伤亡以及许多其他正在缓慢发展的环境灾难。这种"缓慢"阻碍了人类的果断行动。② 尼克森运用一系列术语，如"外国负担"、"资源诅咒"、"毒性漂移"和"发展难民"，凸显了慢暴力涉及的各个方面：环境问题的跨国性，时间的漫长性，空间的距离性，环境问题与政治、经济问题交错的复杂性，风险转移和承担、环境正义与全球视野等问题。

环境问题的跨国伤害主要有两种。第一种是跨国公司对自然资源丰富

---

① Scott Slovic, "Literature," in Willis J. Jenkins, Mary Evelyn Tucker and John Grim eds. , *Routledge Handbook of Religion and Ecology*, New York: Taylor and Francis, 2017, p.361.

② Rob Nixon, *Slow Violence and the Environmentalism of the Poor*, Cambridge, Mass. : Harvard University Press, 2011, p.2.

国家的能源掠夺。在海湾地区不发达的国家，环境问题与石油帝国主义、资本主义、资源主权、政治责任、公民自由或民主等交织在一起。而自然资源丰富的国家，成为帝国主义掠夺的对象，形成一种"资源诅咒"：如石油成为资本原始积累的一种特殊资源，被大量开采和输出，破坏了当地的生态环境；与此同时，巨大单一的资源输出，抑制了当地经济、基础设施和公民多样性的发展，同时造成权力的高度集中、社会关系的严重分层、腐败与镇压的国际反馈环路。石油资本主义给当地人民带来空前的暴力和不可逆转的苦果，个人身体和民族国家的完整性均遭破坏。西方国家通过地质调查和勘探，建立石油营地，将"官方风景"叠加在当地的"乡土风景"上，用数字计数忽视和覆盖当地人的现有地名和历史。① 当地石油独裁者和帝国主义剥削者回避和忽视石油作为不可再生资源的事实，一味贪婪地攫取，不仅滋生了对当地人民的慢暴力，阻滞了可持续发展，而且导致了全球气候变化的问题。

第二种是环境灾难的跨国风险转嫁和毒性漂移。跨国公司享有新自由主义企业的豁免权，秉持利益至上的原则，把具有环境污染的企业开设在不发达国家，远离本土，免除环境法的重罚。此过程释放出慢暴力，使当地人民遭受"外国负担"的环境风险。一旦发生重大环境灾害，就通过消耗、分离的机制，削弱那些寻求补偿、补救和恢复健康和尊严的环境正义运动。这种缓慢的暴力很难让人关注到，尼克森以印度博帕尔毒气泄露事件和切尔诺贝利核事故的例子做了说明。无论是博帕尔毒气泄露事件，还是切尔诺贝利核事故，受伤害者的身体，在灾难结束后仍然被灾难挟持，继续承受已不存在的跨国公司或国家所造成的环境伤害，甚至延续到下一代。他们如同被抛弃的机器，对其的赔偿和记忆，在漫长的时间、遥远的空间中被消弭或延迟。环境问题并不单单是环境问题，其中夹杂了经济、政治、法律、流行病学、科学甚至腐败等各种问题。如果单纯地呼吁生态中心主义和回归自然，就会过度简化处理信息和问题，忽视环境问题背后错综的网络，无法看到环境问题的复杂性。一旦未能很好地维护保护性基

---

① Rob Nixon, *Slow Violence and the Environmentalism of the Poor*, pp. 81, 95.

础设施，减少紧急事故造成的危害，进行有组织的疏散，贫困和少数族裔群体就会首先遭受灾难，而这些人在可见性的官方记忆中处于边缘，很容易在官方记忆和政策规划中被遗忘。与此同时，灾难不会止于本地，毒性物质会随着空气、水和风的流动，四处漂移，扩散到其他地区和国家。①

既然慢暴力具有相对的隐蔽性和长期性，那该如何关注慢暴力，并采取相应行动呢？尼克森认为，时空和环境问题的复杂性让人们逐步忘记或漠视这种伤害，但作家－活动家可以使我们看到环境问题背后交织的经济、政治和法律等因素，看到毒性物质对人类身体的侵入和风险的共享。文学作品的悲歌和启示录般的叙事，有助于反击在时间和空间上分散的环境慢暴力，使我们对已发生的环境伤害和未来可能发生的环境威胁产生双重关注。因德拉·辛哈（Indra Sinha）、卡山伟华（Ken Saro－Wiwa）、乔治·阿迪琼德罗（George Aditjondro）、阿卜杜拉赫曼·穆尼夫（Abdelrahman Munif）等人的作品，都很好地呈现了慢暴力与环境问题的错综复杂性。

另一位关注信息处理与生态批评的学者是司各特·斯洛维克，他与心理学家保罗·斯洛维克（Paul Slovic）共同编撰了《数字与神经：数据世界中的信息、情感和意义》（2015），展现了社会科学家、人文学者、新闻工作者和艺术家等对当代各种问题的平行关注和见解。该书从心理认知的视角切入，认识到人类思维的倾向性和潜在的局限性，考察环境认知中"数字－信息－意义－情感－行动"之间的相互联系。数字可以帮助我们了解这个世界，然而心理学家发现过于庞大的数字和泛滥成灾的信息，反而会令人麻木，丧失同情心，让人态度冷漠。即使人们确实理解数字代表的问题，也仍然存在采取行动的障碍。因为庞大的数字过于抽象，其所代表问题的规模超出了人们的认知和情感负荷。尽管数字信息体现了我们与世界的沟通，但科学家和政策制定者发现，数字信息通常无法在听众身上激发有效的行动力量。根据心理学家的研究，信息必须传达影响，才能产生意义并在判断和决策中发挥作用。我们接收信息的形式深刻地影响着我们对数字的理解以及对它的相关性、重要性和紧迫性的确定。数字本质上是描

① Rob Nixon, *Slow Violence and the Environmentalism of the Poor*, pp. 15, 58, 60, 65.

述"全局"的手段，而故事和图像能帮我们理解仅凭定量信息无法理解的大型复杂问题。① 文学叙事可以传达和翻译数字语言（复杂定量概念），帮助读者、听众、观众克服面对数字和海量信息时的麻木，从而超越庞大数字，关注技术和定量信息并有所行动。许多环境作家与艺术家，如特里·坦皮斯特·威廉斯（Terry Tempest Williams）、里克·巴斯（Rick Bass）、桑德拉·斯坦格拉贝尔（Sandra Steingraber）和克里斯·乔丹（Chris Jordan）等，都尝试通过文学或艺术叙事表达对环境问题的理解，激发读者的兴趣和对特定问题的参与，促进读者对所描述问题和现象的依恋。这些作品呈现的正在遭受或经历危机的个人情感，能帮助读者理解抽象的全球环境局势。只有当数字语言和叙事语言结合，将统计数据转化为故事，使定量话语与故事、图像之类的其他模式相辅相成时，数据才能变得有意义，才能有力地激发人类的情感，并成为人类的道德指南。② 简而言之，作家和艺术家的作品，在数字与情感中找到了平衡，能减少我们对信息超载的恐惧，从而更好地理解这个世界；同时从应用层面，它们也可以帮助、促使现行法律和公共政策对环境问题的关注、决策和实施。

（五）与环境人文学的契合

近年涌起的环境人文学发展迅猛，一些与环境相关的研究机构纷纷转向该领域，欧美的大学相继开设了相关课程，如耶鲁大学、加州大学洛杉矶分校、爱荷华大学等。环境人文学结合了过去 40 年其他学科业已发展形成的"人文主义视角和方法"，如环境哲学、环境史学、生态批评、环境人类学、文化地理学以及围绕政治生态的政治学与城市研究，塑造了自己的跨学科特征，并从伦理、文化、哲学、政治、社会和生态的视角，以多元的方式，促进社会科学、人文科学和自然科学的对话，以期共同合力来解决生态危机。尽管环境人文学中的各个学科研究方向有所不同，但都倾向

---

① Scott Slovic and Paul Slovic，eds.，*Numbers and Nerves*：*Information*，*Emotion*，*and Meaning in a World of Data*. Corvallis, Oregon：Oregon State University Press，2015，pp. 2，3，21.

② Scott Slovic and Paul Slovic，eds.，*Numbers and Nerves*：*Information*，*Emotion*，*and Meaning in a World of Data*，pp. 7 - 9.

于各取所长、兼容并蓄，并主张与科学家、激进主义者、政策制定者、城市和区域规划者的沟通与合作。

环境人文学认为生态危机是由社会经济、文化差异、历史、价值观和道德框架等造成的，它侧重研究物质网络的复杂性，倾向于发展一种综合的方法来应对多维的环境危机。这一物质网络包括从本土到全球的文化、经济和社会行为以及政治话语。环境人文学对自然观念、能动性、物质性这些概念进行了重构和延伸。这些概念彼此交织，错综复杂，共同构成了环境的新理论模式，如从鲁曼的系统理论、拉图的行为网络理论、媒介理论到近来的新物质主义、新活力主义、客观导向的本体论、人类－动物研究、人类－植物研究、多物种的人种志研究，都强调了人类的身份和能动性是如何在系统、社群和行动者（包括非人类、物体、物质过程和社会结构）的语境下产生的；人类与非人类是如何相互运作和联结的。以这些理论框架为背景，人文学科和定性研究的社会科学都在重塑，追问"为人"究竟意味着什么，人类的文化和社会意味着什么，[1] 生态系统和非人类物种如何与特定的社会与文化彼此交织、相互运作。

"许多环境人文学的子领域——生态批评、环境哲学、环境史、动物批评研究、怪异生态学、生态女性主义、环境社会学、政治生态学、生态物质主义、后人文主义——认为自然世界的伤痕也是社会伤痕，星球的生态危机其实是人类中心主义和二元论世界观的物质和历史产物。自然/文化、人类/非人类、男人/女人、东方/西方、北方/南方、生态/经济等，这些二元对立在洋洋自得的人类中心主义信条中随处可见，成为经济增长、政治策略、技术发展的驱动力，也对地球生命支持系统造成了伤害。在所有生态危机的根源，都存在分裂的认识论，制造了人类与非人类领域在本体论/存在论上分离的幻觉。"[2] 特别是当我们用具有权威性和显著性的人类尺度来衡量地球和宇宙时，我们对周围世界和整个宇宙的理解度，自然会陷入

---

[1]　Ursula K. Heise, Jon Christensen, and Michelle Niemann, eds., *The Routledge Companion to the Environmental Humanities*, Abingdon, Oxon; New York: Routledge, 2017, pp. 2 - 4.

[2]　Serpil Oppermann and Serenella Iovino, eds., *Environmental Humanities: Voices from the Anthropocene*, London: Rowman & Littlefield International, 2017, p. 4.

有限狭隘的时空范围和眼界内。因此，环境问题不应被简单地看作技术问题或成本核算问题，仅靠科学技术就可以解决，而应看到其中的文化价值观和影响生态的"社会文化意象"。因而在问题的解决上也需要从多维度来努力，如树立生态伦理、对人类自身行为的批评与反思、建构新的环境想象、形成新的话语实践等。在环境危机、气候变化不断加剧的今天，人文学科应承担更多的社会责任和生态责任。

从上述环境人文学的研究方向和路径可以看出，作为环境人文学的一个子领域，生态批评不仅吸取了环境人文学中的跨学科意识，而且致力于使环境人文学成为人文学科中的一个重要部分。2017 年，生态批评领域的两位重要学者海斯和奥珀曼分别编撰了《劳特里奇环境人文学读本》和《环境人文学：来自人类世的声音》，呈现了环境人文学的发展全貌。海斯侧重思考叙事、文化如何呈现和塑造环境。奥珀曼则强调物质生态的思考，认为文化中控制和超分离系统下的思维模式制造了一种人类可以"置身事外"的幻觉，因此阻断了其生存的路径，她主张寻求新的思维模式来改变人类"超笛卡尔主义"的集体意识，走向一种"去人类中心主义"的话语，认识到人类与非人类之间的不可分割性，由此重新思考生命的动态关系，创建和实施一种更为可持续发展的社会行为和道德范式。

五　生态批评目前的发展趋势

目前，生态批评的第一波、第二波、第三波浪潮并没有结束，而是和第四波浪潮交叉重叠、同时存在，如斯洛维克所言，呈现一个汇流的状态。生态批评既具有学术意义，又能对社会产生积极的影响，它在世界各地迅速地发展着，日益引起学界重视。尽管生态批评在不同地域与文化中发展不同，但都旨在寻求人与自然之间的平衡和谐关系，以一种恰当的方式保护自然世界，以期建立一个健康的社会。

早期的生态批评并未立足于文学理论的主流，常常处于"边缘化"的境地。虽然目前在彼得·柏瑞（Peter Barry）的《开始理论》（*Beginning Theory*）以及朱利安·伍尔夫雷（Julian Wolfrey）的《21 世纪的理论介绍》（*In-*

troducing Criticism at the 21st Century）中，都有专门的章节介绍生态批评，但主流的文学理论教科书基本都对它避而不谈或一笔带过。究其原因，早期的生态批评自身存在一些问题。（1）不能充分将自身理论化。普遍有一种错觉：生态批评的理论和生态批评的实践是相冲突的。理论似乎艰涩难懂，缺乏实际意义和价值，与生态激进主义的理想似乎相矛盾。（2）对于来自外部的质疑和批评，没能做出有效的回应，同时缺乏积极建构理论的行动①。这些都不利于生态批评的发展。但近十年来，生态批评不断地尝试理论或方法论的建构，出现了更多明确的研究结构体系和批评方法，创造了一些可行的术语，不再流于浅显的讨论。

总体上，生态批评的发展可归结为四个层面。（1）在观念上，日益认识到环境问题的复杂性和交叠性，既有星球人文主义的关怀，又有跨国思考生态问题的全球视野，切实关注现实中的环境正义、跨文化、跨民族的环境认知和意识等问题。（2）在研究方法上，与环境人文学的主张契合，越来越倾向于跨学科研究，借助其他学科（如心理学、神经科学和认知科学）来发展生态批评研究，并结合各种各样的理论，如女权主义、马克思主义、后结构主义、精神分析、历史主义、流散研究、后殖民主义、人文地理学、后人类研究、新物质主义等，进行自身理论的建构。（3）研究对象不断扩大化，从早期的英美文学扩展到世界文学，从自然写作扩展到非自然写作（小说），特别是不再局限于荒野文学，越来越多地涉及气候、城市、农业、食物、身体与环境等题材。除了文学，电影、纪录片和艺术创作等也进入了生态批评研究的视野。（4）在研究视角上，涉及城市生态批评、环境正义、女性主义生态批评、后殖民生态批评、动物研究、情感生态批评、人类世生态批评、物质生态批评等。这些研究可以帮助我们更清楚地了解生态如何与社会、历史、文化、政治、经济等问题交织在一起，更好地认识到人类与非人类之间微妙、复杂的关系，促使我们思考尺度与行动的问题——作为个体，我们该如何与全球、与宇宙相互运作，承担社会责任与重塑生态文明。与此同时，生态批评具有一种政治化色彩，把理论、分析

---

① Simon Estok，"Theorizing in a Space of Ambivalent Openness：Ecocriticism and Ecophobia," *Interdisciplinary Studies in Literature and Environment*，2009，Vol. 16（2），pp. 203－225.

工作与公众参与结合起来。它本身所具有的"即时性、直接性和接触性"使得生态批评家们既在书斋之内，又在书斋之外，逡巡于创作和关心社会之间，在入世和出世之间寻求一种平衡。

目前在中国，王宁、曾繁仁、鲁枢元、王诺以及其他一些年轻学者都从不同角度出发，对生态批评进行了拓展研究，但国内大多数关于生态批评的研究还停留在对西方生态批评第一波浪潮的介绍和方法应用上，发展性批评相对较少。然而，无论古代中国，还是当代中国，都不乏生态智慧和生态思想，像梭罗这样的绿色经典人物，乃至在西方有影响力的深层生态学都曾吸收中国古代的哲学思想。因此，积极发掘中华民族自身所蕴含的生态智慧，特别是古代经典中的生态思想，与西方的生态思想进行对话、交流，必然会为当今生态危机的解决提供一种精神资源和思维动势，生态危机问题的解决需要世界范围内的共同努力，从这个意义上讲，从本土生态批评走向世界生态批评也是未来生态批评努力的方向。

【Abstract】 From the 1980s to the present, ecocriticism has experienced four waves: preference for natural ethics (the 1st wave), more inclusive environmental definitions and studies (the 2nd wave), "polymorphously activist" with a global vision (the 3rd wave), and the material turn, intercultural and interdisciplinary studies of ecocriticism (the 4th wave). Based on the brief review of the first three waves, this article focuses on the introduction of some trends of the fourth wave: material ecocriticism, transnational ecocriticism, econarratology and affective ecocriticism, information processing and ecocriticism, and the environmental humanities. Ecocriticism increasingly recognizes the complexity and overlap of environmental issues, paying close attention to environmental justice, cross – cultural and cross – ethnic environmental cognition and awareness. Conceptually, it not only has the care of planetary humanism, but also has a global vision on transnational thinking about ecological issues, especially breaking through the early adherence to and preference for natural ethics; in research methods, it is increasingly inclined to use interdisciplinary research to promote the construction of its own theory; in terms of research objects, it expands from nature writing to non – nature writing with multiple subjects and genres, and extends ecocriticism studies from British and American literature to world literature. The new development of ecocriticism clearly presents the intertwined and interplay between ecology and society, history, culture, politics and economy, etc., the delicate and complex relationship between humans and non – humans, which pushes us to reflect the human scale and action in the era of Anthropocene.

【**Keywords**】 Ecocriticism; Four Waves; Planetary Humanism

契合与差异：道家思想与深层生态学比较研究*

华媛媛　李家銮

（上海交通大学外语学院、大连外国语大学比较文化研究基地，辽宁 116044；上海工程技术大学，上海 201620）

【内容提要】道家思想凝聚了中国古代生态智慧，影响并呼应了现代西方的深层生态学理论。本文从“内在价值”“生态中心主义平等”“自我实现”等深层生态学的关键论述出发，在《道德经》《庄子》《列子》《淮南子》等道家经典中找出意蕴神似的表述，比较二者在本体论、自然观和价值观等方面的契合之处与细微差别。本文认为，造成当今生态危机的是人类中心主义，人类中心主义更深层的哲学根源则是逻各斯中心主义主客二分对立思维；而道家思想超越了人类中心主义，提倡人类与自然的和谐，根本在于它跳出了逻各斯中心主义主客二分对立思维。比较研究道家思想与深层生态学等当代西方生态学理论，有利于发掘道家思想的当代生态价值，也有利于中国学者参与生态学相关的国际学术对话。

【关 键 词】道家思想　深层生态学　人类中心主义　逻各斯中心主义

深层生态学创始人阿恩·奈斯（Arne Naess）认为，道家思想是深层生

* 本文系国家社会科学基金项目“20 世纪美国生态文学对中国道家思想的接受研究”（17CWW001）阶段性研究成果。

态学的哲学源头之一①。环保理论学家理查德·西尔万（Richard Sylvan）和大卫·贝内特（David Bennett）也指出，中国的道家思想中蕴含着许多深层生态学理论，从而"使得深层生态学理论更令人满意和丰富"②。可见，道家思想对于深层生态学的影响，是受到深层生态主义者和西方学界公开认可的。道家思想和深层生态学到底有哪些契合之处？二者之间又有哪些细微的差异？本文尝试着通过比较研究道家思想和深层生态学在生态思想方面的一些重要论述，阐述二者之间的呼应关系和区别之处，进而发掘道家思想的当代生态价值。

一 "天之道"与"内在价值"

1985 年，比尔·德韦尔（Bill Devall）和乔治·塞欣斯（George Sessions）总结了深层生态学的八大基本原则，第一条就是"地球上的人类和非人类生物的福祉和繁荣有其自身价值。这些价值独立于非人类世界对于人类目的性的功用"③，这就是深层生态学的核心概念"内在价值"（intrinsic value 或 inherent value）。而在深层生态学和相关的动物保护主义运动兴起之前，西方社会长期奉行的是"工具价值论"（instrumental values），认为动物只因其农业、渔业、娱乐业等对人类有用的工具性而有价值，常见的论据包括：唯有人类拥有灵魂，动物不具备灵魂；唯有人类拥有理性，动物不具备理性；唯有人类拥有高级意识，动物不具备高级意识，等等。这是符合西方社会的犹太－基督教传统的，在《圣经·旧约·创世纪》中，上帝造人之后对人类说："要生养众多，遍满地面，治理这地。也要管理海里的鱼，空中的鸟，和地上各样行动的活物。"（《圣经·旧约·创世纪》1：28）在犹太－基督教的创世神话中，人类是上帝照着自己的形象造的，因

---

① Arne Naess, "The Deep Ecology Movement: Some Philosophical Aspects," in A. Drengson and H. Glasser, eds., *Selected Works of Arne Naess*, X, Dordrecht, the Netherlands: Springer, 2005, p. 12.

② Richard Sylvan and David Bennett, "Taoism and Deep Ecology," *The Ecologist*, 18 (1988), p. 148.

③ Bill Devall and George Sessions, *Deep Ecology: Living as if Nature Mattered*, Layton, Utah: Gibbs Smith, 1985, p. 70.

而具备其他生物不具备的"神性"或"灵性",人类在世界上担任管理者的角色,对世间万物具有管理之责和利用之权。1967 年,小林恩·怀特(Lynn White Jr.)在《科学》（Science）杂志上发表了著名的《生态危机的历史根源》（The Historical Roots of Our Ecological Crisis）一文,指出生态危机与西方犹太－基督教影响下的人类中心主义（anthropocentrism）世界观有着极大的关联,怀特认为"基督教,特别是其西方形式,是世上最人类中心主义的宗教"①。

在工业化大生产和现代资本主义社会之前的人类社会中,人类和动物之间的关系尚未全面恶化,虽然人类与动物是利用与被利用的关系,动物只对人类具有工具价值,但是在农业社会中,牲畜往往是人类的大宗财产,在被屠宰之前或者贡献其他工具价值之余一般能得到人类的善待。但是随着工业革命的到来和现代畜牧业的兴起,动物的处境快速恶化,美国记者和小说家厄普顿·辛克莱（Upton Sinclair）的《屠场》（The Jungle,1906）描述了芝加哥屠宰场中移民恶劣的工作环境,也反映了动物在现代肉类工业中遭受的残忍对待。事实上,西方社会在《屠场》之前就已经注意到了动物在畜牧业、肉品加工业和社会生活中遭受的残酷对待。1835 年,英国通过了世界上第一个反残忍对待动物的法案,其他国家纷纷效仿,陆续通过了类似法案。但是这些法案并未从根本上挑战"工具价值论"及其背后的人类中心主义,而是仍然从"工具价值论"出发,禁止有可能影响动物经济和实用价值的残忍行为。20 世纪中叶之后,现代密集化的养殖业和高效的肉类加工业兴起,动物也越来越多地被用于科学实验。20 世纪六七十年代,动物保护组织发起了激烈的抗议和社会大讨论,提出"内在价值论"对抗"工具价值论"。同时,现代环境保护运动也逐渐兴起,深层生态学正是诞生于这样的时代背景之下。

由此可见,深层生态学提倡的"内在价值"与道家思想中的"天之道"有着异曲同工之妙。《庄子·马蹄》用生动的笔触对比了"天之道"与"人之道":

---

① Lynn White Jr., "The Historical Roots of Our Ecological Crisis," *Science*, 155. 3767（1967）, p. 1206.

　　马，蹄可以践霜雪，毛可以御风寒。龁草饮水，翘足而陆，此马之真性也；虽有义台路寝，无所用之。及至伯乐，曰：我善治马。烧之，剔之，刻之，雒之，连之以羁馽，编之以皂栈，马之死者十二三矣；饥之，渴之，驰之，骤之，整之，齐之，前有橛饰之患，而后有鞭策之威，而马之死者已过半矣。

《庄子·秋水》提供了一个更简短的版本："牛马四足，是谓天；落马首，穿牛鼻，是谓人。"庄子认为，"天之道"就是顺应自然，顺应万物的本性，以自然无为的态度对待万物，庄子用来举例的马的"真性"就是自然地生活在自然界之中，而非为人所束缚和利用。与之相反，"人之道"就是违背自然，违背万物的本性，用人类的"机心"（《庄子·天地》）发明各种技术，剥削利用动物，最终必然导致"死者过半"的动物生存状况。"落马首，穿牛鼻"的"人之道"正是人类中心主义的动物"工具价值论"，而顺应动物"真性"的"天之道"则认识到了动物自身不依赖于人类而独立存在的"内在价值"。这两种价值论造成的结果也是截然不同的，在庄子的眼中，伯乐代表人类的智能，也是动物和自然的灾星。包括深层生态主义者在内的现代环保主义者有着类似的观点，随着人类技术的发展，人口暴涨，消费欲也暴涨，随之便是人类占领的土地逐渐侵占动物的栖息地，人类对资源的需求和对技术的滥用造成了各种生态灾难和无数物种灭绝。时至今日，地球上已经找不到一片未被人类影响的土地，已经找不到一个不被人类威胁的物种，甚至人类这个物种自身都受到了"人之道"的威胁，许多生态灾难正在反噬人类，威胁人类的生存。

　　庄子不止对比了"天之道"和"人之道"，也在二者之间做出了明确的选择。在《庄子·秋水》中，庄子讲述了这样一则小故事：

　　庄子钓于濮水，楚王使大夫二人往先焉，曰："愿以境内累矣！"庄子持竿不顾，曰："吾闻楚有神龟，死已三千岁矣，王巾笥而藏之庙堂之上。此龟者，宁其死为留骨而贵乎？宁其生而曳尾于涂中乎？"二大夫曰："宁生而曳尾涂中。"庄子曰："往矣！吾将曳尾于涂中。"

面对高官厚禄的诱惑，庄子毫不犹豫地选择了漫游于自然之中，在"天之道"和"人之道"之间选择了前者。庄子善用马、乌龟等动物举例对比"天之道"和"人之道"，十分形象生动。老子则更加理论化地一语道破："天之道，损有余而补不足。人之道，则不然，损不足以奉有余。"（《道德经》第七十七章）生态系统作为一个整体，往往会保持一个总体的均衡，而人类作为地球生态圈中最强大的物种，却把其他物种视为剥削和利用的对象，以满足自身的需求。

由上文的对比可知，道家思想和深层生态学都反对人类中心主义的"工具价值论"，主张非人类生物甚至是非生物的自然界都具有"内在价值"，但是如果细论这种"内在价值"的成因，深层生态学却有明显的不足，在这一议题上，道家思想可以为深层生态学提供哲学依据。在德韦尔和塞欣斯总结并得到奈斯认可的深层生态学八大基本原则中，"内在价值"是作为立论基础存在的，并没有更进一步说明"内在价值"本身来自何处。夏文利指出："深层生态学认为非人存在物拥有内在价值，这只能靠直觉来感知，无法用逻辑来证明。"[1]但是，薛勇民和王继创指出："从本质上讲，直觉是一种非理性的认识形式、认识能力和认识方法，是对事物及其联系的直接洞察和领悟。这种认识方法注重事物的整体性，整个认识过程带有模糊性特征，且受到某种因素启发，在瞬间完成整个思维过程得到认识结果。"[2]非人类生物和非生物自然界存在，这是一个既成的事实判断；非人类生物和非生物自然界具有"内在价值"，这是一个需要论证的价值判断。这个事实判断和价值判断之间没有直接的逻辑关联，需要进一步的证明。然而深层生态学并没有完成这一理论步骤，所以刘福森也将这一点称为"自然中心主义生态伦理的理论困难"，并评价道："如果它不能令人信服地从

---

① 夏文利：《〈淮南子〉与深层生态学的比较研究》，《自然辩证法研究》2017年第2期，第93页。

② 薛勇民、王继创：《论深层生态学的方法论意蕴》，《科学技术哲学研究》2010年第5期，第96页。

自然规律之'是'中推导出道德行为的'应当'的话，那么，这种伦理观受到怀疑就是不可避免的。"①

但是道家思想从本体论上解决了这一理论问题，道家的"天之道"版的"内在价值论"是建立在"道"这一道家核心概念上的。"道"既是一种本体论意义上的实体，在此意义上，道与万物是有所区分的；又是事物的根本属性，融汇在万物之中。《道德经》等道家经典著作没有区分"道"的这两种意义。从本体论和发生论的角度，《道德经》阐明了"道"与"万物"的关系："道生一，一生二，二生三，三生万物。万物负阴而抱阳，冲气以为和。"（《道德经》第42章）特里·F. 克里曼（Terry F. Kleeman）总结了对《道德经》这一章的一般解读："原始的统一体首先被分为两种相对的力量，即阴和阳，然后阴阳又造成第三种中间的力量，从这三种力量中产生所有的存在物。"② "道"生"一"这种"原始的统一体"，《太平经·五事解承员法第四十八》称之为"元气"；"一"生阴和阳两种气；至于"三"的具体所指，有认为是天、地、人"三才"的，也有认为是太阳、太阴和中和三种气的（《太平经·分解本末法第五十三》）。撇开"三"的不同解读不谈，"道"与"万物"的关系非常明确，包括人类和非人类生物以及非生物自然界的一切都是"道"的产物，人类与非人类世界在道家思想的本体论当中是同源的。而且，"道"是人类与非人类世界共同的根本属性，用深层生态学的话语来说，就是它们在"内在价值"的"道"的层面上来说是一致的。这种一致性可以用"道性"这个概念来概括，万物诞生之初就具有"道"的性质，即《抱朴子·辩问》所谓"胞胎之中，已含信道之性"。在这个意义上，"道性"与"内在价值"存在呼应关系，人类与非人类在"道性"和"内在价值"上是一致的。

如果说"道性"乃人类与非人类共同的"内在价值"是一种定性分析，那么定量分析的问题就在于人类与非人类的"内在价值"是否相等，即

---

① 刘福森：《自然中心主义生态伦理观的理论困境》，《中国社会科学》1997 年第 3 期，第 46 页。

② Terry F. Kleeman, "Daoism and the Quest for Order," in N. J. Girardot, James Miller, and Liu Xi-aogan, eds., *Daoism and Ecology：Ways Within a Cosmic Landscape*, Cambridge, MA：Harvard U-niversity Press, 2001, p. 62.

"道性"是否相等。深层生态主义者并未就此问题达成一致。奈斯一方面认为，"所有生命形式的生存权是一种普遍权力，不能被量化。没有一个物种比别的物种有更多的生存权"。①但是另一方面，他在解释深层生态学八大基本原则时说道："第二条原则要求这样一个前提，即生命作为一个进化的时间过程，暗含了多样性和丰富程度的增加。拒绝接受部分生命形式比其他生命形式具有更高或更低的内在价值，与一些生态思想家和新时代作家的设想不符。"②似乎，奈斯更在意内在价值的有无，而非大小。他既认为各种生命形式都有内在价值，都有不可剥夺的生存权，又认为它们的内在价值有大小之分，而这种内在价值的可量化性并不影响生存权的不可量化性。所以夏文利总结道："奈斯认为万物拥有的内在价值的大小不同。"③ 柯进华也认为："奈斯所倡导的平等并不包含内在价值平均地分配给生态社会的每一个成员，更不是绝对的平等；而是在生态系统中，人类和非人类生物都有生存、繁衍和自我实现的平等权利。"④但是，奈斯的深层生态学追随者德韦尔和塞欣斯却认为："生物圈中的万物都有平等的生存和繁衍权……生态圈中的所有生物和种群在内在价值上是相等的。"⑤关于深层生态主义者在这一问题上的分歧，夏文利直言"奈斯的观点是有问题的"，并反问道："如果万物拥有的内在价值大小不等，那么如何区分？谁来区分？实际上最终还是要由人来做区分。这不又回到了人类中心主义的观点了吗？"⑥的确，"内在价值"的有无之分和大小之分可能同样源于人类中心主义，同样可能助长人类中心主义。那种认为非人类没有"内在价值"的论调是人类中心主义

① Arne Naess, *Ecology, Community and Lifestyle：Outline of an Ecosophy*, translated by D. Rothenberg, Cambridge：Cambridge University Press, 1989, p. 166.

② Arne Naess, "The Deep Ecology Movement：Some Philosophical Aspects," in A. Drengson and H. Glasser, eds., *Selected Works of Arne Naess*, X, Dordrecht, the Netherlands：Springer, 2005, p. 38.

③ 夏文利：《〈淮南子〉与深层生态学的比较研究》，《自然辩证法研究》2017 年第 2 期，第 94 页。

④ 柯进华：《过程深层生态学对生物平等主义的超越》，《自然辩证法研究》2015 年第 4 期，第 53 页。

⑤ Bill Devall and George Sessions, *Deep Ecology：Living as if Nature Mattered*, Salt Lake City：Peregrine Smith Books, 1985, p. 67.

⑥ 夏文利：《〈淮南子〉与深层生态学的比较研究》，《自然辩证法研究》2017 年第 2 期，第 94 页。

的，但认为人类的"内在价值"高于非人类的价值同样不可避免地会堕入人类中心主义，最终还是由人类根据自己的判断来决定非人类生物的价值和命运。但是夏文利指出，道家思想经典"《淮南子》认为万物拥有的内在价值是相等的。因为他们都来源于道，'道'是大公无私和不偏不倚的，所以万物秉承的'道性'（内在价值）肯定也是相等的"。[①]在这一点上，道家思想中的"道""天之道""道性"等概念仍然值得深层生态主义者进一步借鉴。

二 "齐物论"与"生态中心主义平等"

在生态批评的话语体系中，人类中心主义总是以一副可憎的面貌出现，被要求对人类造成的各种生态灾难负责，甚至要附带论证人类的存在本身就是邪恶的，比如将人类比作在地球上扩散的癌细胞[②]。但是，人类中心主义究竟起源于何处？李家銮和韦清琦把生态问题的根源归咎于西方文化传统中的二元论，并进一步指出，"从哲学的高度上来看，这种形而上学的二元论的根源是逻各斯中心主义（logocentrism）……在人与自然的关系中，逻各斯中心主义体现为人类中心主义，人被视为中心，自然受到贬抑"[③]。前文已经指出，从文化的角度来说人类中心主义符合西方社会的犹太－基督教传统。对于人类中心主义的起源问题，深层生态主义者与道家思想家遥相呼应，为我们提供了另外一个视角。深层生态学认为，物种都有"物种自我中心主义"，每个物种、每个有机体都以本物种和本有机体生命为中心，都从自身的角度和利益出发，与环境中的其他物种发生物质和信息上的交换。"中心主义"这种倾向并非人类独有，而是所有物种都有的一种生

① 夏文利：《〈淮南子〉与深层生态学的比较研究》，《自然辩证法研究》2017 年第 2 期，第 94 页。

② Cf. Warren M. Hern, "Has the Human Species Become a Cancer on the Planet? A Theoretical View of Population Growth as a Sign of Pathology," *Current World Leaders*, 36.6 （1993）, p. 1089 – 1124; and A. Kent MacDougall, "Human as Cancer," *Wild Earth*, （Fall 1996）, p. 81 – 88.

③ 李家銮、韦清琦：《女性与自然：从本质到建构的共同体》，《江苏行政学院学报》2017 年第 3 期，第 41 页。

命倾向。庄子有高度类似的观点："以物观之，自贵而相贱。"（《庄子·秋水》）庄子认为，万物本无贵贱，但是从人类的角度来观察万物，人自以为贵而物贱，反过来从物的角度观察人类和其他万物，观察者自以为贵而其他贱。这种"自以为贵"的观念就是人类认为自己有"内在价值"而动物只有"工具价值"或者人类的"内在价值"高于动物的"内在价值"的根由。列子也有类似的论述："天地万物与我并生，类也。类无贵贱，徒以小大智力而相制，迭相食，非相为而生之。人取可食者而食之，岂天本为人生之？且蚊蚋噆肤，虎狼食肉，非天本为蚊蚋生人、虎狼生肉者哉？"（《列子·说符》）虽然自然界中的食物链一环套一环，但是这并不能说明被捕食的生物存在就是为了满足捕食者的食欲；人类处于食物链的顶端，并且以多种方式剥削利用其他生物，但是这并不能说明其他生物存在就是为了满足人类的需求。

庄子认为，产生这种现象的原因在于偏离了"道"，因为"以道观之，物无贵贱"（《庄子·秋水》），那解决之法自然就是回归"道"。从本体论的角度来说，道家思想认为万物是"道"的产物；从价值论的角度来说，"道"是万物的固有属性和"内在价值"。所以，无论是从"道"作为万物之源还是从"道"作为万物固有属性的角度来看，包括人类在内的万物都是没有贵贱之分的。所以道家思想反对刻意将道的世界中部分个体的地位拔高的做法。老子说："天地不仁，以万物为刍狗；圣人不仁，以百姓为刍狗。"（《道德经》第五章）天地包罗万物，万物都是天地的一部分，所以天地并不会特别善待某部分个体，人类与其他万物一样在天地的眼中都是如同"刍狗"一样的存在，并无二致；从圣人的角度看，百姓是天下的百姓，并不需要赋予某些个体特别的优待，公平对待所有百姓即可。深层生态学采用了类似的逻辑，提出了"生态中心主义"（ecocentrism），从整个生态系统的角度考虑问题，既不从人类的视角轻视其他物种，也不把人类排除在生态系统之外。

深层生态学是一种生态整体主义的思想，王诺在《生态批评与生态思想》一书中将生态整体主义总结为"把生态系统的整体利益作为最高价值而不是把人类的利益作为最高价值，把是否有利于维持和保护生态系统的完整、和谐、稳定、平衡和持续存在作为衡量一切事物的根本尺度，作为评判人类生活方式、科技进步、经济增长和社会发展的终极标准"[1]。这个生态系统包括人类与万物，因为人类与万物都是自然界中平等的一员，人类并没有超越其他生物的更高的"内在价值"，万物都有追求存在和发展的权利，这就是深层生态学的生态中心主义平等（ecocentric equality）思想。深层生态主义者沃里克·福克斯（Warwick Fox）从哲学上向前更进了一步，坚决反对主客二分的二元对立思维，认为"世界并不能分为彼此独立的主体与客体。人类世界与非人类世界之间的分界，事实上也不存在"[2]。既然深层生态学消解了这种分界线思维，那么整个生态系统在深层生态主义者看来就是一幅与仍然残存着人类中心主义的浅层生态学（shallow ecology）的认知完全不同的全新图景，这幅图景被称为"生命之网"（the web of life）：

> 浅层生态学是人类中心主义的。它将人类视为高于或者超脱于自然之外的存在和所有价值的来源，而认为自然只有工具性或者"实用的"价值。深层生态学不会把人类或者其他存在物从自然环境中区分出来。它不把世界看成是独立个体的集合，而是一张根本上互相联系互相依赖的各种现象的网络。深层生态学认可所有生物的内在价值，认为人类只是这张生命之网的一根线。[3]。

这样一张"生命之网"的图景跨越时空，在道家思想中也有知音，这就是《庄子·齐物论》中"天地一指也，万物一马也""天地与我并生，而万物与我为一"的图景。庄子主张"人与天一"（《庄子·山木》），重在人与自然的相互融合；他主张"物无贵贱"（《庄子·秋水》），重在人类与非人类在"道性"和"内在价值"上的平等；他主张"顺物自然"（《庄子·应帝

① 王诺：《生态批评与生态思想》，人民出版社，2013，第141页。
② Warick Fox, "Deep Ecology: a New Philosophy for Our Time?" *The Ecologist*, 14 (1984), p. 194.
③ Fritjof Capra, *The Web of Life: A New Scientific Understanding of Living Systems*, New York: Anchor Books, 1996, p. 7.

王》），认为人类应该顺应自然规律。而在人类与自然万物的关系上，他提出了"天地一指也，万物一马也""天地与我并生，而万物与我为一"的"齐物论"观点，主张一种生态整体思维。在庄子看来，人类与非人类万物之间并没有不可逾越的鸿沟，包括人类在内的自然万物之间存在着内在的普遍联系。人类与非人类万物的普遍联系一于"一"字，即"道"上的同源性和"道性"上的同质性。王斑在一次访谈中也高度评价了道家的这种思想，并认为这反映了人类与自然的"灵犀相通"："道家崇尚内在自然的自由，崇尚与外在自然的灵犀相通。"①

如果说深层生态学的生态中心主义平等以生态为中心，强调人与自然的平等，和庄子的"齐物论"思想一样都是把万物的地位抬高到人的地位，从而实现万物与人类的平等，那么《淮南子》的"我亦物也"的思想就是将人降低到物的地位以实现这种平等。《淮南子·精神训》写道："譬吾处于天下也，亦为一物矣。不识天下之以我备其物与？且惟无我而物无不备者乎？然则我亦物也，物亦物也，物之与物也，又何以相物也？"《淮南子》在庄子"以道观之，物无贵贱"的思想基础上更进一步，明确提出"我"就是"物"，"物"就是"我"，"我"与"物"没有实质上的区别，放在生态学的语境下来看，就是人类是万物之一，万物也像人类一样是在生态系统中有价值的存在，而从生态系统的视角来看，人类与万物并没有本质的区别。这种思想就是实践"以道观之"的道家认识论的产物，而反对"以己观之"的"人之道"，主张站在"道"和整个生态系统的角度体察万物与生俱来的"内在价值"，而非从人类功利主义的角度来审视万物，否则就像人类中心主义一样只能看到万物对自己的工具性价值。台湾学者叶宝强（Po-Keung Ip）认为，在《庄子》中"一切都被看作是本体论上的平等……是人类中心主义价值秩序论的异己"②。王宁指出，"关爱动物、保护动物的意识也开始频繁地出现在当今的生态文学作品和批评文字中，并在一定程

---

① 华媛媛、王斑：《海外中国文学研究的"生态"思考——与斯坦福大学王斑教授"生态"一席谈》，《南方文坛》2019年第4期，第104页。

② Po-Keung Ip, "Taoism and the Foundations of Environmental Ethics," *Environmental Ethics*, 5 (1983), p. 339.

度上标志着当代生态文学批评中的'动物转向'"①。如果说明确的"动物转向"是近年来生态批评才有的一个趋势，那么这种"动物转向"早在道家思想和深层生态学中就有了思想和实践的源头。

当然，道家思想和深层生态学并不完美。比如，《淮南子》虽然提出了"我亦物也"的思想，但是在具体论述中并未能完全超越人类中心主义，其中还是存在"工具价值论"的痕迹。《淮南子·齐俗训》写道：

> 故愚者有所修，智者有所不足。柱不可以摘齿，筐不可以持屋，马不可以服重，牛不可以追速，铅不可以为刀，铜不可以为弩，铁不可以为舟，木不可以为釜。各用之于其所适，施之于其所宜，即万物一齐，而无由相过。夫明镜便于照形，其于以函食，不如箄；牺牛粹毛，宜于庙牲，其于以致雨，不若黑蜍。由此观之，物无贵贱。因其所贵而贵之，物无不贵也；因其所贱而贱之，物无不贱也。

《淮南子》认为万物各有所长，各有所短，所以贵贱并不是绝对的，而在于人们的主观认知。但细看这一段中的例证，还是从万物对于人类的"工具价值"的角度进行论证的。如果完全摒弃了"工具价值论"，《淮南子》根本就不会关心"柱"是否可以"摘齿"，"筐"是否可以"持屋"等人类从自身利益出发界定的万物的工具价值，至少也应该从"以物观之，自贵而相贱"（《庄子·秋水》）或"物种自我中心主义"的角度均衡论述人类对于自然万物的"工具价值"。

深层生态学提倡的"生态中心主义"也称"生物中心主义"（biocentrism），这种以生态/生物的利益为第一考虑的思想从理论上看似乎相当完美，但是在实践中往往过度贬抑人类的合理寻求，甚至有将人类排除在生态系统之外的嫌疑，比如前文提及的将人类比作地球上的癌细胞，需要被清除的观点，就是这种"生物中心主义"走向极端的例证。

---

① 王宁：《当代生态批评的"动物转向"》，《外国文学研究》2020年第1期，第36页。

三 "天我无间"与"自我实现"

任何理论都需要在实践中得到检验，理论在实践中暴露出的问题，要么是理论本身的缺陷，要么是实践偏离了理论的指导。为了实现理想中的"生态中心主义平等"，深层生态学提出了自己的"自我实现"（self-realization）理论。1986 年 3 月 12 日，奈斯受邀在澳大利亚默多克大学（Murdock University）发表了题为"自我实现：一种存在于世的生态方法"（Self-Realization: An Ecological Approach to Being in the World）的演讲。在这场演讲中，奈斯讲出了他心目中的"自我实现"理论，提出了"生态自我"（ecological self）的概念：

> 从传统上来说，自我的成熟被认为需要经历两个发展阶段：从自我到社会自我（包括自我），从社会自我到形而上学自我（包括社会自我）。在这种自我成熟的概念中，自然很大程度上被排除在外。我们周遭的环境、我们的家园（我们孩童时归属的地方），还有对于非人类生物的认同很大程度上被忽视了。所以，我尝试提出生态自我的概念，这或许是第一次这种尝试。可以说，我们从一出生就处于自然之中，就属于自然。社会和人类的关系是重要的，但是我们的自我在其构成性关系中更丰富。这些关系并不限于我们与其他人以及人类社区的关系（我在其他场合已经提出了混合社区（mixed community）的概念，指我们有意识地、有意地与某些动物亲近相处的社区）。①

深层生态学认为人类只有将自身与整个生态圈融为一体，达到"生态自我"的状态，才是最完美的自我实现。要达到这种融合的状态，必然要求人类与生态圈中的其他存在物具备某些本质上的相同或相通，没有这种同质性

① Arne Naess, "Self-Realization: An Ecological Approach to Being in the World", in A. Drengson and H. Glasser, eds., *Selected Works of Arne Naess*, X, Dordrecht, the Netherlands: Springer, 2005, p. 516.

或相通性就不可能有这种自我实现。奈斯是从心理学自我认知的角度切入这一话题的，他的"自我实现"理论将人类个体视为生态整体的一部分，劝说人们放弃"小我"，不断扩大自我的边界，直至包容整个生态系统，与自然万物相连，实现"生态自我"。德瓦尔和塞欣斯也有类似的论述："生物圈中的所有事物都拥有生存和繁荣的平等权利，都拥有在较宽广的大我的范围内使自己的个体存在得到展现和自我实现的权利。"①

深层生态学这种人类与非人类具有同质性或相通性，因而可以融为一体的观点，在道家思想中存在呼应之声。从发生论的角度，老子主张"道生一、一生二、二生三、三生万物"（《道德经》第42章），人类与非人类的万物同源，都是"道"的产物；并且"道"普遍地体现在万物之中，是万物的根本属性，所以人类与万物同质。所以《庄子·齐物论》说："天地与我并生，而万物与我为一。"《淮南子》更进一步，认为天（自然万物）与人类不但同源同质，而且同构：

> 头之圆也象天，足之方也象地。天有四时、五行、九解、三百六十六日，人亦有四肢、五脏、九窍、三百六十六节。天有风雨寒暑，人亦有取与喜怒。故胆为云，肺为气，肝为风，肾为雨，脾为雷，以与天地相参也，而心为之主。是故耳目者，日月也；血气者，风雨也。（《淮南子·精神训》）

> 蚑行喙息，莫贵于人，孔窍肢体，皆通于天。天有九重，人亦有九窍；天有四时以制十二月，人亦有四肢以使十二节；天有十二月以制三百六十日，人亦有十二肢以使三百六十节。故举事而不顺天者，逆其生者也。（《淮南子·天文训》）

夏文利指出，《淮南子》认为天（自然万物）与人类"结构非常相似，可以

---

① Bill Devall and George Sessions, *Deep Ecology: Living as if Nature Mattered*, Salt Lake City: Peregrine Smith Books, 1985, p. 67.

说人体是一个缩小了的宇宙，宇宙则是一个放大了的人体"①。基于这种同源性、同质性和同构性，《淮南子》提出了"天我无间"的观点："夫天下者亦吾有也，吾亦天下之有也，天下之与我，岂有间哉?"（《淮南子·原道训》）《淮南子》在五行理论的基础上，总结出一套同时适应人类与自然万物的理论体系，并且人类的行为应该"顺应天意"，否则就是"逆其生者也"。这套理论与中国哲学上的"天人感应"理论有相通之处，旨在劝谏君王等中国古代统治者颁布政令不可违背自然规律，否则就要受到上天的惩罚，轻则君王要下诏罪己，重则王朝要覆灭；同时也规范人类行为要符合自然界的法则，否则就要遭到自然的惩治，影响个人的生命、健康和家族的兴旺。

在实践层面上看，道家思想认为"人法地，地法天，天法道，道法自然"（《道德经》第25章），因而提倡一种返璞归真、清心寡欲的生活方式。庄子以"曳尾于涂中"（《庄子·秋水》）的比喻表明了自己淡泊名利的态度。《淮南子》主张从生活小事做起，反对奢靡，从而提高个人的"道性"："凡治身养性，节寝处，适饮食，和喜怒，便动静，使在已者得，而邪气因而不生。"（《淮南子·诠言训》）"静漠恬澹，所以养性也。和愉虚无，所以养德也。外不滑内，则性得其宜；性不动和，则德安其位。养生以经世，抱德以终年，可谓能体道矣。"（《淮南子·俶真训》）从字面来看，《淮南子》的这些论述是从修身养性以利于个人健康的角度来说的，但是从生态环境保护的现代视角来看，道家所提倡的生活方式无疑也是非常符合环境保护的诉求的。人类无节制剥削利用自然，对自然万物施行"工具价值论"，从更深层次的角度来说是欲壑难填的消费主义作祟。如果说早期人类利用自然是为了基本生存需要，那么时至今日，西方发达资本主义国家盛行的消费主义则是杰拉尔德·费格尔（Gerald Figal）所谓的"空洞而亢奋的消费主义，一种为了消费而消费的主义"②，甚至已经扭曲为芭芭拉·克

---

① 夏文利：《〈淮南子〉与深层生态学的比较研究》，《自然辩证法研究》2017年第2期，第94页。

② Gerald Figal, "Monstrous Media and Delusional Consumption in Kon Satoshi's *Paranoia Agent*," in Frenchy Lunning ed., *Mechademia 5：Fanthropologies*, Minneapolis, MN：University of Minnesota Press, 2010, p. 140.

鲁格（Barbara Kruger）所谓的"我购物故我在"（I Shop Therefore I Am）①的心态，人们不再以自己的创造成果来衡量自我价值，而是纷纷盲从购物消费的攀比奢靡之风，以所占有所消费之物来衡量自我价值，而不管这些被占有被消费之物的来源是否正当，更不管自然万物在人类的消费过程中付出了何种代价。庄子也设想了人类与万物和谐相处的"至德之世"：

> 故至德之世，其行填填，其视颠颠。当是时也，山无蹊隧，泽无舟梁；万物群生，连属其乡；禽兽成群，草木遂长。是故禽兽可系羁而游，鸟鹊之巢可攀援而窥。夫至德之世，同与禽兽居，族与万物并，恶乎知君子小人哉！同乎无知，其德不离；同乎无欲，是谓素朴。素朴而民性得矣。（《庄子·马蹄》）

庄子这段文字重在论证"德"的重要性，但是从生态主义的角度而言，庄子将"无知""无欲"的"素朴"生活方式与"万物群生，连属其乡；禽兽成群，草木遂长"的生态天堂置于因果关系之中，指出了深层生态主义者所憧憬的生态天堂的实现之道，与工业化社会中人类与自然隔离的现实相比较，也自然点出了生态之道与人类中心主义的对比。道家思想这种对于政策制定者的劝谏和对于人类生活方式的规范，同样也是深层生态学的目的所在。在深层生态学的八大基本原则中，第四条就是要限制人类人口："人类生命和文化的繁荣与人类人口大幅减少是相匹配的。非人类生命的繁荣要求人类人口减少。"②在自然之中，各种物种的数量都受到其栖息地的承载力的限制，往往在食物资源和天敌的双重作用下在平衡线附近波动，人类虽然是地球上最强大的物种但同样受到"马尔萨斯陷阱"的约束，所以在工业革命生产力大发展之前人类总人口增长较慢。但是进入工业化社会之后，人类已经在相当程度上突破了这种限制，人口暴涨，资本主义生产

---

① "I Shop Therefore I Am" 是芭芭拉·克鲁格（Barbara Kruger）1987 年设计的一张艺术照片，以人手持 "I Shop Therefore I Am" 标语为核心。

② Arne Naess, "The deep ecology movement: Some philosophical Aspects," in A. Drengson and H. Glasser, eds., *Selected Works of Arne Naess*, X, Dordrecht, the Netherlands: Springer, 2005, p. 37.

和人口相对过剩，反倒是分配不均导致购买力不足，在资本增值和刺激消费的多重作用下滋生了前文提及的消费主义，使多数人生活在消费主义的焦虑和分配的不公之中。人口的暴涨和消费主义的盛行，必然使人类极大地挤占其他物种的生存空间，破坏了自然生态系统的平衡，所以深层生态主义者主张限制人口，为其他物种留出生存空间。韦清琦和李家銮指出，深层生态学认为"人类需要回到自给自足、'老死不相往来'的生物区域性（bio - regional）的传统社会"①，点出了深层生态学的生物区域主义（bioregionalism）思想与老子提倡的"小国寡民"的相通之处："小国寡民……邻国相望，鸡犬之声相闻，民至老死，不相往来。"（《道德经》第 80 章）由此可见，道家思想和深层生态主义在人类社会形态这一议题中有着类似的乌托邦倾向，道家思想诉诸"道""德""自然"等哲学概念以论证这种生态乌托邦的合理性，深层生态学则从社会运动的角度直接发出行动的号召，但是二者同样缺乏具体的实现途径。从历史实践来看，虽然中国古代在王朝更替、百废待兴时期往往采用"与民休息""无为而治"的黄老之道，现代社会也制定了一些环保政策，但目的都是在维持人类与生态系统基本平衡的基础上发展人类社会自身，从古至今没有哪个社会把实现道家思想和深层生态学这种人类与非人类万物完全平等的生态乌托邦作为施政纲领。

值得指出的是，深层生态学在发展和实践中并不总是能均衡地照顾生态系统中各方的利益和诉求。比如，斯图尔特·戴维森（Stewart Davidson）指出："生物区域主义吸收了深层生态学的部分观点，尤其是其对于跨物种认同的强调，这在很多方面不利于环保事业。"②如果任由人类和其他生物采用"自贵而相贱"的视角和自由竞争的策略的话，那么结果必然是人类占据全面的优势，对其他物种和整个自然生态造成毁灭性的打击；如果从生态系统和其他生物的角度对人类的行为进行调节，又必然导致对人类的诉求的贬抑，以保护其他物种和维护生态系统的持续发展，这其中的度非常难以拿捏。人类发展道路的选择毫无疑问会影响其他物种的生存和生态系

---

① 韦清琦、李家銮：《生态女性主义》，外语教学与研究出版社，2019，第 5 页。
② Stewart Davidson，"The Troubled Marriage of Deep Ecology and Bioregionalism," *Environmental Values*，16. 3（2007），p. 313.

统的健康，但是这种道路的选择和程度的拿捏最终又不得不让人类来决策，这又非常容易再次陷入事实上的人类中心主义。这是深层生态学和其他所有生态学理论共同的理论和实践难题。比如，各国都面临环境保护和经济发展的两难选择，特别是在包括中国在内的发展中国家，经济发展和环境保护之间有时存在矛盾，要找到"绿水青山就是金山银山"的环保经济之路往往并不容易。再比如，美国在 20 世纪 90 年代采取了整体主义的生态系统管理策略，保护并开发位于佛罗里达州的大沼泽地国家公园（Everglades National Park），被视为比较成功地解决了经济发展与环境保护之间的矛盾，但是理查德·布鲁克斯（Richard O. Brooks）和罗斯·琼斯（Ross Jones）指出："生态系统管理并不缺少激烈批评者，包括批评其侵害私有财产权的，还有生态主义者和环保主义者批评生态系统管理仍然允许人类经济考虑压过生态知识，特别是在经济利益和生物多样性保护之间权衡时。"[1]

四　道家思想的当代生态价值

如果说西方的犹太－基督教传统和长期以来的"工具价值论"是一种强人类中心主义（strong anthropocentrism），并且造成了当今的生态危机的话，那么深层生态学所批评的浅层生态学就是一种弱人类中心主义（weak anthropocentrism），它采取一种功利主义的立场和改良主义策略，只在人类对于自然的统治逻辑之上修修补补，尽量缓和人类与自然的矛盾，而无法根本改变人类对丁自然的压榨。哈罗德·格拉瑟（Harold Glasser）指出："'浅层'的，当下影响力更大的环保主义，被认为是治理生态危机的表征，比如污染和资源枯竭。这种改良主义的方法以技术优化、经济增长和科学管理为基础，而不以改变人与自然的关系为前提。所以它无法从根本上解决当下生态文化危机的哲学、社会和政治根源。"[2]简而言之，浅层生态学是

---

① Richard O. Brooks, Ross Jones, *Law and Ecology：The Rise of the Ecosystem Regime*, New York：Routledge, 2017, p. 279.

② Harold Glasser, "Series Editor's Introduction," in A. Drengson and H. Glasser, eds., *Selected Works of Arne Naess*, X, Dordrecht, the Netherlands：Springer, 2005, p. xlvii.

"治标不治本"的。人类中心主义采用一种主客二分、二元对立的思维逻辑，首先将人类与自然区分并对立起来，然后将人类视为主体，具有能动性和独立意志，处于中心地位；将自然视为客体，处于被动的、边缘的地位，任由人类剥削利用。自然的价值取决于人类的需要，对人类有用的、有益的就有价值，即"工具价值"。从人类的利益出发，竭泽而渔自然是不利的，所以浅层生态学也主张保护自然、节约资源，但是只到对人类利大于弊、收益大于成本的程度。可见浅层生态学仍然坚持人类中心主义，只是这种人类中心主义相对慈眉善目，可以称为弱人类中心主义。在实践中，浅层生态学的这种弱人类中心主义比较隐蔽，容易让环保人士和生态主义者陷入改良主义的温情脉脉中，也确实能够让部分非人类物种得到保护，但是从长期来看，这种浅层生态学不能改变人类对自然的剥削和人类对非人类生物的统治。

事实上，深层生态学就是相对于浅层生态学建立和发展起来的。1972年，奈斯在第三届世界未来大会（World Future Conference）上发表了《浅层生态运动和深层长期生态运动总结》的演讲，提出并区分了浅层生态学和深层生态学的概念。[①]在另外一篇演讲《深层生态学基本原理》中，奈斯用生动形象的语言界定了什么是深层生态学。

> 深层生态学方法的特点，在于人类与环境的深层关系，以及乐于接受这种关系的态度。它默认自我本质上也是生态的。将人类放在环境当中谈论是具有误导性的，因为与其说我们在环境之外，不如说我们在环境之中。一棵树的美妙之处在于这棵树，也寓于我们之中。有客体、媒介和主体，但是只有在抽象谈论中这三者才能区分。遵循深层生态学方法的人以这些术语思考：世界为先、人类与世界不分、地球之友、生态责任、森林为树存在、拥抱树木。如果我们说"森林为树存在"，那么我们认同森林的目的就在于其自身，而不在于满足任何

---

① Arne Naess, "The Shallow and the Deep, Long – range Ecology Movement: A summary," *Inquiry* 16（1973）, pp. 95 – 100.

狭隘的人类需要。[1]

在同一篇演讲中，奈斯也明确提出，"在深层生态学运动中，我们是以生物为中心（biocentric）或以生态为中心的（ecocentric）"[2]。可见，相较于"工具价值论"的强人类中心主义和浅层生态学的弱人类中心主义，深层生态学可以说走向了另外一个极端，在哲学上并未跳出"中心主义"的窠臼，仍然陷在主客二分、二元对立的泥淖当中。虽然福克斯宣称，在深层生态学中"世界并不能分为彼此独立的主体与客体。人类世界与非人类世界之间的分界，事实上也不存在"[3]，虽然奈斯的"生物中心主义"中的"生物"和"生态中心主义"中的"生态"都包含人类，但是这一表述存在逻辑上的矛盾和实践上的偏差。在逻辑上，如果"生物"或"生态"是一个生态整体的概念，平等地包含人类和其他所有生态存在物，那何来"中心"？如果有"中心"存在，就必然存在"边缘"，那么这个"边缘"是什么呢？在实践中，这种"生物"或"生态"的概念十分容易窄化为非人类的自然界，从而将人类或部分人群排除在外，即由人类或部分人群（特别是弱势群体）来充当这个"边缘"的角色。比如，前文提及的将人类比作寄生在地球上的癌细胞的理论宣称人类应该从地球上清除出去。再比如，深层生态学实践组织"地球优先！"（Earth First!）的创始人戴夫·佛曼（Dave Foreman）就曾经走向极端，建议为了控制世界人口总量，减轻地球生态系统的负担，应该让埃塞俄比亚的饥民自生自灭。深层生态学在实践中还容易机械化，比如坚信深层生态学的罗格斯大学生物学教授大卫·埃伦费尔德（David Ehrenfeld）宣称天花病毒是一种濒危物种，应该得到保护[4]，对天花病毒给人类造成的苦难视而不见，贬低人类的公共卫生努力。

---

[1] Arne Naess, "The Basics of Deep Ecology," in A. Drengson and H. Glasser, eds., *Selected Works of Arne Naess*, X, Dordrecht, the Netherlands: Springer, 2005, pp. 14 – 15.

[2] Arne Naess, "The Basics of Deep Ecology," in A. Drengson and H. Glasser, eds., *Selected Works of Arne Naess*, X, Dordrecht, the Netherlands: Springer, 2005, p. 18.

[3] Warick Fox, "Deep Ecology: A New Philosophy for Our Time?" *The Ecologist*, 14 (1984), p. 194.

[4] David Ehrenfeld, *The Arrogance of Humanism*, Oxford University Press, 1978, p. 209.

虽然这种极端论调在深层生态学中并不占主流，但是足以反映在深层生态学的实践中，为了保护生态圈和自然界的利益，往往要牺牲弱势人类群体的生存权、发展权或其他福祉。

与西方哲学传统不同，道家思想是一种"无中心主义"的哲学。道家思想中最重要的"道"虽然是世间万物的根源，但并不攫取中心地位而将万物排斥到边缘的地位，而是作为万物的根本属性蕴含于万物之中。万物作为"道"的产物，同源同质同构，在道家思想家的眼中并不存在任何价值上的区别与地位上的差异。人类与自然始终处于一体同性的共存关系之中，从来就没有像在西方哲学传统中那样分化开来，没有二元区分，自然也就不存在二元对立。人类与自然同源同质同构，决定了人类与自然的关系始终都是和谐的，人是自然界中的人，自然界是人生活于其中的自然界，人类的活动与自然界的客观规律相吻合。人与自然根本就不存在"中心"与"边缘"的关系问题。对于强、弱等各种人类中心主义盛行，生态危机日益恶化的当今社会，无中心主义的道家思想具有超强的理论前瞻性，对于生态危机的缓解与解决有着生态哲学上的指导意义。我们通过对勒古恩科幻小说的研究也得出了类似的结论："西方二元对立思维在中国道家思想的二元交融世界观中可得以消解，（勒古恩）所追求和向往的自由国度，都在中国道家的生态乌托邦中找到了可以替代的身影。"①人类行为上的改变需要以观念上的改变为前提，生态主义的实践需要哲学的指导，道家思想作为一种"无中心主义"的哲学在生态哲学的意义上是完备且彻底的，所以任何生态主义的实践都可以将道家思想作为理论标杆进行自查和修正，包括但不限于深层生态学。

人类中心主义并非唯一的"中心主义"，也不是二元对立思维唯一的表现形式。各种"中心主义"是否具备本质上的统一性？各种二元对立是否有更底层的总逻辑？不难想象，逻各斯中心主义的表现形式绝不止人类中心主义和男权制两种，种族歧视、民族歧视、殖民主义、性向歧视、年龄歧视、阶级压迫、城乡二元对立等各种现象都是逻各斯中心主义在不同语

---

① 华媛媛、李家銮：《审美与政治：勒古恩科幻小说中的生态之"道"》，《外语与外语教学》2020 年第 3 期，第 115 页。

境下的展现，它们虽然看上去统治形式各异，但内里的统治逻辑是统一的。韦清琦和李家銮指出："这种统治逻辑已经渗入社会生活的各个方面，不论是在政治、经济、法律、宗教、教育、军事等公共领域还是在私人领域。"① 深层生态学是对人类中心主义的反拨，但它是用一种"中心"替代另一种"中心"，没有超脱中心主义的俗套，同时它也缺乏对有着相同统治逻辑的其他"中心主义"和人类中心主义与它们的联动的关注，甚至在反对人类中心主义的同时，自己也犯了其他的"中心主义"的错误。比如，大多数深层生态主义者并未深刻地反思，为何西方发达资本主义国家自从工业革命以来就是生态危机的罪魁祸首，但受到生态危机的影响最大的反而是广大发展中国家；为何在现代环境保护运动兴起后，西方发达资本主义国家缓解了自己的生态问题，却把高污染、高能耗的粗放工业生产转移到发展中国家，在低价享受发展中国家人民劳动成果的同时，指责发展中国家破坏了地球生态；为何西方发达资本主义国家的中上阶层不成比例地消耗了生态资源，却让种族、阶级、性别等方面的弱势群体遭受生态危机的威胁。事实上，印度学者罗摩占陀罗·古哈（Ramachandra Guha）和西班牙学者琼·马丁内斯·阿列尔（Joan Martínez Alier）早在 1997 年就指出了深层生态学的西方中心主义倾向，他们认为深层生态学"刺激了西方生物学者及其资助方的帝国主义幻想"②。美国社会生态学家默里·布克钦（Murray Bookchin）也指出，深层生态学主要是由享受特权的白人男性学者发起的。③ 韦清琦和李家銮在评述深层生态学时则更加直接地指出："深层生态学的倡议者及其拥护者主要是西方发达国家的中产阶级，尤以白人男性居多。换言之，深层生态学学者及其拥趸本身就是人类社会内部不平等制度的受益者，他们没有天然的社会变革动机，即使是在'深入'思考生态问题时，也不会优先将其与种族、阶级、性别等问题联系起来。"④

---

① 韦清琦、李家銮：《生态女性主义》，外语教学与研究出版社，2019，第 8 页。

② Ramachandra Guha, Joan Martínez Alier, *Varieties of Environmentalism*: *Essays North and South*, New York: Routledge, 1997, p. 95.

③ Murray Bookchin, "Social Ecology versus Deep Ecology: A Challenge for the Ecology Movement," *Green Perspectives*: *Newsletter of the Green Program Project*, Nos. 4 – 5 (Summer, 1987).

④ 韦清琦、李家銮：《生态女性主义》，外语教学与研究出版社，2019，第 6 页。

道家思想在这方面要比深层生态学具备更高的理论合理性。在道家思想中，人类与自然的关系是核心话题，它认为人类与自然处于同源同质同构的和谐状态，但是道家思想家并不缺乏对其他视角的关注。比如，道家"阴阳和合"的思想，老子"贵阴"的思想，对反拨以男性为中心、压迫女性的男权制有着强烈的现实借鉴意义。当然，道家思想似乎理论思辨有余而社会实践不足，老子、庄子等道家思想家似乎都并不关心他们的思想在多大程度上被付诸实践，在这一点上，深层生态学强烈的实践性值得道家思想借鉴。另外，道家思想在实践中有着偏离理论原则的情况发生，道教与道家思想存在千丝万缕的联系，但是道教在实践中似乎偏离了道家思想的理论指导，比如道家的"阴阳和合"思想往往被神秘化为"采阴补阳"的房中秘术，在漫长的封建历史中反而成了迫害女性的帮凶。

综上所述，道家思想与深层生态学之间存在诸多契合之处，也有着细微的区别。道家思想作为一种无中心主义的哲学，可以为深层生态学残余的"中心主义"问题提供借鉴。道家思想有一种可以多向度扩展的理论，可以为深层生态学纠正关注人类中心主义而忽略了其他社会问题的倾向提供借鉴。深层生态学作为一种实践性超强的生态保护运动理论，也可以为道家思想与当今各种社会问题结合提供参考。东方古老的道家思想与西方现代的深层生态学理论，跨越时空，在诸多生态问题上给出了高度契合的解答，两种理论结合当今生态运动的实践互相融合，互相参照，具有十分广阔的前景和深远的生态意义。事实上，国内外的生态主义实践和生态环境保护主义政策往往都有意识地从道家思想中汲取理论养分，深层生态学如此，"绿水青山就是金山银山"的论断也是如此，没有公开明确借鉴道家思想的生态主义思想和环保主义运动也往往与"暗合道妙"地契合和呼应了道家哲学的生态思想。从这一意义上，可以将人类的生态主义实践视为一个逐步推进、日渐完善的历史进程，不论其具体理论主张和实践原则如何，都可以从道家思想的角度进行对比解读，都需要道家生态哲学的理论指导。道家思想可以成为深层生态学的理论来源，也可以成为将来更加完善的生态理论和更加合理的环保运动的理论来源。

【Abstract】 Exemplifying ancient Chinese ecological wisdom, Daoism influences and echoes modern Western deep ecology. Key arguments in deep ecology like "intrinsic value", "ecocentric equality", and "self – realization" all have their verisimilar counterparts in Daoist canon like *Dao De Jing*, *Zhuangzi*, *Liezi*, and *Huainanzi*, showing echoes and nuances between the two theories in ontology, conception of nature, and values. The root of modern ecological crisis lies in anthropocentrism, which is even more deeply rooted in logocentrism and its dualistic thinking, while Daoism opposes anthropocentrism and promotes human – nature harmony because it has transcended logocentrism and its dualistic thinking. The comparative analyses of Daoism and deep ecology and other modern Western ecological theories not only help reveal the modern ecological values of Daoism, but also help Chinese scholars participate in international academic dialogues concerning issues in ecology.

【Keywords】 Daoism; Deep Ecology; Anthropocentrism; Logocentrism

论环境诠释学的哲学基础及其生态批评意义

姚成贺

（北京师范大学外国语言文学学院，北京 100088）

【内容提要】环境诠释学以哲学诠释学的洞见与理论为基础，关注环境与人类的互动关系，揭示并思考对二者之间关系进行诠释的方式，其理论来源主要包括伽达默尔的语言观、历史观和利科的他者伦理。哲学诠释学认为，人类存在的意义在于将自身置于更大的文本语境范畴之中，并以此为意义探寻的起点。而环境恰恰体现了这种文本语境，人类栖居的世界总是已经得到诠释并因此充满意义。伽达默尔通过严谨的现象学反思，揭示了语言与世界的相互关联，阐明了人类可以重新定义自然的方式。由于人们一直生活在已经得到诠释的世界里，"属于历史"成为伽达默尔对所有个体事实的描述，其诠释学研究的目的不是消除和摧毁个体的前见，而是试图了解主体的前见对于意义的影响。哲学诠释学认为文本自身拥有自主性，从而拥有众多有效的、脱离作者的意义。伽达默尔以"视域融合"概念来描述人们相互理解的可能性，带来了对他者诠释的开放。利科的他者伦理则帮助自我在诠释学的解释框架内实现了对非人类他者的伦理承认，从而将他者伦理扩展到非人类存在。通过诠释，我们使"环境"成为一个可居的、有意义的"世界"。环境诠释学提供了审视环境哲学与环境伦理学中传统问题的新方式，带来生态批评的诠释学转向，并打开环境文学与自然文学研究的新视角。

【关 键 词】环境诠释学　环境哲学　哲学诠释学　生态批评

一 环境诠释学概述

在面临环境危机的当代社会，环境诠释学作为环境哲学与环境伦理学新近发展的理论视角，旨在从道德与精神层面警醒人类。这一社会科学知识方法不仅涉及伦理问题，还涉及认识论层面、神学影响以及话语分析等，主要发展于美国与西欧，其中尤以美国更为蓬勃，拥有众多流派。环境诠释学关注的是环境与人的互动关联，二者的相互理解与相遇由文字叙事所表达与规范，这种叙事包括个人与集体、事实和虚构之环境与记忆的描写及相遇。①

按照克林格曼（Forrest Clingerman）等学者的总结，环境诠释学的内容涵盖五个方面。第一，环境诠释学看似抽象实则含义广泛，属于任一环境领域阐释原则的延伸，如自然环境、建筑环境、文化环境等，以诠释学作为整体阐释活动的逻辑依据与基本框架。第二，环境诠释学阐释人与环境的实际相遇或在环境内部的相遇，意在深化人类对于地方的理解，以引导人与地方之间的互动。第三，自然文学是环境诠释学的一种形式，如利奥波德（Aldo Leopold）、梭罗（Henry David Thoreau）、缪尔（John Muir）、迪拉德（Annie Dillard）等自然文学作家的作品。第四，环境诠释学拥有跨学科的视界。各个学科以不同方式根据自身内在逻辑阐释自然环境，形成诸如地质学阐释、经济学阐释、科技阐释、农业阐释等基于广泛学科知识的环境阐释。第五，环境诠释学是一种哲学立场，在理解伽达默尔提出的"诠释学意识"的基础上，启发人类认识到自身与环境关系的普遍性。哲学意义上的环境诠释学不仅关注阐释风景环境的方法技巧，而且提供本体论的框架，使这种阐释变得不可或缺。② 环境诠释学这五个方面的内容并非互相排斥，而是相互交织，未来仍有与其他哲学诠释学和环境思想发生关联的可能。

---

① Martin Drenthen, "Environmental Hermeneutics and the Meaning of Nature," *The Oxford Handbook of Environmental Ethics*, eds. Stephen Gardiner & Allen Thompson, New York: Oxford University Press, 2017, pp. 162–173.

② Forrest Clingerman et al., eds., *Interpreting Nature: The Emerging Field of Environmental Hermeneutics*, New York: Fordham University Press, 2014, pp. 3–4.

环境诠释学关注"解释的冲突",普遍存在人类与物质、情感、智性世界的主体间相遇之中。这意味着理解人与环境之间的调和性经历,而不是截然对立的二分结构。诠释学提供了一种方法的可能性,即将思考与反省人在环境中的经历作为一种阐释的形式。基于"与自然的接触不能没有人类介入"的观点,环境诠释学对不同形式的环境哲学进行了批判式继承,将"介入"作为一种适当的立场。① 不仅如此,环境诠释学还拓展了环境哲学的研究范畴,使后者与实践方法相结合,从而成为环境人文主义的一部分。考察人与环境关系的具体实例,阐明环境在这些关系中所扮演的不同角色,展现对环境的不同诠释如何与个人及社会身份的不同见解相互交织。

克林格曼等学者注意到,环境哲学第一阶段的"自然""荒野"概念依赖于本质主义,本质主义者提出的这种理想主义观点,令人类及其相关的责任似乎沦为了生活实践的附庸。为了回应这种观点,环境哲学第二阶段提出了自然的社会建构说,或自然的现象学。这种观点在克服先前本质主义自然概念困境的同时,陷入了另一种危险之中,即忽视了人类确定意义之外的世界现实,同时也消解了对自然概念本身复杂性的反思。卡梅伦(W. S. K. Cameron)指出:"笛卡尔二元论的失败和后结构主义的怀疑质疑我们发展一种没有自然概念的环境哲学。"②他继而求助于伽达默尔(Hans - Georg Gadamer)的哲学诠释学,因为它挑战了语言与世界之间相互对立的传统观点。③ 正如伽达默尔以"语言"与"世界"这样的批判性概念所展示的,"自然"以对自身概念不断重构的方式得到充分具体的观察,从而捕捉这些词语本身呈现世界的方式。尽管我们无法与自然实体进行有效的言语交流,但一方面,人类提供了"自然的语言",在人类群体中分享对自然的描述与阐释;另一方面,对于诠释学而言,语言并不总是指向人类的语

---

① Kenneth Liberman, "An Inquiry into the Intercorporeal Relations between Humans and the Earth," *Merleau - Ponty and Environmental Philosophy: Dwelling on the Landscapes of Thought*, eds. Suzanne L. Cataldi and William S. Hamrick, Albany: State University of New York Press, 2007, p. 38.

② W. S. K. Cameron, "Must Environmental Philosophy Relinquish the Concept of Nature? A Hermeneutic Reply to Steven Vogel," *Interpreting Nature: An Emerging Field of Environmental Hermeneutics*, eds. F. Clingerman et al., New York: Fordham University Press, 2014, p. 102.

③ W. S. K. Cameron, "Must Environmental Philosophy Relinquish the Concept of Nature? A Hermeneutic Reply to Steven Vogel," p. 103.

言，而是"事物所拥有的任何语言"。① 在伽达默尔对世界的诠释学说明中，"自然"得以重返，而非终结。

伽达默尔拒绝传统与理性的抽象二分。在他看来，语言构成"世界"本身，构成事件，而只要语言是事件，就必然不只是形式。"理解总是包括一种运用因素，因而理解总是不断地进行概念的构成。""言说尽管以使用具有普遍意义的前定词为前提，但它同时又确实是一种经常的概念构成过程，语言的意义生命就通过这种过程使自身继续发展。"② 最终，语言在存在的过程中不仅总是被使用，而且总是被创造——语言的创造性才是它的常态。这种创造性只属于语言，而非任何单独的言说者，因此并不包含主体性的成就。在伽达默尔看来，语言与人类是同时出现的，而不是后于人类的，因此语言不能被理解为人类的创造物和言说主体的表达。"符号意义只有在同使用符号的主体相关时才适合于符号"③，这并不是说通过诉诸言说主体来解释语言的意义，而是在确认关于符号是主体自由的一种表达的立场。但语言表达的不是精神，而是意指的事物。语言事实上是世界制造的（world - made）。

此外，伽达默尔汲取了海德格尔的后现代观点，即此在始终存在于世界之中，因此主体无法确保对于自己或世界的意识。海德格尔经观察发现，在所有生物中，只有人类拥有世界的概念。动物生活在狭窄的眼前环境中并对其做出反应，只有拥有语言的人类才能够将世界构想为世界。伽达默尔还接受了黑格尔对于启蒙运动和浪漫主义关于直觉的吸引力的批判。正如黑格尔所表明的那样，感觉可能会要求进入我们的直接环境，但它显然不能将整个世界揭示出来，因为世界不仅包括眼前存在的事物，而且包括远方——深邃的过去和遥远的未来，以及我们尚未认清真实面目的事物。这些除了通过语言都无法企及。④ 然而，如前所述，尽管语言必然会限制主

---

① Hans - Georg Gadamer, *Truth and Method*, eds. & trans. J. Weinsheimer & D. G. Marshall, New York: The Crossroad Publishing Company, 2004, p. 470.

② Hans - Georg Gadamer, *Truth and Method*, p. 409.

③ Hans - Georg Gadamer, *Truth and Method*, p. 412.

④ W. S. K. Cameron, "Must Environmental Philosophy Relinquish the Concept of Nature? A Hermeneutic Reply to Steven Vogel," pp. 112 - 113.

体对世界的经验，伽达默尔却抵制将语言作为工具或仅仅是媒介的论点。通过严谨的现象学反思，伽达默尔揭示了语言与世界的关系是相互关联的："语言除了世界之外没有独立的生命，而是语言世界。世界不仅仅是语言的世界，而且语言只有在世界呈现在其中的事实中存在。"① 概念永远不会自我暗示，而是在将世界带入人类视野时消失不见。

语言世界提醒我们，每一个体的观点都可能是不完整的。"没有人怀疑这个世界可以脱离人而存在，也许真的会这样。这是每个人类语言构成的世界观意义的一部分。在每一种世界观中，世界本身都是有意义的。"② 经由语言，"世界"第一次出现，并且通过实际经验的不断变化，随着时间的推移，人们会学习如何根据新的见解来调整原有概念。伽达默尔将对"世界"概念的认识运用在对自然概念的认识中，从而阐明重新定义自然的方式，即人类继承的关于自然的观点在历史上和文化上都具有独特性，但随着时间的推移，它们可以根据新的经验得到重新解释。语言不仅预先诠释了自然，它也提醒我们，自然要求我们将所期望的和所见到的区分开来，根据经验调整期望。通过这种方式，我们可以更充分地理解自然，尽管永远不会以澄明或完整的形式把握自然。自然的概念并非人类的建构，我们能够做的只是去阐释。

伽达默尔的诠释哲学并不试图建立规范的原则从而控制解释，他"不想炮制一套规则来描述甚至指导精神科学的方法论程序"③。哲学诠释学并不是一种研究方法，而是关于人类存在与人类理解的基本观点。尽管侧重于对书面文本的理解与解释，但诠释学实际上拥有更为广泛的视界，涵盖了以某种方式传达意义并且需要解释的一切元素，包括文学文本、艺术作品、人类行为甚至环境与风景。可以说，诠释学是对于世界经验的阐释，为人类思考环境的意义提供了独特的反思方式。同样，诠释学也有助于理解人类与世界相遇的实际意义，因为"纯粹的自然、脱离人类介入的自然

---

① Hans – Georg Gadamer, *Truth and Method*, p. 443.

② Hans – Georg Gadamer, *Truth and Method*, p. 447.

③ Hans – Georg Gadamer, *Truth and Method*, p. xxxi.

是不存在的"①。人类存在的意义在于将自身置入更大语境的文本范畴以及其他有意义的事物之中,哲学诠释学以此为意义探寻的起点。环境诠释学正是以哲学诠释学的洞见与理论为基础,特别是伽达默尔的历史观和利科的他者伦理,思考并揭示对人与环境之间关系进行诠释的方式,打开了自然文学与环境文学研究的新视角。

二 自然科学与前见

伽达默尔语言观的核心观点是:语言不是符号。这始于对卡西尔语言学观点的批判。卡西尔的语言学形式主义认为,语言的领域,包括神话、艺术以及一切文化领域,都是符号性的,即在语言之中不包含实质性内容,一切都是意识造就的符号。存在(being)只能在行动(action)中得到理解,"能被理解的存在就是语言","存在是本质性主体的表达"②。于是,卡西尔将文化的符号系统视为一种科学的符号化实行,在他看来,正是自然科学提供了所有精神活动的典型方式。科学而非艺术,最好地说明了卡西尔通过"符号"所意指的内容。对于卡西尔而言,不带图像的语词符号仅仅是一种工具。尽管一个图像属于它所反映的事物,类似的符号却并非如此,它的存在必然不会归属于事物,而是归属于创造和使用它的认识性主体。符号是无所指、无对应和虚构的,是工具。卡西尔由此将文化的符号系统视为科学符号化的实行,自然科学提供了所有精神活动的典型方式。

伽达默尔反对卡西尔的观点,认为一个词语不仅是符号,而且是某种类似图像的事物。他看到,随着自然科学得到越来越多的重视,对方法的关注也随之兴起。正如笛卡尔试图怀疑所有事物,导致他最终断言"我思故我在"一样,伽达默尔追踪的是"有条不紊的科学从根本上怀疑所有可以被怀疑的事情,以保证其结果的确定性",只承认"什么不能被怀疑"。从这一点来看,科学对于普遍知识的主张不过是短暂的距离,"以科学程序

---

① Clingerman et al. , eds. , *Interpreting Nature*, p. 2.
② Hans - Georg Gadamer, *Truth and Method*, p. 474.

为基础的知识概念不容许它的普遍性要求受到限制"。① 伽达默尔认为现代自然科学拥有两个研究重点,分别是客观性标准的提高和反理性传统的贬值。他指出,通过哲学、美学和艺术的发展,客观性成为评判研究优劣的标准。康德哲学是理解这一点的关键。为了将审美判断与法律和道德分开,审美判断从哲学的中心脱离出来,降格为"品味"的主体。换言之,康德将审美判断视为主观的,于是会贬低除自然科学以外的任何一种理论知识。同时,浪漫主义的发展是推动艺术与科学分道扬镳的另一大力量。浪漫主义属于艺术运动,重视艺术天才思想、艺术与科学世界的分离,艺术无法通过规则体系来进行概括。

以客观性的价值作为目标成为一条公认的准则,对此提出质疑常常会被认为是荒谬的。海德格尔和伽达默尔认为,这种荒谬性的判断来自人们当前的历史价值体系。他们解释道,自然科学强调因方法而获得真理,这主要是启蒙运动思想的产物。像许多科学哲学家一样,伽达默尔不认同自然科学诠释客观性的可能性,因为任何一种诠释过程都必然涉及个人、社会和历史因素,例如人类对于需要解决问题的选择、经济因素对某些研究的主导作用等。而诠释学的任务是更充分地理解解释的过程。沿着这一启示,伽达默尔继续考察自然科学的诠释问题。对于伽达默尔来说,任何解释都存在人类的前见(prejudice),我们"绝不可能存在摆脱一切前见的理解,尽管我们的认识意愿必然总是力图避开我们前见的轨迹"②。我们的解释总是无法脱离前见的束缚。

海德格尔在《存在与时间》中指出:"把某某东西作为某某东西加以解释,这在本质上是通过先有、先见和先把握来起作用的。解释从来就不是对某个先行给定的东西所做的无前提的把握。如果像准确的经典释文那样特殊的具体的解释喜欢援引'有典可稽'的东西,那么最先的'有典可稽'的东西无非只是解释者的不言自明的无可争议的先入之见。任何解释一开始就必须有这种先入之见,作为随同解释,已经'被设定了'的东西是先

---

① Hans – Georg Gadamer, *Truth and Method*, p. 232.

② Hans – Georg Gadamer, *Truth and Method*, p. 490.

行给定了的，也就是说，是在先有、先见、先把握中先行给定了的。"①诠释学中的"前见"不等于通常意义上的"偏见"，而是"先入之见"（pre - judge），即阐释者在阐释行为（project）开始之前所具有的与之有关的一切理解，伽达默尔还称之为"前投射"（fore - project）："历史思维总要在他人之见和本人之见间建立联系。想要消除阐释中自我的观念不仅不可能而且显然荒谬。"

前见在伽达默尔的哲学中占有重要地位。伽达默尔通过批判启蒙运动关于前见的前见得出结论："理解甚至根本不能被认为是一种主体性的行为，而要被认为是一种置身于传统过程中的行动，在这个过程中过去和现在经常地得以中介。"② 他认为启蒙运动对前见的批判，本身就是一种前见，因而它要求为权威和传统正名。事实上，他试图重新定义或重新激活启蒙运动之前前见的意义，因为正是在启蒙运动时期，前见一词开始被赋予消极的含义。在启蒙运动之前，一切前见都意味着在全部事实真相大白之前人们做出的判断。既然关于任何事物的所有事实都是不可知的，那么所有的判断就都是带有前见的。因此，伽达默尔认为前见不是人类的根本缺陷，而是人类在世界上运作的因素。人们根据自己先前所知道的知识来决定意义，这就一定是不完整的。他认为启蒙运动错误地提出"反对前见的前见"，即假设前见是普遍消极的，认为它可以而且应该根植于现代思想。对于伽达默尔而言，消除所有的前见是不可能的。而且，消除前见是违背人类历史本质的，对于试图理解世界的人来说是一种伤害。这并不是说人们不应该去了解自己的前见，只是不应试图消除所有这些前见。

因此，一切诠释学条件中最首要的条件就是前理解，前理解规定了什么可以作为统一的意义被实现，从而规定了对完全性的先把握的应用。即使先前的知识有时使当前的理解发生错误或造成困难，但仍将允许并促进人类理解能力的提升。正是由于理解的历史本质，伽达默尔才能够提出这样的激进主张："个人的前见，远远超过他的判断，构成他存在的历史现

---

① 海德格尔：《存在与时间》，陈嘉映、王庆节译，三联书店，2014，第150页。
② Hans - Georg Gadamer, *Truth and Method*, p. 259.

实。"①然而，在自然科学中，作为解释主体的人消失了，那么引导个体进行研究的兴趣意识也会逐渐消失。伽达默尔认为这是一种"方法论的异化"，而不是所谓"客观性"。研究者将自己从研究中移除，就会导致异化。例如，在科学实验报告或科学出版物中，作者常常要使用被动语态以显得客观，这种文化规范就是方法论异化的表现。正如格龙丹（Jean Grondin）所解释的："对于任何宣称自己没有前见的人来说，都会更加盲目地接受他们的权力。前见会暗中更加强烈地行使统治权力，当被否认或压制时，这种前见可能会发生扭曲。"②伽达默尔提出，在研究过程中，重要的是相信目标而不是驱除尽可能多的前见。在他看来，诠释学的目标是超越前见，不是消除它们，而是思考它们如何构建我们的世界。

当然，自然科学并不是伽达默尔的真正目标。他认为，这种异化现象在社会科学研究领域中产生的影响更为显著。伽达默尔真正要探寻的是，社会科学不带前见的学术信念是否合理。社会科学超越自然科学之处在于，它不仅是传统的产物，更是传统的体现。他指出，社会科学研究的意义在于，研究者的前见来源于研究者的取舍，主体和研究者的前见和价值观提供了意义的保障，而不是知识创造的障碍。因此，伽达默尔诠释学研究的目的不是试图消除和摧毁个体的前见，而是试图了解主体和研究者的前见是如何影响意义的。社会科学家应该从诠释学视角看待历史和传统，从而促进理解，而不是仅仅归纳总结社会科学的历史。

浪漫主义者认为，参与传统是人们在放弃利用自由思考自我时才会做出的选择，将传统置于理性自由的对立面。在浪漫主义的观念中，传统被误认为不需要任何理由，在不会受到任何质疑的情况下暗中控制参与者。启蒙运动对理性和自由的关注改变了权威的概念，启蒙运动所使用的权威概念被认为是"与理性和自由完全相反，实际上是盲目服从"③。然而，这不是伽达默尔所认为的权威，他认为权威不是盲从，而是与知识有关。知

---

① Hans – Georg Gadamer, *Truth and Method*, p. 278.

② Jean Grondin, *Introduction to Philosophical Hermeneutics*, trans. J. Weinsheimer, New Haven: Yale University Press, 1994, p. 54.

③ Hans – Georg Gadamer, *Truth and Method*, pp. 280 – 281.

识的权威确实意味着指挥和服从的能力，但是，伽达默尔指出，这种服从的能力来自个人的权威，它本身并不是权威。对于伽达默尔而言，"认知权威总是与这样的观点相关：权威所说的观念不是非理性和武断的，但原则上是真实的。这是教师、上级、专家所声称的权威的本质"①。于是，就像前见的概念一样，伽达默尔主张复兴权威和传统的概念，他否认传统与理性的对立，遵循传统绝不仅仅是盲目顺从。"在传统中总是存在自由和历史本身的元素。即使是最真实、最纯粹的传统也不会因一度存在的惯性而持续下去。传统需要肯定、拥抱、培育。它本质上是一种保存，活跃在一切历史变迁中。"②对伽达默尔来说，无论参与还是反对传统，都需要自由和理性。

三　效果历史与语境论

在伽达默尔看来，前理解或前见是历史赋予理解者或解释者的具有生产性的积极因素。因为真正的历史对象是自我和他者的统一体，或者一种关系，在这种关系中同时存在历史的实在以及历史理解的实在。伽达默尔将其称为"效果历史"，于是"理解按其本性乃是一种效果历史事件"。③任何事物要存在，就必然存在特定的效果历史中，因此对任何事物的理解，都必然伴随效果历史意识。

语言会不断发展，在语词应用于新的环境和新的时代时，会形成新的概念。因此，语言不会被束缚为固定的形式，它不仅是交流的工具，而且是通过将自身向差异开放来改造和变革自身。语言动力的根源在于，它是具体细节解释自身的历史事件。换言之，历史作为在语言之中显现的特定事件和细节，正是语言创造性的源泉，"人类存在在时间中的展开才具有它自身的创造性"④。伽达默尔将这种显而易见的事实描述为"属于历史"：

---

① Hans – Georg Gadamer, *Truth and Method*, p. 281.
② Hans – Georg Gadamer, *Truth and Method*, p. 282.
③ Hans – Georg Gadamer, *Truth and Method*, p. 235.
④ Hans – Georg Gadamer, *Truth and Method*, p. 202.

"其实历史并不隶属于我们，而是我们隶属于历史。……个体的自我思考只是历史生命封闭电路的一次闪光。因此个人的前见比起个人的判断来说，更是个人存在的历史实在。"①我们属于历史，属于传统，这在伽达默尔看来显然不是某种限制理解的条件，而是使理解成为可能的条件。历史的效果表现在一切解释之中，或者在除了我们自身的一切解释之中。"我研究的目的是……探寻一切理解方式的共同点，并要表明理解从来就不是一种对于某个给定对象的主观行为，而是属于效果历史。"②在诠释的过程中，人们不仅理解文本，也重新认识自我。

历史对于它的参与者来说总是不可见的，伽达默尔以悲剧为例加以说明。悲剧的效果不仅有怜悯和恐惧，还有洞见。在希腊语中，理论（theorein）意味着"看见""观看"。伽达默尔发现，观看者更像是希腊的理论研究者（theoros）。"观赏是一种真正的参与方式……theoria 是实际的参与，它不是一种行动，而是一种遭受（pathos），即由观看而进入的入迷状态。"③通过被动地参与悲剧，观看者才得以看见和理解。当洞察在我们身上发生，那么我们就理解了，这是历史的效果。伽达默尔不是考察"我理解它"，而是将其替换为"一个理解发生在我身上"。理解不是一个主观行为，而是效果历史的回应，一切理解都是历史的理解。消除对于历史的错觉，不仅是悲剧而且是伽达默尔诠释学的效果。"效果历史的规定性仍然支配着现代的、历史的和科学的意识——并且超出了对这种支配活动的任何一种可能的认识。效果历史意识在一个如此彻底的意义上，以至于我们在自己整个命运中所获得的存在本质上超越了这种存在对其自身的认识。"④解释者不能决定最终什么将发生在他们身上，无法控制他们身上将产生何种洞见，不能预期、控制、排除在他们理解上的历史效果。可以说，我们超出了我们的所知；我们的存在超出了我们的自我认识，以及由自我认识确立的方法的自我控制。

---

① 魏因斯海默：《哲学诠释学与文学理论》，郑鹏译，中国人民大学出版社，2011，第 39 页。
② Hans – Georg Gadamer, *Truth and Method*, p. xxxi.
③ 魏因斯海默：《哲学诠释学与文学理论》，第 36 页。
④ Hans – Georg Gadamer, *Truth and Method*, p. xxxiv.

效果历史意识是理解活动本身的一个要素，不管我们自己是否意识到。伽达默尔首先用"处境"意识来解释效果历史意识，即我们总是与我们所要理解的传承物处于相关联的一种处境，"对这种处境的阐释，即进行效果历史的反思，并不是可以完成的。这不是因为缺乏反思，而是在于我们自身作为历史存在的本质。所谓历史地存在，就是说永远不能出现于自我认识之中"。伽达默尔又以"视域"概念来解释处境："一切有限的现在都有它的局限。我们可以这样来规定处境概念，即它表现了一种限制视觉可能性的立足点。因此视域概念本质上就属于处境概念。"① 视域即看视的区域，这一概念一方面表示我们从某个立足点出发去观看一切，另一方面表示我们能够超出这个视域看到它的界限。理解的处境就是我们的视域，它既表示我们可能从某一特殊观点出发去观看任何东西，又表示我们能观看它的界限。"一个根本没有视域的人，就是一个不能登高远望的人，从而就是过高估计近在咫尺的东西的人。反之，'具有视域'，就意味着不局限于近在眼前的东西，而能够超出这种东西向外去观看。"② 获得视域意味着我们获得一种远视（far – sightedness），尽管仍然存在限制，却不再目光短浅。

关于获得一种历史视域，伽达默尔以"自身置入"这一概念来说明。"自身置入"不是丢弃自己，将自己置于考察之外，而是带入自己。他写道："理解一种传统无疑需要一种历史视域，但这并不是说，我们是靠着把自身置入一种历史处境而获得这种视域的。情况正相反，我们为了能这样把自身置入一种处境里，我们总是必须已经具有一种视域。……例如，如果我们把自己置身某个他人的处境中，那么我们就会理解他，这也就是说，通过我们把自己置入他的处境中，他人的性质，亦即他人的不可消解的个性才被意识到。"③ 因此，这样一种自身置入意味着这两者共同向一种更高的普遍性的提升，既克服了我们自己的个别性，也克服了他者的个别性。"获得一个视域，这总是意味着，我们学会了超出近在咫尺的东西去观看，但这不是为了避而不见这种东西，而是为了在一个更大的整体中按照一个

①　Hans – Georg Gadamer, *Truth and Method*, p. 307.
②　Hans – Georg Gadamer, *Truth and Method*, pp. 307 – 308.
③　Hans – Georg Gadamer, *Truth and Method*, p. 310.

更正确的尺度去更好地观看这种东西。"① 对于文本的理解而言，理解主体通过将自身置入一种语境中才能得到某种视域，得到一种理解文本所需要的历史视域。由于诠释者所处的历史语境不同，其视域也必然具有历史的特殊性。"仅当文本每次都以不同方式被理解时，文本才可以说得到了理解。"②因此对文本的诠释不仅要分析文本，还要去理解文本意义形成时的语境。不同的诠释者所拥有的不同的前见或前理解，产生了不同的"视域"。视域即看视的区域，囊括和包容了诠释者从某个立足点出发所能看到的一切。视域由诠释者置身历史事件时所处的前见或前理解因素组成，构成了诠释者特殊的可视范围。

语境（context）与视域既相互联系又存在区别，即"语境"是我们去看视文本的立足点，而通过语境所看到的一切就是"视域"。语境不是外在于文本意义，而是已经嵌入文本意义的构造和诠释之中，起到使文本意义"聚焦"的作用。对于语境的定义，不同哲学立场解释也完全不同。但一般而言，有两个方面是人们所公认的：其一，语境是特定语词、话语或段落的上下文的形式关联；其二，语境是特定话语或文句的意义所映射的某种对象世界的特征。事实上，这二者是统一的，它们从内在和外在的结合上体现了语境的结构性以及对意义的规定性。从这个角度展开，语境的要素是丰富多样的，包括表达或接受话语或文句的主体对象、话语或文句的句法形式、话语或文句的前后关联、话语或文句所内含的指称或隐喻、产生话语或文句的背景关联、话语或文句的本质意义。③

由于诠释学问题最初处于文本理解的学科框架内，需要根据文本的内容去理解带有前见的文本。在文本层面，帕尔默（Clare Palmer）给语境做出如下定义：我们在指涉整个句子中，通过领会（seeing）句子来理解（understanding）个别的语词；相应地，语句的意义作为一个整体，依赖于个别语词的意义。④在语境、知觉和意向之间，语境与语境之间，知识与愿

---

① Hans - Georg Gadamer, *Truth and Method*, p. 310.

② Hans - Georg Gadamer, *Truth and Method*, p. 318.

③ 郭贵春：《论语境》，《哲学研究》1997 年第 4 期，第 50 页。

④ Roy Dilley, *The Problem of Context*, New York：Berghahn Books, 1999, p. 14.

望之间存在着重要的联系。语境从最初文本层面意指的上下文，发生了转变，即由最初作为会话语言或书面语言意义延伸的构造活动，转变到理解语言延伸和决定其意义可能性的条件，①包括语义形成的"所有话语条件"。在意义产生的过程中，由于不同形式的语境要素嵌入意义的方式不同，"文本"的意义变得具有多个层次。因此，语境就不再仅仅指其本来意义上的上下文，还指向更为复杂的作用结构。同时，在诠释文本的过程中，语境要素也以不同的方式进入语义诠释的活动中，使得解释总是发生在某一语境之中。

利科指出，"语境"不是人们所处的情景，而是决定意义产生的指称的不同存在样式。文本具有一个多层次的意义结构，这是由文本的指称语境所决定的，是通过文本展现出来的指称的总体。②诠释学是意义说明和解释的艺术，包括说明和解释两个方面，其实践就是不同语境的对话、交流以及融合。而意义理论包括含义理论和指称理论两个方面。③按照利科的观点，意义的说明和解释对应着含义和指称的二分法。意义的说明只涉及意义的"含义"方面，即话语的内在模式，它类似于从隐喻到文本的过程。含义是指称的语境显现方式；指称在不同的语境中以不同的方式给予我们，于是形成了不同的含义。正如比尔兹利（Monroe C. Beardsley）所指出的那样，"隐喻是把一种属性（实际上的或附属的）变为一种含义"④。隐喻不仅使潜在的词义现实化，实际上，它使事物（或客体）的某些相关属性成为语词意义的要素。与此相对，意义的解释则涉及意义的"指称"方面，类似于从文本到隐喻的过程。因为话语涉及两种指称，一种存在超语言的实在领域中，另一种存在某一具体语境中。只有当事物出现在某一具体语境中时，我们才能获得它的给予方式，才能通过语言事件产生语词的新奇意义。这种新奇意义的出现，不是由于语言本身的作用，而是来自指称在新的语境下的显现方式。从文本的角度来看，一种语义的创新，即一种语

① Roy Dilley, *The Problem of Context*, p. 4.
② 利科：《解释学和人文科学》，陶远华等译，河北人民出版社，1987，第 182 页。
③ 杜建国：《语境论与哲学的诠释转向》，《科学技术哲学研究》2015 年第 6 期，第 20 页。
④ 利科：《解释学和人文科学》，第 178～179 页。

义事件的发生，是作者的意义语境和读者的意义语境相结合的结果，是两种语境融合的事件。因此，意义的说明所考虑的只是某种语义以及语义建构的内容"是什么"，而意义的解释所关注的则是这一语义及其建构的指称存在方式，即文本的意义何以如此或"如何是"的问题。这样，解释文本就是揭示文本的非表面指称所展现的意义语境。①

尽管伽达默尔同样关注文化的其他方面，但仍将焦点集中于文本阐释。他接过施莱尔马赫和海德格尔的"诠释学循环"论，并且同后者一道，认为这个循环并不是阐释的困境，而是阐释的必要条件：没有整体和部分的这种关系也就没有阐释行为的必要。在语境论的要求下，任何事件都必须在某一预设的语境、整体或"诠释学循环"中来理解。在语境中，诠释学循环表现为部分和整体的关系。任何诠释都依赖于语境，语境是由人们探寻事件的问题决定的。诠释学循环指出了所有人类理解的循环和在解释的过程中所产生的问题。其中的困难在于文本具有意向，不同的诠释者也具有不同的意向，因此存在这样的问题：谁"根本地解释了"（radically construes）这个文本，或者更确切地说，每个人都在用建构出来的观点进行建构的理解。②由于意义是内在地依赖于语境的，因此，任何意义都必然地包含了语境化处理。这种处理既可以通过赋予文本新的意义，也可以通过对文本的现存意义给予新的诠释来实现。③

四　理解的对话性与视域融合

诠释学和读者的显在联系是由海德格尔的"现象学诠释学"建立的。现象学的一个重要概念是"意向性"（intentionality），即人的意向（心理活动）具有指向性，意识的指向使意识对象具有特定的意义。海德格尔将现象学原理运用于诠释学，产生了有别于方法论诠释学的本体论诠释学。他发展了胡塞尔的"纯粹自我意识"，认为"此在"或"自我存在"（*Dasein*）

---

①　利科：《解释学和人文科学》，第 182 页。

②　Roy Dilley, *The Problem of Context*, pp. 110 – 111.

③　杜建国：《语境论与哲学的诠释转向》，第 21 页。

是先于一切的真正存在，因为人的思维是不容置疑的，世间万物都是人的思维的衍生物。和狄尔泰一样，他认为诠释思维有别于科学思维：科学方法只能认识现象和外观，不适于阐释本体，"与一切科学有别，思就是存在的思"。

海德格尔描述的阐释过程是：对前投射的每一次修正都能够产生一个新的意义投射，互不相容的投射同时存在，直到综合意义逐渐显现，先见（fore‑conceptions）才不断被更恰当的见解所取代，阐释也开始进行。这个新的意义投射过程就是理解和阐释的过程。在阐释行为中，阐释者和被阐释者之间的不同理解视域交会融合，产生一个个新的理解视域，使阐释行为不断延续下去。生活的目标就是要扩大视域，这意味着对他者诠释的开放。因此，一切阐释行为都牢牢地根植于历史之中，具体表现为阐释者和被阐释者之间的"对话"，"理解在根本上并不等于理性地进入过去，而在于在阐释中使现在卷入进去"。伽达默尔认为，正因为阐释是历史行为，阐释循环中存在矛盾，阐释对话中存在差异，所以阐释者在进入阐释行为时带有的前见，即海德格尔所称的"先在知识"（fore‑knowledge）和先见，构成伽达默尔所说的"理解视域"（horizon of understanding）。正确的前见由解释自身产生，真理是在解释的历史过程中被揭示的。解释、理解和应用最终都不是主体的行为，洞察是历史对于那些属于它并参与它的事物的一个效果。因此，历史自身才是真理的基础。前见不能被假定为正确或错误，而只能被假定为与方法符合或不符合。某些历史的效果，不仅是真的，而且是正确的。理论不能独自将自身和我们从在实践中沉积下的错误前见中解放出来，而只是隐藏起来。

就理解的对话性而言，一个想要理解陈述的人必须想象话语背后的内容，把它看作一个问题的答案。这种观点不仅影响理解，而且影响对话和交谈。它实际上提供了良好的对话或交谈的描述。然而，它没有提供实现它的方法，因为在真正的对话中，每个发言者在目标之外总是会发生未曾预料的状况。对于伽达默尔来说，真正的对话不是被一方或另一方所强加的东西。他将对话比作一种游戏，游戏的参与者用个人的逻辑进入某种包括他们自己的活动，同时超越他们自身，并将以不确定的方式向前发展。

这正如一场戏剧，"只有当玩家失去自我时，戏剧才能达到目的"。①真正的对话超越了发言者的意愿。

> 我们说我们"进行"一场交谈，但是交谈越真诚，就越少局限于任何一个交谈对象的意志之内。因此，真正的交谈从来不是我们想要进行的对话。相反，说我们"陷入"一场对话是比较正确的……没有人事先知道对话会"出来"什么结果……对话有自己的精神，并且……对话的语言中蕴含着自己的真理。也就是说，它允许某些内容"出现"并存在当前。②

按照词源，游戏（Spiel）产生戏剧（Schauspiel），即观赏游戏。戏剧是文学作品本身进入此在的活动。文学作品的真正存在只在于被展现的过程，即作品只有通过再创造或再现而使自身达到表现。伽达默尔通过绘画来阐明这一点。柏拉图认为原型优于摹本，但伽达默尔认为绘画与原型的关系完全不同于摹本与原型的关系。因为绘画是一种表现，原型只有通过绘画才能达到表现，原型只有在表现中才达到自我表现。表现对于原型而言不是附属之物，而是属于原型自身的存在。原型正是通过表现才经历了一种"在的扩充"。如此，伽达默尔的现象学颠倒了以往形而上学关于本质和现象、实体和属性、原型和摹本的主从关系，从前的附属之物现在成了主导。

伽达默尔探讨艺术真理的入门概念与维特根斯坦的语言分析一样，都是以游戏为出发点。通常而言，游戏的主体是从事游戏的人，即游戏者。但在伽达默尔看来，游戏的真正主体不是游戏者，而是游戏本身，游戏者只有摆脱了个人的意识和紧张的情绪才能真正进行游戏。因此，游戏本身具有魅力，是能吸引游戏者的存在，束缚游戏者于游戏中。游戏之所以能够吸引并束缚游戏者，正是在于游戏能使游戏者在游戏过程中自我表现或自我表演，因此伽达默尔说："游戏的存在方式就是自我表现。"但同时，自我表现需要观赏者，"游戏是为观赏者而表现"，游戏只有在观赏者那里

---

① Hans‐Georg Gadamer, *Truth and Method*, p. 103.

② Hans‐Georg Gadamer, *Truth and Method*, p. 385.

才能赢得自身的完全意义。最终，真实地感受游戏并且使游戏者正确地表现自己的，正是那种并不参与游戏，而只是观赏游戏的人。所以，在观赏者那里，游戏似乎达到了它的理想性。在这种意义上，观赏者和游戏者一同参与了游戏，游戏本身乃是由游戏者和观赏者组成的统一整体。

对话在伽达默尔看来，是一个我们无法控制也不知道结果的无休止的游戏，我们唯有不断地进行对话，才能达到不断丰富的理解。"一个对话就是我们陷入其中，我们卷入其中，我们无法事先就知道其'结果'会如何地活动，我们也不能随便就中止它，除非使用强力，因为它总是有话要说。这是一个真正的对话的标准。每一个语词都要求下一个语词，即使是所谓最后一个词，虽然实际上并无这样一个词的存在。"① 伽达默尔以"视域融合"的概念来澄清对话的目标，以此来展示个体如何去了解过去，描述人们相互理解的可能性。在他看来，精神视域就是思想的范围，"包括从一个特定的有利位置可以看到的一切"。一个视域开阔的人不会受限于他或她熟悉的观念和信仰，而是清楚地意识到世界上还存在其他的观念和信仰。视域融合是一个永远不会实现的目标，但这是每一个积极对话的目标。在与他者接触时，接触双方都拥有各自当前的视域，对话的目标是联结二者。

对于伽达默尔而言，一场真正的对话不包括刚刚相识的人的相互了解。当对话的目的仅仅是了解新朋友的一些基本信息时，对话双方实际上是在封闭视域，"通过将他者的立场转化为他或她自称的观点，我们会使自己的立场变得无法实现"②。即这种对话并不是真正的对话，而是充满了保护性和隔离性。人们不会因为了解对方的基本信息而改变自己的想法，也不会带来视域的融合。相反，在真正的对话中，视域将在彼此融合的过程中形成张力，诠释的目的正是激发这种张力并得出真相。"诠释学的任务不在于对话双方的简单同化，而是有意识地将他们引导出来。"③因此，在真正的对话中，"每个人都向他者敞开自己的胸怀，真正接受他者观点的有效性，并

① 卡斯滕·杜特：《解释学、美学、实践哲学——伽达默尔与杜特对话录》，金惠敏译，商务印书馆，2007，第38页。

② Hans – Georg Gadamer, *Truth and Method*, p. 302.

③ Hans – Georg Gadamer, *Truth and Method*, p. 305.

将自己转换为他者，最终他了解的不是具体的个人，而是他所言说的内容……因此，我们不是将他者的观点与他相联系，而是与我们自己的意见和看法相联系"①。在真正的对话中，尽管言说的内容不一定都是真实的，但一方总是接受另一方观点的有效性。同时，人们所能理解的意义不是来自某个具体的人，而是来自他们言说的话语。理解他们的话语意味着将之与自己持有的态度和观点联系起来。在《现象学和辩证法之间》中，伽达默尔讨论了柏拉图的对话，称"我是从伟大的对话家柏拉图那里，或者说，正是从柏拉图所撰写的苏格拉底的对话中学习到，科学意识的独白结构永远不可能使哲学思想达到它的目的"。伽达默尔由此得出结论："形而上学的语言是并永远是一种对话，即使这种对话已经经历了数百年数千年之久。正是出于这种原因，哲学文本并不是真正的文本或作品，而是一场经历了诸多时代的对话的记录。"②

哲学诠释学与环境诠释学都强调诠释的对话性特征。诠释学是跨学科研究，并不将作者的意图作为首要的关注对象，而是认为文本自身拥有自主性，从而拥有众多有效的、脱离作者的意义。③诠释在本质上是一种通过文本揭示语境的能力，无论"视域融合"还是"诠释学循环"，都反映了对话双方的文本所指称的意义语境的变化，以及不同意义语境之间的相互作用。

五　利科的自我与他者伦理

利科（Paul Ricoeur）指出，诠释学的主要任务是澄清和解决世界上存在的"诠释之间的冲突"。他的思想为重新构造和解读环境问题提供了理论基础。具体而言，利科的伦理的意图涵盖了环境哲学中的若干重要问题，包括人与自然的关系，即自我和身份如何与不同的环境概念相关联的问题，以及我们应该如何将道德推及非人类他者，特别是动物，我们可以在何种

---

①　Hans – Georg Gadamer, *Truth and Method*, p. 387.

②　Hans – Georg Gadamer, *Truth and Method*, p. 13.

③　F. Clingerman et al. , eds. , *Interpreting Nature*, p. 8.

程度上将非人类动物纳入道德的问题。虽然利科的伦理意图与环境有关，但尚未发展成以环境为核心的完整体系。贝尔（Nathan M. Bell）发展了利科的伦理意图在环境方面的应用，认为利科的理论应用于环境伦理学与环境哲学，将为解决环境哲学的几个主要问题提供新的方法，同时利科的理论也将在环境问题的应用中得到丰富。①

利科将读者与文本作为理解的模型，自我作为文本的他者，在阅读过程中诠释文本，自我这一个体被想象为通过文本打开的充满意义的世界。而叙事身份也是环境诠释学研究的重要领域，这一身份概念建立在利科对自我伦理意图的表述上："在公正机构中以他者的'美好生活'为目的。"②在利科的伦理意图中，身份的基本方面是人们所认为的美好生活。利科在阐述"环境身份"的概念时指出，环境提供给我们认识自身的语境，扮演着建设性与批判性的角色。对于具有更多参与性环境身份的人来说，美好生活涉及人与自然世界的互动和人对自然世界的保护。个体对与美好生活相关的自然的解释极大影响了环境身份的确立。贝尔将环境身份定义为个体对环境的理解，包括对人类环境以及整个自然环境的理解。③每一个体都拥有一个环境身份，这是个体完整身份的必要组成部分。环境身份对于个体行为十分重要，是环境行动的源泉。我们如何看待自己与自然的关系，是我们与自然相关的行为依据。当人类的环境身份与他者相关联时，就意味着"与他者相伴并且为他者生活"。对利科而言，这遵循一种认可、尊重的互惠伦理。尽管这种道德关系在转向非人类时会遭遇困难，但在诠释学的解释框架内，这种关系是有可能实现的。自我将动物解释为一个自我，并将自己视为另一个他者，这就实现了对非人类他者的伦理承认，从而将伦理意图扩展到非人类动物。尽管这种道德关系在转向非人类时会遭遇困难，但在诠释学的框架内，这种关系是可能实现的。

---

① Nathan M. Bell, "Environmental Hermeneutics with and for Others: Ricoeur's Ethics and the Ecological Self," *Interpreting Nature: An Emerging Field of Environmental Hermeneutics*, eds. F. Clingerman et al., New York: Fordham University Press, 2014, p. 141.

② Paul Ricoeur, *Oneself as Another*, Chicago: University of Chicago Press, 1992, p. 172.

③ Nathan M. Bell, "Environmental Hermeneutics with and for Others: Ricoeur's Ethics and the Ecological Self," p. 141.

在"与他者相伴并且为他者生活"中，自我对于他者的需要表现在"自尊"与"关怀"两个概念中。自尊属于解释自我与美好生活感觉之间关系的伦理维度，是对自我能够做出判断的承认：由于自身的伦理判断能力，自我才值得尊重。关怀的概念始于利科对列维纳斯"面对面"观点的理解。在"面对面"的相遇中，他者对自我施加了禁令，将其称为责任，而自我则承认他者做出这一命令的权力。正是这种对权威的承认使得这条对列维纳斯而言不对称的禁令在利科那里发生转变，产生对称性。这种对称的重要性在于它解释了关怀和自尊如何表明自我需要他者，因为此时"自我认为自己是他者之中的另一人"，最重要的是"对自我的尊重和对他者关怀之间的交换"。①对自我的尊重是通过承认他者同样尊重自我，或者具有与自我相同的能力来确认的。正如利科所说，"尊重作为我自己的他者，尊重作为他者的我自己"，②自尊经由关怀得到理解，最终，自我经由自尊得到理解。

既然关怀的一个重要方面是自我认识到他者做出命令的权力，那么自我对他者的需要最终回归到自我诠释的问题，即人们如何看待自身的自我。如果以理性为中心、以文化为中心、以人类为中心的方式看待自我，那么很可能会导致相信非人类的动物是低于人类的物种，理性低于人类的动物他者不可能拥有重要的施事能力（agency）或他者自我。那么，我们是否可以将人类之外的他者纳入关怀之中，从而融入利科的伦理意图？贝尔提出，如果我们把某种施事能力看作回报的边界，而不是尊重，那么或许存在另一种情况。换句话说，当我们声称动物他者是一个自我时，并不是说动物拥有与人类一样的自我，而是就动物具有某种施事能力而言，它是一种他者自我。③鉴于利科理论的诠释学和叙事学背景，与动物他者包括其机构或自我的互惠，可以看作一种解释性的手段。互惠是行为双方在事实世界中的一种客观认可。我们可以说，自我能够解释非人类他者的施事能力，并同样能够解释他者对自我的判断，于是，诠释成为我们与人类他者和非人

---

① Paul Ricoeur, *Oneself as Another*, pp. 192 – 193.

② Paul Ricoeur, *Oneself as Another*, pp. 193 – 194.

③ Nathan M. Bell, "Environmental Hermeneutics with and for Others: Ricoeur's Ethics and the Ecological Self," pp. 148 – 149.

类他者伦理相遇的核心。

在利科的伦理框架中，有意识的施事能力是道德考虑的必要条件，因为这种伦理关系必须在某种相互承认的条件下才能发生。普卢姆伍德（Val Plumwood）试图驳斥这一想法，在她看来，"我们对非人类他者的潜在的意向性开放，包括它们对交流信息的交换与施事能力的开放。……我们愿意并且有能力认识到潜在的意向性存在的他者，揭示我们是否愿意接受具有道德层面的潜在丰富形式的互动和关系"①。因此，我们愿意通过对他者的解释承认他者，这决定了我们是否可以同他者建立伦理关系，而不是他者是否具备某种能力或特点。普卢姆伍德认识到的他者是"潜在的意向性存在"，这呼应了贝尔阐释的动物他者的意义，以及将动物他者称为自我的意义。

贝尔的另一个典型例子来自利奥波德。后者在《像山一样思考》（Think-ing Like a Mountain）中回忆说，作为一个年轻人，他带着消灭"掠食者"的想法去狩猎狼，自认为这一行为仅以运动为目的，意味着保留更多的食草动物作为猎物。射击之后，利奥波德赶到母狼身边，刚好看到它眼中"凶狠的绿色火焰"，于是感觉到"狼和山都不会同意他当时的消灭掠食者的观点"。②虽然利奥波德所说的狼和山都不同意不同于人类的理性判断，但那"凶狠的绿色火焰"表现了他对动物判断这一事件之能力的理解和认识。从人类理所当然的想法，到看到狼的眼光后态度的变化，利奥波德承认了动物他者判断力的权威，从而肯定了狼拥有自尊这一事实。反过来，由于他者的权威是对自我尊重的肯定，狼也肯定了利奥波德的自尊。站在狼的立场上，利奥波德的行为是错误的，因为狼能够做出判断，动物的施事能力可能做出对人类自我反应的判断。因此，在"我"对自我的解释和对动物他者的解释之间，会看到一个他者自我，而当这一他者需要"我"承担责任时，"我"会回应，承认他者对我的判断以及赋予我的责任。于是，动

---

① Val Plumwood, *Environmental Culture*：*The Ecological Crisis of Reason*, London：Routledge, 2002, p. 181.

② Aldo Leopold "Thinking Like A Mountain," *A Sand County Almanac*：*And Sketches Here and There*, London：Oxford University Press, 1968, pp. 129 – 130.

物他者被纳入人类的伦理框架中。①

每一个体都拥有环境身份，无论关怀、冷漠还是与自然世界对抗，都将形成个体对正确行为的解释。个体的自我解释和关于美好生活的相应观点形成了对行为和他者的解释。反之，个体对他者的解释也影响了其伦理立场。此外，环境身份还将决定个体对非人类他者的解释，包括个体对与非人类他者道德关系的开放或缺乏。因此，除了与人类他者的伦理关系外，人类同样拥有与非人类他者建立伦理关系的可能性。

六　环境诠释学与生态批评实践

当前生态环境状况使人们不止停留在当下的思考中，也深入历史与文化传统，反思环境问题在人类历史长河中的变化。环境诠释学恰恰"提供了审视环境哲学与环境伦理学中传统问题的新方式：还未被哲学诠释学影响的话语领域"。② 然而，在环境问题的研究与环境文学的研究中，诠释学方法的应用还十分有限。环境诠释学强调诠释环境的普遍特征，帮助我们应对在认识论、伦理、政治等方面人与环境的冲突。与将环境的生物性、物理性作为首要研究对象的自然科学不同，环境诠释学首先要研究的问题是环境的意义。而环境的意义既是诠释性的也是叙事性的，并以叙事作为其最终形式。环境与人的理解与相遇由叙事来表达与规范，即对个体与集体、事实与虚构的环境与记忆方面的描写。正是这种环境叙事为人类提供了对于自我、身份、角色的理解，也将为环境文学与自然文学的研究开辟新的视角。

现代环境主义者已经意识到，环境研究中的许多核心概念如"荒野""自然"都引发了诸多争议。可以肯定的是，理解自然需要科学和生态知识，也需要对事物本身、历史、文化和叙事保持高度的敏感。因此，理解

---

① Nathan M. Bell, "Environmental Hermeneutics with and for Others: Ricoeur's Ethics and the Ecological Self," pp. 150 – 151.

② F. Clingerman et al. , eds. , *Interpreting Nature: An Emerging Field of Environmental Hermeneutics*, p. 5.

自然从根本上说，是一项与诠释相关的活动。我们必须对"自然"概念不断进行哲学反思，提出思考环境伦理问题的重要新方法。生态批评在全球环境危机日趋严重的背景下产生，旨在探讨文学与环境的关系。然而，在对自然世界与文学世界的诠释与理解中，生态批评在很大程度上被局限在文学现实主义的理论范畴内，挣扎在阐释的旋涡中，并且在解释方法上面临着矛盾的开放性。① 生态批评致力于从人类与非人类他者共同生活的世界外部进行观察与分析，考察其外部条件与影响；或从环保主义的立场出发，强调批判意义。而生活在这一世界中的人类与非人类他者及其关系则难以引起研究者的关注。从人类中心主义的角度出发，凸显文字形式的研究及其优越性，令我们无法正确认识自然、荒野、动物等非人类他者的生活、视野、经历。生态批评在很大程度上已被排除在之外，以其自身的术语来理解文学话语中人类与非人类世界存在一定的难度。那些提倡"生态批判的现实主义多样性"以使环境视角的文学研究合法化，从而将自然世界与文学世界联系起来的人，忽视了这样一个事实，即脱离语言核心，我们无法构建解释的理论。② 语言问题是理解自然最为关键的核心问题。

生态批评在文学文本阅读和推导结论方面取得了相当丰硕的成果。但是，面对非文本或非语言含义的解释问题时，生态批评家的阐释工具似乎力有不逮。因此，生态批评家趋向于将这一广阔的意义创造领域交予其他学科，例如民族学、人类学、心理学，从而构成跨学科的环境问题研究。这些学科从类型各异的传统中汲取其方法和目标，做出颇具见地与启示的贡献，但它们却通常与客观主义的科学范式联系在一起，后者认为存在和意义都是现成的事物，随时可以纳入抽象的人类已经建立起来的理解之中，服从他人的知识体系并接受控制。环境诠释学在解释和理解世界中的存在方式时，有效地与其他存在者进行对话，而不是被强迫非人类他者从属于人类权威的主流叙事。

以英国小说家莱辛（Doris Lessing）的《野草在歌唱》（*The Grass Is Sing-*

---

① Serpil Oppermann, "Theorizing Ecocriticism: Toward a Postmodern Ecocritical Practice," *Interdisciplinary Studies in Literature and Environment*, Vol. 13, No. 2 (Summer 2006), pp. 103 – 128.

② Serpil Oppermann, "Theorizing Ecocriticism: Toward a Postmodern Ecocritical Practice," p. 103.

ing）为例，小说中的女主人公玛丽将自己的命运交付于男权中心主义，最终被"放逐"于社会的边缘，只能成为"沉默的他者"。女性想要争取更大的解放空间，必须看到自身的被压迫现状与其他被压迫现象之间的关联，即都被盘互交错的西方传统二元对立思想体系的乌云所笼罩。这种意识形态体系支撑着对女性、自然和非主流群体的长期压迫与剥削。寻求女性与自然解放之路必定要挣脱主宰型二元论思维模式的禁锢，探索彻底的非二元论之路，放下非黑即白的极化模式思维。女性不必同化为男权文化的拥护者，为了融入男权制社会而疏离自然，也不必宣扬自身基于某种生物特性而优于男性的特质，既要承认男／女，自然／人类的差异性，又需要意识到并接受双方的联系，超越主宰型的二元论思维方式，在男性和女性、自然和人类间建立起相互依赖相互融合的合作关系。正如男性无法脱离女性而存在，人类同样无法生存于缺失自然的环境，环境身份是主体性不可或缺的属性。

按照贝尔的说法，每个个体都拥有环境身份，无论是关怀、冷漠还是对抗自然世界，这将形成个体对正确行为的阐释。[1] 在《野草在歌唱》中，关怀自然的迪克一贫如洗却宁可花钱去种树，那片亮闪闪的小树林是他"最心爱的一块地方"，他将能够带来巨大经济利益的烟草视为"一种邪恶的农作物"。在不得不离开农场时，他甚至"无意识地抓起一把泥土，紧紧地捏在手里"，对土地的情感令专注于经济利益的农场主不解。贪婪榨取自然获得经济利益的殖民者斯莱特先生，耕耘农场无方，"犁出了一条条的大沟，许多亩乌黑肥沃的好地都因为滥用而变得贫瘠"。对于农场，"除非为了赚钱而不得不下点工本以外，他决不采取任何改良的措施"，年复一年贪婪地榨取土地。女主人公玛丽因童年的创伤经历，对自然充满抵制甚至厌恶的情绪，无法认识真正的、完整的自然，却戏剧性地在父权制社会的压力之下被抛入自然，与非洲的自然环境展开了无休无止的对抗。最终，自然向她发起复仇，"树木像野兽一般冲过来，隆隆的雷声好像就是它们逼近的声音"。[2]

---

① Doris Lessing, *The Grass Is Singing* (1950), New York: HarperCollins, 2000, p. 152.

② Doris Lessing, *The Grass Is Singing*, p. 236.

人与自然的关系问题，是利科的伦理意图所涵盖的环境哲学与环境伦理学中的重要问题。他通过建构"环境身份"的概念指出，环境提供给人类主体得以认识自身的语境，扮演着建设性与批判性的角色。对于具有更多参与性环境身份的人而言，美好生活必然要基于人类主体对于环境的认识与解释，个体对自然的解释极大地影响了环境身份的确立。贝尔发展了利科伦理在环境问题方面的应用，将环境身份定义为个人对与环境理解辩证相关的自我认识，包括对于人类与非人类的环境以及整个自然环境的理解。这意味着对自然环境的态度、理解同主体的自我认知密切相关。小说中提到，草原上每个个体的身心都需听从季节的召唤，按照自然的节拍缓慢运行，但成长于城市生活环境、四季不分的玛丽对此一无所知，她无法捉摸冷热晴雨的规律，因此也无法融入自然的生活节奏之中。既然环境提供给人类主体认识自身的语境，那么玛丽对自然冷漠、对抗的态度意味着她对认识自身语境的放弃，折射出她对自我认知的缺失。对自然环境的伦理承认不仅是与自然相对抗的玛丽摆脱主宰型二元对立所要跨出的第一步，而且是对以斯莱特为代表的漠视自然、对自然资源无限压榨攫取的人类中心主义者的伦理要求。只有人类自我将非人类的自然环境解释为一种"自我"而非"他者"，并将自己视为另一"他者"，方可实现对自然环境的伦理承认。个体的自我解释形成了对行为和他者的解释，自我对他者的需要最终回归到自我诠释的问题，即人类如何看待自身自我。

七　环境诠释学与自然文学研究

自然文学意指人与环境的实际相遇，或在环境内部相遇中，作者对于自然的诠释，以及读者对于关于自然之文本的阐释，包括在文本中捕捉或经历自然的不同方式。国内的自然文学研究学者将自然文学定义为，"从形式上来看，自然文学属于非小说的散文体，主要以散文、日记等形式出现；从内容上来看，它主要思索人类与自然的关系。简言之，自然文学最典型的表达方式是以第一人称为主，以写实的方式来描述作者由文明世界走进自然环境那种身体和精神的体验。"① "自然文学……所涉题材广泛，如风景、动物、季节气候等自然现象，或者自然灾难及其影响等等。……传统意义上的自然与文化是对立关系，传统自然文学重在表现不受人类文化影响的所谓纯粹的自然。但目前地球上几乎可以说没有不受人类活动影响的区域，人类对生态环境的影响日甚，所以说自然文学发展到今天，很多已经进入生态文学的范畴，这中间存在重叠的部分，但也有本质的不同。"②特纳（Jack Turner）以 19～20 世纪苏格兰裔美国自然文学作家、自然主义者缪尔（John Muir）的荒野经历为例指出，人类与荒野、自然的实际交流似乎只有通过对艺术作品的赏析才得以实现，这一想法完全不切实际。叙事如同摄影作品，不过是真实事物的赝品与抽象的概念，间接地亲历荒野仅仅给读者带来间接的感受。③ 如果仅依赖艺术作品，包括自然文学作品得到的画面感和新鲜感去认识自然，会令观赏者或读者忽略与荒野自然真实接触的重要性。一味地试图认识、感知这种抽象概念而不是身体力行、亲身实践，就会导致"真实与虚假、野生与驯化、独立与寄生、原始与仿造、健康与腐化"之间界限的模糊不清。④ 特纳强调，若要真正地欣赏自然与荒野，我们需要与后者实践大量的亲身接触。这种接触对于掌握事物的真理或现象以及做出欣赏及评估都是不可或缺的，"我们只能评论那些我们所知的和所爱的"。由于大多数人缺乏足够丰富的真实接触，这个世界也就"不再了解或热爱荒野"。通过叙事等手段间接地感受荒野，我们能够认识的仅仅是"抽象的荒野"。⑤

科普作家金涛在接受采访时着重强调了自然文学的真实性。他提出，要从事自然文学创作，作者必须"亲历现场、亲身经历、亲眼观察"，取得第一手资料，而这正是自然文学的价值所在。⑥ 自然主义者梭罗就曾强调个人经历的重要性。在《瓦尔登湖》中，他讲述了大量个人的亲身经历与体

① 程虹：《美国自然文学三十讲》，外语教学与研究出版社，2013，第 2 页。
② 张晶晶：《自然文学：探荒野之美，寻心之本源》，《中国科学报》2017 年 2 月 17 日，第 5 版。
③ Jack Turner, *The Abstract Wild*, Tucson: The University of Arizona Press, 1996, p. 36.
④ Jack Turner, *The Abstract Wild*, p. 33.
⑤ Jack Turner, *The Abstract Wild*, p. 25.
⑥ 张晶晶：《自然文学：探荒野之美，寻心之本源》，《中国科学报》2017 年 2 月 17 日，第 5 版。

验，自称"因个人经历的有限而被局限于这一主题"。① 梭罗提倡简朴生活，《瓦尔登湖》全书不带一丝道德说教，仅凭作者亲身经历讲述一段充满植物、动物词汇的世外桃源般的生活。爱略特（George Eliot）1856 年 1 月在《威斯敏斯特评论》上发文盛赞了梭罗"对自然现象的细致观察……文字诗意而感性"。梭罗在书中讲述，自己更青睐"实践教育"，亲自种植粮食、建造小屋，而不会把"建筑的快乐"拱手让给木匠，从而避免获取"被哄骗"的经历。② 那么，个人经历是否无法替代？阅读这些自然文学作品，我们能否通过文学叙事带来的间接经验获得相似的体验呢？

正如特雷纳（Brian Treanor）所指出的，对于环境哲学家而言，过度强调个人经历至少有两方面的消极影响。首先，自然由众多不同部分构成——动物、植物、生态系统或者自然现象——世界上大多数人或许终其一生也无法亲眼看到或亲身经历。其次，与自然、荒野大规模的亲身经历一旦成为现实，将对荒野本身造成毁灭性的伤害。③ 因此，人类经由叙事、艺术作品、自然文学获取的间接经验不应遭到过分的谴责。首先必须承认的是，不仅自然、荒野，而且人类的一切经历都需要中介。同自然、荒野的直接接触，并不意味着一定能够获得未经任何概念或叙事过滤的、完全原始的经历。相反，人们只能在某些情况下优先考虑直接经验，将其视为相对而言没有受到概念或叙事结构所影响的经验。因此，直接接触并不具有作为直接经验可靠来源的地位。其次，叙事常常被人们作为二手知识的来源，但它们往往能够带给人们有价值的思考。缪尔、梭罗及其他自然文学作家通过自然文学作品，成功地警醒人们去重视自然环境，并能够不受环境保护浪潮的影响，始终如一地热爱自然与荒野，这便成功实践了叙事的力量。

叙事作为知识来源的观点由来已久。利奥塔（Jean - François Lyotard）提出，"叙事是世俗知识最完美的形式"，无论科学抑或文学，叙事都是帮助社会"一方面规定能力标准——叙事被讲述时所处的那个社会的标准，

---

① Henry David Thoreau, *Walden*, Princeton, New Jersey: Princeton University Press, 1971, p. 3.

② Henry David Thoreau, *Walden*, pp. 300 – 301.

③ Brian Treanor, "Narrative and Nature: Appreciating and Understanding the Non - Human World," *Interpreting Nature: An Emerging Field of Environmental Hermeneutics*, Eds. F. Clingerman et al, New York: Fordham Princeton University Press, 2014, p. 183.

另一方面用这些标准来评价社会实现的或可能实现的性能"的机制。① 叙事与抽象思维、文学与科学是相互依存不可分割的两个方面。"故事不仅处理过去的知识，还为我们提供在现实世界认知的模式、存在的模式。"② 在故事的模式中，科学与其他知识丰富而不是僵化了文学作品的潜力。实际上，特纳本人也十分重视叙事和语言作为中介的力量，他指出，"在我们与自然发生直接接触之后，我们对荒野、动物、植物热爱，甚至是对荒野自然、公民意识贡献最大的是艺术、文学、神话、自然知识。因为这些文字由我们如此匮乏的语言构成，即视界所不可或缺的中介"。继而认识到，"眼见的古老方式不会因证据而改变，只会因新的语言而捕获它们的想象"。③

以亚里士多德的模仿概念为基础，利科发展了自己对于叙事身份的理解，认为其中包含三个阶段：前兆、情节建构、生命重组。前兆认识来自叙事的开启阶段，即对叙事结构的把握，以获得意义为目的，这是保证读者通过叙事获取意义的前提条件。情节建构是我们将孤立事件联结为叙事事件的方式，带有一定的意识性与目的性。个体事件与作为整体的情节在情节建构的过程中得到调和。建构情节或理解叙事就是要理解情节中的实践如何以及因何推导出结论。④ 情节建构不是完全中立的，而是具有主观性的选择，基于个人的视角、信仰、知识、历史等做出。⑤ 最后一个阶段是对生命的重组。叙事阅读结束之后，我们将以一种与先前截然不同的方式返回现实生活，每一段叙事都在不同程度上影响我们未来的生活以及对于世界的看法。正如梭罗在《瓦尔登湖》中的发问，"有多少人，通过读书开启了生活的新纪元？"⑥ 正是由于叙事对生命重组的这种力量，文本才拥有了真正教化的力量。

① Jean - François Lyotard, *The Postmodern Condition：A Report on Knowledge*, trans. Geoff Bennington and Brian Massumi, Minneapolis：University of Minnesota Press, 1984, pp. 19 - 20.

② Linda Hutcheon, "Traveling Stories：Knowledge, Activism, and the Humanities," *A Sense of the World：Essays on Fiction, Narrative and Knowledge*, eds. Gibson, John, Wolfgang Huemer, and Luca Pocci, New York and London：Routledge, 2007, p. 212.

③ Jack Turner, *The Abstract Wild*, Tucson：The University of Arizona Press, 1996, pp. 89, 66.

④ Paul Ricoeur, *Time and Narrative*, vol. 1, trans. Kathleen McLaughlin and David Pellauer, Chicago：The University of Chicago Press, 1984, pp. 64 - 68.

⑤ Brian Treanor, "Narrative and Nature：Appreciating and Understanding the Non - Human World," p. 186.

⑥ Henry David Thoreau, *Walden*, p. 107.

　　根据情节建构的不同，叙事又分为厚重叙事和轻薄叙事。前者指拥有复杂故事线索的文学作品，后者则指相对简洁的描述，激发读者对画面的想象。两种叙事在利科看来都具有道德性特征，被称为"道德实验室"。[①]因为"我"听到或者读到的叙事改变了"我"的叙事。利科认为，这种改变是因为叙事提供了一种"模拟"式的经历，读者在其中可以尝试不同的可能性。我们将自身置于故事之中，对人物的行为做出判断，利用叙事去实验各种可能性，探索不同的情境和不同的道德结果。因此可以说，不存在完全道德中立的叙事。[②]"要理解什么是勇气，我们读阿喀琉斯的故事；要理解什么是智慧，我们读苏格拉底的故事；要理解什么是博爱，我们读阿西斯的圣弗朗斯的故事。同样，要理解什么是简朴，我们讲述梭罗的故事；要理解什么是专注于观察，我们讲述利奥波德的故事；要理解对荒野的热爱，我们讲述缪尔的故事。"[③]科尔尼指出，利科之观察的有用性显而易见，道德常常被用在美德和追求幸福的关系上，虚构作品以经验的意象与例证充实、丰富道德的概念，以具体故事的形式。他宣称，至少在某些情况下，尽管叙事经验显得缺乏真实性，"它仍然是经验，有时甚至比所谓的现实更为真实"，[④]尤其是在与建构自我相关时。正如利科所见，我们读过的故事形成了我们在世界中存在的方式。叙事在自我培养和美德培养方面拥有重要作用，只要我们相信作者在真实地讲述他们的经历，故事就能够并且一定会改变人们的生活。

　　诠释学转向要求生态批评理论接受更为广泛的诠释学形式，参与各种意义的产生、传播和接受，探求不同物种自身世界内部及相互之间的意义。通过扩展由伽达默尔、利科及其他理论家所发展的哲学诠释学的对话框架，环境文学的研究将走向全面探索跨文化群体和不同生物物种之共存状态的道路。以哲学诠释学为理论基础的环境诠释学领域已经朝此方向迈出了坚实一步，尝试对不同的存在方式进行对话性解释，对环境诠释学哲学基础

①　Paul Ricoeur, *Time and Narrative*, p. 59.
②　Paul Ricoeur, *Time and Narrative*, p. 59.
③　Richard Kearney, *Paul Ricoeur: The Owl of Minerva*, London: Ashgate, 2004, p. 114.
④　Richard Kearney, *On Stories*, London: Routledge, 2002, p. 25.

的梳理及其对于生态批评意义的反思将有助于重新思考环境与人类之关联，以及环境文学研究的拓深。

【Abstract】 On the basis of the insights and theories of philosophical hermeneutics, including Gadamer's view on language and history, and Ricoeur's ethics on otherness, environmental hermeneutics focuses on the interaction between environment and human beings, to reveal and reconsider the way in which the relationship between environment and human is interpreted. Philosophical hermeneutics believes that the meaning of human existence derives from positioning itself in a larger textual context and other significant entities, which is regarded as a starting point for meaning. Therefore, the world of human inhabitants, which has always been interpreted and meaningful, is an embodiment of environmental context. Through rigorous phenomenological reflections, Gadamer reveals the interrelationship between language and the world to redefine the concept of nature. Since humans live in a world that has always been interpreted, "belonging to history" is Gadamer's description of a fact for all individuals. The purpose of hermeneutics is not to eliminate individual prejudice, but to understand the influence of prejudice on meaning production. In addition, philosophical hermeneutics believes that the text itself is autonomous, and thus has many effective meanings independent from the author. Regarding this fact, Gadamer describes the possibility of mutual understanding and the openness of interpretation with the concept of "fusion of horizons". Finally, Ricoeur's ethics on otherness helps the self achieve ethical recognition of non – human otherness within the framework of hermeneutic interpretation, thereby extending ethics on otherness to non – human animals. Through interpretation, the "environment" is made into a meaningful and inhabitable "world". Bringing up the hermeneutical turn to ecocriticism, environmental hermeneutics provides a new way to examine traditional issues in environmental philosophy and environmental ethics, and opens up perspectives on the study of environmental literature and nature writing.

【Keywords】 Environmental Hermeneutics; Environmental Philosophy; Philosophical Hermeneutics; Ecocriticism

全球圆形流散理论建构与文学阐释[*]

王 刚

（上海工程技术大学外国语学院，上海 201620）

【内容提要】进入 21 世纪以来，全球人口和资本加速流动，互联网、人工智能等技术高速发展。人类社会的联系空前紧密，各种文化的交流碰撞日益增加，新的危机与挑战也层出不穷。上述变化深刻地改变了世界文学研究的样貌，其学科领域、话语表述、文学实践等都产生了明显的变化，诞生于 20 世纪的当代西方文论已经无法适应上述趋势。因此，中国的世界文学学者有必要构建出符合中国视角的新理论，以适应新世纪以来经典化的作家与文本的文学实践。在这一背景下，本文在国内首度提出了"圆形流散"和"全球圆形流散"理论概念，并将之应用于对 21 世纪获得诺贝尔文学奖的部分作家作品的阐释实践中。本文对文学"全球圆形流散"理论概念的缘起、理论建构及其包含的主题、阐释实践等几个方面进行论述，并阐述了该理论在世界文学研究中与习近平总书记的"人类命运共同体"思想的密切联系，总结了全球圆形流散理论概念的价值和意义。

【关 键 词】全球圆形流散　人类命运共同体　诺贝尔文学奖

一　引言

进入 21 世纪以来，随着全球化的深入，互联网、大数据、人工智能等

---

* 本文是作者主持的 2018 年度国家社科基金一般项目"21 世纪诺贝尔文学奖得主的全球圆形流散特征研究"（18BWW070）、上海工程技术大学人才引进科研项目"人类命运共同体维度下的经典诺奖作品解读"（校启 2018 - 71）的阶段性成果。

的发展，资本和全球人口的加速流动，整个世界正日益成为"地球村"，人们生活在现实和理想交织的同一世界里，"你中有我、我中有你"的现象也变得越来越突出。同时，各种文明和文化的冲突和融合也日益加剧，环境恶化、种族冲突、新冠肺炎等引发的危机与挑战也不断涌现，人类比历史上任何时期都更需要紧密联结在一起，世界各国对新问题和新事物的看法也不尽相同，他们通过各自的语言和文字所展示的人类的心灵世界和该地域的社会生活也千差万别、丰富多彩。上述变化深刻地改变了世界文学研究的样貌，其学科领域、理论体系、话语表述、文学实践等都产生了非常显著的变化，从而使诞生于20世纪的当代西方文论已经无法适应上述趋势。因此，在这种情况下，中国的世界文学学者有必要更精心地立足本土、放眼全球、深耕细研，构建出符合中国视角的文学新理论，以适应21世纪以来世界经典作家的文学实践。在这一背景下，笔者在国内率先提出了"圆形流散"和"全球圆形流散"的理论概念，并将之应用于对21世纪获得诺贝尔文学奖的部分作家作品及其他作家作品的阐释实践中。当"后理论"时代来临时，王宁认为："中国的人文学者获得了改变这种局面的重要契机。原因在于：首先西方学术界构造的'纯文学理论'神话已被打破，文学研究得以进入更广阔的语境发展；其次是解构了西方中心主义思维定式，为各种非西方文学理论让渡出了成长的空间。"① 在此基础上，王宁进一步指出："经过认真的学习和实践，我们应该结束现在的'学生'学徒的阶段，而应该以同行的身份积极主动地与西方文论界进行平等的对话和讨论，以便提出我们基于自己的文学创作和批评实践的理论建构。"②可以说，本文的写作就是在这种思想启迪下开始的一种尝试。

二　理论的历史溯源：从流散、圆形流散到全球圆形流散

审视世界文学的发展历程，我们不难发现，全球圆形流散理论概念的

---

① 参见王宁《后理论时代中国文论的国际化走向和理论建构》，《北京大学学报》（哲学社会科学版）2010年第2期，第85页。
② 参见王宁《再论中国文学理论批评的国际化战略及路径》，《清华大学学报》（哲学社会科学版）2016年第2期，第59页。

构建历经了流散①、圆形流散和全球圆形流散三个阶段，这其中的每一个阶段都深受国际政治、经济、文化和科技等方面的影响。

1. 流散的起源及其在国外的发展流变

流散（diaspora）是一个古老的词。根据权威的《牛津英语大词典》，该词来自希腊语 διασπορά，意为 to disperse，即分散、传播；更具体的含义是 to sow, to scatter，即像花粉那样四处散播；自 1881 年起的各版《不列颠百科全书》都收录该词，用来描述犹太人迁徙和散居的状态。据西方学者考证，该词最初用于希腊语版的《圣经·旧约·申命记》，此篇描述了犹太人经历巴比伦之囚后，不断迁徙漂泊的悲惨命运。② 虽然《圣经》以及《奥德赛》都是描写人类流浪的经典性文本，但是 diaspora 曾长期缺席于西方文学的核心概念中。

依据笔者在 JSTOR 和 EBSCO 等数据库的搜索，直到 20 世纪上半叶，全球学术界使用 diaspora 一词基本限定在宗教研究和人类学领域。二战以后，亚非拉地区摆脱了殖民者的枷锁，纷纷独立，非裔美国人也在民权斗争中试图重写自己的历史，他们将黑奴的悲惨记忆与渴望非洲大陆独立自强的期待结合起来，形成了具有政治含义的非裔流散（African Diaspora）。西方左翼知识分子与民权运动互为支撑，提出各种新理论以反拨"西方中心主义"，同时第三次科技革命加速了全球化与人口迁移。在此背景下，diaspora 渐成人文研究领域的关键词。

1991 年，多伦多大学出版社创办了一份学术季刊，刊名为 *Diaspora：A Journal of Transnational Studies*（《流散：跨国研究杂志》），旨在对"传统的流散群体——亚美尼亚人、希腊人和犹太人以及在过去 40 年中被认为具有流散身份的各种新群体进行历史、文化、社会结构、政治、经济方面的跨学科研究"③。此举标志着"流散"已成为文化研究领域的重要概念。威廉·萨福兰（William Safran）在创刊号中发表了论文"Diaspora in Modern Socie-

---

① diaspora 在中文语境下的对应词，学术界比较常见的有"流散""离散""飞散""散居"等，本文使用"流散"一词。

② J. A. Simpson and E. S. C. Weiner, eds., *The Oxford English Dictionary*, 2nd Edition, Volume IV, Oxford：Clarendon Press, 1989, p. 613.

③ 参见期刊官方网站 https://www. utpjournals. press/loi/diaspora。

ties：Myths of Homeland and Return"（《现代社会的流散：故土与回归的神话》），提出了"流散"的定义，影响甚广。后来，詹姆斯·克利福德（James Clifford）、罗宾·科恩（Robin Cohen）等学者大多在此基础上对"流散"的定义进行调整，综合起来包括以下六点：（1）从起源向外发散；（2）保留来自故土的集体记忆；（3）认定自己未被客居地接纳，有孤立感；（4）将故土理想化；（5）对维持故土繁荣有责任感；（6）拥有牢固族群意识并将之建立在共同历史与信仰上。①

　　除了从内涵上廓清定义，学者们还大力拓展 diaspora 的外延。如文化研究的领军人物斯图亚特·霍尔（Stuart Hall）于 1993 年发表了文章"Cultural Identity and Diaspora"（《文化身份与族裔流散》），其中关于文化身份的动态构建观点对后来的流散研究产生了深远影响。

　　在民权运动的鼓舞下，非洲族裔的流散研究也取得了丰硕成果，相关著作纷纷涌现，如保尔·吉尔罗伊（Paul Gilroy）的 *The Black Atlantic*（《黑色大西洋》）以及卡里德·考瑟（Khalid Koser）的 *New African Diaspora*（《新非洲人的流散》）等，在世界人文学界产生了重要影响。

　　华裔的流散群体也逐步进入海外学者的视野，尤其是美国的华裔流散作家，其中的佼佼者如谭恩美、汤亭亭等早已跻身美国主流文学界。与流散相关的研究也逐渐丰富，代表性专著有劳伦斯·马（Laurence J. C. Ma）等人主编的 *The Chinese Diaspora：Space，Place，Mobility，and Identity*（《华人的流散：空间、地点、流动性与身份》）以及考丹沙·格洛伯（Kodansha Globe）撰写的 *Sons of the Yellow Emperor：A History of the Chinese Diaspora*（《炎黄帝国之子：华人流散的历史》）等。

　　进入 21 世纪以来，对流散的相关研究更加深入，西方学者依据现实的发展，对其概念进行了重构。2004 年耶鲁大学"人际关系领域资料中心"出版了世界首部 *Encyclopedia of Diasporas：Immigrant and Refugee Cultures around the World*（《流散族群百科全书：世界移民与难民文化》），旨在从比较的角度为读者提供关于全球流散族群的全景式介绍。该书摆脱了传统的

---

① Michele Reis，"Theorizing Diaspora,"*International Migration*，No. 2，2004，p. 41.

血缘/民族分类法，依照不同动机将流散族群分为"受难型"、"劳工型"、"贸易型"和"帝国型"等类型，更深刻地揭示了人类流散的复杂成因。

对于流散研究的未来，科恩在 *Global Diaspora*, *An Introduction*（《全球流散导论》）中指出：19 世纪欧洲人的民族—国家理念已是明日黄花，日益增强的联系会凌驾于民族国家之上，使得流散群体发展出一种更加开放的、更易于接受的群体效忠模式。① 我们今天回顾这一观点时可以看到，科恩在 21 世纪伊始的预判仍然非常超前。近五年来，西欧多次遭受恐袭、英国"脱欧"、欧洲难民危机等事件，导致 21 世纪初一度"大跃进"的欧盟一体化进程大受挫折；2017 年美国特朗普政府上台，限制部分移民族群入境、对新冠肺炎疫情"甩锅"……原本竭力鼓吹"完全开放、自由流动"的部分西方国家如今已逐步恢复以国为界的"壁垒"；但与之对应的是，中国国家主席习近平向全世界宣告："中国的发展绝不以牺牲别国利益为代价，我们绝不做损人利己、以邻为壑的事情。"② 正所谓西方不亮东方亮，与邻为善，海纳百川是一个国家强大、稳健的体现，也是构建"人类命运共同体"的重要举措。由此笔者认为，虽然全球化进程在 21 世纪的第二个十年遇到了新的挑战，但是人类流散愈加频繁的总体趋势不会改变。不过需要注意的是，流散的具体情况会更加复杂、多变，这有待于学术界更进一步地深入研究。

现在我们来分析中国的流散研究演变。根据学者考证，diaspora 作为学术概念早在 20 世纪 80 年代就已进入中文语境，如杨周翰先生曾将 diaspora protestant 译为"新教徒的流布"，艾石将 Chinese diaspora 译作"散居华人"，邓锐龄将 the Tibetan diaspora 译作"藏民的流散"等。③ 进入 20 世纪 90 年代，西方流散研究的兴起也引起了中国学者的关注。华裔新加坡学者王赓武曾指出，diaspora 一词最初含有贬义，从专指犹太人的迁移和散居逐

---

① Robin Cohen, *Global Diaspora*, *An Introduction*, 2nd edition, New York：Routledge, 2008, p. 174.

② 习近平：《出席第三届核安全峰会并访问欧洲四国和联合国教科文组织总部、欧盟总部时的演讲》，人民出版社，2014，第 36 页。

③ 杨中举：《Diaspora 的汉译问题及流散诗学话语建构》，《山东师范大学学报》（人文社会科学版）2016 年第 2 期，第 34 页。

步扩大为泛指所有的移民群体，却很少指涉欧美的移民族群——这其实是种族歧视。① 王宁也指出，广义的流散写作在西方具有漫长而独特的传统，只是早期的流散文学并未使用流散写作（diaspora writing）一词，而是代之以"流浪汉小说"（picaresque novelists）或是"流亡作家"（writers on exile）这些名称。②

在中国，diaspora 有各种译法。笔者在中国知网进行了粗略的检索，限定文献发表时间从 1990 年 1 月 1 日至 2020 年 6 月 20 日，在"学科领域"中选取"哲学和人文科学"一栏，将选择检索条件设定为"主题"，检索结果如下：输入"流散"，有 702 篇文献；输入"离散"，有 661 篇文献；输入"飞散"，有 79 篇文献；输入"散居"，有 166 篇文献。从中我们可以大致看出，diaspora 在中国学术界对应的主要汉语词为"流散"和"离散"，这其中包括了"离散族裔""流散群体"等派生说法，而且使用在了包括世界历史、中国民族志等多个人文学科内。

在汉语的表达语境中，对于 diaspora，以乐黛云、王宁、钱超英为代表的学者倾向于使用"流散"这一表述。究其原因，王宁的观点最有代表性：流散作家有相当一部分是自动流落到他乡并散居在世界各地的，他们有着鲜明的全球意识，四海为家，能熟练地使用世界性的语言——英语来写作，但同时他们又时刻不离自己的文化背景。③ 可以说"流散"表达了一种主动性的意愿。

而较多海外华裔学者如王德威、张锦忠等倾向于使用"离散"。从字面上来看，"离散"带有去国离乡的伤感之情。黎湘萍等人试图以全球化的视野去构建相应的理论，对"离散"一词进行理论化改造，使其情感色彩减弱，逐渐中性化。④ 也有学者认为，多数大陆学者使用"流散"是因为他们自认为坐镇大陆而关注海外，需要一种灵活的视角并且去中心化；而海外

---

① 王宁：《流散写作与中华文化的全球性特征》，《中国比较文学》2004 年第 4 期，第 14 页。
② 王宁：《流散写作与中华文化的全球性特征》，第 7 页。
③ 王宁：《流散写作与中华文化的全球性特征》，第 7 页。
④ 颜敏：《离散的意义流散——兼论我国内地海外华文文学的独特理论话语》，《汕头大学学报》（人文社会科学版）2007 年第 2 期，第 69 页。

或者港台学者则认为"离散"更能明确他们所关注的作家作品的特质。①

另两个译法虽各有千秋，但不够完善，因此影响力相对一般：赵红英是较早将之译为"散居"的学者，情感表达属于中性，摆脱了《圣经》加诸 diaspora 之上的惩罚意味，但同时也割裂了 diaspora 所蕴含的历史文化关联，不利于整体学术研究与把握；而童明将之译为"飞散"，强调了后殖民时期流散行为所蕴含的主动性和喜悦性，却忽视了仍旧大量存在的被动性流散群体，遮蔽了 diaspora 所蕴含的复杂性以及情感与历史的关联。

作为后殖民理论体系下流散理论的主要引入者，王宁在学术界发挥了至关重要的作用。早在 1994 年第十四届国际比较文学协会年会上，王宁就接触到了"后殖民和流散写作"这一课题并作主题发言。进入 21 世纪后，王宁又率先撰文，系统论述了流散写作在全球化理论中的重要地位，并提醒国内学术界："流散写作"体现了全球化时代的一种独特的文化和文学现象，理应受到我们比较文学学者的关注。此外，他还就文化身份、全球化与中华文化、华裔流散文学研究等理论问题相继进行论述和反思。王宁对于流散文学的相关论述主要收录于《文化翻译与经典阐释》（中华书局，2006）以及《比较文学、世界文学与翻译研究》（复旦大学出版社，2014）。同时，王宁还积极筹划组织了几次重要的学术研讨会，包括 2003 年 9 月的"流散文学与流散现象学术研讨会"和 2004 年 3 月的"华裔流散写作高层论坛"等，其间他陆续邀请了佳亚特里·斯皮瓦克、霍米·巴巴等后殖民理论家来华与国内学者直接对话。这些学术活动不仅填补了国内学界的空白，而且为国内的后殖民流散文学研究确立了一个较高的起点。

海外华人的流散历史与文学研究是中国学术界较早关注的流散课题之一。海外学者王赓武的研究以历史文化为主，主要研究领域包括华人流散的历史与现状、中华帝国与世界的关系等。王赓武所著《东南亚与华人》（姚楠编译，中国友谊出版公司，1987）、《天下华人》（广东人民出版社，2016）等书史料扎实，视野开阔，是全面研究华人流散问题的重要著作。饶芃子的研究立足于比较文学，在几十年的研究生涯中，饶芃子陆续撰文探

---

① 董雯婷：《Diaspora，流散还是离散？》，《华文文学》2018 年第 2 期，第 47 页。

讨了海外华文文学研究的理论与方法、重要作家与文本等，代表作为《世界华文文学的新视野》（中国社会科学出版社，2005）。钱超英则将流散文学视角贯穿本土文学与海外华人文学研究中，他多从"国际移民"与"国内移民"的视角来考察澳大利亚华人文学和深圳文学的特质与审美，代表作为《澳大利亚新华人文学与文化研究资料选》（中国美术学院出版社，2002）、《流散文学：本土与海外》（海天出版社，2007）。

2. 从流散走向圆形流散和全球圆形流散

众多研究表明，自 20 世纪 90 年代以来，流散文学逐步受到诺贝尔文学奖评审的重视，从世界文学场域的边缘走向中心。[①] 因此，对全球流散作家群体的研究成为世界各国学者关注的重要课题，并相继涌现出一些重要成果。国内相关代表性著作有陈爱敏的《认同与疏离——美国华裔流散文学批评的东方主义视野》（人民文学出版社，2007）、石海军的《后殖民——印英文学之间》（北京大学出版社，2008）等。这些著作多以后殖民的流散理论为基础，对相关作家与文本的流散特征进行分析阐释。不过需要指出的是，目前国内的流散文学研究尚处于起步阶段，介绍转译的多，自成体系的少。以奈保尔研究为例，方杰曾指出，从总体上看，国内有关奈保尔的论述基本还停留在对国外后殖民文学研究话语的"转译"，能体现中国学者主体意识的成果尚不多见。[②] 因此，中国学者有必要构建本土的文学理论工具，用中国话语阐释流散文学。

中国学者对奈保尔流散写作中的"空间"范畴历来比较关注。梅晓云所著《文化无根：以 V. S. 奈保尔为个案的移民文化研究》（陕西人民出版社，2003）结合作家的经历和文本，论证了其"文化无根"的特征。潘纯琳在其博士学位论文《论 V. S. 奈保尔的空间书写》（四川大学，2006）中认为：空间是奈保尔构建其文化体验的核心力量；其空间意识、空间记忆决定了其空间立场，进而影响了他对空间经验的书写和空间叙述的采用。

---

① 相关研究可参见王宁《全球化理论与文学研究》，《外国文学》2003 年第 3 期；张霁《由中心到边缘的变迁——从百年诺贝尔文学奖看流散文学》，《深圳大学学报》（人文社会科学版）2012 年第 6 期；等等。

② 方杰：《创作·接受·批评——后殖民语境中的奈保尔》，《外语研究》2007 年第 5 期，第 80～81 页。

基于以上论述，笔者在国内率先提出了"圆形流散"的概念。笔者在《以英国为圆心的流散——评奈保尔的〈河湾〉与希尔的〈黄河湾〉》(《西安外国语大学学报》2007 年第 4 期) 中提出：《河湾》与《黄河湾》两部作品的流散路线是圆形的，圆心是宗主国或母国英国，而半径则是英国到两部作品描述的地方——非洲小镇或中国运城。作为流散作家的代表人物，奈保尔本人曾这样描述自己的内心体验："就像是我们都按照自己古老的路线继续着各自的旅行方案，我们都做了环程旅行，以至时常转了一圈又返回到我们原先的出发地。"[①] 这段描述表达出流散者上天不能、落地不成的漂浮状态，是一个动与静、现实与虚幻相结合的、多视角的圆，它从时间与空间、内心与现实等几个维度勾画出流散作家的精神特质。这里所说的圆形是封闭的，其实质是一种隐性的西方中心主义，由宗主国向殖民地或半殖民地发散的统治/被统治关系。在此基础上，笔者先后在 2008 年的《外国文学》、2014 年和 2015 年的《山东社会科学》杂志上发表了《以自我为圆心的圆形流散》《圆形流散圆不同——〈生死疲劳〉与〈毕司沃斯先生的房子〉中的圆形流散》《无法逃离的圆形流散——2013 年诺贝尔文学奖获得者艾丽斯·门罗〈逃离〉的主题分析》三篇论文进一步阐述"圆形流散"的观点。

事实上，"圆形流散"的内涵不仅可以用福柯的权力视角来阐释，更可以纳入后殖民语境里去解读。依照爱德华·萨义德的理解，后殖民语境不是二元对立的空间，而是二元对立之外的知识与抗拒的空间，是一种"在文化间隙中呈现出的协商空间"[②]。笔者在后殖民理论的基础上，进一步拓展了"圆形流散"的概念。在博士学位论文《漂游在现实与虚幻之间——奈保尔涉印作品的流散特征研究》(北京语言大学，2008) 中，笔者阐述道：流散指的是立体的、全方位的四下扩散，是动静结合的、现实虚幻皆具的多视角的圆；流散的线路既是线形的，又是圆形的，但主要是圆形的；每个流散者都有其流散的圆心，对于奈保尔来说，他的写作存在三个

---

① 奈保尔：《抵达之谜》，邹海仑等译，浙江文艺出版社，2004，第 200 页。

② 王欢欢：《空间转向与文学空间批评方法的构建》，《中国文学研究》2018 年第 2 期，第 61 页。

圆心:"英国"——代表现实世界;印度——代表虚幻世界;写作——代表内心,并连接现实与虚幻两个世界。至此,"圆形流散"概念已从封闭走向开放;圆心从单一演变为多个。这篇博士学位论文后来以"圆形流散——维·苏·奈保尔涉印作品的核心特征"为题,由经济科学出版社于2011年出版。

"圆形流散"这一概念提出后,很快受到国内学界的关注。在《"阈限空间"中的圆形流散书写和民族认同——解读奈保尔的"印度三部曲"》[《时代文学(下半月)》2011年第10期]中,李雪梅、王卉两位作者便以"圆形流散"和"阈限空间"两个概念为关键词,探讨了奈保尔作品中的流散体验。王旭峰在《论 V. S. 奈保尔在中国的译介、研究和接受特征》(《中国比较文学》2014年第4期)中就曾引用道:国内学术界和批评界眼中的奈保尔更多呈现为文化流散者的形象,"奈保尔是典型的、不容忽视的流散作家……这位流散者上天不能、落地不成的(地)永远在空中飘游"。张惠玲在《流散视野下的奈保尔小说叙事艺术》(《外语与外语教学》2015年第3期)中,将"圆形流散"概念与叙事学理论相融通。此外,赖丹琪的《本土视角与边缘维度》(浙江大学,2011)、江宁的《后殖民主义视角下奈保尔小说的形象学分析》(南昌大学,2014)等多篇硕士学位论文都借鉴了"圆形流散"这一分析视角。由此可见,这是一个值得继续深入探讨的话题。

科恩在《全球流散导论》中指出,自从20世纪80年代以来,有四个因素将流散(diaspora)的概念拓展至全球流散(global diaspora),分别是全球化的经济、新形式的国际移民、世界性大都市体验(cosmopolitan sensibilities)的发展以及宗教作为社会凝聚力的复兴。[①] 在全球流散趋势的裹挟下,人口迁徙日趋频繁,文化碰撞、冲突不断加剧。越来越多的人在后工业社会高度冗余的物质和信息中丢失了身份定位,时刻面临着迷失的危险和归属感的危机。曾经重土安迁的中国人也融入流散的大潮中,他们背井离乡,或者进城短暂打工或者出国谋求生路,他们的生活来源无法保障,他们的心灵无处安放,他们切切实实地体验到漂泊无根的流散的经验,再

---

① Robin Cohen, *Global Diaspora*, *An Introduction*, 2nd edition, New York: Routledge, 2008, p. 141.

也无法洒脱超然、置身事外。

在此背景下审视 21 世纪以来的经典作品，"圆形流散"的概念具有了更加普遍的指向。笔者在《〈坏女孩〉：全球流散，双"圆"难团圆》（《青年文学家》2011 年第 6 期）一文中，在国内率先提出了"全球圆形流散"的理论构想，随后又在专著《恒久漂游在"回家"的路上》中进一步阐释了"全球圆形流散"的理论概念：全球化带来的大规模的移民浪潮，不仅模糊了民族国家的疆界，也使民族文化本身发生裂变，作为其必然产物的文学和语言就越来越有世界性或全球性特征。① 在当今的全球化日益加深的背景下，不管从地理上还是从心理上来说，传统的母国与家园的意义已经发生颠覆性变化，地球变成了"地球村"，每个人都是流散之民。我们的家园在想象中，每个人——不管其母国、民族、职业——都处在回家的路上。这样，流散就变成了全球圆形流散。②

总之，"全球圆形流散"这一理论概念的生成与当今的政治经济、文明文化等因素密不可分。历经了从广义的"流散"到"圆形流散"再到"全球圆形流散"三个阶段，从狭义的特定族群迁移扩展到人口的全球性流动，再到全球化新阶段的身体和内心的漂泊体验，这种扩展符合文学理论发展的必然趋势。

三　全球圆形流散理论构建、主题表达及人类命运共同体

1. 全球圆形流散理论构建

自从 20 世纪 80 年代以来，全球化进程日益加快，人口迁移和文化碰撞空前频繁。就流散的现实而言，比尔·阿什克劳夫特（Bill Ashcroft）等人将其概括为"各个民族人民一种自愿的，或者强有力的从家园朝向新区域的运动"③。从流散的心理体验来说，英国作家拉什迪（Salman Rushdie）认

---

① 王刚：《恒久漂游在"回家"的路上》，经济科学出版社，2016，第 13 页。

② 王刚、霍志红：《现实与虚幻交织的全球圆形流散——论莫迪亚诺〈青春咖啡馆〉的主题》，《当代外国文学》2018 年第 4 期，第 132 ~ 137 页。

③ Bill Ashcroft, Gareth Griffiths and Helen Tiffin, *Key Concepts in Post - Colonial Studies*, London and New York：Routledge, 1998, p. 68.

为："一位充分意义上的移民要遭受三重分裂：他丧失他的地方，他进入一种陌生的语言，他发现自己处身于社会行为和准则与他自身不同甚至构成伤害的人群之中。"① 这一表述比较悲观，而王宁对流散写作的概括更为中立："他们（流散者）的写作逐渐形成了全球化时代世界文学进程中的一道独特的风景线：既充满了流浪弃儿对故土的眷念，同时又在字里行间洋溢着浓郁的异国风光。"②

综合上述国内外学者的论述，加上笔者数年来对全球圆形流散理论的探索，笔者尝试在此概括圆形流散和全球圆形流散的话语内涵。

首先是圆形流散。从时空角度，笔者认为广义的"流散"是跨越时间和空间的个人或集体的迁移。这里的空间既可以指多个国家，也可以指一个国家的不同地区。对于部分流散者来说，每一次流散都是身体与心理皆具的、现实与虚幻交织的双重反应，他们都历经新旧交替的痛苦与变化；从动机来说，流散有时出于被迫，有时出于主动；从流散的轨迹来看，流散者有时深入大地，有时漂浮无根，流散的路线主要是圆形的，并且每个流散者都有其流散的圆心；从流散的结果来看，无论流散者如何奋斗、挣扎，都无法逃离紧紧箍住他们的无形的圆。这种流散笔者就称之为"圆形流散"。

其次，从"圆形流散"概念到"全球圆形流散"理论。全球化与信息化的趋势改变了人类的认知方式：不管从地理上还是从心理上，老庄所说的小国寡民状态或是19世纪构建的民族国家理念已产生了颠覆性的变化。在资本和信息技术的推动下，地球已经聚合为"地球村"——每个地球公民都在身体和心理上经历着高速的迁徙，原先的乡民、市民都成了地球村的流散之民。停留在历史记忆中的恒久家园日趋瓦解。

这种剧变的结果就是人类历史记忆中的美好家园逐一失落，"地球村"的村民不分性别、国籍、信仰、年龄，都徘徊在"回家"的圆形流散之路上，这种圆形流散跨越了时间，打破了疆域，模糊了文化，融合了身心，甚至涵盖了生死，具有全球性的普遍性意义。由此，"圆形流散"的内涵就

---

① 萨·拉什迪：《论群特·格拉斯》，黄灿然译，《世界文学》1998年第2期，第286页。
② 王宁：《流散写作与中华文化的全球性特征》，《中国比较文学》2004年第4期，第5页。

不仅限于现实语境下的国家与民族的文化混杂，更是上升到了抽象的全人类精神层面，就此拓展为"全球圆形流散"。

2. 人类命运共同体

习近平总书记在党的十八大报告中曾指出：人类生活在同一个"地球村"里；生活在历史和现实交汇的同一个时空里；越来越成为你中有我、我中有你的命运共同体。随后，他多次使用"人类命运共同体"这一理念，这一理念秉承了孔子"大道之行，天下为公"的理想，展现出古老的中华民族对人类未来命运的深切关注。习近平总书记在多个场合的讲话表明，"人类命运共同体"理念具有丰富的人文内涵，是新时代指引文学理论发展的重要纲领。正所谓"文学即人学"，文学最根本的内涵仍然是对人的命运和人生的意义的探讨，这一要义与"人类命运共同体"的核心关切是一致的。由此笔者遵循"人类命运共同体"理念的指引，在这一理念的宏大视野之下，将"全球圆形流散"的理论视角聚焦于当代世界文学作品中描述的人类普遍的流散经历和精神困境，以探寻当代经典文学的终极价值。

中国作家莫言曾感慨道："今天，科技日益发达，全球化浪潮汹涌澎湃，母国与家园的意义也在发生着深刻的变化。从某种意义上说，我们每个人都是离散之民，恒定不变的家园已经不存在了，我们的家园在想象中，也在我们追寻的道路上。"[1] 笔者认为，这是现代人对"全球圆形流散"普遍体验的精辟总结，也是全球化加速后人类命运发展的必然历程。

在莫言看来，全球化打破了人类与传统意义上家园、母国的物理和心理联系，每个个体在迁移、流散，抽象意义上的家园和母国也在改变，昔日农业社会的重土安迁、桑梓之情在这种改变中逐渐瓦解，因此流散成为现代人的普遍体验。诚如海德格尔断言的：现代人已处于无家可归的状态。意识到这一现代性困境后，人类就会在精神上尝试各种交流途径，寻找心灵的栖居之所。作为各种文学的集合体——世界文学就成了全人类心灵沟通和交流的共同语言。在《共产党宣言》中，马克思、恩格斯就曾预言："各民族的精神产品成了公共的财产。民族的片面性和局限性日益成为不可

---

① 莫言：《离散与文学》，《文学报》2008年4月8日，第8版。

能，于是由许多种民族的和地方的文学形成了一种世界的文学。"① 在如今的世界文学范畴内，读者、作者、世界、文本这四个维度借助全球化的发行传播渠道相互贯通，文本的生产和阅读本身就成了全球化的事件。世界文学作为人类共有的对话资源，在更为通达的文学流通时代，可以提供给各个群体之间更加丰富、多元的对话可能性，这进而加强了后理论时代的世界文学生产全方位表达人类当下境遇的能力。

其次，在人类业已步入"地球村"的时代，人类每时每刻都在面临各种各样共同的挑战：难民迁移、气候变暖、金融海啸等，这些都是由于全球一体化的加深而出现的。事实证明，没有哪个国家能独立解决上述问题，但它们的危害时时波及全人类。如此的严酷现实需要全人类相互携手、共克时艰。但是国家、种族、阶级、性别这些历史性的沟壑依然存在，如何增进人类之间的互信？如何从全人类角度审视当下的危机？世界文学提供了一种多元而平等的视角，尤其是对人类失忆、隔阂、漂泊、焦虑等状态的描摹，都是对人类失去家园后失落状态的书写，它们从不同角度暗示出人类缔结命运共同体的必要性和紧迫性。

另外，"东海西海，心理攸同"，钱钟书先生以大量的文学实践证明，世界文学反映的是人类所具有的普遍、共通的人性。在此基础上，阅读世界文学文本，已经超出了审美层面的品鉴，而指向人学意义上的精神探索，即审视个体的境遇，思考人类的命运。通过这种全球化时代普遍性的阅读体验，世界文学与"人类命运共同体"理念建立了本质上的衔接。综上所述，当代世界文学所书写的共同的境遇、共同的挑战、共同的人性，是"全球圆形流散"理论具有普遍意义的主要原因，而其所指向的突围和救赎之路，就是指向"人类命运共同体"所勾画的美好蓝图。

就具体的全球圆形流散理论构建、主题表达及人类命运共同体的文学实践而言，近三年来，笔者在国内外发表了多篇中、英文论文，产生了一定的影响力。首先，关于全球圆形流散及主题表达。笔者（作为第一作者）在《当代外国文学》（2018 年第 4 期）上发表了论文《现实与虚幻交织的全

---

① 《共产党宣言》，人民出版社，1966，第 30 页。

球圆形流散——论莫迪亚诺〈青春咖啡馆〉的主题》，通过深入细研法国作家莫迪亚诺的代表作《青春咖啡馆》，发现该书中既有现实又有想象的"盛宴"似的咖啡馆，其时间、地点、人物等都具有普遍性和全球性，进而在论文中提炼出现实与虚幻交织的全球圆形流散这一主题。在 2019 年第 6 期的《上海交通大学学报》（哲学社会科学版）上，笔者发表了论文《鲍勃·迪伦〈编年史〉的人类命运共同体意识》，论述了文学与音乐的互嵌、时空的混融等。此外，笔者还在 2019 年第 5 期和第 11 期的美国《文学与艺术研究杂志》（*Journal of Literature and Art Studies*）上分别发表了《莫迪亚诺〈青春咖啡馆〉中以时间为圆心的全球圆形流散》（"The Global Circular Diaspora with Time as the Center in Modiano's *In the Café of Lost Youth*"）和《莫言〈生死疲劳〉中的全球圆形流散》（"The Global Circular Diaspora in Mo Yan's *Life and Death are Wearing Me Out*"）两篇英文论文。这两篇英文论文聚焦于法国作家莫迪亚诺和中国作家莫言的代表作品，通过研究其中的典型特征从而分析出全球圆形流散的特点。

3. 全球圆形流散的十大主题

"全球圆形流散"聚焦书写当今人类普遍性问题的文学文本，针对全球化时代的新特点和文学生产的新趋势，笔者阅读了 21 世纪以来大量的经典世界文学文本，并结合已有的阐释实践，梳理出全球圆形流散理论主要的研究方向。其主要包括流散文学文本的时空关系、虚实相生的人类体验、文学与音乐、文学与科技（如人工智能等）、消费文化与城市经验、人类命运共同体等，并且将吸收意识/潜意识理论、复调理论、林勃状态、女性主义、生态主义、文化研究等理论批评方法。在此基础上，笔者大致归纳出以下十个文学主题。

①身心的漂泊体验与四散漂移的呈现；
②自我身份的模糊焦虑与寻根寻"家"之旅；
③时间的杂糅与对过去的忘却、对未来的茫然；
④空间的失落错位与林勃状态；
⑤历史叙事与个人记忆的交错与延展；

⑥现实与虚幻交织的混杂情形与对真实世界的探寻;

⑦语言引起的隔阂孤独及对心有灵犀的追求;

⑧各种文化的汇集与跨文化的融合冲突体验;

⑨文学与哲学、心理学、艺术学等的互嵌与边界跨越;

⑩科技人文命运共同体的冲突与融合。

上述十个主题从多方面概括了全球圆形流散理论所探讨的文本内容:既包含具体的流散经历,也指向抽象的精神流散体验;既有宏观的时空变换,也有微观的内心体验;既有对自我身份的追问,也有对人类命运的关切;既有内心焦虑的表达,也有精神突围的努力;既有对现实的描摹,也有对理想和虚幻的探讨。在此需要指出的是,以上几对范畴看似呈现二元对立,在具体文本中实则相辅相生、互相包容。它们的存在状态类似于霍米·巴巴所描述的"第三空间",即"间隙性空间"(interstitial space)中各种文化在其中处于流动和混杂(hybridity)的状态,符合流散文学的整体性特质。鉴于其开放和灵活的姿态,上述十个主题既可以看作世界文学文本所书写的内容,也可以成为阐释实践中的主要视角,它们既可单独存在一部作品中,也可以多个并存;几乎没有任何作家的任何一部作品能全部体现这十个全球圆形流散的主题,出现得越多,说明全球圆形流散特征在该部作品中就体现得越深刻。

综上所述,"全球圆形流散"是在"人类命运共同体"理念指引下,由中国学者构建的一种符合中国视角的理论概念。"人类命运共同体"是"全球圆形流散"理论构想的内涵与核心,"全球圆形流散"是"人类命运共同体"理念的外延与表现形式。

四 "全球圆形流散"理论的话语特征

1. 构建"全球圆形流散"理论的重要依据

回顾全球圆形流散理论的发展历程我们可以发现,不管是一般意义上的流散,还是圆形流散乃至全球圆形流散,都与人类进入全球化以来政治经济、文化科技等领域的发展密切相关。人类昂首迈入 21 世纪之时，也正是世界文学研究面临重大变革之际，这是构建"全球圆形流散"理论的重要依据。根据全球世界文学研究的现状，笔者认为这种重大变革体现在两个方面：其一是流散文学进入世界文学场域的中心位置，如前所述，此处不再赘述；其二是"后理论"时代的到来。

2003 年，英国文论家伊格尔顿（Terry Eagleton）出版专著《理论之后》（After Theory），在开篇他就断言："文化理论的黄金时代早已消失……结构主义、马克思主义、后结构主义以及种种类似的主义风光不再。"① 这一论断虽有争议，但随着"理论热"的退去，文学研究进入"后理论"时代已逐渐成为国内外学者的主流观点。所谓"后理论"并非"理论之死"，而是对 20 世纪 60 年代以来涌现的各色西方理论进行反思和沉淀。在张江看来，当代西方文论有"三宗罪"：脱离文学实践、偏执与极端、僵化与教条。② 特别是解构主义思想，虽然它具有打破窠臼、开放多元的可取之处，但发展到极致便会陷入虚无主义。后现代理论家福柯曾发表了关于"人之死"（la mort de l'homme）的论述，虽然其哲学内涵绝非字面意思这么简单，但是在洋洋洒洒的《词与物》（Les Mots et Les Choses）的结尾，福柯写道："人是近期的发明，并且正接近其终点……人将被抹去，如同大海边沙地上的一张脸。"③ 这种经过论证后的虚无主义结论，愈加强化了解构思想的破坏力。伊格尔顿也对"文学理论"脱离"文学"大为不满，他讽刺道："讲话轻声细语的中产阶级家庭出身的学生们在图书馆里扎成一堆，勤奋地研究着像吸血鬼迷信、挖眼睛、淫秽电影这样耸人听闻的题目。"④ 总之，当代西方文论发展到后期，一不论"文"，二不见"人"，肆意玩弄符号游戏，对文本"强制阐释"，让鲜活的作品削足适履。这是否还值得我们萧规曹随？

众所周知，新时期以来中国的世界文学研究曾亦步亦趋地跟随西方，

---

① 伊格尔顿：《理论之后》，商正译，商务印书馆，2009，第 4 页。
② 张江：《当代西方文论若干问题辨识》，《中国社会科学》2014 年第 5 期，第 5～12 页。
③ 此处引用莫伟民的译文。
④ 伊格尔顿：《理论之后》，商正译，商务印书馆，2009，第 4 页。

虽然这种效仿迅速提高了我国的整体研究水准，但是在引进的过程中囫囵吞枣，良莠不分，挪用整套西方文论话语，使学术界在理论表述、沟通和解读方面一度患上了"失语症"。①

2. "全球圆形流散"理论的话语特征

笔者以为，新构建的理论需要对人文精神失落和文学本位弃守进行反拨。习近平总书记在文艺工作座谈会上的讲话中告诫我们：文艺是世界语言，谈文艺，其实就是谈社会、谈人生，最容易相互理解、沟通心灵；文艺要向着人类最先进的方面注目，向着人类精神世界的最深处探寻。由此观之，"文"与"人"紧密相连，以"文"观"人"、以"文"感"人"才是文学的意义所在。当代西方文论因不论"文"、不见"人"而走向衰落，影响力每况愈下，而"全球圆形流散"理论将引以为鉴，并由此明确其话语特征。

首先，"全球圆形流散"理论的核心是以"人"为本，即对人文精神的高度弘扬。原因如下：文学的终极价值在于关注人类的生命价值、生活目的、生存境遇等核心价值层面的重大问题；只有对人类的核心价值给予关切，才能应对上文所列举的种种人类困境。早在新时期伊始，国内学者就重新确证了"文学是人学"这一命题，朱立元将之概括为：文学应该以人为本、以人道主义精神为灵魂，即强调文学"必须从人出发，必须以人为注意的中心"，反对将人的描写作为"工具"和"手段"，而是将人堪称"文学的目的所在"；肯定共同人性、普遍人性的存在。② 放眼今日，全球化让人类的联结更加紧密，部分人的困境会迅速扩展为全人类的现实问题，比如叙利亚的战火导致西欧出现大批难民、新冠肺炎使一些地区闭关锁国等。因此，重申"文学是人学"，强调文学对人类生存问题的关注等将更加凸显其现实紧迫性。

其次，"全球圆形流散"理论应该以什么为本位，以文学还是以理论？答案呼之欲出：当代西方文论沉浸在构造符号和话语游戏中不可自拔，逐

---

① 参见曹顺庆《文论失语症与文化病态》，《文艺争鸣》1996 年第 2 期。
② 参见朱立元《从新时期到新世纪：文学是人学命题的再阐释》，《探索与争鸣》2008 年第 9 期，第 8 页。

渐僵化封闭而终遭抛弃。所以坚守文学本位，紧密联系文学实践，才能保证新理论符合"人类命运共同体"的核心价值。实际上在西方学术界内部，质疑理论脱离文本的声音一直存在，从亨利·雷马克（Henry Remak）到希利斯·米勒（J. Hillis Miller），他们都从不同的角度质疑当代西方文论"理论本位"的正确性。米勒就强调了文学理论应该回归文学文本的阅读阐释，他曾指出："近期有关批评的争论似乎将注意力过多地倾注在这个或那个具体理论上，对借助这些理论可能得以进行的解读则没有予以足够的重视……文学批评最有价值的是它对作品所做的引证和批评家对这些引证所做的阐述。"[1] 鉴于"全球圆形流散"理论涵盖的十大主题会与其他学科或理论产生交叉，因此更需要明确文学本位，才能保证它不会在跨学科、跨文化的实践中泯灭自身的理论特质。20世纪80年代雷马克曾如此批评当代西方文论："这十五年流行的新理论，总体而言无法经受作品的检验。"[2] 考虑到这位学者曾大力倡导比较文学跨学科研究，他的批评值得我们深思。

结合艾布拉姆斯和韦勒克的理论，笔者认为"全球圆形流散"理论所坚持的文学本位，是将"作家、作品、读者、宇宙"四要素中的"作品"与"作家"并列为核心，继而与"读者""宇宙"相联系；在进行文学实践时坚持"内部研究"与"外部研究"的辩证统一。对于文学文本的研究，是审美研究即内部研究。而将"作家"列为核心，是由于相较其他类型的文学，流散文学多与作家个人的流散经历紧密相连，如果缺乏外部研究，做不到"知人论世"，就无法解读作品中蕴含的独特流散体验。

综上所述，"全球圆形流散"理论的话语特征是"以人为本"和文学本位。

五　全球圆形流散理论概念对21世纪诺奖得主的阐释

全球圆形流散理论的建构为分析各种世界文学文本提供了新视角和新

---

① 希利斯·米勒：《小说与重复》，王宏图译，天津人民出版社，2008，第24页。
② Henry Remak, "The Situation of Comparative Literature in the Universities," *Colloquium Helveticum*, No. 1, 1985, p. 12.

理念，有助于从全球新形势下的动态角度把握作家与文本的特征，对于21世纪以来的诺贝尔文学奖得主而言更是如此。

1. "人类命运共同体"维度下的全球圆形流散——鲍勃·迪伦《编年史》的主题分析

2016年诺贝尔文学奖获授予美国诗人、作曲家和歌唱家鲍勃·迪伦。《编年史》是迪伦的代表作品，记录了他人生历程中的奋斗、成功、辉煌以及消沉、失败和萎靡。不管周围的世界如何变化，迪伦始终坚信自我、矢志不渝、追求极致，把人类的生命意义诠释得淋漓尽致。《编年史》一书对于个人与群体、时代与命运的关注是对人类命运共同体理念的文学表达。

瑞典文学院给鲍勃·迪伦的授奖词中如此写道："他以世人都渴望的信仰的力量歌唱爱。突然间，我们世界里多数书卷气的诗篇都显得苍白。很快，人们将他与布莱克、兰波、惠特曼和莎士比亚比肩。""在一个最不可能的时代——商业唱片——他重新赋予诗歌语言以升华的风格，这一风格自浪漫主义之后就已失落。他不歌唱永恒，而是叙说我们周遭发生的事物。"[①]《编年史》在国内先后出了两个版本：第一个版本由江苏人民出版社于2006年出版，书名意译为《像一块滚石》；2015年河南大学出版社推出了第二个版本，书名从原版直译而来——《编年史》。《编年史》由"记下得分""失落之地""新的早晨""喔，仁慈""冰河"等五章构成。通过这五章，作者回顾了人生与艺术旅程中的四次蜕变：克服焦虑不安（第一、第二章），摆脱名声羁绊（第三章），突破事业难关（第四章），告别墨守成规（第五章）。在这部自传体著作中，迪伦如卢梭一般坦陈心迹，毫无保留地向读者展示生命历程中的每一次跌宕起伏。作者这种果敢决然的袒露，无畏地以笔作刀，刀刃向内、刀刀见血，不留情面地自曝伤口，引起了读者强烈的震撼与共鸣。

更为重要的是，《编年史》很好地体现出"人类命运共同体"维度下的全球圆形流散这一特点。从"全球圆形流散"理论来观照《编年史》，笔者

---

① 授奖词译文来自中国日报网的文章《鲍勃·迪伦缺席诺贝尔颁奖典礼 他的获奖感言和授奖词都说了什么？》，网址：http://www.chinadaily.com.cn/interface/zaker/1142822/2016 – 12 – 12/cd_27646005. html。

认为该回忆录可以归纳出前述全球圆形流散十大主题中的七个主题，它们分别是：身心的漂泊体验与四散漂移的呈现，自我身份的模糊焦虑与寻根寻"家"之旅，语言引起的隔阂孤独及对心有灵犀的追求，时间的杂糅与对过去的忘却、对未来的茫然，空间的失落错位与林勃状态，科技人文命运共同体的冲突与融合，文学与哲学、心理学、艺术学等的互嵌与边界跨越。

例如，鲍勃·迪伦用隐喻的方式，表达了十大主题中的身心的漂泊体验与四散漂移的呈现主题："当我离开家时，就像哥伦布出发去荒凉的大西洋上航行。我这样做了，我到了世界的尽头——到了水天一线的边缘——现在又回到了西班牙，回到了起点。"① 而对于自己文化精神的归属，作者一语双关地说道："他问起我的家庭，他们在哪儿。我告诉他我不知道，他们早就不在了。"② 对于十大主题中的自我身份的模糊焦虑与寻根寻"家"之旅主题，《编年史》中是这样描述的："有很多东西我都没有，也没有什么具体的身份。'我是个流浪者，我是个赌徒，我离家千里。'这几句话很好地概括了我。"③ 关于十大主题中的语言引起的隔阂孤独及对心有灵犀的追求主题，《编年史》采用了这样的隐喻："事物往往太大，无法一次看清全部，就像图书馆里的所有的书——一切都放在桌子上。如果你能正确理解它们，你也许就能够把它们放进一段话或一首歌的一段歌词里。"④

《编年史》所描述的全球圆形流散有一个圆心，这就是自我，也有一个从自我向外围发散的全球圆形流散轨迹，"鲍勃·迪伦无意去主宰或控制这个世界，只是坚持做一个忠于自我而不断转变的游吟诗人"。⑤ 这种表达体现了作者内心自信与谦卑的交织。鲍勃·迪伦的自我圆心，并非以主观的视角审视、评价乃至操控一切；相反，这是一种收敛式的、自律的内心体验。唯有如此，作者才能平等地与读者进行精神交流。作为全球圆形流散的主导者，鲍勃·迪伦能够明确操控的唯有时间和空间。例如，我们可以

<hr>

① 鲍勃·迪伦：《编年史》，徐振峰、吴宏凯译，河南大学出版社，2015，第110页。
② 鲍勃·迪伦：《编年史》，第7页。
③ 鲍勃·迪伦：《编年史》，第64页。
④ 鲍勃·迪伦：《编年史》，第58页。
⑤ 段超：《滚石的瓢——读鲍勃·迪伦〈编年史〉》，《中华读书报》2016年10月19日，第11版。

感受到他在时间方面以自我为圆心的流散体验:"每个和我同时代出生的人都是新旧两个世界的一部分。……他们掌控着人类的命运,将世界碾成一堆碎石。"① 另外,也可以感受到他在空间方面以自我为圆心的抽象流散路径:"我在世上的小房间将会延展为显赫的大教堂,至少在写歌的意义上是这样的。"② 这样的时空特点体现出全球圆形流散十大主题中的时间的杂糅与对过去的忘却、对未来的茫然以及空间的失落错位与林勃状态两个主题。

当我们循着《编年史》中的全球圆形流散轨迹,随鲍勃·迪伦一路前行,就可以体悟到作者对于人类命运中的一些重大课题的深入思考,其中包括梦想、爱恨、自然、生死等。比如面对命运的走向,作者依然用隐喻表达一种流散的体验:"每个人都在梦想找机会发泄。……在很多方面,这都很像'活死人之夜'。出路变幻莫测,我不知道它将通向哪里,但无论它通向哪里,我都会跟随着它。……有一件事是确定的,它不仅受上帝的主宰,也被魔鬼所控制。"③ 这充分体现了全球圆形流散十大主题中的科技人文命运共同体的冲突与融合主题。

这种科技人文命运共同体的冲突与融合主题除了在《编年史》一书中得以充分体现,在鲍勃·迪伦的歌曲中,怀念家园和自我放逐也是重要的创作内容,表现了音乐与文学在灵魂深处的碰撞及其所产生的共鸣,从而凸显了全球圆形流散十大主题中的文学与哲学、心理学、艺术学等的互嵌与边界跨越主题:"噢,我那蓝眼睛的孩子,你曾去往何方?/ 噢,我那年轻的情人,你曾去往何方?"(《大雨将至》)以及"这什么感觉 / 只有你自己 / 完全无家可归 / 像个无名之辈 / 像一块滚石?"(《像一块滚石》)。这些诗行揭示出流散者离开家园时的迷惘,也表达出流散者内心的孤独。鲍勃·迪伦少年时就离开了家乡,他的成长史可以说就是一部流浪史,在流浪中他一边体验现实经历带给他的孤独,一边通过艺术创作不断地构造精神的栖息之地。所以在《编年史》中,鲍勃·迪伦笔下的流散经历是现实与虚幻交织的,带有一定的矛盾性和杂糅性:他用行动来确证自己作为人

---

① 鲍勃·迪伦:《编年史》,第 31 页。
② 鲍勃·迪伦:《编年史》,第 272 页。
③ 鲍勃·迪伦:《编年史》,第 292 页。

的选择，但对命运的走向却依然焦虑。"出路变幻莫测，我不知道它将通向哪里，但无论它通向哪里，我都会跟随着它。一个陌生的世界将会在前方展开……我径直走了进去。它敞开着。"①

由此可见，鲍勃·迪伦的《编年史》是体现全球圆形流散特点的代表性作品，在笔者前述的十个主题中，《编年史》这一经典全球圆形流散作品体现了其中的七个主题，记录了作者复杂多样的流散体验和对人类境遇的独特感悟。在全球圆形流散理论的视角下，这种书写具有了普遍性的意义，从文学实践上印证了"人类命运共同体"理念的丰富内涵。

2. 21 世纪诺贝尔文学奖得主作品的全球圆形流散特征解读

文学理论的生命力在于积极参与文学实践，尤其是阐释实践。如上文所述，全球圆形流散理论发端于阐释经典的流散文学文本。而诺贝尔文学奖正是将流散文学主流化、经典化的重要推手之一。尽管这个奖项并不完美，但它仍然是迄今最权威、最有公信力的世界性文学奖项，对于世界文学研究具有风向标的意义。莫言得奖后，中国文学的自信心大大提升，在世界文学场域的话语权也大为增加。由此，中国学者可以用更加理性的态度，深入研究诺贝尔文学奖的指导意义以及获奖作家的创作特征。

诺贝尔本人在遗嘱中规定将文学奖授予"在文学方面创作出具有理想倾向（idealistic direction）的最佳作品的人"②。这一标准宽泛而又模糊。诺奖评委会经过数十年的探索，授奖标准日趋清晰，如不授予逝者，不限国籍、性别，不限文体等。在日后的诺贝尔文学奖评审实践中，评委会尤其看重"理想主义"所蕴含的人文关怀。纵览历年的诺贝尔文学奖得主，哪怕其中包括哲学家萨特、政治家丘吉尔乃至民谣歌手鲍勃·迪伦等非传统意义上的文学家，获奖者创作的文本无不包含较高的文学价值，更重要的是获奖者对人类境遇的深切关注，如萨特的《存在主义是一种人道主义》阐述了他对二战后人类精神困境的反思。

从 20 世纪 90 年代后期开始，越来越多的流散文学作家获得诺贝尔文学奖。进入 21 世纪，流散文学作家已成为诺贝尔文学奖获得者中的主流。尽

---

① 鲍勃·迪伦：《编年史》，第 292 页。
② 参见诺贝尔奖官网：https://www.nobelprize.org/alfred-nobel/alfred-nobels-will-2/。

管存在意识形态等制约因素，翻阅历年的授奖词，我们仍然能感受到诺奖评委在精心挑选能彰显文学终极价值的作家作品。比如《红高粱》里中国式的"魔幻现实主义"或者《被掩埋的巨人》中后现代式的不确定性叙述都与经典的现实主义、现代主义文本大相径庭。但是莫言和石黑一雄两人对记忆、战争等人性普遍问题的反思却与前辈作家一脉相承。有学者指出，越来越多的流散文学作家获奖，这首先说明流散文学已是世界文学发展的主流之一；其次表明诺贝尔文学奖对于人类个体命运和灵活的关注延伸到了边缘人群和流散者群体中，这意味着诺贝尔文学奖的"理想主义"的新含义：每个个体被重视和"获救"，才是最高意义上的人道主义精神。①

依据全球圆形流散理论的内涵，笔者认为该理论能够有效触及 21 世纪以来诺贝尔文学奖得主作品的主旨内涵，特别是在如何书写当下的人类境遇时，两者有很多交集。纵观 21 世纪以来的诺贝尔文学奖得主，除了上述重点论及的 2016 年的鲍勃·迪伦，2001 年的奈保尔、2010 年的略萨、2012 年的莫言、2013 年的门罗、2014 年的莫迪亚诺、2015 年的阿列克谢耶维奇、2017 年的石黑一雄、2018 年的托卡尔丘克、2019 年的汉德克等，都在作品中体现出鲜明的全球圆形流散特征。在此笔者对他们进行逐一概述。

奈保尔是世界文学史上非常独特的一位作家。他出生于特立尼达印度裔家庭，足迹遍布欧洲、美洲、非洲和亚洲，最后在英国定居并成为英国国民。但奈保尔始终找不到自己的"根"——内心真正的家园。时空混乱颠倒、漂游在现实和虚幻之间是奈保尔的涉印作品所反映出来的最为集中的全球圆形流散特征。纵观奈保尔的人生轨迹和作品内容，我们可以发现他是"无根的"、终生漂游在现实和虚幻之间的流散者。

略萨因其"对权力结构的精细描绘和对个体人物的抗争、反叛和挫败的犀利刻画"②而获得诺贝尔文学奖。他是继加西亚·马尔克斯后，又一位获此殊荣的拉美作家。他是记者，同时也是小品文作家和政治家。略萨的

---

① 张霁：《由边缘到中心的变迁——从百年诺贝尔文学奖看流散文学》，《深圳大学学报》（人文社会科学版）2012 年第 6 期，第 20 页。

② 授奖词译文摘自朱振武《从略萨获奖看写作的"去政治化"》，《文汇读书周报》2011 年 3 月 18 日，转引自 http://www.cssn.cn/wx/wx_wyx/201310/t20131026_596174.shtml。

许多作品深受秘鲁社会和其个人经历的影响。他的足迹遍及美洲和欧洲，其作品看似在讲述自己，实则在讲述地球之上任意的他人；其作品既有对人类精神世界的细致刻画，又有对全球流散经历的尖锐分析；整体而言，其作品神秘又变幻莫测。

莫言的写作"将魔幻现实主义与民间故事、历史与当代社会融合在一起"。① 在小说里，莫言大量运用了现代文学手法，如内心独白、多角度叙事等，构造出一个现实与虚幻交织的中国大地。其作品立足圆形流散的圆心——山东高密县东北乡，用各色人物论述生死轮回、中国人对土地的长久依恋等，充满着"怀乡"以及"怨乡"的复杂情感。

门罗的小说并不特别重视情节，较多利用时空转换的手法将记忆和现实生活打碎重新组合。她在作品中对事件发展不进行干预，意蕴含蓄、巧妙地使用了冰山原则。她笔下的主人公大多数选择行为上逃离，但事实上无处可逃。这种人物形象意在刻画当代人的精神漂泊与孤独。

莫迪亚诺的作品探索和研究当今人的存在以及人与周围环境、现实的关系。作家擅长运用回忆和想象，将现实场景和虚构幻境相结合，用以描写"消逝"的过去；此外，他也善于使用意识流手法，用改变叙述角度和人称的方法，努力突破时空界限。

阿列克谢耶维奇的写作多为非虚构文学，记录了切尔诺贝利核事故、二战、阿富汗战争等重大历史事件。她的着眼点不仅在于叙事，更在于记录历史事件给人类精神留下的长久创伤，用纪实而又文学的笔触书写灾难。此外，她也叙述情感的历史，这些可以称为"灵魂的历史"。阿列克谢耶维奇的作品是对人们的心灵进行深度拷问，用直面真实的文字力量，几乎改变了惯常记录历史的方式。

石黑一雄作为移民的后代，自幼生长在跨文化的环境中，并时刻感受东西方文化的碰撞。石黑一雄信奉的普适价值观、倡导文明之间的交流共存的理念以及感怀天下苍生的胸怀，使他跨越了年代疆域的时空局限。时间、记忆与长时间的欺骗是石黑一雄最经常使用的写作手法，他笔下的人物总是生

---

① 授奖词译文摘自《莫言获奖理由：将魔幻现实主义与民间故事融合》，腾讯网 2012 年 10 月 11 日，网址：https://news.qq.com/a/20121011/001858.htm。

活在与他人、与社会纵横交织的时空迷宫中，具有鲜明的后现代特征。

托卡尔丘克将庞杂的世界进行拆解后又重新组装，她还将时空进行杂糅融合，使全世界的人们打破疆域的界限，穿越时空，模糊了现实与虚幻，表现出典型的全球圆形流散特征，使整个世界与人类的内心体验达到同一境界。托卡尔丘克的代表作《太古和其他的时间》很好地体现了人类、万物与上帝越来越成为你中有我、我中有你的命运共同体的思想。

汉德克擅长使用自己的艺术技巧创造一种对世界的观察，用匪夷所思的故事和情节分析痛苦和疲倦、骂观众、探讨凶犯的内心世界，用独具匠心的文学语言和结构吸引读者自己前往一个另类的世界，撞击着人类的灵魂深处。他的作品用直面真实的力量，来记录那些从未发出过自己声音的人类的命运，让我们更加接近和看清这个世界的真相，在历史和现实的交汇中，更加真切地感受人类的共同命运。

通过以上综述，我们可以发现这十位诺贝尔文学奖得主的文本书写中都含有属于"全球圆形流散"理论的十大主题的内容。详细梳理这十位作家的作品主题并将其累加统计后笔者发现，它们已全部涵盖了这十大主题并将其很好地体现出来。奈保尔的书写中所包含的属于"全球圆形流散"理论十大主题的有：身心的漂泊体验与四散漂移的呈现、现实与虚幻交织的混杂情形与对真实世界的探寻、各种文化的汇集与跨文化的融合冲突体验、空间的失落错位与林勃状态、自我身份的模糊焦虑与寻根寻"家"之旅等。略萨的文本则展现了语言引起的隔阂孤独及对心有灵犀的追求以及各种文化的汇集与跨文化的融合冲突体验等主题。莫言的写作包含了各种文化的汇集与跨文化的融合冲突体验，历史叙事与个人记忆的交错与延展，自我身份的模糊焦虑与寻根寻"家"之旅，时间的杂糅与对过去的忘却、对未来的茫然等主题。门罗的作品包含了现实与虚幻交织的混杂情形与对真实世界的探寻等主题。莫迪亚诺的作品包含了遗忘与记忆、历史叙事与个人记忆的交错与延展、自我身份的模糊焦虑与寻根寻"家"之旅、各种文化的汇集与跨文化的融合冲突体验等主题。阿列克谢耶维奇的作品包含了遗忘与记忆，历史叙事与个人记忆的交错与延展，文学与哲学、心理学、艺术学等的互嵌与边界跨越等主题。石黑一雄的书写则包含了遗忘与记忆，时间的杂糅与对过去的忘却、对未来的茫然，历史叙事与个人记忆的交错与延展，科技人文命运共同体的冲突与融合等主题。托卡尔丘克的作品包含了现实与虚幻交织的混杂情形与对真实世界的探寻、历史叙事与个人记忆的交错与延展、各种文化的汇集与跨文化的融合冲突体验等主题。汉德克的书写包含了语言引起的隔阂孤独及对心有灵犀的追求，各种艺术形式增进人类对话的可能性，文学与哲学、心理学、艺术学等的互嵌与边界跨越，科技人文命运共同体的冲突与融合等主题。

通过上述对十大主题的归纳和提炼以及对鲍勃·迪伦作品的阐释实践，我们可以发现"全球圆形流散"理论对于上述诺奖作家都是适用的，每个作家的写作都涵盖了该理论主题中的一个或多个。对于其中的部分文本，笔者已经进行过阐释实践，还有一些也正在研究之中。国内外更多的学者也正致力于此方面的研究。结合 21 世纪以来诺奖作家的全球圆形流散特征和诺奖评审的人文性原则，我们可以进一步得出结论：全球圆形流散理论可以对 21 世纪以来绝大部分诺奖作家作品进行有效阐释，并且对 21 世纪以来的世界文学的写作与阐释具有较为重要的指导和借鉴意义。

结　语

文学作品，通过唤起人类共同的心理感知，在全世界范围内构建出想象的共同体从而产生心灵的共鸣；文学理论，使用某种原理和原则来解释有关文学和文学作品的本质、特征、发展规律和社会作用。千百年来，在中外文学发展史中，既涌现出大量优美经典的文学作品，又诞生出影响深远的文学理论，它们相互促进、相得益彰。进入 21 世纪以来，由于国际往来的日益频繁、文明文化交流的日益深入、高科技的突飞猛进等，人类社会发生了巨大的变化，优秀的文学作品，尤其是优秀的诺奖作品不断产生，它们皆呼唤新的文学理论去阐释并挖掘其独特的价值。

"全球圆形流散"作为笔者构建的一种文学理论，从理性和感性两个维度把握作家和文本所叙述的人类精神境遇。这一理论建构的基础融合了西方学者对于文学理论构建的反思与国内学者对于文学人文内涵的深入挖掘。

其产生背景是全球化进入 21 世纪后，流散经验普遍化、流散文学经典化的现状；其价值在于以中华民族的历史经验把握世界文学发展的趋势；其意义在于探寻世界文学日趋复杂的多元性和文学终极价值实现的新路径。相信通过不断完善"全球圆形流散"理论的建构，我们将使它成为中国学者用以解读世界文学作品的有效方法之一。

【Abstract】 Since the 21st century, global population and capital flows have accelerated, and the internet, artificial intelligence and other technologies have developed at a high speed. Human society is more connected, and the exchange and collision of various cultures are increasing, with more new cultural communication and collision and new crises arising. These changes have profoundly changed the appearance of world literature studies, on its disciplinary catalogue, discursive expression, literary practice and so on, which have all produced obvious changes. Contemporary western literary theories, which were put forward in the previous century, are no longer able to adapt to the above trends. Therefore, it is necessary for Chinese scholars majoring in world literature to construct a new theoretical concept in line with the Chinese perspective which adapts to the literary practice of the interpretation of literary classics in the new century. In this context, the author proposes, for the first time in China, the theoretical concept of "Circular Diaspora" and "Global Circular Diaspora", and applies them to the interpretation of some writers who have won the Nobel Prize for Literature in the 21st century. This paper discusses the origin of the concept of "Global Circular Diaspora", its approach to theoretical construction, its themes and interpretive practice. In addition, the paper expounds how the theory of "Global Circular Diaspora" implements Xi Jinping's construction of "the Community with a Shared Future for Mankind" in the study of world literature, with the value and significance of the "Global Circular Diaspora" being summarized as well.

【Keywords】 Global Circular Diaspora Theory; the Community with a Shared Future for Mankind; Nobel Prize for Literature

马克思主义与世界文学研究

卢卡奇与世界文学[*]

杨 林

（北京外国语大学英语学院/东北大学外国语学院 北京 100089）

【内容提要】 乔治·卢卡奇是享誉全球的西方马克思主义文艺理论家，他与世界文学结下了一生的情缘，认为世界文学不是民族文学或者伟大作家的简单相加，而是一个超越民族文化的活生生的整体。卢卡奇倡导的世界文学沿袭马克思对异化的批判路径，以辩证法和人道主义为出发点，旨在为物化的资本主义社会提供解放的可能性。现实主义的总体性、典型性以及人道主义是卢卡奇所认同的世界文学的典范，他所推崇的现实主义理论已成为世界文学讨论的焦点，并参与了中国马克思文艺理论的实践。1935 年至今，卢卡奇的现实主义理论在中国经历了从最初的零星译介，到以马克思修正主义为名的讨伐，再到学术与政治间的摇摆，以及最后所得到的公允评价，可谓跌宕起伏，一波三折。在世界文学的版图中，卢卡奇的物化概念成了西方马克思主义批评的关键词，继而衍生出许多西方马克思主义的批判模式。卢卡奇的文艺理论是世界文学的一道风景线，彰显了无穷的批判张力。

【关 键 词】 乔治·卢卡奇　世界文学　现实主义　物化

乔治·卢卡奇（Georg Lukács，1885—1971，又译卢卡契）是 20 世纪最具影响力的马克思主义理论家之一，被誉为西方马克思主义的创始人。卢卡奇站在马克思的唯物主义立场，坚持文学艺术的反映论，提出了现实主

---

* 本文系作者参与承担的国家社会科学基金重大招标项目"马克思主义与世界文学研究"（批准号：14ZDB082）的阶段性成果。

义、人道主义、总体性、文学艺术反物化性等文艺理论，把马克思主义文艺理论推向一个新的高度。对西方马克思主义及东欧新马克思主义而言，卢卡奇的文艺理论具有开创性的意义，是共产国际和社会主义国家争论、批判与研究的焦点。20 世纪 30 年代，卢卡奇的文艺理论译介到中国，此后融入中国现当代文学、文艺理论以及文化的发展中，参与并丰富了中国马克思主义文艺理论的实践和马克思主义哲学美学的创造。不仅如此，卢卡奇的物化理论在世界文学批评的场域中，不断发挥批判张力，启发了后来的许多批评家。阿多诺现代主义的否定辩证法、马尔库塞的新感性美学、哈贝马斯的交际行为理论、詹明信的后现代认知绘图、德波的景观社会以及霍耐特的承认理论，无疑都受惠于卢卡奇的物化理论。这些理论家在物化理论的启发下，从中衍生出自己的分析模式，进而展开对资本主义社会的批判。

卢卡奇学过德语、法语、英语，15 岁时，开始广泛阅读世界文学名著，莎士比亚、歌德、巴尔扎克、易卜生、托尔斯泰、陀思妥耶夫斯基等世界文学大师的作品都在其阅读之列。求学期间，他和同伴创立了"塔利亚剧团"，并以导演和剧评家的身份参加演出，此时，高尔基、易卜生、契诃夫等人的作品经常被他搬上舞台。1906～1908 年，卢卡奇为两份文学杂志——《20 世纪》《西方》——撰写评论。他回忆道："在《西方》杂志社中我实质上仍'属于资产阶级的反对派'，采取了'一种特殊的反对派立场'。"①卢卡奇与世界文学结下了一生的情缘，并针对世界文学，写下了大量与文学相关的文艺理论著作，包括《心灵与形式》（1910）、《现代戏剧发展史》（1911）、《审美文化》（1913）、《小说理论》（1916）、《历史与阶级意识》（1923）、《青年黑格尔》（1948）以及《审美特性》（1963）。

中学期间，卢卡奇初次接触马克思的理论著作，阅读了《共产党宣言》，印象非常深刻。大学期间，卢卡奇阅读了许多马克思和恩格斯的著作，例如《雾月十八日》、《家庭的起源》以及《资本论》（第一卷）。② 1906～1912 年，

---

① 卢卡奇：《小说理论》，商务印书馆，2018，"译序"第 IV 页。
② 卢卡奇：《我走向马克思的道路》，杜章智编《卢卡奇自传》，社会科学文献出版社，1986，第 210 页。

卢卡奇先后结识了西美尔和韦伯，阅读、研究了《货币哲学》《新教伦理与资本主义精神》两部作品，从中获益匪浅。随即爆发的十月革命让卢卡奇看到了历史之路的曙光，为卢卡奇走上马克思主义的道路做了铺垫，正如卢卡奇所言："只有俄国革命才真正打开了通向未来的窗口；沙皇的倒台，尤其是资本主义的崩溃，使我们见到曙光。"① 1918 年 12 月，卢卡奇加入匈牙利共产党，走上了马克思主义的道路。卢卡奇的马克思主义道路虽经历了一些波折，"但是不管东方和西方，大部分评论都认为他一生孜孜不倦地从事马克思主义美学基本原理的研究，在文艺批评领域内写下了大量著作，树立了一家之言"。② 众所周知，马克思、恩格斯深谙文学，尤其是西方文学，美国文学评论家雷纳·韦勒克评析道："马克思和恩格斯的主要文学言论，零零散散，随口道出，远谈不上定论……但这些言论并未由此而显得互不连贯。"③ 马克思、恩格斯在《共产党宣言》中提到了"世界的文学"，这一概念与歌德在 1827 年提出的世界文学的概念，具有异曲同工之效，两者都强调跨越民族的整体性。马克思、恩格斯在《共产党宣言》中写道：

> 资产阶级，由于开拓了世界市场，使一切国家的生产和消费都成为世界性的了。……过去那种地方的和民族的自给自足和闭关自守状态，被各民族的各方面的相互往来和各方面的相互依赖所代替了。物质的生产是如此，精神的生产也是如此。各民族的精神产品成了公共的财产。民族的片面性和局限性日益成为不可能，于是由许多民族的和地方的文学形成了一种世界的文学。④

可见，马克思、恩格斯提出的世界文学概念，源于资本主义导致的全球化的生产与消费。伴随着生产及消费的全球化，各民族的文学自然也彼此交流与融合，成了人类的公共财产。马克思、恩格斯宣称的"许多民族

---

① 卢卡奇：《历史与阶级意识》，商务印书馆，2017，"新版序言"第 4 页。
② 卢卡契：《卢卡契文学论文集》，中国社会科学出版社，1981，"前言"第 6 页。
③ 雷纳·韦勒克：《近代文学批评史》第 3 卷，杨自伍译，上海译文出版社，2009，第 319 页。
④ 马克思、恩格斯：《共产党宣言》，《马克思恩格斯选集》第 2 卷，人民出版社，2009，第 35 页。

的和地方的文学形成了一种世界的文学"，毋庸置疑，正是歌德殷切期盼的世界文学时代的来临——"民族文学在现在算不了什么，世界文学的时代已快来临"①。马克思酷爱世界文学，熟知荷马、埃斯库罗斯、奥维德、卢克莱修、莎士比亚、塞万提斯、歌德、海涅、但丁、狄德罗、科贝特、巴尔扎克、狄更斯等不同国家、不同民族的作家。马克思在著作中，经常对世界文学作品旁征博引，希·萨·柏拉威尔认为，"世界文学的时代已经存在于马克思的头脑之中，马克思的头脑正是许多世纪和许多国家的文学经验和回忆的一个宝库"②。诚然，马克思、恩格斯提出的世界文学概念与歌德的世界文学概念，存在差别，正如王宁所指出的，"确实，较之歌德早年狭窄的'世界文学'概念，马恩所说的世界文学已经大大地拓展了其疆界，成了专指一种包括所有人文社会科学知识生产的世界性特征。……我们不能仅仅关注单一的民族/国别文学现象，还要将对民族/国别文学的研究置于一个更加广阔的世界视野下来比较和考察。我们今天若从学科的角度来看，世界文学实际上就是比较文学的早期雏形，它在某种程度上就产生自经济和金融全球化的过程"③。

不难看出，在《共产党宣言》中，马克思、恩格斯通过对"经济和金融全球化的过程"的洞悉指出，世界文学的特征是全球化生产、交流与发展，但马克思、恩格斯并没有止步于此，而是提出了世界文学艺术应致力于无产阶级解放这一历史使命。冯宪光指出："马克思主义的第一个核心思想提供了解释文学艺术产生、存在和发展的社会基础的理论，第二个核心思想提出了文学艺术与无产阶级历史使命关系的理论。"④ 在马克思、恩格斯世界文学概念及其唯物辩证法的启发下，卢卡奇认为，世界文学"既不是所有民族文化、文学和大作家的总和，也不是他们的平均数，而是他们活生生的整体之间相互作用所产生的一个活生生的整体"⑤。

① 艾克曼辑录《歌德谈话录》，洪天富译，上海三联书店，2016，第 200 页。
② 希·萨·柏拉威尔：《马克思和世界文学》，梅绍武等译，三联书店，1982，第 220 页。
③ 王宁：《当代比较文学的"世界"转向》，《浙江社会科学》2019 年第 1 期，第 122 页。
④ 冯宪光主编《新编马克思主义文论》，中国人民大学出版社，2011，第 4 页。
⑤ 卢卡契：《托尔斯泰和西欧文学》，《卢卡契文学论文集》（二），中国社会科学出版社，1981，第 449 页。

卢卡奇不仅指出世界文学是各民族文学相互作用的一个活生生的整体，更为重要的是，他继续探讨了文学艺术与无产阶级历史使命的关系，这无疑拓宽了马克思、恩格斯世界文学的概念。世界文学，或者说世界文学所体现的文艺理论与思想，与无产阶级的解放息息相关，是无产阶级革命的一部分。1935 年，卢卡奇在《作为文艺理论家和文艺批评家的弗利德里希·恩格斯》一文中写道："恩格斯在文学领域的活动始终是由无产阶级斗争的伟大任务决定的。早在《德意志意识形态》这一著作中，马克思和恩格斯就明确指出，个别的意识形态领域，包括艺术与文学，不是独立发展的，它们是物质生产力和阶级斗争发展的结果和表现形式。"①

那么，对于卢卡奇而言，什么才是具有解放无产阶级意义的世界文学呢？受西美尔的货币理论、韦伯的理性化以及马克思的商品拜物教、异化理论的影响，卢卡奇提出了伟大的现实主义文学和物化的概念，希冀为无产阶级的革命提供方向，并为世界文学绘制具有解放性意义的蓝图。需要指出的是，卢卡奇伟大的现实主义理论已成为世界文学的一道亮丽风景线，参与、重构了中国社会主义现实主义的文艺理论实践，实现了世界文学中不同民族文学间的对话与交融，恰如桑德拉·贝尔曼指出的一样，世界文学是"外国文化与主体文化相遇的空间"②。在这一相遇的空间中，胡风与卢卡奇在思想上产生了共鸣，并为其摇旗呐喊，被称为"中国的卢卡奇"。这样，卢卡奇伟大的现实主义理论在中国被传播、重构，获得了新的阐释力。

一 卢卡奇的现实主义理论与世界文学

马克思主义是关于人的解放的学说，受马克思影响，卢卡奇的一生不仅在社会革命上致力于人的解放，而且在文学艺术方面也孜孜不倦地对人

---

① 卢卡契：《作为文艺理论家和文艺批评家的弗利德里希·恩格斯》，《卢卡契文学论文集》（一），中国社会科学出版社，1980，第 1 页。
② 转引自周静、吴旭《论变异学与世界文学理论的新发展》，《当代文坛》2018 年第 6 期，第 53 页。

的解放进行探讨。对于卢卡奇而言，文学艺术作品不是束之高阁的静态艺术品，而是积极介入社会、改变社会的无穷动力。卢卡奇深谙世界文学，尤其是欧洲各民族的文学，认为文学艺术在面对资本主义社会存在的问题时，不能袖手旁观，而应发挥其解放人性的力量。在资本主义社会，商品交换及交换价值主导着社会的方方面面，无所不在，同时人与人之间的关系表现出物的特征，并获得一种魔幻的客观性，人们对自己创造的商品顶礼膜拜，受制于物，这就是物化现象。就物化而言，卢卡奇在《历史与阶级意识》中写道：

> 因此，商品关系变为一种具有"幽灵般的对象性"的物，这不会停止在满足需要的各种对象向商品的转化上。它在人的整个意识上留下它的印记：他的特性和能力不再同人的有机统一相联系，而是表现为人"占有"和"出卖"的一些"物"，像外部世界的各种不同对象一样。根据自然规律，人们相互关系的任何形式，人使他的肉体和心灵的特性发挥作用的任何能力，越来越屈从于这种物化形式。①

物化领域主要分为三个层面，分别为生产领域、政治领域以及文化领域。在生产领域，生产过程被精密地计算，以效率为标准的合理化生产主导了价值的生产与流通，个体异化于这一生产过程，沦为一个随时被替代的旁观者。在政治领域，一套程序化的管理体制维系着社会关系，体现为现代官僚管理体制，"现代官僚制表现为一整套持续一致的程序化的命令，个人的荣誉、希望、价值、生命都与官僚管理体制紧紧地捆绑在一起"②。在文化领域，物化深深地烙印在个体的无意识中，也可以说，个体的意识已经被物化了。可见，在资本主义社会中，人已疏离于生产过程，成为自我陌生化的"他者"，人与人的关系也难逃厄运，蒙上了物质交换的物化阴

---

① 转引自周静、吴旭《论变异学与世界文学理论的新发展》，《当代文坛》2018年第6期，第169~170页。

② 杨林：《卢卡奇的文艺思想研究：文学艺术的反物化性》，《文学理论前沿》第16辑，清华大学出版社，2016，第180页。

影。如何脱离物化的钳制，解放无产阶级，便成为马克思主义者关心的问题。面对物化对人类的侵蚀，卢卡奇主张，文学艺术应唤醒被物化的意识，让人成为自觉、自为的存在。也就是说，文学艺术可以把人提升到人的高度。艺术可以点亮物化，让人的意识觉醒，生活在充盈的统一的世界里。无产阶级获得最终的解放，不仅要推翻资产阶级，消除阶级性，更重要的是，文学艺术在审美上应该反抗物化，弥合主观世界与客观世界的分裂，实现异化个体的复归。卢卡奇对文学艺术寄予厚望。在阅读大量的世界文学艺术作品后，卢卡奇发现，个体只有上升到对人类命运关注时，才能有意识地改造历史，实现个体与人类的统一。卢卡奇认为，在文学艺术中要实现个体与人类的统一，主要有"总体性"辩证法、"典型人物"以及"人道主义"三种途径。

第一，总体性是部分与整体、个体与总体辩证的统一。卢卡奇的学生阿格妮丝·赫勒在概括卢卡奇审美思想中的批判与革命精神时指出，对于卢卡奇来说，"艺术是一种对象化，其功能是消除拜物教。在对艺术品的享受和理解中，所有个体都提升到'类特征'的水平上；不断地作为意识的非拜物教化而产生的个体的统一得以实现"[①]。显而易见，文学能为被物化的个体提供滋养，帮助其上升到自觉的总体性的认知中，从而实现个体生活的改变。卢卡奇认为，冲破物化的禁锢，唤起无产阶级创造历史的主动性，必须有一个根本性的转变，即回到马克思主义辩证法的核心——总体性。针对这一总体性，卢卡奇在《作为马克思主义者的罗莎·卢森堡》一文中写道：

> 总体范畴，整体对各个部分的全面的、决定性的统治地位，是马克思取自黑格尔并独创性地改造成为一门全新科学的基础的方法的本质。生产者同生产过程的资本主义分离，劳动过程被肢解为不考虑工人盲目生产的个人等等，这一切也必定深刻地影响资本主义的思想、科学和哲学。而无产阶级科学的彻底革命性不仅仅在于它的革命的内

---

① 衣俊卿：《附录：一位伟大思者孤绝心灵的文化守望》，衣俊卿主编《新马克思主义评论》，中央编译出版社，2012，第 455 页。

容同资产阶级社会相对立，而且首先在于方法本身的革命本质。总体范畴的统治地位，是科学中的革命原则的支柱。①

对于卢卡奇而言，总体性是与机械决定论、实证主义倾向相抗衡的主要范畴，是马克思主义辩证法实质的体现。这一总体性也被卢卡奇用于分析世界文学中，对总体性的反映是卢卡奇孜孜以求的文学观，而这一文学观又体现在对现实主义的文学艺术的探讨上。卢卡奇在文学总体性观点上与歌德殊途同归，歌德说道："艺术家要通过一种完整体向世界说话。但是这种完整体不是他在自然中所能找到的，而是他自己的心智的果实。"② 在卢卡奇看来，"艺术的核心之点是人，是人在同世界和环境打交道时塑造着自我的人。……真正的艺术宗旨……把自己提高到一定的个性的水平，这种个性惟其同时也具有类的性质，才能成为具体的人类持久的不可缺少的要素"③。卢卡奇认为，文学艺术的本质是人道，是对人性的研究，同时要维护人的人性完整，纠偏对这一完整性的攻击与歪曲。纵观世界文学，卢卡奇认为，伟大的现实主义是真正的艺术本身，在他的世界文学观中，现实主义作家包括狄更斯、歌德、巴尔扎克、托尔斯泰，也包括荷马、但丁、莫里哀和莎士比亚。实际上，在不同民族文学间互动的世界文学的总体中，卢卡奇已把现实主义艺术典范化，并且认为，只有这样的现实主义艺术才称得上艺术。只有文学艺术是一个有机的整体，才能超越日常生活，克服物化的牢笼，"艺术之所以能超越艺术家本人狭隘的倾向性，艺术之所以能使观赏者得到陶冶，艺术之所以能起拯救作用，都是因为它构成了一个自身封闭的'世界'，构成了一个超越我们日常物化眼光所看到的现实的另一种'现实'"④。

在真正的现实主义者锐利的眼光前，一切物化或者拜物，都变成了属于人的东西，变成了人与人之间活生生的联系。卢卡奇在《叙述与描写——为

① 卢卡奇：《历史与阶级意识》，杜章智等译，商务印书馆，1999，第94页。
② 转引自伍蠡甫编《西方文论选》，上海译文出版社，1979，第474页。
③ 卢卡奇：《关于社会存在的本体论》下卷，白锡堃等译，重庆出版社，1993，第576~578页。
④ 黄应全：《西方马克思主义艺术观研究》，北京大学出版社，2009，第56页。

讨论自然主义和形式主义而作》一文中，以叙述与描写在小说中的对立来阐释总体性的重要性，托尔斯泰的小说是叙述的艺术，左拉的小说则是描写的艺术。两位作家分别在《安娜·卡列尼娜》《娜娜》中写了赛马事件，托尔斯泰从参与者的角度叙述这一与重大人生戏剧相联系的插曲，左拉则从旁观者的角度客观地描写赛马这一幅图画。赛马事件对于左拉来说，如同一个偶然事件；而托尔斯泰对赛马事件的叙述不仅是对这一事件的描写，而且是在叙述人的命运，这时，赛马变成安娜的一场内心戏剧，她只望着渥伦斯奇，对赛马的过程、别人的命运熟视无睹。左拉的小说缺乏托尔斯泰小说的有机的"总体性"，小说中"人物本身只是与一些偶然事件多少有点关系的旁观者。所以，这些偶然事件对读者就变成了一幅图画，或者不如说，一批图画"①。这些图画成了独立的细节，对表现人物的命运可有可无，不能形成一个自身的"总体性"。托尔斯泰笔下的事物与人物的命运相连，彼此映衬，彼此推动，共同形成了一个合力，推动情节的发展，决定人物的命运。托尔斯泰的小说艺术是对生活经验的高度提炼，也是生活普遍化的"总体性"。在这一"总体性"中，托尔斯泰展示、创造了包罗人生百态的整体有机世界，这是因为总体"之所以是完美的，是因为一切都发生在它的内部，没有什么东西被排除在外，也没有什么东西指向一种更高级的外部事物；它之所以是完美的，是因为它内部的一切都向着自身的完美成熟起来，并通过达到它自身的方式服从于联系"②。

对于卢卡奇而言，一个伟大的现实主义者能看透诸多联系中的表象，把握事物的本质，继而刻画出一个真实的世界："真实是一个整体，而且这个整体是动的、发展的，是产生罪恶和美德、繁荣和不幸的一个整体。"③这一真实的世界，契合了世界文学研究者谢永平所阐明的世界文学观念，

①　卢卡契：《叙述与描写——为讨论自然主义和形式主义而作》，《卢卡契文学论文集》（一），中国社会科学出版社，1980，第44页。

②　卢卡奇：《小说理论》，燕宏远、李怀涛译，商务印书馆，2018，第25页。

③　卢卡契：《文学与民主（一）》，《卢卡契文学论文集》（一），中国社会科学出版社，1980，第322页。

即世界文学是一种"创造世界的活动"①。由是观之，现实主义文学艺术的总体性会折射出物化导致的人的片面性和局限性，揭露资本主义社会中人的异化，继而实现对资本主义的批判。伟大的现实主义艺术以总体性为镜，观照琐碎的日常生活，整合碎片化的意识，在社会的整体关系中塑造一个比日常生活更真实、更完整的艺术世界。在这一艺术世界中，总体性意味着把孤立、异化的个体纳入总体性的关系中，这样，才能揭示人的本性，把握人的本质，实现人的解放。

第二，除了总体性外，卢卡奇同样注重对世界文学作品中典型人物的探讨。他认为，典型人物浓缩了时代矛盾，其根植于现实生活，是活生生的人的外化，具有镜像性的反映和认知功能。"典型人物是认识、反映社会生活的中介，是一个时代社会矛盾的集中体现，是个人与他人、社会、政治冲突的综合体。"② 马驰在评述卢卡奇的典型人物时说道："所谓典型是指作者用典型化方法创造出来的具有鲜明独特个性而又能反映一定社会本质的某些方面的艺术形象。"③ "鲜明独特个性"是指特殊性，而"社会本质的某些方面"则是指普遍性，那么典型人物就是特殊性与普遍性的统一。这样，典型人物就克服了部分与整体的矛盾，人们根据典型人物，将生活作为有机的整体进行把握，在这里"典型表现的是人们难以看到的本质特征（其原因当然在于拜物化形式的掩盖），所以典型的存在正是对拜物化的一种克服，只有在典型中才会把人写成真正的社会的人，也才会产生客观整体性"④。可以看出，卢卡奇极力捍卫伟大的现实主义的合法性，旨在抨击当时盛行的自然主义与现代主义艺术，希望实现以典型论为核心的人道主义的复归，最终恢复人的整体性。卢卡奇说道：

一部文学作品既不能像自然主义者所假设的，以无生命的一般性

---

① Pheng Cheah, "What isa World? On World Literature as World – Making Activity", *Daedalus*, 137 (3), 2008, p. 34.

② 杨林：《卢卡奇的文艺思想研究：文学艺术的反物化性》，《文学理论前沿》第16辑，清华大学出版社，2016，第188页。

③ 马驰：《卢卡奇美学思想论纲》，东北师范大学出版社，1997，第216页。

④ 马驰：《卢卡奇美学思想论纲》，第219页。

为根据，也不能以自身并无丝毫价值的个别原则为根据。现实主义文学的主要范畴和标准乃是典型，这是将人物和环境两者中间的一般和特殊加以有机的结合的一种特别的综合。使典型成为典型的并不是它的一般的性质，也不是它的纯粹个别的本性（无论想象得如何深刻）；使典型成为典型的乃是它身上一切人和社会所不可缺少的决定因素都是在它们最高的发展水平上，在它们潜在的可能性彻底的暴露中，在它们那些使人和时代的顶峰和界限具体化的极端的全面表现中呈现出来。①

在世界文学的蓝图中，出现过许多典型的人物形象，这些"形象的内在富裕产生于他的内在和外界的关系的富裕，产生于生活的表象及其更深刻地起作用的客观的和内心的力量的辩证关系中"②。堂吉诃德是世界文学史上典型的人物形象，在与风车搏斗的情景中，人物的荒谬性展现无遗。莎士比亚塑造的哈姆雷特、歌德笔下的浮士德是现实主义优秀文学作品中的典型形象，哈姆雷特和浮士德的个体命运表现了人类的集体命运。莎士比亚《李尔王》中的埃德蒙德是资本主义上升期的政治阴谋家，自私自利，贪得无厌；《威尼斯商人》中的夏洛克是一个食人鱼肉的守财奴，恶毒卑劣，无法无天。左拉《萌芽》中的矿场惟妙惟肖地展示了资本家与无产阶级的矛盾，异化造成的伤害令人瞠目结舌，难以忘怀。典型的人物形象暴露了被遮蔽的真实，让人能对被遮蔽的状态进行反思，实现自身的解放。典型人物凝缩了时代的灵魂，其中有阶级和种族的典型，歌德《少年维特之烦恼》中的维特是狂飙运动的理想形象，代表着对传统社会的一种热情的斗争；有预示未来的典型，歌德《浮士德》中的浮士德是新时代的化身，他不满足于启蒙时代的成就，而是期望更高的幸福和力量；也有革命者的典型，席勒《唐·卡洛斯》中的封·波沙侯爵极力摆脱一切腐朽的传统，拥抱进步的力量，创造人类的幸福，他是一个自由的使徒和预言家。典型

---

① 卢卡契：《欧洲现实主义研究》英文版序，《卢卡契文学论文集》（二），中国社会科学出版社，1981，第48页。

② 卢卡契：《论艺术形象的智慧风貌》，《卢卡契文学论文集》（一），中国社会科学出版社，1980，第247页。

反映了时代的精神面貌，是具有极高历史价值的艺术形象。

典型的人物形象是社会矛盾的汇集点，是透视社会历史的一扇窗口。通过这些典型形象，个体才能从审美层面认识到物化造成的虚假意识，只有个体看透物化的桎梏，才能摆脱桎梏，迈向一个解放的未来。这是因为典型形象代表着社会发展的客观规律，集个性与共性于一体，是再现主观倾向与客观现实的辩证统一。典型不是个体累计的平均形象，而是对现实的物化社会的揭露、批判与重塑。现实主义的典型形象彰显的总体性形式"是对终极情感的提升，伴随着对最伟大力量的体验，它指向独立的意义"。① 卢卡奇通过宽广的世界文学的视野，继承、发扬了马克思、恩格斯、高尔基现实主义的理论，无疑丰富了世界文学的现实主义理论。

第三，卢卡奇认为，现实主义文学中的总体性与典型人物形象服务于人道主义。"人道"是歌德提出的世界文学的核心概念，歌德希望借此来驶向具有世界主义精神的人道社会："人类达到理性与自由、文雅的感知与欲望、最柔软和强健体魄、尘世的履行与掌握。"② 所以，在论及世界文学时歌德的出发点是人道，也就是说，处世需要宽容，各民族至少应当学会相互宽容。歌德觉得，把德国与其他民族相比是无比羞愧的，他极力想摆脱这种羞愧感，最终在科学和艺术中找到了可以让自己升腾起来的翅膀，因为科学和艺术属于世界，在他们面前国界荡然无存。③ 歌德希望通过世界文学实现民族之间相互宽容的人道主义精神，他慷慨激昂地说道："我坚信一种普遍的世界文学正在形成，我们德意志人可在其中扮演光荣的角色。"④诚然，卢卡奇也意识到了世界文学艺术的人道主义功用：反人道主义是伟大作家本能的敌人，伟大的作家热衷于人，捍卫人的完整性，为人道主义开辟自由之路。然而，卢卡奇对文学人道主义的捍卫往往含有乌托邦的因素，赵一凡指出，"荷马史诗提供了最丰盈的生命形式：在那万物和谐的天地里，一无历史，二无个体，三无主客分离。可惜那个美好的总体境界，

① Georg Lukács, *Soul and Form*, New York: Columbia University Press, p. 24.
② 卢铭君：《歌德与"世界文学"》，《中国比较文学》2019 年第 3 期，第 31 页。
③ 卢铭君：《歌德与"世界文学"》，《中国比较文学》2019 年第 3 期，第 33 页。
④ 转自方维规《历史形变与话语结构——论世界文学的中国取径及相关理论问题》，《文艺争鸣》2019 年第 7 期，第 94 页。

已被资本主义残酷粉碎了，生活错乱，一切均被破坏无遗……（卢卡奇认为）在这'绝对罪孽的时代'，惟有小说赋予主角一种精神探索使命"①。在现实主义小说中，主角从总体性意义上不仅是个体与社会矛盾的凝缩，而且是人道主义的代言人。

卢卡奇接受了马克思《巴黎手稿》中的观点，把人的感觉的解放与一种真正的人道主义联系在一起。他进一步指出，马克思"有一次将资本主义社会和社会主义社会中的人的状况作了对比：'代替一切生理的和精神的感觉因而就是这一切感觉简单的异化，即占有的感觉。人的本质必然被降到这种绝对的贫乏，这样它才能将它内在的财富从它自身产生出来……私有财产的扬弃因而是人的一切感觉和特性的完全解放；它之所以是这样的解放，正是由于这些感觉和特性既在主观上也在客观上都完成了人的感觉和特性……这样，社会主义人道主义成了马克思美学的中心，成了唯物主义历史观的中心'"②。人的感觉的解放，从本质上而言，是一种人道主义的实现，是人的解放，而人的感觉的解放又和审美、艺术活动息息相关，因为艺术"将人的东西与它的整个充满矛盾的丰富性的感性直观统一提高到能够产生情感激发的效果"③。

卢卡奇认为，文学艺术的人道主义要与社会生活保持联系，理应是社会生活的一部分，那些不能引起反响、不被别人了解的自白性的所谓艺术，如同唯我主义哲学一样，应该关进疯人院。也就是说，"生活本身就是艺术美的标准，艺术产生于生活，并且创造性地再现生活，这种再现的真实性和深度，就是艺术完美性的真正尺度"④。文学艺术的人道主义应依附集体的道德、个体的思想以及普遍的人性，更应扎根日常生活，为社会发展指明未来的发展之路。文学艺术的人道主义不是抽象的，而是革新现实的动力，是人类解放的美学实践，更是对完整人性的捍卫。可见，人道主义为社会物化顽疾注射了一剂良药，不仅慰藉了异化的个体，而且弥合了社会

① 赵一凡：《卢卡奇：西马之起源》（上），《中国图书评论》2006 年第 11 期，第 37 页。
② 卢卡契：《马克思、恩格斯美学论文集引言》，《卢卡契文学论文集》（一），中国社会科学出版社，1980，第 301 页。
③ 卢卡奇：《审美特性》（二），徐恒醇译，中国社会科学出版社，1986，第 78 页。
④ 马驰：《卢卡奇美学思想论纲》，东北师范大学出版社，1997，第 185 页。

群体人与人之间的分裂，犹如陀思妥耶夫斯基所描写的世界，在那里，人与人之间的分离被打破，每个人都与其他人处于美好的、密切的关系之中。卢卡奇对陀思妥耶夫斯基的小说诗学情有独钟，将其奉为新时代的荷马，这是因为，陀思妥耶夫斯基的现实主义小说所彰显的人道主义精神赋予社会以革命、解放和救赎的张力。在卢卡奇眼里，歌德的人道主义在认识论层面上可谓包罗万象，是渐进式的演进过程，从个体到社会再到科学，接着归向艺术，最终驶向实践。这一过程围绕人道主义展开，《浮士德》中的主人公不遗余力地探寻和求索，反映了个体寻找自我主体性的人道主义精神。然而，文学艺术的人道主义并不能直接改造社会，或者改变人生，而是通过人的心理情感的净化，让人了解人生的真相，从而走向人道、人性的升华。

卢卡奇认为，小说是被上帝抛弃的世界的史诗。在世界文学的蓝图中，现实主义小说承担起古希腊史诗的功能，起到情感净化的作用，同时也起到联合局部与整体的中介作用。现实主义小说犹如古希腊的诗歌，书写具有普遍性的可能性，正如亚里士多德所说："写诗这种活动比写历史更富于哲学意味，更被严肃地对待，因为诗所描写的事带有普遍性，历史则叙述个别的事。"① 现实主义小说的审美活动是一个自我认识的循环活动，是支配自我命运的有效途径，这体现了卢卡奇深刻的人道主义思想。现实主义的文学作品，对于卢卡奇来说，是人自身的世界："为之奋斗的是处于感觉直接现实中人和世界的最具体的可能性。"② 现实主义小说的使命是人道主义的，是解放性的，它指向人类的理想家园。

卢卡奇探讨现实主义文学，虽未从民族文学与世界文学，或者说文学翻译、流通、阅读的角度阐发，但他从不同国家文学的普遍的审美规律出发，诠释了别具一格的人道主义的"世界文学"景观——伟大的现实主义。作为世界文学的伟大的现实主义，具有马克思唯物辩证法的高度，也具有人道主义意义的普适性。伟大的现实主义艺术的魅力在于，创造一个高于现实世界的家园。卢卡奇，在某种意义上，为世界文学绘制了一个美好的

---

① 亚里士多德：《诗学》，罗念生译，人民文学出版社，1984，第29页。
② 卢卡奇：《审美特性》（一），徐恒醇译，中国社会科学出版社，1986，第443页。

世界，在其中人的主体性、总体性、典型性以及能动性得到了发挥，实现了对物化世界的克服与超越。

二 卢卡奇的现实主义理论与中国

大卫·达姆罗什从世界、文本、读者的角度提出了世界文学的三层定义："第一，世界文学是民族文学的椭圆形折射。第二，世界文学是从翻译中获益的文学。第三，世界文学不是指一套经典文本，而是指一种阅读模式——是一种对我们自身时空之外的世界的超然介入形式。"[①]达姆罗什看到，以翻译为媒介的世界文学具有跨越民族的动态机制，而文学文本在这一动态的传播中往往焕发新的生命力，被赋予新的阐释力。在世界文学的版图中，卢卡奇的现实主义理论参与了中国现当代文学的实践，推动了中国马克思主义文艺理论的发展，实现了现实主义在中国的重构与发展。现实主义理论在中国的发展主要分为三个阶段，分别为中华民国时期（1935~1949）、中华人民共和国初期（1949~1977）以及改革开放以来（1978年至今）。卢卡奇的文艺理论已与中国的无产阶级革命相结合，创造性地丰富了中国的现当代文学，这正是歌德所期盼的世界文学时代的来临。1935年，卢卡奇迎来了在中国的理论旅行，开始了其作为世界文学在中国的发展。这一发展经历了不同的阶段，从最初的零星译介到大规模的引进，从党同伐异的政治批判到实事求是的学理探究，可谓一波三折，波澜壮阔，这也从一个侧面见证、反映了中国文学与世界文学的对话。

1935年，孟十还翻译了卢卡奇的《左拉与现实主义》一文，发表在《译文》第2期上，这标志着卢卡奇研究在中国拉开了帷幕。新中国成立初期，受国际形势，尤其是苏联和东欧的影响，国内批评界对卢卡奇的批评大多是苏联东欧理论界的翻版，这时，卢卡奇被视为马克思主义的修正主义者。由此可见，在这一时期，国内学界对卢卡奇文艺理论的研究受到政治、意识形态的影响，其学理性被遮蔽。改革开放全今，国内学界对卢卡

---

① David Damrosch, *What is World Literature*? Princeton and Oxford: Princeton University Press, 2003, p. 281.

奇的文艺理论的研究呈现复苏、蓬勃与多元化的态势，逐渐摆脱了政治与意识形态的影响，学界开始用科学、严谨的态度审视、评价卢卡奇的文艺理论。

第一阶段是卢卡奇现实主义理论的翻译阶段。翻译作为跨民族文化交流的媒介对卢卡奇在中国的传播与接受起到了重要的作用。1935 年，卢卡奇现实主义理论登上了中国文坛，孟十还翻译了卢卡奇的《左拉与现实主义》一文，刊登在《译文》上。1940 年，吕莹翻译了《叙述与描写》，发表在胡风主编的杂志《七月》上，需要指出的是，这篇文章的副标题是"为讨论自然主义和形式主义而作"。此时，中国左翼文学家强调，文学应真实地表现现实，反映历史发展的必然性趋势，同时给无产阶级指引前进的方向。1917 年十月革命之后，马克思主义传入中国，马克思主义文艺理论自然也被介绍到国内。在中国左翼文学运动初期，"普罗"现实主义被普遍采用，"普罗"现实主义的口号源自日本左翼理论家藏原惟人，他在 1928 年提出把无产阶级现实主义作为无产阶级文学创作的原则。1930 年，"拉普"内部出现分歧和斗争，"辩证唯物主义的创作方法"在中国传播开来。1930 ~ 1944 年，卢卡奇大部分时间是在莫斯科度过的，在这一时期，他潜心研究学术，发表了很多文艺理论的文章，刊发在《国际文学》和《文学评论》上。1934 年，他对自然主义、形式主义进行了批判，以全新的观点论述了马克思恩格斯的美学思想，由于这方面的贡献，1934 年，卢卡奇当选为苏联科学院院士，赢得了国际范围内最出色的马克思主义作家和理论家的声誉。[①] 在这一国际背景下，他的现实主义理论被译介到中国。国际的马克思主义文艺理论的发展影响了中国的左翼文学界，周扬的《关于"社会主义现实主义"与"革命浪漫主义"——"唯物辩证法的创作方法"之否定》推动了国内对现实主义理论的认识。此时，卢卡奇的现实主义理论，作为诸多现实主义理论来源之一，译介到国内。

不久，苏联文艺理论界受斯大林路线的影响，严重"左倾"，大肆打击不同的文艺观点，并展开了大规模的批判活动。1939 年 11 月至 1940 年 3

---

① 马驰：《卢卡奇美学思想论纲》，东北师范大学出版社，1997，第 232 ~ 233 页。

月，苏联文艺理论界对卢卡奇及《文学评论》的主要负责人进行了激烈的批判，这是因为卢卡奇否定了意识形态是艺术美学的标准，卢卡奇认为，"我们认为，尽管意识形态很坏，如巴尔扎克的保皇主义，也能产生很好的文学。反过来说，意识形态很好，也能产生很坏的文学"①。可见，卢卡奇刚刚介绍到中国不久，便在苏联横遭厄运，这一"时间差"也就决定了卢卡奇在中国左翼文学中的命运。这时，左翼理论家还没有来得及看清楚卢卡奇的真面目，就跟随苏联文艺理论界的脚步，展开了对卢卡奇的批判。1940 年 11 月，《中苏文化》十月革命纪念特刊上刊载了 3 篇批判文章，"卢卡奇被认为是非正统的马克思主义者"②。

然而，胡风却持不同的立场，有着不同的意见。1940 年 7 月，他在自己主编的杂志《七月》上，顶着压力发表了卢卡奇的《叙述与描写》，并在编后记中肯定了这篇文章，写道：

这里面提出了一些在文艺创作方法上是很重要的原则问题，而且从一些古典作品里面征引了例证。这些原则问题，我们的文艺理论还远没有触到这样的程度，虽然在创作实践上问题原是早已严重地存在了的。在苏联，现在正爆发了一个文艺论争，论争底主要内容听说是针对着以卢卡奇为首的"潮流派"底理论家们抹杀了世界观在创作过程中的主导作用这一理论倾向的。但看看这一篇，与其说是抹杀了世界观在创作中的作用，毋宁说是加强地指出了它的作用，问题也许不在于抹杀了世界观底作用，而是在于怎样解释了世界观底作用，或者说，是在于具体地从文艺史上怎样地理解了世界观的作用罢。那么，为了理解这一次论争底具体内容，这一篇对于我们也是非常宝贵的文献。③

当时，胡风对卢卡奇表示支持，是因为他直接接触了卢卡奇的理论，汲取了其理论养分。在此之前，胡风已根据熊泽复六的日译本，翻译了卢

---

① 卢卡奇：《卢卡奇自传》，李渚青译，社会科学文献出版社，1986，第 149 页。
② 艾晓明：《中国左翼文学思潮探源》，北京大学出版社，2007，第 291 页。
③ 胡风：《胡风评论集》（中），人民文学出版社，1984，第 190～191 页。

卡奇的《小说底本质》的一部分，也阅读了《左拉与现实主义》等相关作品。胡风能接受卢卡奇的文艺思想，这与他对当时公式化、教条化的文艺创作有着清醒的认识有关。胡风认为，需要调动作家的"能动的主观作用"，去体验、发现生活，促进精神改造。

胡风为卢卡奇辩护，引发了胡风与周扬关于文艺路线的论争，形成了一个中国本土化的文艺问题。当时，作家的世界观与无产阶级的革命文学画上了等号，也就是说，作家得有先进的世界观，才能创作出积极的无产阶级文学。对此，卢卡奇有不同的观点，这正是他遭受批判的原因。胡风没有机械性地把作家的世界观与创造直接画上等号，而是辩证地看待两者之间的关系，指出卢卡奇的现实主义理论中的主体性思想有助于克服庸俗的机械唯物论的创作观。胡风认为，需要调动作家在创作中的"能动的主观作用"，去体验、发现生活，促进精神的改造。卢卡奇遇到了中国的知音，其文学创作的主体性思想和胡风倡导的"主观战斗精神"不谋而合，可以挽救中国现实主义文学的衰落。虽然胡风为卢卡奇辩护，但势单力薄，难以抵挡卢卡奇在国内被批判的浪潮。尽管这样，作为世界文学的卢卡奇的现实主义文艺理论，在一片被误导的批评声中参与中国的无产阶级文艺实践中，推动了中国对马克思主义文艺理论认知的步伐，为后来的马克思主义文艺理论本土化（中国化）做了铺垫。

第二阶段是中华人民共和国初期（1949～1977）。在这一时期，中国文艺理论界延续了1940年以来对卢卡奇的批判态度，再加上，苏联和东欧社会主义国家视卢卡奇为马克思主义的修正主义者："讨论的中心问题，除了卢卡契在进步概念中的唯心主义成分外，主要是人民阵线的观点、民主的观点和他低估党的领导作用的问题。"① 中国文艺理论界对卢卡奇进行了批判，将其文艺理论与资产阶级的思想画上了等号。

在当时中国的文艺环境中，卢卡奇则被当成了反面教材和批判的靶子，"是被当作国际修正主义者的一个代表来批判的，报刊的反修文章中常常提到他，文艺理论教材中也每每拿他做靶子，特别是谈到现实主义创作方法

---

① 约翰娜·罗森堡：《乔治·卢卡契生平年表》，《卢卡契文学论文集》（二），中国社会科学出版社，1981，第597页。

和世界观的问题时"①。从 1960 年第 1 期《山东大学学报》的一篇文章的评述中，可以看出，对卢卡奇的唾弃之声是多么的严厉。"二十年来国内外一切修正主义者对社会主义现实主义文艺的诽谤，还是集中表现在反对为无产阶级服务上。……当前国内外的修正主义者也同样如此，虽然他们一点也未增加什么新玩意，只不过是重复扮演了老牌修正主义者卢卡契等人的丑把戏。"②

此时，国内以"供批判用"为目的，开始对卢卡奇的著作进行了大量翻译和编撰活动，统计如下：《卢卡契修正主义文艺论文选译》（世界文学编辑部，1960）、《有关修正主义者卢卡契资料索引》（复旦大学外文系资料研究室，1960）、《卢卡契修正主义资料选辑》（中国作家协会上海分会文学研究室，1960）、《存在主义还是马克思主义》（商务印书馆，1962）、《青年黑格尔》（商务印书馆，1963）。需要指出的是，1960 年初，邵荃麟、冯至、陈冰夷组织召开了《卢卡奇论文集》的出版筹备会，到 1965 年，译稿已基本集齐，准备出版，但令人遗憾的是，未来得及付诸出版，"文化大革命"就爆发了。诚然，这些翻译和编译的作品为改革开放后，公允地评价卢卡奇提供了资料的准备。离开了这些翻译著作，改革开放后，恐怕很难形成对卢卡奇现实主义文艺理论的全国大讨论，而这一大讨论是中国文艺理论界对卢卡奇进行公允评价的转折点。这些翻译最终为卢卡奇在中国的研究热潮做了前期的铺垫，说明翻译就其本质而言是一种生产性的行为，翻译负载着不同民族文化的多元异质性，连接着不同民族的历史以及未来。

第三阶段是改革开放至今，这一时期见证了卢卡奇文艺理论在中国的复苏与蓬勃发展。1978 年改革开放后，中国文艺理论界拨乱反正，纠正了"政治标准第一、艺术标准第二"的路线，主张"解放思想、实事求是"。卢卡奇在中国的接受与研究也迎来了一个春天，对其文艺理论的探讨逐渐摆脱政治和意识形态的束缚。1978～1985 年，国内翻译、引进了许多评介卢卡奇的文章，如波兰学者奥霍斯基的《关于 G. 卢卡奇的争论》（《哲学译

---

① 马驰：《卢卡奇美学思想论纲》，东北师范大学出版社，1997，"序言"第 1 页。
② 文艺理论教研组：《学习毛泽东文艺思想的几个核心问题》，《山东大学学报》1960 年第 1 期，第 5 页。

丛》1978 年第 6 期），加利福尼亚大学教授 E. 巴尔的著作《G. 卢卡奇》的介绍（《哲学译丛》1980 年第 1 期），以及《关于卢卡契哲学、美学思想论文选译》（包括苏联学者 B. H. 别索诺夫、波兰学者 K. 奥霍斯基、匈牙利学者海尔曼、德国学者 R. 施太格瓦尔德、美国学者 E. 巴尔的文章）。参照世界文学版图中不同民族对卢卡奇的评论，国内学界开始对卢卡奇有了新的认识。这一认识受益于翻译，这也说明，在世界文学中，翻译不仅是一种跨文化的媒介，更是促进民族交流与认识的重要渠道。同时，这也说明了，世界文学是一个动态的概念，具有不断的生产性，也就是把"世界文学界定为一种文学生产、出版和流通的范畴"①。

1985 年是卢卡奇诞辰 100 周年，借此之际，中国学界针对卢卡奇是正统马克思主义者，还是歪曲马克思主义的修正主义者，展开了一场讨论，最终认为，"卢卡奇……是忠诚的共产党人，杰出的马克思主义者，他们（卢卡奇和布莱希特）在各自的历史条件下坚持和发展了马克思主义，做出了卓越的贡献，当然也免不了有失误"②。经过这次讨论，卢卡奇融入了中国的马克思主义理论建设，形成了全球本土化的特征，这体现了莫莱蒂所说的世界文学是"由国际文学市场整合为统一体"这一特质。③ 至此，卢卡奇现实主义理论在中国已经提升到世界文学统一体的高度。1990 年 3 月 27 日至 30 日，中国社会科学院外国文学研究所《外国文学评论》编辑部和歌德学院北京分院联合在北京举行了"布莱希特同卢卡奇关于现实主义问题的论争"的学术研讨会，通过这次研讨会，卢卡奇现实主义文艺理论的马克思主义的立场得以确立，为后来卢卡奇研究在中国的蓬勃发展奠定了基础。

自 1990 年的学术研讨会至今，国内对卢卡奇的研究呈现多元化的局面，不仅停留在文学理论方面，而且扩展到哲学、美学等领域，学理性较之前更深刻，剖析更细致。文艺理论方面的研究成果显著，较有代表性的有黎

---

① 转自王宁《马克思主义与中国的世界文学研究》，《中国比较文学》2019 年第 1 期，第 12 页。

② 杜章智：《谈谈所谓"西方马克思主义"的问题——兼与徐崇温同志商榷》，《现代哲学》1988 年第 1 期，第 58～64 页。

③ Franco Moretti, " World – Systems Analysis, Evolutionary Theory, ' Weltliteratur'," *Review* 3 (2005): 228.

活仁的专著《卢卡契对中国文学的影响》、艾晓明的论文《胡风与卢卡奇》、马驰的论文《卢卡奇、胡风、冯雪峰现实主义理论的比较研究》，以及盛宁的论文《"卢卡奇思想"的与时俱进和衍变》等。自 1990 年至今，卢卡奇的文艺理论研究无论在翻译上，还是在学理性研究或与世界文艺理论界的沟通与交流上，都取得了前所未有的发展。

卢卡奇的文艺理论进入中国 80 多年，从最初的翻译，到后来的褒贬不一，再到改革开放后的复苏与繁荣，可谓跌宕起伏，一波三折。这也说明了世界文学作为一个整体，是一个动态的概念，或者说是一个问题。不管怎样，中国文学与世界文学，尤其是文艺理论，已经相互依赖，彼此碰撞。中国文学已经参照、融入世界文学的版图，并为其提供中国文学的本土化元素。卢卡奇的现实主义文艺理论在中国的历程，折射出 20 世纪以来中国文学中存在的世界性因素：

> 所谓中国文学中的世界性因素是指 20 世纪中外文学关系中的一种新的理论视野。它认为：既然中国文学的发展已经被纳入了世界格局，那么它与世界的关系就不可能完全是被动接受，它已经成为世界体系中的一个单元，在其自身的运动中形成某种特有的审美意识，不管其与外来文化是否存在着直接的影响关系，都是以独特面貌加入世界文学的行列，并丰富了世界文化的内容。在这种研究视野里，中国文学与其他国家的文学在对等的地位上共同建构起"世界"文学的复杂模式。①

世界性因素经由翻译文学，进入中国文学，在与中国文学的对话、交融、冲突、改造、变异过程中，实现了其投胎转世似的复活，并以不竭的动力促进、推动世界文学的发展，丰富着世界文学的内容。卢卡奇的文艺理论便是一个鲜活的例子，它超越民族、文化的边界，在中国文学的土壤中生根发芽，生发出具有中国元素的批评张力，同时见证了不同民族文学

---

① 陈思和：《中国文学中的世界性因素》，复旦大学出版社，2011，第 100 页。

在世界文学中的生产性。

三 卢卡奇物化理论在世界文学批判场域中的嬗变与重构

物化概念在《历史与阶级意识》一书中提出，是该书的中心线索。作为卢卡奇的一个批评概念，物化深刻地揭露了个体被大生产精密地计算，系在一个不停运转的机器上，以至于主体意识异化为客体的物的存在，丧失了自觉性。卢卡奇不仅致力于无产阶级的革命，而且希冀用世界文学所昭示的总体性、典型性以及人道主义精神来医治资本社会导致的物化顽疾，从而把人引向光明的未来。物化理论是联系西方马克思主义的思想纽带，它源于马克思的商品拜物教和异化概念，受西美尔的货币理论和韦伯的理性化的启发，衍生出阿多诺的否定辩证法、马尔库塞的新感性美学、哈贝马斯的交际行为理论以及霍耐特的承认理论等。在世界文学、哲学批评场域中，物化这一概念具有生生不息的批判力，构成了世界文学批评的闪耀星丛。物化概念并没有止步卢卡奇，而是在西方马克思主义的批评中创生出新的讨论内容，其中有从现代主义艺术阐发的否定辩证法来对抗物化，从审美角度倡导新美学和新感性来逃离物化，从商谈伦理来消弭物化，通过认知绘图的方式来瓦解物化。在世界文学批评的演变中，针对物化的讨论，至今没有止息，而是不断地焕发生机，引发新的思考与批评空间。

针对物化导致的文化工业，法兰克福学派的第一代领军人物阿多诺（又译阿道诺），展开了切中肯綮的分析，他认为，大众文化是通过商品市场倡导的标准化、同质化的工具理性手段，生产出千篇一律的文化工业产品，文化工业产品无视个体的差异性和主体性，对个体进行了同质化的物化炮制，导致个体以及大众反思、批判能力的退化。阿多诺针砭时弊，对文化做了如下评析，"在垄断下的所有群众文化都是一致的，它们的结构都是由工厂生产出来的框架结构"①。由是观之，大众文化是自上而下的操控，是麻痹人民的鸦片。阿多诺、霍克海默在《启蒙辩证法》中指出，"理性构

---

① T. W. Adorno and Max Horkheimer, *Dialectic of Enlightenment*, trans. John Cummings, New York: Seabury Press, 1972, p. 100.

成了算计的审判法庭，它按照自我保护的目的来调整世界，只知道从感性材料中预先准备客体，以便征服它们"①。也就是说，"文化工业滥用了对大众的关怀，以便复制、增进和强化大众的心态，而这种心态被假定为给定的和不可改变的、这种心态如何能够改变的问题完全被排除掉了。大众不是文化工业的标准而是文化工业的意识形态，即便文化工业自身不适应大众就不可能存在"②。针对这一"被全面管制的世界"，阿多诺与卢卡奇一样，认为只有从总体性的角度出发，才能正确地把握、认识资本主义社会的真相，但与卢卡奇不同的是，他没有从资本主义内部看到希望，所以他采取了与卢卡奇完全不同的策略来对抗文化工业所导致的物化同一性思维。卢卡奇依托总体性辩证法以及伟大的现实主义来反思、革新资本主义，而阿多诺采用否定的辩证法和现代主义艺术来质询、改变资本主义。否定的辩证法摒弃了完整性与自治性，注重挖掘个性、差异和被压制的异质空间，在此基础上，实现对现实的否定性批判与认识。

阿多诺认为，艺术与现实保持疏离性的批判距离，是对尚未存在世界的追求。阿多诺发现，卡夫卡、贝克特、勋伯格的表现主义艺术采用个体的否定辩证法来质询总体性，用个体的片面性来否定整体性，用异质的超前性诘问当下的平面性。这里可以看出，阿多诺继承了卢卡奇以文学艺术对抗物化的逻辑，但与卢卡奇完全不同的是，他采用异在性、超前性与否定性来反抗物化的文化工业社会，继而让个体解放出来，获取自主性。异在性是指对非存在的不懈追求，并在异在中维持自主性，获得自身的规定性；超前性意图通过升华的乌托邦来反观物化意识、实现革命性的批判功能；否定性是让艺术走向现实的反面，不断反抗与否定，才能维持自身的自由与解放。换言之，意识只有在抵抗社会时才得以生存，否则就会将自己对象化，成为商品。艺术与社会保持审美距离，间接地与社会沟通，"艺术应当作中介而参与对社会的批判和对人性的拯救。真正的艺术虽来自现实而又否定现实，通过这种否定性而恢复现实已失的人性内容"③。

---

① T. W. Adorno and Max Horkheimer, *Dialectic of Enlightenment*, pp. 83 – 84.
② T. W. Adorno and Max Horkheimer, *Dialectic of Enlightenment*, p. 86.
③ 蒋孔阳编《二十世纪西方美学名著选》（下），复旦大学出版社，1998，第429页。

为了实现自律性和获得生存权利，文学艺术与现代社会进行着一场生死斗争，甚至把自身变成非艺术和反艺术，以表示对资本主义社会的抗议。用阿多诺自己的话来说就是，艺术"坚持自己的概念，拒绝消费的艺术，过渡为反艺术"①。真正的艺术不是与社会保持一致，而是对社会的冷漠和否定，可以说，艺术是现存社会的反题。对于阿多诺而言，真正的艺术可以概括为以下五点：

> 一、真正的个性化，而不是表面的虚假的个性化。为了摆脱异化现实的控制，艺术中的内心独白是必要的。只有通过艺术直觉，才能认识被现实经验所掩盖的事物的真相。二、它不应再预言拯救的真理，给人以安慰和希望，而应当表现现实的无希望性。唯有如此，它才能避免对现实存在的肯定和顺从。三、它必须表现生命的痛苦、社会的不人道和现实的丑恶，才能保持自身的纯洁性，不致成为统治的工具，沦为虚伪的意识形态。四、它必须反对任何功利目的，拒绝成为对社会有用的物品，才能在交换价值统一一切、精神价值被文化工业玷污的现代社会，不致成为商品并沦为赢利的工具。五、它不需要那种熟悉的、和谐的、有魅力的感性外观，相反，它要通过其组织构造的摧毁，表现艺术的真实内容，指向不同于既存现实的异样现实或第二现实。②

阿多诺和卢卡奇在对艺术采取何种方法来反抗物化上截然对立，但在目标上却殊途同归，是一致的，两者本质上是用艺术的审美特性反观、反思现实，从而实现对现实的认识和改造。

阿多诺所持的否定性是艺术对抗物化的批判力量，随着时间的推移，物化现象反而更加猖獗，牢牢地管制、压抑着社会。对此，马尔库塞认为，晚期的资本主义社会，人们好像丧失了革命的能力，这是因为人已成了单向度的人。双向度的人既有肯定性的一面也有否定性的一面，然而，在资

---

① 扬帆：《阿道诺美学思想论》，《北京社会科学》1990 年第 1 期。
② 孟庆枢编《西方文论》，高等教育出版社，2002，第 521～522 页。

本主义社会中,人已经没有了否定性和批判性,只有肯定性。在当代资本主义社会,科学技术发展迅猛,技术统治取代了政治统治,与之相应的是,整合、同化的力量大行其道,反抗的力量已经沉默了,社会只有趋同的一种声音和一个向度。

马尔库塞认为,艺术应与革命联合在一起,改造世界、解放人性,并用新美学的方式来表现人性,唤起一个具有解放性的世界。马尔库塞十分重视审美和艺术改造社会的功能。首先,他认为艺术是否定性的。艺术只有在拒绝、否定现存社会秩序时,才能诉诸自身的语言。艺术的否定性,其本质是艺术的革命属性,它并不是现存社会体制的仆人,而是致力于取消现存社会的苦难。艺术与革命的连接点是审美,在审美中,艺术实现其革命的能力。其次,艺术是自律性的。只有通过艺术的自律,审美秩序才能建立起来,它是一个美好的生活世界,通过它,才能满足自由的需求和释放自由的潜能,艺术才能把自身解放出来。也就是说,"艺术和审美之所以能使人解放和自由,并不在于它是政治工具,而在于它是完整的独立世界,它本身就使人跨入自由和解放的新世界"①。作为现实的形式的艺术不是美化既定的社会,而是建构出迥然不同的并与现实对立的存在。最后,艺术是感性的,马尔库塞从席勒的美学思想中汲取养料,试图通过艺术建立新感性,并把这一新感性视为人类解放和社会改造的必要条件。新感性是生产性的,它是指导、革新、重构现实社会的一股力量。感性奋力成为实践性的感性,成为重建新生活的方式。

马尔库塞倡导的新感性不仅是摆脱压抑的方式,而且是单向度社会中的双向度的批判方式。马尔库塞急切地召唤新美学的诞生,这一"艺术都包含着否定的理性……它是大拒绝——对现状的抗议"②。新美学能激发新感性,不仅能为未来提供一个理想的范式,而且能慰藉人的心灵,新美学是将来幸福的允诺与当下实际快感的统一。"在该统一中,秩序就是美,工

---

① 张玉能:《西方文论》,华中师范大学出版社,2002,第300页。
② 马尔库塞:《单面人——发达工业社会意识形态研究》,左晓斯等译,湖南人民出版社,1988,第54页。

作就是游戏。"① 马尔库塞进一步指出，"新感性，表现着生命本能对攻击性和罪恶的超升，它将在社会的范围内，孕育出充满生命的需求，以消除不公正和苦难；它将构织'生活标准'向更高水平的进化"②。可见，马尔库塞把新感性，或者说把审美视为建构一种新型文明的途径，把审美作为感性秩序的基本内涵，他说道："审美的调和，意味着加强感性以反对理性的专制，而且在根本上说，甚至是呼唤把感性从理性的压抑统治中解放出来。"③

新感性是建立在感性满足上的一种秩序，意味着秩序服务、服从于感性的满足，这样看来，"审美之维可作为一种对自由社会的量度。一个不再以市场为中介，不再建立在竞争的剥削或恐惧的基础上的人际关系的天地，需要一种感性，这种感性摆脱了不自由社会的压抑性满足，这种感性受制于只有审美想象力才能构织出的现实所拥有的方式和形式"④。文学艺术是创造性的，既包括精神意义上的，也包括物质意义上的创造，它需要一个全新的环境，而这一环境将是对现存社会的总体改造。可惜的是，马尔库塞倡导的新感性，有着乌托邦的色彩，缺乏强有力的政治革命范式，他把狭义的审美原则推为广义的原则，不免失之偏颇，但不可否认的是，他提出的新感性美学，不仅是对物化的控诉，而且是在审美意义上对物化的超越。

哈贝马斯没有囿于前期法兰克福学派讨论的个体的"意识哲学"，即从个体的角度探讨认识世界的问题以及克服物化的问题。早期法兰克福学派周旋于个体主观与客观理性之间，摇摆不定，深陷批判的两难境地。针对个体的"意识哲学"这一窘境，哈贝马斯认为，对社会的批判必须首先与康德、黑格尔的意识哲学决裂，才能找到一条突破物化的出路。为此，哈贝马斯独树一帜，提出了以商谈伦理学为基础的"交际行为理论"。交际行为理论是一个研究范式的转换，它从个体意识哲学中走向了人与人交往的

---

① 马尔库塞：《审美之维》，李小兵译，广西师范大学出版社，2001，第45页。
② 马尔库塞：《审美之维》，第107页。
③ 马尔库塞：《审美之维》，第48页。
④ 马尔库塞：《审美之维》，第101页。

伦理关系，换言之，将研究基础从主体性的意识理性转向互为主体性的交往合理性。在主体间的交往中，也就是在现实的话语交流中，确保每一个主体享有平等、自由的话语权，建立合理、民主的话语规则，在摒弃霸权话语和暴力手段的基础上，提倡在社会中实践商谈伦理，用相互接纳、包容、开放、共荣的态度去拥抱他者，从而实现对人与人之间物化的超越。

在《交际行为理论》中，哈贝马斯提出了四种不同的交际行为，分别为目的性行为、规范性行为、戏剧性行为和交往行为。① 通过以上四种类型的交际行为，主体才能走出物化的阴霾，与他者在平等的对话中实现自我的价值，这样，主体间共同体的话语环境得以实现，从而克服资本主义社会对人的桎梏。主体间的平等对话是基于相互尊重，对话的对象不是客体的它，而是与我一样的你，它是无生命的客体，而你是有情感的、有生命的、有尊严的活生生的存在。我与你的关系是一个共同体，我中有你，你中有我，你与我共在，没有阶级与等级之分，是面对面的交互、交流关系。哈贝马斯认为，通过平等的商谈伦理，平等、友爱的共同体才能在社会中实现，才能最终克服人与人之间物化的关系，达成人与人之间的理解与交流。总体而言，哈贝马斯的交际行为理论赢得了学界的认可，但也不乏一些犀利的批评之声，福柯便是其中一位。他对交际行为理论持怀疑的态度，指出"哈贝马斯试图通过此理论来实现话语的平等与民主，创造出摒弃一切强制性的'理想的话语状态'，是社会生活合理化，解决资本主义矛盾，克服资本主义物化危机，这一设想显然具有一种社会改良的乌托邦性质"。② 尽管如此，哈贝马斯仍为克服物化这一资本主义社会顽疾，绘制了一条逃逸的路线，对未来社会的建设具有一定的指导意义。

詹明信在《马克思主义与形式》一书中发现了卢卡奇所倡导的形式批评的重要性，认为应从形式出发来探究、理解文学，詹明信称之为社会象征性行为。文学艺术是对社会现实的寓言性的象征性行为，不直接干预现实，而是用象征性的方式对社会现实问题予以想象性的处理。但象征性行

---

① 杨林：《卢卡奇的文艺思想研究：文学艺术的反物化性》，《文学理论前沿》第 16 辑，清华大学出版社，2016，第 197 页。

② 转引自郑晓松《技术与合理性——哈贝马斯技术哲学研究》，齐鲁书社，2007，第 89 页。

为与寓言略有不同，"我们可以说，寓言说和象征性行为说共同的地方在于否定文学与现实之间的直接对应关系而肯定其间接暗示关系，不同之处在于寓言说把文学与现实的关系理解为认识关系，象征行为说则把该关系理解为一种实践（或行为）关系"①。针对这一行为关系，詹明信继续写道："象征行为一方面被肯定为一种真正的行为，尽管只是在象征的层面；象征行为另一方面又被看成一种'纯粹'象征性的行为，其解决只是想象性的和未触及现实的。"② 针对资本主义不断恶化的物化现象，詹明信把文学叙事与认知结合起来，提出了认知绘图的概念，并认为认知绘图是打开物化症结的一把钥匙。

后现代社会的空间是碎片化的，碎片化的空间与资本主义共谋，加剧了物化对人的操控，人处在表层化、平面化的生存状态中，根本没有深度意义，是精神分裂似的漂浮性的符号。在资本主义社会晚期，后现代文化呈现六个方面的特征，即深度的消失与表面化、历史的消失与当代化、时间的消失与空间化、情感的消失与强度化、戏拟的消失与拼贴化、主体的消失与精神分裂化。③ 后现代社会中，人的思想内核已被抽空，形而上的能指已经消亡，只剩下一个缺乏意义的空壳，深度解释学（詹明信提及的四种深度解释学为现象与本质的辩证法、表层与深层的精神分析、本真与非本真的存在主义、能指与所指的符号学）已经成为明日黄花，一去不返，人们的生活失去了深度，成为表象化的存在。不仅如此，在后现代社会中，历史也被侵蚀，过去和将来好像被抹平，只剩下当前的时刻。一旦过去、现在和将来在时间轴上被抽空，那么时间的深度也随之消逝，所以在后现代主义中，时间的深度被抛弃，反而执着于空间的碎片化。空间的碎片化导致了情感的消失，取而代之的是生活的强度不断增加，人们生活在焦虑之中。后现代的文化也难逃厄运，"空心的戏拟——一尊缺乏眼珠的雕像"的拼贴成了后现代文化的符号表征。文化表意的链条出现了断裂，意义的能指被延宕，这也就意味着人自我的分裂，"后现代主义表现的'主体'就

① 黄应全：《西方马克思主义艺术观研究》，北京大学出版社，2009，第 327 页。
② Fredric Jameson, *The Political Unconsciousness*, London：Cornell University Press, 1981, p. 81.
③ 参见黄应全《西方马克思主义艺术观研究》，北京大学出版社，2009，第 354~362 页。

是这种由表意链条断裂所产生的精神分裂的个人"①。

　　鉴于此，詹明信没有袖手旁观，没有停留在悲鸣和慨叹中，而是积极地从审美意义上挖掘一条对抗的路线，提出了认知绘图理论。认知绘图理论旨在提供一幅资本主义晚期社会现实的总体的图像，与卢卡奇提出的总体性遥相辉映。针对后现代空间的混乱与方向的丧失，空间的定位显得尤其重要，这就是对地图的需要，也就是说，对社会总体图像认知尤为重要，这是因为只有通过社会总体的图像，才能恢复人的总体性认识。认知绘图是一种美学意义上的认知文化的模式，它不是再现事物本身，而是找出、发现认知主体与所认知对象之间的社会关系，詹明信指出，"广义的认知绘图正要求我们把经验资料（主体的实际方位）跟非经验的、抽象的、涉及地理整体性的这种观念相互配合调节"②。詹明信认为，认知绘图能克服物化导致的空间的碎片化，同时它是后现代分析的重要使命，"假如我们确能发展一种具有真正政治效用的后现代主义，我们必须合时地在社会和空间的层面发现及投射一种全球性的'认知绘图'，并以此为我们的文化政治使命"③。诚然，詹明信希望通过认知绘图的方式，来缝合碎片的空间，给后现代的人一个整体性的栖居家园，抵制来势汹汹的物化侵袭。

　　法兰克福学派的第三代旗帜性人物霍耐特，继承了哈贝马斯的批评路线，沿着马克思及法兰克福学派的批评传统，诊断出物化导致的支离破碎的社会的症结是人与人之间伦理关系的削弱，而个体作为主体被塑造成冷漠的旁观者，导致了主体的情感的破碎化。只有实现人与人共同参与的伦理关系，冷冰冰的人际疏离关系才能被打破，从而把人拉回到承认的关系之中。在承认的关系中，彼此是共在的，处于情感的交互理解中，这样，铁板一块的物化关系才能融化，彼此才能走向对方，完成真正意义上的交流与理解。承认的关系，或者说主体间的伦理关系，应先于个体，个体的存在与发展要以这一共同体的伦理关系为基础，不然，个体久而久之就会自我疏离，陷入异化的泥潭之中。承认并不是对个体特殊性的泯灭，承认

---

① 参见黄应全《西方马克思主义艺术观研究》，第359页。
② 詹明信：《晚期资本主义的文化逻辑》，张旭东等译，三联书店，2013，第419页。
③ 詹明信：《晚期资本主义的文化逻辑》，第422页。

是一个前提：在相互承认中，一方面，个体应与他者达成和解，形成一致的认识和理解；另一方面，个体也能在相互承认中发现自己的特殊性，从而与他者形成一种对立、冲突的关系。

从以上的论述中可以看出，卢卡奇不愧为西方马克思主义的鼻祖，他是具有世界影响力的马克思主义理论家，其文艺理论早已成为世界马克思主义文艺理论不可或缺的宝贵遗产。尤其是他的物化理论，在世界文学批评的场域中被奉为圭臬，其深刻性引发了西方马克思主义理论家从不同层面对其进行深入剖析，这些理论家都竭力寻求可以化解物化矛盾的突围之路。物化作为一个关键词，跨越了卢卡奇《历史与阶级意识》一书的疆界，与不同民族的马克思主义理论家对话，这些马克思主义理论家的思想往往对人类具有普遍的价值，同时不断地衍生出具有世界主义价值的理论探讨。

四　小结

作为一个马克思主义者，卢卡奇一生都徜徉在世界文学的海洋中，深深地被其吸引，并在世界文学中发现审美是克服、超越物化的手段。他崇拜莎士比亚、歌德、巴尔扎克、托尔斯泰、陀思妥耶夫斯基等世界文学大师，极力推崇伟大的现实主义作为世界文学的典范。卢卡奇把伟大的现实主义文学中体现的总体性、典型性以及人道主义奉为世界文学的圭臬，并在审美的意义上赋予其克服资本主义物化顽疾的历史使命。世界文学，在卢卡奇的眼中，是人道主义的彰显与体现，而人道主义又是连接不同民族文化的共识。卢卡奇的文学理论，尤其是现实主义和物化两个概念，超越了历史时空，在世界文学的版图中传播、流通。从1935年最初的译介至今，卢卡奇的现实主义文艺理论在中国的接受，已经走过了80多年的历程，其中有开始的褒扬、后来的批判，也有改革开放后的重新认识以及最终的赞誉。傅其林精辟地总结道："他的真实形象在中国越来越清晰，也扭转了以往的修正主义者、正统马克思主义者、现实主义者、西方马克思主义者、东欧马克思主义者等固定形象，一个具有后现代悖论形象的卢卡奇开始出现在中国当代文学理论空间中。这可以说是卢卡奇话语在中国本土化不断推进的表现。"① 至今，卢卡奇的文艺理论已与中国现当代文学史水乳交融，成了中国文学，乃至世界文学中的一道亮丽风景线。

毋庸置疑，卢卡奇的现实主义理论参与了中国马克思主义的文学实践，对中国现当代文学产生了难以磨灭的影响，形成了具有中国元素的转化。卢卡奇的现实主义文艺理论在中国的旅行，是马克思文艺理论在中国接受的一面镜子，体现了中国在与世界文学的互动中独有的本土化特征。卢卡奇提出的物化概念，揭示了资本主义大生产对人的操控，是资本主义的顽疾。物化作为对资本主义批判的一个核心术语，在世界文学批评的场域中影响颇深，可以说，它也是联系西方马克思主义批判的纽带，不同的批评家从不同的角度展开了对物化的批判与克服。阿多诺的否定辩证法、马尔库塞的新感性美学、哈贝马斯的交际行为理论、詹明信的认知绘图理论以及霍耐特的承认理论，无一不是针对资本主义物化这一症候开出的补救及医治药方。物化是理解西方马克思主义者对资本主义批判的一把钥匙，在世界文学批评的场域中占有重要的位置，不仅是西方马克思主义文艺批评的关键词，而且是后现代文化批判的核心概念。总而言之，卢卡奇的文艺理论在世界文学中无疑将引发新的讨论，绽放不竭的生机。

【**Abstract**】 Georg Lukács is a reputed Western Marxist literary theorist in the world, and throughout his life he remains attached to world literature. Lukács thinks that world literature is not simply the compilation of national literature and individual authors, but a living organic unity transcending each national literature. The world literature, advocated by Lukács, picks up Marx's alicnation, intends to provide an emancipatory possibility from the reified capitalist society on the basis of dialects and humanitarianism. The totality, typicality and humanitarianism in realism are embraced by Lukács as exemplar in world literature, have already become a hot topic and participated in the uneven development of Marxist literary theory in China. Since 1935, China has wit-

---

① 傅其林：《卢卡奇话语在马克思主义文论本土化中的意义与问题》，《探索与争鸣》2016 年第 12 期，第 47 页。

nessed the different developing phases of Lukács' reception in China, such as initial fragmentary translation, total denial of Lukács as a reformist, dangling between politics and academics and final justified critique. In the landscape of world literature, Lukács' concept of reification has become a key word, triggering successive related criticism in western Marxist theory. Lukács' literary theory has become a charming picture in world literature, releasing unstopping critical tension.

【Keywords】 Georg Lukács; World Literature; Realism; Reification

莫瑞提的远读策略及世界文学研究*

冯丽蕙

（上海交通大学外国语学院，上海200240）

【内容提要】"世界文学"这一概念于1827年由歌德正式提出并加以理论阐释，在其近200年的曲折发展中，得到了众多学者进一步的论述和系统建构。作为一种以跨学科方法为基础的文学研究范式，莫瑞提于21世纪初提出的"远读"策略对世界文学研究进行了前所未有的概念创新和方法论革命，在学界引起了激烈论战。事实上，"远读"策略并不是一蹴而成的，而是在不断尝试的基础上逐渐从偶然的史学实践转变为成型的实验方法。本文从"远读"策略的缘起与建构、争议与挑战以及发展方向三个方面来论述该策略对现有的世界文学研究所做出的理论贡献和实践指导。通过梳理莫瑞提"远读"策略的历史发展轨迹，对该策略20年来所遭受的不同批评声音进行探讨和回应，本文旨在消除一些有关"远读"的误读，并对其未来发展方向做出预测，以期为中国世界文学的跨学科研究提供一些有益借鉴。

【关 键 词】弗朗哥·莫瑞提　世界文学　远读

随着全球化时代的来临，传统意义上的以欧洲或西方为中心的比较文学处于垂死状态，而"世界文学"这一概念兼具理论价值和现实意义，为死气沉沉的比较文学赋予了新的生命力，一跃成为当今国际文学理论界和比较文学界的一个引人注目的研究领域。如果说歌德构想中的"世界文学"

---

* 本文系国家社会科学基金重大招标项目"马克思主义与世界文学研究"（项目号：14ZDB082）的阶段性成果。

还带有浓烈的乌托邦色彩的话，那么随着全球化时代的到来和世界主义思潮的兴起，世界文学显然已经成为一个我们无法回避的审美现实了。作为世界文学研究的一种全新范式，莫瑞提的"远读"策略从概念和具体研究方法上进一步丰富和完善了世界文学研究。该策略自问世以来，便引起了学术界极大的研究兴趣，围绕其展开的学术论战绵绵不绝。本文从"远读"策略的缘起与建构、争议与挑战以及发展方向三个方面来论述莫瑞提的"远读"策略及其对现有的世界文学研究所做出的理论贡献和实践指导。本文系统梳理"远读"策略的历史发展轨迹，深入剖析其存在的主要问题以及在当今数字人文背景下所面临的重大挑战，并对其未来发展前景做出预测，以期为国内世界文学的跨学科研究提供一定的有益借鉴。

一　超越西方正典：远读的缘起与建构

作为"当今英文和比较文学领域内最具争议性的人物"，① 意大利裔美籍马克思主义批评家和比较文学研究者弗朗哥·莫瑞提（Franco Moretti）不仅从理论研究上，而且从具体实践上解构了传统比较文学唯西方经典是从的精英思想，在全球化的背景下为世界文学这个老话题增添了新的内涵与文化意义。作为斯坦福大学英文和比较文学系的荣休讲席教授，莫瑞提同时也是斯坦福大学小说研究中心（the Center for the Study of the Novel）和文学实验室（the Literary Lab）的创始人。此外，他还是美国艺术与科学院、美国哲学学会、欧洲科学院院士和哈佛大学"世界文学研究院学术委员会"（the Scientific Board of the Institute for World Literature）等多个国际知名学术机构的成员，其开创性的著作《远读》（*Distant Reading*，2013）更是荣获了"2013 年美国国家书评奖"（National Book Critics Circle Award）。虽然学界对"世界文学"的确切含义一直争论不休，但是莫瑞提通过对"世界文学"进行概念创新而实现了方法论革命，进一步丰富和拓展了世界文学研究。2000 年，他在西方最具影响力的左派理论期刊《新左派评论》（*New*

---

① Rachel Serlen, "The Distant Future? Reading Franco Moretti," *Literature Compass* 7/13（2010），p. 214.

Left Review）上发表了论文《世界文学的构想》。文中指出，比较文学学科不但未能实现歌德、马克思、恩格斯等人当初对"世界文学"的期许，而且没有在全球化时代焕发生机，体现世界主义精神。"（比较文学）是一门相对有限的知识学科，本质上局限于西欧，并主要围绕着莱茵河畔进行（从事法国文学的德国语文学家）。"① 因此，他在《世界文学的构想》中主张重拾"世界文学"这一雄心壮志，② 并首次提出了"远读"（distant reading）这一研究策略，以期大规模地、全面地探讨世界文学中存在的"大量未读"（the great unread）。③ 这也就意味着，莫瑞提将世界文学的研究重点从"世界文学是什么"（What is world literature）的理论范畴拓展到了"怎么研究世界文学"（How to study world literature）这一具体实践。在他看来，世界文学覆盖的国家之多，语言之杂，决定了其范畴（category）必须有所不同，不能仅仅拘泥于我们当前的研究范围。要想应对卷帙浩繁的世界文学著作，解决方案不在于"阅读更多的文本"（reading more texts），而是要把"世界文学"看作一个以"问题"（problem）为导向的研究课题，正如马克斯·韦伯（Max Weber）所言："定义不同科学范畴的标准并不是'事物'（things）之间'实实在在的'（actual）联系，而是'问题'（problems）在'概念上的'（conceptual）关联。"④ 因此，世界文学不仅是一个研究"对象"（object），更应该是一个"问题"，一个不断地"吁请全新批评方法的问题"（a problem that asks for a new critical method）。"任何人都不可能仅仅通过阅读更多的文本来发现一种新的方法。这绝不是理论产生的方式；理论需要一次跨越，一个假设，通过一种假想来开始。"⑤

---

① Franco Moretti, "Conjectures on World Literature," *New Left Review* 1 (January – February 2000), p. 45.

② Franco Moretti, "Conjectures on World Literature," *New Left Review* 1 (January – February 2000), p. 45.

③ Margaret Cohen, *The Sentimental Education of the Novel*, New Jersey: Princeton University Press, 1999, p. 21.

④ Max Weber, "Objectivity in Social Science and Social Policy," in *The Methodology of the Social Sciences*, New York, 1949 (1904), p. 68.

⑤ Franco Moretti, "Conjectures on World Literature," *New Left Review* 1 (January – February 2000), p. 55.

据此，莫瑞提认为，"细读"（close reading）这个传统的文学实践并不适用于世界文学研究，他还进一步指出了"细读"的局限性："（细读）必须依赖于一小部分的经典……只有当你认为个别文本尤为重要的时候，你才会对其倾尽心力……归根结底，这是一项神学实践。"[1] 世界文学研究势必要冲破国界和语言的束缚，超越经典的限制，但"细读"既不利于比较文学学者在全球范围内考察各个国家、各个民族的文学作品，也不利于各国学者去穷尽各国浩如烟海的民族文学。针对那些在"文学屠宰场"里被遗忘的 99.5%，莫瑞提指出："我们真正需要的是'与魔鬼达成一个协议'：我们知道怎么阅读文本，现在让我们学会怎么不去读它们。"[2] 在"远读"模式下，"距离是知识的条件"[3]。"远读"不再聚焦于特定的经典文本，而是将重点放在"比文本小得多或大得多的单位：技巧（devices）、主题（themes）、修辞（tropes），或者文类和系统（genres and systems）"[4]，这使得文学研究可以涵盖更多的文本，从而进一步扩大研究范围。换言之，如果我们试图从整体上来把握和理解整个世界文学体系，那么我们将不可避免地舍弃某些东西，这也是为了获取理论知识而不得不付出的代价。现实世界丰富多彩，理论概念却抽象贫瘠，然而正是这种"贫瘠"（poverty），使整个研究得以展开，也就应了莫瑞提引用的那句经典老话："少则得，多则惑。"[5]

莫瑞提最初关于世界文学的假设同时受到了经济学领域的世界体系理论和自然科学领域的进化论的启发。他认为，以 18 世纪为分水岭，世界文学同时具备两种形态：第一种世界文学是不同"地方"（local）文学的拼接，主要通过分离的方式来产生新形式，其最好的研究方法是进化论；第二种世界文学（世界文学体系）则是随着现代资本主义时代的到来而形成的统一的国际文学市场，呈现越来越显著的趋同性，主要的运行机制是不同文化之间的融合，所以最好用世界体系理论来进行阐释。在《世界体系

---

① Franco Moretti, "Conjectures on World Literature," p. 57.

② Franco Moretti, "Conjectures on World Literature," p. 57.

③ Franco Moretti, "Conjectures on World Literature," p. 57.

④ Franco Moretti, "Conjectures on World Literature," p. 57.

⑤ Franco Moretti, "Conjectures on World Literature," p. 57.

分析、进化论、"世界文学"》[1] 一文中，莫瑞提通过比较进化论和世界体系理论这两种分析模型在概述文学史全貌方面所扮演的不同角色，试图勾勒出由此产生的"世界文学"的全新形象。他在伊曼纽尔·沃勒斯坦（Immanuel Wallerstein）的世界体系理论中发现了构建世界文学理论所需的概念模型。沃勒斯坦认为，国际资本主义是一个不平等的整体系统，由中心（core）、半边缘（semi‐periphery）和边缘（periphery）这一层级结构组成。资本主义生产、流通和消费的触角遍及全世界，中心国家凭借着强大的政治经济实力从边缘国家攫取廉价的劳动力和原材料，再利用边缘国家广阔的市场赚取巨额利润，从而进一步扩大中心与边缘的差距，使得世界经济体系内部的不平等持续加剧。世界文学亦是如此：它既是"一种"（one）整体文学（歌德和马克思恩格斯构想的单数的"世界文学"），又是一个由各种地方文学、民族文学组成的"不平等的"（unequal）世界文学体系（在这一点上，该体系又与歌德和马克思恩格斯的美好设想有所不同）。沃勒斯坦将世界划分为"中心""半边缘""边缘"的三分法与莫瑞提自20世纪90年代以来的文学研究路径不谋而合。莫瑞提构想的世界文学兼具整体性和不平等性，具体表现为：法国作为欧洲大陆的中心，在不断向周边地区输出霸权文学的同时也干预着其他文学的产生和发展[2]；半边缘、边缘地区的艰难发展和日渐崛起的"反体系"力量[3]；整个欧洲小说市场发展的不平衡性[4]。由此看来，在社会经济领域里屡见不鲜的国家实力之间的不平等现象在文学领域也存在。

为了阐明"远读"策略在世界文学研究中的运用，莫瑞提援引了弗雷德里克·詹姆逊的观点。在介绍日本现代文学的兴起时，詹姆逊观察道："日本社会经验的原材料与西方小说建构的抽象形式模型不可能永远都完

---

[1] Franco Moretti, "World‐System Analysis, Evolutionary Theory, 'Weltliteratur'," *Review* (Fernand Braudel Center), Vol. 28, No. 3 (2005), pp. 217–228.

[2] Franco Moretti, "Modern European Literature: A Geographical Sketch," *New Left Review* I/206 (July–August 1994), pp. 86–109.

[3] Franco Moretti, *Modern Epic: The World‐System from Goethe to García Márquez*, trans. Quintin Hoare, London & New York: Verso, 1996.

[4] Franco Moretti, *Atlas of the European Novel: 1800–1900*, London & New York: Verso, 1998.

美地结合在一起。"① 他以日本作家三好将夫（Masao Miyoshi）的《沉默的帮凶》（*Accomplices of Silence*）和印度作家梅纳克斯·穆克吉（Meenakshi Mukherjee）的《现实主义与现实》（*Realism and Reality*）为例，得出了这样一个结论：当西方形式与日本或印度的现实发生碰撞时，许多复杂的问题会接连出现。而基于施瓦茨的研究，莫瑞提进一步发现，同样的现象也发生在巴西。据此，莫瑞提提出了这样一个猜想："在世界文学体系里隶属边缘国家的文化中，现代小说并不是独立兴起的，而是介于西方形式影响（通常是英法）和本土现实之间的一种妥协。"② 为了验证这个猜想，他决定聚焦于 1750~1950 年现代小说的传播，从欧洲到拉丁美洲，再从亚洲到非洲，时间跨度达 200 年，最终体现了同一规律："当一种文化开始朝着现代小说靠近的时候，它总是作为一种本土现实与外国形式的'妥协'（compromise）出现。"③ 这也推翻了一直被广为接受的历史阐释。那些所谓自主发展的小说（如英、法、西班牙小说）并不是小说领域普遍的"常规"（rule），而是罕见的"例外"（exception）。来自中心国家的现代小说以不可阻挡之势横扫了大多数文学基础薄弱的半边缘和边缘国家，后者只能在外国文学形式的深远影响下艰难求生，大多难逃被同化的命运。

虽然莫瑞提以詹姆逊的小说理论为出发点建构了更大范围的世界文学版图，但他同时提出了异议。他认为现代小说在世界各地的传播更像是一种三角关系（triangle）——外国形式（foreign form）、本土材料（local material）和本土形式（local form），而不只是詹姆逊构想的形式和内容之间的二元对立关系（binary relationship）。更确切地说，现代小说的传播是三方力量博弈的结果——外国情节（foreign plot）、本土人物（local characters）和本土叙述声音（local narrative voice）。而"作为特定社会关系的抽象表现"④，"形式"与各个地方现实碰撞后所产生的变体反映了边缘国家的小说叙述在外国形式的强势干预下所受到的不同影响，也就是说，一体化但不

① Fredric Jameson, "In the Mirror of Alternate Modernities," in Karatani Kojin, *Origins of Modern Japanese Literature*, Durham – London, 1993, p. xxxi.
② Franco Moretti, "Conjectures on World Literature," p. 58.
③ Franco Moretti, "Conjectures on World Literature," p. 60.
④ Franco Moretti, "Conjectures on World Literature," p. 60.

平等的世界文学体系不只是一个外在于文本的全球体系，而是从始至终深深影响着文本的形成和发展。由此看来，"世界文学"本质上就是一个"充满变数的复杂体系"（a system of variations），而"远读"策略之所以能够运用于世界文学研究，原因就在于，它敢于冲破民族主义的藩篱，用实验方法取代传统的文学研究范式——首先定义一个分析单元，然后跟随它在不同环境下的变形，一直到整个文学史都变成了由相关实验组成的序列。尽管中心国家想要按照自己的形式标准将世界文学体系同一化，结果却发现，地方现实的千差万别并没有那么容易被抹去。归根结底，世界文学研究就是关于世界各国"竞相争夺象征性霸权"的研究。①

进化论也为莫瑞提的世界文学构想提供了思想源泉。在他看来，世界文学的全新面貌就是在世界体系理论和进化论的冲突中诞生的，这二者构成了以 18 世纪为分水岭的两种截然不同的世界文学的理论基础。在《物种起源》论"自然选择"的章节中，查尔斯·达尔文在谈及"性格的分歧"时插入了一幅一目了然却又寓意深远的图表，生动展现了横轴上的"历史"与纵轴上的"形式"之间的关系。随着时间的逝去，形式不断地从彼此身上剥离出来，朝远处延伸。受进化论的启发，莫瑞提在《文学屠宰场》中聚焦于文学史进程中的形式变体和文化选择。他将 19 世纪晚期的侦探小说作为研究样本，选定"线索"（clues）② 这一形式特征作为研究对象，并提出了这样一个假设：侦探小说在市场上大获成功取决于其对"线索"这一特征的运用。他将线索按照"在场"（present）、"必要"（necessary）、"可见"（visible）和"可解"（decodable）的标准逐步细分，排除了大量非经典作品，从而从"线索"层面确立了柯南·道尔的文学霸主地位。"线索"这样一个看似微不足道的形式技巧却能最终影响并决定文学作品的战败。从树形理论的角度来看，不同的形式选择就意味着相异的分支，有的枝繁叶茂，生命力旺盛；有的枝枯叶败，死气沉沉。后者是常态。真正能够茁壮成长的那 0.5% 的文学作品在文学史上大放异彩，成为经典，而剩余的

---

① Franco Moretti, "Conjectures on World Literature," p. 64.
② Cf. Franco Moretti, "The Slaughterhouse of Literature," *Modern Language Quarterly*, 61. 1（March 2000）: 216.

99.5%却默默无闻，直至完全消失于公众的视野。因此，大多数分支仍处于未被探知的状态，这既是绝佳的机遇，也是巨大的挑战。"远读"策略可以使我们有机会看到那些被历史淘汰和遗忘的非经典作品，从而更深入地了解经典的形成和发展，更全面地掌握文学史的发展进程。

值得注意的是，莫瑞提在实验中不仅同时考察了柯南·道尔及其同期竞争对手的作品，而且"细读"了实验所涉及的全部侦探小说。在2013年出版的论文集《远读》中，莫瑞提在收录这篇文章时写了一段前言，其中提到，他并没有完全摒弃文本细读，但他同时强调，他的阅读跟传统的"细读"不同，他是"通过"（through）这些故事来寻找"线索"，即带有目的性的阅读，因此在某种程度上更像乔纳森·阿拉克（Jonathan Arac）所描述的"未进行细读的形式主义"（formalism without close reading）。随后在斯坦福大学文学实验室发表的第一个"小册子"（pamphlets）里，莫瑞提进一步将这种方法定义为"量化形式主义"（quantitative formalism）。① 可以看出，对特定形式技巧的研究不仅能扩大文学的研究范围，还有利于从宏观的角度来把握文学史的发展规律。年鉴学派代表人物费尔南·布罗代尔（Fernand Braudel）指出，历史研究要摆脱传统史学时间观念的束缚，首先就要突破传统历史以短时段来衡量历史事件的局限。传统史学观念强调"短时段"（short time span）和"事件"（event），新经济社会史聚焦于"周期性运动"（cyclical movement），然而，涵盖若干个世纪的"长时段"（the longue durée）史学观念才是把握总体历史的关键所在，它揭露了历史的深层结构。② 莫瑞提指出，布罗代尔的三种历史时段观念的第一个层次通常指向文本中的"独特"（unique）因素，而后两个层次则代表了文本中"可重复"（repeatable）的因素，即文学中不断重复、数百年维持不变的"形式"。③ 它

---

① See Sarah Allison, Ryan Heuser, Matthew Jockers, Franco Moretti, and Michael Witmore, "Quantitative Formalism," *Literary Lab*, Pamphlet 1 (January 15, 2011), litlab. stanford. edu/pamplets/.

② Fernand Braudel, "History and the Social Sciences: The Longue Durée," in *On History*, trans. Sarah Matthews (Chicago 1980), p. 27.

③ Franco Moretti, "The Slaughterhouse of Literature," *Modern Language Quarterly*, 61. 1 (March 2000): 225.

体现了文学领域的规律性、结构性和长时段内的缓慢变化趋势。历史总是在不断地重演，而形式研究可以帮助我们最大限度地把握文学史的发展脉络。

作为一位马克思主义的世界文学研究者，莫瑞提始终坚持文学的历史方法。他在描述文化在世界范围内的变化趋势时，借用了历史学家通常采用的两种基本认知模型："树形"（tree）和"波形"（wave）。这两种模型正好展现了进化论和世界体系理论的内涵。树形通常用于描述从"统一"（unity）到"多样"（diversity）的变化过程，而波形则恰好相反，主要聚焦于某个统一标准将原初的多样性吞噬的现象（如好莱坞电影的全球霸主地位）。树形需要地理上的不连贯，以便促成不同分支和变异的后续产生与发展，而波形则擅长突破地理上的固有壁垒，将不同地方紧紧连接在一起，正如莫瑞提所述："树形和分支是民族国家赖以生存和发展的基础；而市场通常借由波形来运作。"[①] 世界文化便一直在这两种变化机制中摇摆不定，而文化产物就是二者运作的结果，就如詹姆逊所阐释的"妥协"一样。试想一下现代小说的境遇。中心国家的小说形式试图以波形吞没边缘或半边缘地区的文学，后者却形成了一股"反体系"力量，极富创造力地对中心国家的小说形式进行改造，从而产生了丰富多样的、树形的地方文学传统。这自然就成了民族文学与世界文学进行劳动分工的理论基础——前者代表树形，后者代表波形。当然，二者孰优孰劣犹未可知，但这一话题长期以来引发的争议正是比较文学的活力与价值所在。然而，各国的民族文学研究者总喜欢闭门造车，满足于各自的平行宇宙，事实上，世界文学既是单数的（world literature），也是复数的（world literatures），我们不过是从不同的视角来观察同一宇宙下存在的"世界文学"这个文学整体。研究世界文学的意义就在于让我们不再孤芳自赏，不再片面地将自我局限于单一的民族文学，而是在全球化的背景下，与其他民族文学和地方文学一起，促进世界文学时代的到来。

由此看来，进化论强调物种形成过程中的多样性，而世界体系理论则

---

① Franco Moretti, "The Slaughterhouse of Literature," p. 67.

聚焦于由国际传播而导致的趋同性。二者之间的矛盾对立关系不言而喻。①
但莫瑞提进一步指出，这两种理论并没有表面上看起来那么针锋相对，而
是形成了一种相辅相成的紧密联系，它们分别阐释了世界文学在不同时期
的形态。一方面，在不连续的空间里，许多形式通过分歧与断裂产生，就
像当今百花齐放的民族文学、地方文学一样。另一方面，现代资本主义时
代的来临将这些各自为营的小空间联结起来，逐步形成了以中心、半边缘、
边缘为主要位置的不平等的现代世界体系。中心文学通过市场的传播作用
将其影响力辐射到了半边缘和边缘地区，试图干预后者的独立发展，使形
态各异的民族文学与地方文学逐渐趋同化，却出现了意料之外的结果。不
同传统的融合形成了一种"混合体"（hybridity）——边缘文学创造性地以独
特的、"边缘"（periphery）的"方式"（style）来表现源自"中心"（core）
的"情节"（plot）②。这就是所谓当两种异质传统发生碰撞时所产生的全新
的文学产物。因其自身的稳定性和不受语言限制的独立性，"情节"在传播
的过程中通常能够维持原样，相反，以语言为核心的"表达方式"在与不
同地方的现实融合之后，往往落得个"面目全非"的下场。③ 简言之，"形
式本身就是一场博斗"（form as a struggle）。来自中心地区的"故事"（story）
和边缘地区接受并重新叙述该故事的"视角"（viewpoint）④ 之间此消彼长
的张力不仅是一种美学事实，而且是潜在政治张力的一种凝结。也就是说，
通过研究混合文本，我们可以从中观察到世界文学体系中文化霸权的此起
彼落和各民族文学、地方文学的"反体系"力量和创新能力。要想在世界
范围内获得更广阔的文学史面貌，"远读"无疑是一种"知识的条件"，它

---

① 达尔文的物种起源理论将世界想象成如"群岛"一般的许多个独立空间；而现代资本主义
则凭借其强大的凝聚力将不同空间联结起来，形成一个庞大的、紧密相连的地理空间。当
然，我们也不能忽视这样一个事实——进化论也涉及"突变"（mutation）和"选择"（se-
lection）两种机制，其同时涵盖了多样性的产生和消灭；而世界体系分析也关乎国际劳动
分工体制里的不同位置。

② 这刚好和康拉德《黑暗之心》的模式相反。《黑暗之心》是用中心国家的表达方式（英
语）来表现边缘国家的故事情节。

③ 在莫瑞提看来，"失调"（dissonance）一词精确地刻画出了中心故事情节和边缘表达方式
之间的这种不协调关系。

④ Franco Moretti, "World – System Analysis, Evolutionary Theory, 'Weltliteratur'," *Review* (Fer-
nand Braudel Center), Vol. 28, No. 3 (2005), p. 227.

有利于文学研究者超出经典的限制，冲破西方中心主义的藩篱。进化论和世界体系理论为莫瑞提在不同时期的"世界文学"建构提供了不同的理论基础。在不同发展阶段，莫瑞提的"远读"策略也在不同理论和技术的基础上不断发展，从而进一步丰富和拓展了世界文学研究。

二 "远读"的争议与挑战

通过梳理莫瑞提的学术发展历程，我们可以看到，他对世界文学的重构经过了近二十年的时间。事实上，他并不是一开始就从事定量研究的。最初，他只是对形式如何随着时间改变的"进化论"感兴趣。[①] 后来，著名生物学家恩斯特·迈尔（Ernst Mayr）的"物种形成"（speciation）理论让他认识到了"地理学"（geography）在新形式产生过程中扮演的关键角色，于是他开始转向"制图学"（cartography），绘制文学"地图"（maps）[②]；但地图的绘制需要同类数据，他就从大量小说中抽取特定"系列"（series）（如奥斯丁小说系列的开端与结局，巴尔扎克小说里的年轻巴黎客等）。再后来，他意识到定量方法在制图过程中所发挥的重要作用，于是开始利用"曲线图"（graphs）等抽象模型来直观呈现文学趋势，进一步推进文学的可视化研究。[③] 但诚如他在后来的采访[④]中承认的那样，他自己并不擅长编程这类计算机技术，所以在前期研究中，他主要是靠手绘图表来完成文本分析，而这一状况在 2002 年马修·乔克思（Matthew Jockers）作为技术专家来到斯坦福大学后，得到了极大的改善。他们共同创立了文学实验室，然后在计算机技术的协助下，开始大量运用数据库和语料库来分析文学作品，制作图书馆馆藏目录，生成各式各样的"图表"（diagrams）用于大规模文

---

① See Franco Moretti, "On Literary Revolution," *Signs Taken for Wonders: Essays in the Sociology of Literary Forms.* trans. Susan Fischer, David Forgacs, and David Miller, London and New York: Verso, 1983, pp. 262 - 278.

② See Franco Moretti, *Atlas of the European Novel 1800 - 1900*, London and New York: Verso, 1998.

③ See Franco Moretti, *Graphs, Maps, Trees: Abstract Models for Literary History*, London and New York: Verso, 2005.

④ See Ruben Hackler and Guido Kirsten, "Distant Reading, Computational Criticism, and Social Critique: An Interview with Franco Moretti," *Le foucaldien*, 2/1 (2016), DOI: 10. 16995/lefou. 22.

学研究。就这样一步一个脚印，日积月累，最初关于形式进化的研究就发展成了如今的定量数据分析。总而言之，对莫瑞提而言，近年来在后人文语境下迅速崛起的"数字人文"（digital humanities）并不是什么全新的概念，而只是他"世界文学理论建构的第四或第五阶段"①。自《世界文学的构想》（简称《构想》）发表以来，学界对"远读"策略作为世界文学研究范式的有效性以及莫瑞提所构建的世界文学本身的合理性提出了种种质疑。克里斯托弗·普兰德加斯特（Christopher Prendergast）、弗朗西斯卡·奥尔西尼（Francesca Orsini）、艾弗瑞·克里斯托（Efrain Kristal）、乔纳森·阿拉克、艾米丽·阿普特（Emily Apter）和加勒·帕拉（Jale Parla）等学者便从不同角度对《构想》进行了批评和驳斥。② 总体来看，西方学界围绕莫瑞提的世界文学研究所展开的学术讨论主要集中在三个方面：小说作为典型文类的合理性、中心与边缘的等级结构以及"远读"和"细读"的辩证关系。

在构建世界文学体系时，莫瑞提将小说这一文类作为研究的主要对象，这一做法招致了学术界的种种批评和责难。艾弗瑞·克里斯托以西班牙裔美国文学为例，质疑了莫瑞提所构建的世界文学体系的完整性。在他看来，该体系未能涵盖诗歌和散文等其他文类，只是将世界文学局限于小说这一文类。弗朗西斯卡·奥尔西尼则通过揭露印度对非小说类的其他文学类型的忽视提出了类似的看法。③ 亚历山大·比克罗夫特（Alexander Beecroft）

① Melissa Dinsman, "The Digital in the Humanities: An Interview with Franco Moretti," *Los Angeles Review of Books*, (March 2, 2016).

② 参见 Christopher Prendergast, "Negotiating World Literature," *New Left Review* 8 (March – April 2001), pp. 100 – 121; Francesca Orsini, "Maps of Indian Writing," *New Left Review* 13 (January – February 2002), pp. 75 – 88; Efrain Kristal, " 'Considering Coldly…': A Response to Franco Moretti," *New Left Review* 15 (May – June 2002), pp. 61 – 74; Jonathan Arac, "Anglo – Globalism?" *New Left Review* 16 (July – August 2002), pp. 35 – 45; Emily Apter, "Global Translation: The 'Invention' of Comparative Literature, Istanbul, 1933," *Critical Inquiry* 29: (2003), pp. 253 – 281; Jale Parla, "The Object of Comparison," *Comparative Literature Studies*, Vol. 41, No. 1, Globalization and World Literature (2004), pp. 116 – 125.

③ Cf. Francesca Orsini, "Maps of Indian Writing," *New Left Review* 13 (January – February 2002), p. 79.

在《没有连字符的世界文学——文学体系的类型学》一文中也指出，莫瑞提的研究范围仅限于小说，而小说只占世界文学的一部分，因此莫瑞提的世界文学研究不具备代表性。[①] 弗朗西斯·弗格森（Frances Ferguson）更是直接将莫瑞提的世界文学理论描述为一项残缺不全的研究，他认为，小说的生存史更能凸显"其即使在胜利时也难免经历的孤独与脆弱"[②]。针对这些批评，莫瑞提在《文学屠宰场》里为自己辩解，称他之所以选择小说作为主要研究对象，既有个人原因，小说研究是他所熟悉和擅长的领域；也有深层次的社会历史原因，是由小说庞大的"潜在市场"（potential market）、"整体形式化"（overall formalization）以及"语言使用"（use of language）的特点决定的。[③] 作为近几个世纪以来传播最广泛的文学形式，小说有着广阔的消费市场和庞大的读者群，其通俗的语言形式决定其更适合作为世界性课题的研究对象。此外，虽然《构想》确实是从现代小说的兴起这一角度来勾勒世界文学体系的运作方式，但此处的"小说"只是一个"例证"（example），而不是唯一的"模型"（model）。[④] 如果将研究对象换作其他文类的话，情况自然会有所不同。莫瑞提还补充道，虽然将小说这一文类作为典型来研究可能会夸大世界文学整体的流动性，但是一旦在后期加入关于戏剧、诗歌等其他文类的研究，这个不足就会得到极大的改进。[⑤] 简言之，面对世界文学研究这样艰巨的挑战，我们必须得点滴积累，不断推进和完善现有研究，不然这一目标终将只是空中楼阁。

在2003年发表的《更多的构想》[⑥] 中，莫瑞提对《构想》自问世以来所遭受的各种各样的批评和质疑进行了回应。在他看来，最有力的反对声音出现在2007年斯坦福大学小说研究中心举办的"21世纪小说理论"（For

---

① Alexander Beecroft, "World Literature Without a Hyphen. Towards a Typology of Literary Systems," *New Left Review* 54（November – December 2008）, pp. 87 – 100.

② Frances Ferguson, "Planetary Literary Theory: The Place of the Text," *New Literary History* 39（2008）, p. 677.

③ Franco Moretti, "More Conjectures," *New Left Review* 20（March – April 2003）, p. 74.

④ Franco Moretti, "More Conjectures," p. 73.

⑤ Cf. Donald Sassoon, "On Cultural Markets," *New Left Review* 17（September – October 2002）, pp. 113 – 126.

⑥ Franco Moretti, "More Conjectures," *New Left Review* 20（March – April 2003）, pp. 73 – 81.

a Theory of the Novel in the Twenty – first Century） 会议上。针对莫瑞提将世界文学体系类比于世界经济体系的做法，杰罗姆·大卫（Jêrome David） 一针见血地指出，世界经济体系里中心国家和边缘国家之间"相互依存的关系"（interdependence） 在世界文学体系中并没有得到体现。对此，莫瑞提坦然承认那确实是将沃勒斯坦的世界体系理论运用于文学史研究时一个难以克服的局限。世界经济体系里的中心国家需要边缘国家的支撑（劳动力、原材料、市场等） 才能维持经济运作，而在世界文学体系中，即使没有边缘国家的存在，中心国家的文学也能照常发展。此外，对莫瑞提将世界文学体系与世界经济体系内部不平等状态类比的做法，克里斯托也颇有微词："在某些情况下，文学关系与经济关系可能是同步的，但在其他时候可能就不是如此了。"① 在这一点上，莫瑞提也做出了回应："物质霸权和知识霸权虽然有许多共通之处，但也不是如出一辙。"②确实，由于突出的政治经济优势，中心国家可以拥有更多的资源去进行文化创新，因而更容易取得文学成就，但若要说中心国家独擅其美，又确实是不具备历史依据的错误论断。③ 纵览18、19 世纪英法两国争夺全球霸权的激烈情况，不难看出，虽然英国最终几乎获得了全方位的胜利，但在小说领域，法国始终独占鳌头。也就是说，经济霸权不一定意味着文化霸权，反之亦然。④ 在"传播"（diffusion） 方面，经济霸权和文化霸权的运作机制可能并无二致，基本上遵循了从中心流向半边缘、边缘地区的市场规律。而到了"创新"（innovation）领域，却是另一番境地了。事实上，虽然许多半边缘、边缘国家的文学在欧美文学的强烈攻势下，慢慢被同化，并逐渐舍弃了民族特色，从而无法

---

① Efrain Kristal, "'Considering Coldly…': A Response to Franco Moretti," pp. 69, 73.

② Franco Moretti, "More Conjectures," p. 77.

③ 为了解释这一论断，莫瑞提举例说明了俄国和拉丁美洲小说的形式革命。莫瑞提在多篇论文中都有提及这一观点，参见 Franco Moretti, "Modern European Literature: A Geographical Sketch," *New Left Review* I/206（July – August 1994）, p. 42; "Planet Hollywood," p. 105; "Conjectures," pp. 50, 58。

④ 类似的例子还包括：18 世纪中期德国悲剧在形式方面的至高无上；半边缘地区在现代诗歌形式生产上所起到的关键作用；在意大利衰落之后才在国际上大放异彩的彼特拉克抒情诗。在维多利亚的全盛时期，连战告捷的英国人最喜欢的休闲方式便是围着火炉开读书会，众人昏昏欲睡；相反，拿破仑战争后，法国文化迎来了前所未有的大繁荣。

写出属于自己的民族文学，发出属于自己的声音。但是，以拉丁美洲魔幻现实主义文学和俄国意识形态小说为首的半边缘、边缘文学的迅速崛起，表明了世界文学体系内部依然存在强大的"反体系"力量。反观欧洲大陆，以英国和法国为代表的中心国家也经常会掠夺来自半边缘、边缘地区的文学创新成果，稍作改进后将之作为自己的文化成果在欧洲推广传播。① 因此，中心国家的小说发展并没有我们所想象的那么自力更生，而外国形式与本土现实的妥协也有可能发生在中心国家。如此一来，整个欧洲的小说都不存在所谓"独立自主的发展"（autonomous development），而世界体系的模式在形式层面也就不再具有阐释力了。据此，克里斯托表达了类似的观点："西方国家从来没有垄断过重要形式的创造②；相反，主题和形式可以向多个方向流动：从中心到边缘，从边缘到中心，从一个边缘到另一个边缘……"③ 显然，克里斯托有点言过其实了，正如莫瑞提所言："从一个

---

① 当流浪汉小说（picaresque）在原产国西班牙逐渐衰落之时，一大批鲜活的流浪汉形象，如法国的吉尔·布拉斯（Gil Blas）、英国的摩尔·弗兰德斯（Moll Flanders）和汤姆·琼斯（Tom Jones）使这类小说风靡欧洲；最初创作于西班牙和意大利的书信体小说（epistolary novels）经由孟德斯鸠、理查逊（Richardson）和歌德掀起了一股狂热浪潮；美国"囚禁叙事"（captivity narratives）通过《克拉丽莎》（Clarissa）和哥特式小说（the Gothic）而闻名世界；巴黎"小品"（feuilletons）使意大利式"戏剧想象"（melodramatic imagination）征服世界；而德国"成长小说"（Bildungsroman）的叙述传统则相继被司汤达、巴尔扎克、勃朗特、福楼拜和艾略特等借用。"这当然不是文学创新的唯一途径，甚至都算不上最主要的途径；但是世界文学体系的运作机制显然是一半挪用，一半国际劳动分工，这与世界经济体系倒是有几分相似。"参见 Franco Moretti, "More Conjectures," p. 78.

② 同样，西方国家也没有垄断批评领域。正如阿拉克所言，《构想》一文共引用了 20 位批评家的著作，其中"西班牙语 1 次，意大利语 1 次，英语 18 次"，那么这是否意味着多达 20 种民族文学只能用英语这一种方式来表达呢？"文化中的英语，就如经济领域中的美元，充当了知识从地方走向全球的唯一媒介。"参见 Jonathan Arac, "Anglo - Globalism?" New Left Review 16（July - August 2002），p. 40. 莫瑞提反驳道，虽然 20 位批评家中有 18 位的作品是用英语写成，但是他们中只有四五个人来自美国，其他人都来自不同的国家。莫瑞提认为，他们的文化背景和他们所使用的语言一样重要。诚然，全球化的英语可能会使我们的思想贫乏，创造力遭到压制，最终导致全球文化多样性减弱（正如好莱坞电影所做的一样）。但是就目前来看，英语这一媒介所带来的世界范围内的广泛公开交流是远远超过它潜在的威胁的。帕拉一针见血地总结道："揭露（帝国主义的）霸权是一项智力工作。而了解英语对于我们开展这项任务是有百利而无一害的。"

③ Efrain Kristal, " 'Considering Coldly…': A Response to Franco Moretti," New Left Review 15（May - June 2002），pp. 73 - 74.

边缘到另一个边缘（未经过中心）的运动几乎从未听说过①；从边缘到中心的运动相对频繁一些，也是凤毛麟角；到目前为止，从中心到边缘的运动是最频繁发生的。"②他还补充道，他长期以来的主张就是"文学形式始终是不同力量之间妥协的结果"③。总而言之，《构想》中的世界文学体系并没有厚此薄彼，将文学创新的权利完全赋予中心国家，而不给其他半边缘、边缘国家留下任何机会。它只是简要阐释了文学创新最有可能在何种环境下萌生以及其可能采取的形式而已，正如莫瑞提所言："理论永远不会消灭不平等，理论只能寄希望于解释其产生的原因。"④

莫瑞提的世界文学研究最受诟病的地方在于其对"远读"策略的推崇以及随之而来的对传统文学研究方法"细读"的批判。在对莫瑞提的"远读"策略进行考察时，凯瑟琳·舒尔茨（Kathryn Schulz）将其归为当今数字人文语境下如雨后春笋般涌现的众多创新型研究方法之一。一方面，她指出"远读"策略不再局限于零零散散的文学碎片，从而揭露了文学真正的范围和性质，但另一方面，她并不赞成莫瑞提将"细读"视为一种"神学实践"并主张取而代之的做法。⑤哈罗德·布鲁姆（Harold Bloom）在接受《纽约时报》（*New York Times*）采访时称，莫瑞提在研究中放弃了实际阅读所带来的乐趣，实属"荒谬至极"。对此，约翰·霍尔博（John Holbo）

---

① 莫瑞提解释道，由于语言、宗教和政治因素，同一地区的边缘文化之间的互动比较频繁（如挪威到冰岛或瑞典），因此这类运动不在讨论范围之内。拉丁美洲文学是从边缘辐射到中心的屈指可数的典型之一。参见 Franco Moretti, "More Conjectures," *New Left Review*, 20 (March – April 2003), p. 75。

② Franco Moretti, "More Conjectures," pp. 75 – 76. 莫瑞提在《构想》开篇大量引用伊塔玛·埃文 – 佐哈（Itamar Evan – Zohar）的多元系统理论，用来解释文学作品从中心向边缘流动的原因："边缘（弱势）文学通常不能像毗邻的、更强盛的中心文学那样全面地开展文学活动……也不能独立自主地运作……而（随之而来的缺失）只能由（中心的）文学译本全部或部分填补。"参见 Itamar Evan – Zohar, "Polysystem Studies," *Poetics Today* (Spring 1990), pp. 47, 48, 80, 81。

③ Franco Moretti, "More Conjectures," p. 79. 莫瑞提指出，尽管几乎所有的文学在发展过程中都曾遭受过其他文学的干预，但这并不意味着所有类型的干预和妥协都一样，因此它们之间的差异值得进一步探讨。通过衡量外国文学形式对各地文学创作所施加的压力、对文本稳定性的影响以及由此导致的叙述者的不安情绪，或许可以看出不同地方现实之间产生碰撞之后的各种文学形态。

④ Franco Moretti, "More Conjectures," p. 77.

⑤ Katherine Schulz, "What is Distant Reading?" *The New York Times* (June 24, 2011).

补充道，莫瑞提的研究遭到布鲁姆的反对是"必然的"，其所谓的"文学研究的定量转向"本质上是一种"无稽之谈"和"只会呆板地沉醉于事实和数据的实证主义"①。威廉·德莱赛维茨（William Deresiewicz）也提出了类似的人本主义主张，他指出莫瑞提的"远读"策略试图用客观的事实和统计数据来取代传统人文学科的智慧和生活经验，并提出"阅读小说给我们带来的真理并不是实际的、具体的，而是普遍的、具有哲理的——也就是早期我们称为'智慧'的东西"②。斯皮瓦克更是直接将莫瑞提的研究定义为一种企图"控制不确定性"的乌托邦，其致命缺陷在于错误地认为人文主义可以简化为一门可以量化的学科。③ 埃里克·阿约（Eric Hayot）认为，莫瑞提在文学研究中忽略阅读的乐趣而推崇"科学主义"（scientism）的态度是一种叛逆的、出格的行为。④ 宋慧慈（Wai Chee Dimock）也提出了类似的质疑，她认为莫瑞提对普遍规律和整体假设过于热衷，却忽视了具体文本所呈现的多姿多彩的经验世界。⑤ 肖娜·萝丝（Shawna Ross）在高度赞扬《远读》开创性的同时，也指出了定量研究的主要弊端——过于强调数据的重要性而舍弃了文学的真实质感。⑥

阿拉克也对莫瑞提的"远读"策略颇有微词。他认为，"远读"策略严重扰乱了比较文学学者的传统研究方法，从而极大地挑战了文学研究中的"神学"实践——对经典文本的实际阅读和细致分析。在"远读"模式下，文学研究者不再与文本进行直接深入的接触，取而代之的是"他人研究的拼凑"和一种"二手"文学史，而这可能会进一步巩固英语在世界语言体

① John Holbo, "Graphs, Maps, Trees, Fruits of The MLA," *The Valve*（January 11, 2006），http：//www. thevalve. org；Jonathan Goodwin and John Holbo, eds. , *Reading Graphs, Maps, Trees：Responses to Franco Moretti*, South Carolina, Anderson：Parlor Press, 2011, p. 4.

② William Deresiewicz, "Representative Fictions," *The Nation* 4（November 16, 2006）.

③ Gayatri Spivak, *Death of a Discipline*, New York：Columbia University Press, 2003, p. 107.

④ Eric Hayot, "A Hundred Flowers," *The Valve*（January 14, 2006），http：//www. thevalve. org；in Jonathan Goodwin & John Holbo, eds. , *Reading Graphs, Maps, Trees：Responses to Franco Moretti*, South Carolina, Anderson：Parlor Press, 2011, pp. 64 – 70.

⑤ Wai Chee Dimock, "Genre as World System：Epic and Novel on Four Continents," *Narrative* 14：1（January 2006），p. 90.

⑥ Shawna Ross, "In Praise of Overstating the Case：A Review of Franco Moretti, *Distant Reading*," *Digital Humanities Quarterly*, Vol. 8, No. 1（2014）. See digithumanties. org.

系中的霸权地位，使之成为理解世界文学的唯一的语言。如此一来，世界文学的多样性和复杂性便会消失殆尽，转而沦为一种单一的、简化的、只由霸权语言构成的世界文学。这样的"单语宏大体系"（monolingual master scheme）① 也遭到了斯皮瓦克的强烈抨击。她指出，莫瑞提的世界文学研究本质上是"伪装成全球主义的美国民族主义"②，而在当今以美国为中心的世界体系里，边缘国家的学生只能通过"美国主导的英文翻译来了解世界文学"③。针对莫瑞提在重建世界文学的过程中对边缘国家文学研究者所进行的"细读"工作的依赖，她更是直接提出了质疑："我们唯一的目标难道就是根据那些被视为地方资料提供者的一小部分人所做出的未经考验的陈述来创建权威的、归纳式的模式吗？"④ 针对"远读"和"细读"所引起的巨大争议，霍尔博主张将"细读"与"远读"结合起来。他认为，莫瑞提的"远读"策略应该成为传统文学研究方法"细读"的有效补充。"如果可以用某种独立的定量分析方法对我们已有的结论进行证实或推翻，那么这种由文学评论家和技术科学同时认证的结果将会更具说服力，更能增强研究者的信心。"⑤戴维·戴姆拉什（David Damrosch）也表示，虽然莫瑞提的"远读"策略能够辨别存在于大量文本中的隐含模式，但只有将"远读"与文本"细读"有效地结合起来，才能全方位、多角度地推进世界文学研究。⑥

此外，随着"远读"策略在数字人文语境下的进一步发展，学界对其也产生了一些误解。不少学者鼓吹说，在计算机技术的辅助下，定量研究能够覆盖迄今为止所有的文学资料。事实上，正如凯瑟琳·博德（Katherine Bode）所指出的那样，要将一切资料恢复如初几乎是一件"不可能完成的

---

① Jonathan Arac, "Anglo - Globalism？" *New Left Review*, 16（July - August 2002）, p. 44.

② Gayatri Spivak, *Death of a Discipline*, New York：Columbia University Press, 2003, p. 108.

③ Ibid., p. xii.

④ Gayatri Spivak, *Death of a Discipline*, New York：Columbia University Press, 2003, pp. 107 - 108.

⑤ John Holbo, "Graphs, Maps, Trees, Fruits of The MLA," *The Valve*.（January 11, 2006）, http：//www. thevalve. org；Jonathan Goodwin and John Holbo, eds., *Reading Graphs, Maps, Trees：Responses to Franco Moretti*, South Carolina, Anderson：Parlor Press, 2011, p. 10.

⑥ David Damrosch, "Dialogue Section A：World Literature and Nation Building," Fang Weigui, ed., *Tensions in World Literature：Between the Local and the Universal*, Singapore：Palgrave Macmillan, 2018, pp. 311 - 324.

事",① 杰里米·罗森（Jeremy Rosen）进一步断言，甚至这个想要实现全面性的目标在本质上就是不切实际的。② 这其中不仅涉及版权问题，还与文献本身的状况息息相关。伯克指出，尽管与传统文学研究方法相比，莫瑞提的"远读"策略显然可以囊括更多的文本资料，但在"流通中的文化产物总数"面前，莫瑞提的语料库就相形见绌了。③ 值得注意的是，"远读"模式下的文学研究并不是要以整个文学数据库为研究对象，而是会根据特定的研究目标选择不同的样本，再通过建模来考察样本之间的差异。此外，也有一些学者声称，以数字为基础的定量研究乃客观的权威，若将其运用于文学研究中，不仅可以使事实不证自明，还可以摆脱观察者的主观影响。确实，自然科学领域对数字的大范围使用使我们总是将数字与客观的物理测量联系到一起，认为它不具备任何主观色彩。而实际上，当前不少自然科学家正在使用统计学数据来证实科学研究人员在实验中常见的主观假设和先验条件。换言之，数字本身并不能保证客观性，它只是人类发明的符号，用来表示程度上的差异。④ 对定量方法的推崇并不是要将"远读"与计算机技术等同起来。归根结底，"远读"只是众多文学阐释方法中的一种。总而言之，不同的学者从多个角度对莫瑞提的"远读"策略及世界文学研究发起了种种批判，构成了"远读"策略发展过程中的一大挑战。但莫瑞提在学界引起的持续争议也从侧面说明了越来越多的学者开始关注莫瑞提的理论研究和具体实践，同时进一步指明了学术研究未来发展的重要方向。

---

① Katherine Bode, *Reading by Numbers: Calibrating the Literary Field*, London: Anthem Press, 2014, pp. 20 – 21.

② Jeremy Rosen, "Combining Close and Distant, or the Utility of Genre Analysis: A Response to Matthew Wilkens's 'Contemporary Fiction by the Numbers'," in *Post* 45 (December 3, 2011).

③ Jonathan Goodwin, "Introduction," Ibid., p. xv.

④ Ted Underwood, "Machine Learning and Human Perspective," in "Varieties of Digital Humanities," coordinated by Alison Booth and Miriam Posner, *PMLA*, Vol. 135, No. 1 (January 2020), p. 106. 安德伍德指出，机器学习算法（machine learning algorithms）可以在无人监督的情况下提取出文集中的隐含语义结构，通过"聚类"（clustering）或建立"主题模型"（topic modeling）等方式来扩大研究范围，提高研究结果的客观性。但事实上，无监督式算法（unsupervised algorithms）也是由人类来设计的，他们会事先对期望找到的模式做出假设。也就是说，算法也隐含了主观假设与判断，而一味地追求技术和客观性会让我们忽略掉人文学科本身的价值。

三 跨学科研究方法对世界文学版图的
扩张：远读的发展

虽然"远读"策略自问世以来遭受了种种质疑和批判，但它始终保持着十足的发展劲头，以跨学科研究方法为基础，不断拓展世界文学版图，丰富世界文学研究的内涵。总体来看，"远读"策略的发展重点集中在两个方面：研究范围和研究手段。

从研究范围来看，莫瑞提一直主张打破西方中心主义的束缚和以经典文学为主的精英思想，他认为，世界文学研究应该更多地关注半边缘和边缘国家的文学产物。和歌德一样，他对来自"神秘的东方大国"——中国的文学著作表现出了浓厚的兴趣。在 2008 年发表的文章《小说：历史与理论》（The Novel：History and Theory）中，莫瑞提重点比较和探讨了欧洲与中国的小说形式，他指出，二者各自发展出了不同的小说结构，充分展现出同一文类下的不同形式选择。[①] 早在 2006 年，他就已经尝试将"世界文学"这一构想付诸实践，把更多的非西方文学作品纳入比较研究范围，从而进一步增强"世界文学"的世界性。他以小说为研究视角，收罗了近百篇由不同国家学者写成的有关小说的评论文章，编辑整理成两册近 2000 页的文集——《小说 第一辑——历史、地理和文化》（The Novel. Volume 1. History, Geography, and Culture, 2006）及《小说 第二辑——形式与主题》（The Novel. Volume 2. Forms and Themes, 2006）。[②] 该文集的探讨范围从文字出现之前的口头叙事到当今信息技术时代背景下计算机技术对小说研究的影响，其覆盖国家之广，时间跨度之大，前所未有。在莫瑞提看来，既然没人能凭一己之力阅尽世界范围内的小说，那自然就不能在阅读实践和学术研究中公平公正地对待各个民族、地方的文学，因此，世界文学的最佳研究方式

---

① See Franco Moretti, "The Novel：History and Theory," *New Left Review* 52 （July – August 2008）, pp. 111 – 124.

② 以下简称《小说》。意大利版共有五册。

就是"他人研究的拼凑"（a patchwork of other people's research）。① 其实早在《构想》一文中，莫瑞提便引用了马克·布洛赫（Marc Bloch）关于比较社会史研究的观点："数年分析，一日集成（years of analysis for a day of synthesis）。"② 他自己也承认说，世界文学研究终将以一种"不可避免的全球劳动分工的形式"③ 求助于各民族文学的专家。通过把许多相关领域的专家经年累月的研究成果汇集到一起，并统一进行分类、整合，莫瑞提从实践层面上展示了自己想要超越欧洲中心主义思维模式的雄心。在这一阶段，莫瑞提的世界文学研究方法可概括为"二手"（secondhand）阅读或"协作"（collaborative）阅读。④ 在他看来，面对世界文学这样卷帙浩繁的研究对象，研究者的"野心越大，离文本的距离就越远"。⑤

除此之外，莫瑞提对文本特征的定量研究也实现了从词汇到句子，再到段落的规模上的飞跃。自文学实验室于 2010 年成立以来，莫瑞提和他的同事以协作的方式共发布了 17 个研究"小册子"。第一个小册子《定量形式主义：一项实验》⑥ 主要是通过统计单个词语的出现频率来区分文学体裁，而两年后发布的第五个小册子《句子层面的文体》⑦ 则将实验规模从词

① Franco Moretti, "Conjectures on World Literature," *New Left Review* 1（January – February 2000），p. 48.

② Marc Bloch, "Pour une histoire comparée des sociétés européennes," *Revue de synthèse historique*, 1928.

③ Franco Moretti, "Conjectures on World Literature," *New Left Review* 1（January – February 2000），p. 66. 沃勒斯坦 2011 年出版的《现代世界体系》丛书也完美地体现了这一原则。超过一半的篇幅都是引文，而他所需要做的工作只是将其他学者的研究成果整合成一个体系。参见 Immanuel Wallerstein, *The Modern World – System I：Capitalist Agriculture and the Origins of the European World – Economy in the Sixteenth Century；The Modern World – System II：Mercantilism and the Consolidation of the European World – Economy, 1600 – 1750；The Modern World – System III：The Second Era of Great Expansion of the Capitalist World – Economy, 1730s – 1840s；The Modern World – System IV：Centrist Liberalism Triumphant, 1789 – 1914*, Berkeley：University of California Press, 2011。

④ Franco Moretti, "Conjectures on World Literature," *New Left Review* 1（January – February 2000），p. 57.

⑤ Franco Moretti, "Conjectures on World Literature," *New Left Review* 1（January – February 2000），p. 57.

⑥ See Sarah Allison, Ryan Heuser, Matthew Jockers, Franco Moretti and Michael Witmore, "Quantitative Formalism：An Experiment," *Stanford Literary Lab*, Pamphlet 1, January 15, 2011.

⑦ See Sarah Allison, Merissa Gemma, Ryan Heuser, Franco Moretti, Amir Tevel, and Irena Yamboliev, "Style at the Scale of the Sentence," *Stanford Literary Lab*, Pamphlet 5, June 2013.

语扩大到整个句子，并以此来剖析文本的文体风格。2015 年，莫瑞提进一步将研究规模拓展到段落，从而揭示了文本更深层次的主题结构。① 他指出，以往的文学研究并没有意识到规模的重要性，而只是把词语、句子、段落和语篇看作共同为主题发展服务的不同文本特征。而该论文强调，规模与不同的文本功能直接相关：词语对应文学体裁，句子对应文体风格，段落对应主题。随着规模的不断扩大，文本复杂性也相应地增加。"段落"在结构上承上启下，既建立在较小单元（句子）的基础之上，又充当了较大单元（章节）的基石，在文本结构中享有"独特的中心位置"②。在 2013 年发布的文章《伦敦的情感》（The Emotions of London）中，莫瑞提和瑞安·霍伊泽尔（Ryan Heuser）、埃里克·施泰纳（Erik Steiner）甚至尝试对语料库中含有伦敦地名的 15000 篇 200 字篇幅的短文进行情感分类。③ 其实，早在《欧洲小说地图集》中，莫瑞提就对狄更斯和柯南·道尔小说中涉及的伦敦地名颇感兴趣，还根据两位作家的小说情节分别绘制了房屋建筑地形图和犯罪轨迹分布图。而这次他更是直接从语料库里筛选了 382 个出现频率不低于 10 次的伦敦地名，并据此抽取了 15000 篇以地名为中心词的 200 字篇幅的语篇，再利用软件程序来进行"恐惧"（fear）或"快乐"（happiness）的二元情感分类。这象征着远读策略的研究范围从客观事物拓展到了主观情感。当然，在实验过程中他们得出了一些有悖于预先假设的结论，比如真实地理和虚构地理之间惊人的差异，但这也恰好定义了定量文学研究与现有学术研究之间的关系，即通过实验中的新发现，前者不断地证实和改进后者的一些观念。

在研究手段方面，莫瑞提一直都致力于为世界文学研究提供多维的视角和多样化的技术支撑，从而逐步推进人文学科与自然科学、社会科学的方法论结合。我们都知道，文学作品中有趣的形式结构比比皆是，却普遍缺乏必要的定量研究，而书籍史研究则刚好相反，数据充足，却毫无章法

---

① See Mark Algee - Hewitt, Ryan Heuser, and Franco Moretti, "On Paragraphs. Scale, Themes, and Narrative Form," *Stanford Literary Lab*, Pamphlet 10, October 2015.

② Ibid. , p. 22.

③ See Ryan Heuser, Franco Moretti, and Erik Steiner, "The Emotions of London," *Stanford Literary Lab*, Pamphlet 13, June 2016.

可言。在研究 1740~1850 年出版的 7000 篇英国小说的标题时，莫瑞提首次完美地结合了形式分析和量化分析。① 彼时的数据档案库还未能收录已出版小说的全文，所以莫瑞提从小说标题入手，尽可能扩大文学研究范围，也不失为一种超越经典、挖掘大量"未读"的有效举措。可以说，小说标题不仅是一种研究手段，更是一种文化符号，它隐含了小说在市场流通中的文化价值。莫瑞提通过数据统计发现，随着市场的不断拓展，18、19 世纪的英国小说标题变得越来越言简意赅，市场大小与小说标题长短之间呈现一种负相关的关系。其实这是由当时的文化生态系统决定的。18 世纪伊始，英国出版的和在市场上流通的小说数量迅猛增长，各类小说争相抢夺生存空间。在这样的形势下，要想称霸市场，小说首先从标题上就得吸引读者的眼球。因此，当时的小说标题以简洁明了的专有名词或抽象名词为主（如《爱玛》和《傲慢与偏见》）。而到了 19 世纪二三十年代，随着成长小说和工业小说的兴起，女性渐渐进入公共空间，在标题中，女性角色不再只以名出现，而开始冠以全名（如《简·爱》和《玛丽·巴顿》）。可以看出，简简单单的一个"姓"（last name）就能反映特定历史时期女性角色的转变：从私人空间走向公共空间。这就是"远读"的魔力。通过聚焦"标题"这个文本特征，文学研究的范围得以大规模扩展，并于微观之中显现了宏观的社会背景。涉及成千上万个小说标题的研究本质上是一种定量研究，而由于它的研究对象是语言学和修辞学的单位，因此成功地实现了形式的量化分析。"远读"策略以那些频繁出现却又经常被我们忽视的语言单位为研究对象，来证明它们在文本意义的构建和社会历史语境的映射上所起到的关键作用。②

2011 年，为了进一步推进文学的跨学科研究，莫瑞提在《网络理论，

---

① See Franco Moretti, "Style, Inc. Reflections on Seven Thousand Titles (British Novels, 1740 – 1850)," *Critical Inquiry*, Vol. 36, No. 1 (Autumn 2009), pp. 134 – 158.

② 通过对比反雅各宾派小说和新女性小说这两类意识形态小说的标题，莫瑞提发现了它们对冠词这一语言单位的不同运用。反雅各宾派小说标题多用定冠词，而不定冠词在新女性小说标题中所占比例更高。定冠词指示已知信息，是"向后看"的；而不定冠词预示了未知信息，是"朝前看"的。另外，看似平淡无奇的哥特小说标题中"空间"名词的高频率出现实则反映了环境对人的限制。See Franco Moretti, "Style, Inc. Reflections on Seven Thousand Titles (British Novels, 1740 – 1850)," pp. 153 – 157.

情节分析》（Network Theory，Plot Analysis）中从"情节"的角度对莎士比亚经典之作《哈姆雷特》中的人物关系网进行了可视化研究。[1] 他指出，无论是西方小说中的人物"聚集"（clustering），还是中国小说里的"关系"（guanxi，or relationship），都可以在网络理论的基础上实现可视化。网络结构可以将戏剧情节在时间轴上的流动转变为由"节点"（vertices，or nodes）和"联结"（edges）构成的"二维符号"（two‐dimensional signs）[2]。就情节而言，人物就是节点，他们之间所进行的互动就是联结。在研究《哈姆雷特》的情节网络时，莫瑞提将人物之间的言语行为作为联结他们的纽带。这项研究存在一定的缺陷，比如"联结"既没有强弱之分，也没有方向之说。为了达到简单明晰的效果，他采用了手绘的方式来呈现《哈姆雷特》的情节地图，在二维的空间里再现了一系列在不同时空中发生的事件，使过去与现在共存于同一空间之中。事实上，将文本转换为不同人物的互动网络，是一个将文本的丰富内容不断简化和抽象化的过程，它将文学作品固有的人物情感、文体特征和语言风格剥离出去。但是，抽象后的网络模型会让我们看到许多平时可能无法观察到的隐藏的深层结构。这大概就是"少则得，多则惑"的具体表现。跟传统文学理论不同，网络理论并不关注人物的意识或内在性，而是聚焦于人物之间的外在联结。在绘制好《哈姆雷特》的关系网络图之后，为了验证不同人物对情节构成和发展所起的作用，莫瑞提依次将克劳狄斯（Claudius）、哈姆雷特（Hamlet）和霍拉旭（Horatio）从关系网络中移除，却意外地发现了霍拉旭对宏观情节发展的深远影响。也就是说，看似边缘的人物也能对情节的全面性和稳定性起到关键作用。在克劳狄斯所处的关系网络中，各个节点之间建立了紧密的联系，除去其中任何一个节点对其他节点之间的联结都没有太大影响。[3] 这就是网

[1]　See Franco Moretti，"Network Theory，Plot Analysis，" *New Left Review* 68（March‐April 2011），pp. 80‐102；后收录于 Franco Moretti，*Distant Reading*，pp. 211‐240。

[2]　Franco Moretti，*Distant Reading*，p. 211.

[3]　网络理论对"聚集"（clustering）的解释如下："如果节点 A 与节点 B 联结，而节点 B 又和节点 C 联结，那么节点 A 很有可能也与节点 C 联结。在社会关系网络的语境下，你朋友的朋友很有可能也是你的朋友。"参见 Mark Newman，"The Structure and Function of Complex Networks，" SIAM *Review* 45：2（2003），p. 183，available at arXiv. Org。

络节点之间的高度连通性所带来的网络"弹性"（resilience）。而霍拉旭刚好相反，他处在一个聚集系数很低的关系网络中，一旦将他从这个关系网络中剥离出去，这个网络的整体性就瓦解了。通过他，读者可以接触到一个与网络密集的丹麦宫廷截然相反的世界——一个以弱关系为特征的"边缘区域"①。这一区域对整个戏剧的情节发展起着至关重要的作用，因为它连通了"埃尔西诺"（Elsinore）以外的世界，一个与丹麦宫廷形成强烈对比的区域（英法、挪威及亡者的国度）。总而言之，霍拉旭的关系网虽弱，却有着更广阔的"辐射式网络"，而这是有边界的、以强关系为特征的"连锁式网络"做不到的。② 通过将文学研究与网络理论结合起来，莫瑞提在抛开文本细读的基础上，对《哈姆雷特》的情节进行抽象化和可视化，从宏观的角度把握了文学作品的脉络，从而进一步丰富和拓展了《哈姆雷特》的研究。

自 2010 年斯坦福文学实验室成立以来，莫瑞提的研究不再局限于简单的量化分析和图表制作。他将计算批评（computational criticism）应用于文学研究，用语料库（corpus）、模式（pattern）和形式（form）分别取代了单个文本（text）、意义（meaning）和数据（data）。在文学实验室里，所有的研究都是由团队协作来完成的。他们会定期召开小组会议，在提出合理假设的基础上制定实验，再由专业技术人员来设计和应用电脑程序对海量的文学数据进行收集和分析，并据此提出一个可被验证的假设，然后试图去证实或推翻这一假设。他们还会定期评估实验的进度，查看最初假设的发展情况，以制定未来研究的发展方向。一旦在研究中取得重大发现，他们就会以"小册子"（pamphlets）的形式将最新研究成果发布在斯坦福文学实验室的官方网站上。在 2011 年发布的第一个小册子《定量形式主义：一项实验》中，莫瑞提和其他四位同事试图考察由电脑生成的算法（algo-rithms）能否识别文学体裁。③ 他们发现，Docuscope 这个无监督式程序可以

---

① Franco Moretti, "Network Theory, Plot Analysis," *New Left Review* 68（March – April 2011），p. 91.

② Franco Moretti, "Network Theory, Plot Analysis," p. 93.

③ See Sarah Allison, Ryan Heuser, Matthew Jockers, Franco Moretti and Michael Witmore, "Quantitative Formalism: An Experiment," *Stanford Literary Lab*, Pamphlet 1, January 15, 2011.

轻松地对小说类别进行分类。同时，这项实验也预示了更多的机遇与挑战：从无监督式机器学习（unsupervised machine learning）转向监督式机器学习时实验结果可能发生的变化；在当前的纯形式研究中加入语义数据可能会带来全新的研究发现；而用来解释海量数据的相应假设和模型的构建，是文学实验工作面临的最大挑战。我们不仅需要"数字"来辅助"人文"研究，也需要"人文"来解释"数字"。2013 年，文学实验室又发布了一个小册子，对前面小册子的观点进行了补充和拓展。① 文章认为，《定量形式主义：一项实验》虽然声称从文体层面对文学体裁进行了程序识别，其所谓的"文体"却只限于"最频繁出现的词语"（Most Frequent Words, MFW），因此 2013 年他们重点考察了句子层面的文本识别，进一步强调了定量研究与定性阐释之间相辅相成的关系。同年，在实验室发布的另一个小册子中，莫瑞提首次提出了"操作化"（operationalizing）这个概念，实现了文学研究从测量实验到概念重建的飞跃。② 作为计算批评领域里举足轻重的一环，"操作化"在抽象概念和具体测量之间搭起了一座桥梁，将概念转化成一系列由实验为依据的具体操作，并据此来重新建构原有概念。具体来说，"操作化"旨在通过若干定量分析来实现从文学理论概念到具体文学文本的跨越。在文中，莫瑞提结合了具体的定量分析和网络理论，将艾利克斯·沃洛克（Alex Woloch）提出的"人物—空间"（character - space）概念转化为一系列可被统计的语言单位和情节结构，充分展示了数字工具和档案库给传统文学理论研究带来的巨大挑战和机遇。虽然就目前而言，数字人文还未改变我们阅读单个文本的方式，但"操作化"实实在在地革新了我们与概念之间的关系。我们被置于一个"充满经验数据的世界"（a whole world of empirical data），敢于质疑一切，并在经验数据的基础上对原有概念进行证实或重建。如此一来，一个"理论驱动的"（theory - driven）、"数据充足的"（data - rich）程序应运而生，它不断地经受测验，并在必要

① See Sarah Allison, Merissa Gemma, Ryan Heuser, Franco Moretti, Amir Tevel, and Irena Yamboliev, "Style at the Scale of the Sentence," *Stanford Literary Lab*, Pamphlet 5, June 2013.

② See Franco Moretti, "'Operationalizing': or, the function of measurement in modern literary theory," *Stanford Literary Lab*, Pamphlet 6, December 2013.

时推翻文学研究中的最初假设或固有观念。① 而这不仅是文学实验的价值所在，更体现了世界文学的本质——"各类理论实验的'天然实验场所'"（"natural laboratory"for all sorts of theoretical experiments）。②

当谈及"远读"策略的未来发展方向时，安德伍德指出，长期以来，学术界关于莫瑞提"远读"策略的争论主要集中于我们"能不能"利用"数字"来研究文学，而不是我们"该不该"如此。③ 20世纪以降，不少文学批评家和史学家都尝试着用定量方法来研究文学或文学史，例如法国年鉴学派（the Annales school）、美国女诗人兼文学评论家约瑟芬·迈尔斯（Josephine Miles）、美国文化社会学家詹妮斯·拉德威（Janice Radway）和文学研究者约翰·伯罗斯（John F. Burrows）。④ 但直到《远读》的问世，才真正激起学术界对用计算机技术和统计学来研究文学的强烈兴趣。而随着数字数据库和自动数据检索的出现，语料库的扩展更是达到了前所未有的规模，检索的速度也得到了飞速提升。"如今，我们只需要花费区区几分钟的时间，就可以简单复制著名文体学大家史毕哲（Leo Spitzer）经过长年累月的努力才能完成的研究。"⑤ 在莫瑞提的影响下，一大批文学研究者对"远读"策略进行了应用和拓展。娜塔莉·休斯敦（Natalie Houston）和坦妮娅·克莱门特（Tanya E. Clement）分别对19世纪英国诗歌和英美现代主义文学进行了"远读"式研究。⑥ 取材于中国女性的独特体验，何成洲运用

---

① Franco Moretti, "'Operationalizing': or, the function of measurement in modern literary theory," p. 13.

② Franco Moretti, *Distant Reading*, London and New York: Verso, 2013, p. 92.

③ Ted Underwood, *Distant Horizons*: *Digital Evidence and Literary Change*, Chicago and London: The University of Chicago Press, 2019.

④ 参见费尔南·布罗代尔《论历史》，刘北成、周立红译，北京大学出版社，2009；Josephine Miles, *Major Adjectives in Romantic Poetry*: *From Wyatt to Auden*, Berkeley: University of California (Berkeley), 1946；Janice Radway, *Reading the Romance*: *Women*, *Patriarch*, *and Popular Literature*, Chapel Hill: University of North Carolina Press, 1984；John F. Burrows, *Computation into Criticism*: *A study of Jane Austen's novels and an experiment in method*, Oxford Oxfordshire: Clarendon Press; New York: Oxford University Press, 1987。

⑤ Franco Moretti, "Network Theory, Plot Analysis," *New Left Review* 68 (March – April 2011), p. 80.

⑥ 参见 Natalie Houston, "Towards a Computational Analysis of Victorian Poetics," *Victorian Studies*, Vol. 56, No. 3, 2014, pp. 498 – 510; Tanya E. Clement, "'A Thing Not Beginning and Not Ending': Using Digital Tools to Distant – Read Gertrude Stein's The Making of Americans," *Literary and Linguistic Computing*, Vol. 23, No. 3, 2008, pp. 361 – 381。

"远读"策略对现代中国小说里阅读亨利克·易卜生（Henrik Ibsen）《玩偶之家》（*A Doll in the House*）的女性角色做了深入细致的分析。在文中，他将"世界文学"定义为在不同本土语境中不断经历建构和重构的"事件"（event），而不是一个简单的研究对象。[①] 诚然，"远读"策略确实会拓宽我们的文学视野，带给我们许多前所未有的新发现，但这种知识的获得方式是否会取代我们所熟悉的、更具人文精神的传统文学研究模式呢？面对如此便捷、快速的数字研究所带来的威胁和挑战，人文学科是否会迎来"一门学科的死亡"？[②]其实，围绕我们是否应该将计算机技术运用到文学研究中这个话题所产生的争议最早可以追溯到 19 世纪中叶，学术界关于文学的定量分析的争论则出现得更早。一个多世纪以来，不少文学批评家提出，虽然"数字"看似客观科学，对文学研究有一锤定音之效，却抹杀了具有深刻历史意义的人文视角的差异性和多样性。对此，威廉·狄尔泰（Wilhelm Dilthey）和斯坦利·费什（Stanley Fish）主张严格区分人文科学与自然科学。费什认为，虽然电脑可以快速统计出乔纳森·斯威夫特作品中连接词的数量，但只有人脑才能对其文体风格所隐含的文学意义进行阐释，并且不同阐释群体会有不同的阐释结果。[③] 乔安娜·德拉克（Johanna Drucker）也认为，定量分析不能反映"人类感知的无限变化"，因此不能把握住文学的精髓。[④] 总而言之，学界普遍认为，"数字"可用于衡量客观事实，但不能用于阐释视角之间的差异。对此，安德伍德指出，定量分析与阐释性方法并非水火不相容。他将人工智能引入文学研究中，使用机器学习算法（machine learning algorithms）来建立数学模型，考察了同一主题下不同视角

① Chengzhou He, "World Literature as Event: Ibsen and Modern Chinese Fiction," *Comparative Literature Studies*, Vol. 54, No. 1 (2017), pp. 141 – 160.

② David Golumbia, "Death of a Discipline," *Differences* 25, No. I (2014): pp. 156 – 176; Johanna Drucker, "Humanistic Theory and Digital Scholarship," in *Debates in Digital Humanities*, Matthew K. Gold, ed., Minneapolis: University of Minnesota Press, 2012, pp. 85 – 95.

③ 参见 Wilhelm Dilthey, *The Formation of the Historical World in the Human Sciences*, New Jersey: Princeton University Press, 2002, pp. 154 – 164; Stanley Fish, "What is Stylistics and Why Are They Saying Such Terrible Things about It?" *Approaches to Poetics*, edited by Seymour Chatman, New York: Columbia University Press, 1973, pp. 109 – 152。

④ Johanna Drucker, "Why Distant Reading Isn't?" *PMLA*, Vol. 132, No. 3 (May 2017), pp. 628 – 835.

之间的差异，从而解释了主观上的视差问题。① 可以看出，正确解释文学的方法不应该只有一种。对于大范围的历史文化问题，定量分析的作用显而易见，但是这并不代表数字研究可以排除甚至取代其他文学研究方法。我们需要计算机方法来把握长时段的、大规模的文学趋势，但在这个客观测量的过程中，我们也需要回归阅读的乐趣。莫瑞提领导下的文学实验室就是一个很好的例证。他们利用定量研究的实验方法来制造悬念，完美地将科学实验模式与单个文本的细读结合起来。"远读"或"细读"从来都不是研究文学的唯一的、主导的方式。与其纠结于选择"细读"还是"远读"，或是尝试通过折中来解决方法论上的冲突，倒不如像安德伍德那样，在科技高速发展的 21 世纪，积极探索更多的研究方法，争取实现文学研究方法的百花齐放。

既然定量研究方法与人文学科现有的阐释理论并不冲突，甚至还有锦上添花之效，为什么当今学界对此争议如此激烈？笔者认为，根本原因在于人文学科的学者们仍然无法真正使用定量方法。文学专业的学生通常没有接受过统计学方面的培训，也没有任何编程经验，因此，以数字为基础的定量研究方法对他们来说并不是难求的机遇，而是严峻的挑战。就目前来看，"数字"在当今人文研究中仍处于边缘位置，因为人文学科通常更侧重不同阐释之间的差异，而不是文学作品的客观特征。虽然说数据模型确实提供了一种"表现世界和阐释世界的全新方法"，② 但在没有完全理解和掌握背后运作机制的情况下，文科学者是不会欣然采纳这种阐释模式的。此外，他们还对"远读"这个概念充满警觉。即使目前"数字"在人义研究中运用甚少，他们还是有一种危机感。他们认为，当今人文学科处于自然科学和社会科学的包围之下，艰难求生，因此他们将其他学科拒在千里

---

① See Ted Underwood, "Machine Learning and Human Perspective," in "Varieties of Digital Humanities," coordinated by Alison Booth and Miriam Posner, *PMLA*, Vol. 135, No. 1 (January 2020), pp. 92 – 109. 机器学习算法还可以通过模仿传统的人文研究方法来对新数据进行预测，使模型能够像活生生的观察者一样运作和犯错。而通过研究这些错误，我们可以绘制视差图并测量差异的程度。

② Ted Underwood, *Distant Horizons: Digital Evidence and Literary Change*. Chicago and London: The University of Chicago Press, 2019, p. 145.

之外，坚守着属于自己的一亩三分地。这也是"远读"策略在具体操作上面临的巨大挑战。人文学科研究各自为政，"合作"不仅鲜有发生，甚至还"极度缺乏"，跨学科领域的研究成果很难得到沟通，这极大地阻碍了文学研究的进一步发展。① 只有定量方法被文学研究者切切实实地使用了，才称得上真正意义上的"数字"与"人文"的结合。如此一来，我们才能在跨学科研究的基础上进一步推进世界文学的研究和发展。

简而言之，要想进一步推进"远读"策略的发展，不断地丰富和完善世界文学研究，首先，要对学界的种种质疑和批判做出有力的回应，并澄清相关的误解和误读；其次，要积极推进不同国家之间的学术合作，这样才能最大限度地拓展世界文学的研究版图，将更多半边缘、边缘国家的文学纳入研究范围；最后，数据库和语料库的高速发展无形间将传统文学批评转变为一种以假设为前提、以技术为支撑的文学实验，这不仅需要文学研究者不断充实自我，提升自我，还需要他们去积极促成建立在跨学科基础上的分工合作。

结　语

综观"远读"策略近 20 年的发展历程，可以看出，莫瑞提对世界文学不仅进行了概念上的创新，而且在具体实践上做出了表率。近一个多世纪以来，文学研究主要聚焦于普遍性（generalization）与特殊性（particularity）的辩证关系。20 世纪中叶，新批评理论兴起，强调个体的"特殊性"，抵制"普遍性"的结构。后起的结构主义和马克思主义短暂地挑战了"特殊性"的权威，而后现代主义对"地方知识"（local knowledge）的推崇和新历史主义对"逸闻"（anecdote）的重视再次将"特殊性"理念推向历史舞台的中心。"远读"策略下的定量研究方法和计算批评方法使世界文学的研究范围不断扩大，从而使我们有机会去了解那些过度重视"个体性"和"特殊

① John Holbo, "Graphs, Maps, Trees, Fruits of The MLA," *The Valve.* (January 11, 2006), http://www.thevalve.org; Jonathan Goodwin and John Holbo, eds., *Reading Graphs*, *Maps*, *Trees*: *Responses to Franco Moretti*, South Carolina, Anderson: Parlor Press, 2011, 2011, p. 4.

性"造成的认知上的盲点。概言之，莫瑞提通过对"世界文学"进行概念上的创新而实现了方法论上的革命。他对世界文学研究的贡献主要表现在以下三个方面。首先，他重新定义了世界文学的研究对象，颠覆了欧美文学经典在世界文学研究版图中的长期垄断地位，挑战了以西方经典为主的精英思想，使定义清晰、死气沉沉的传统比较文学研究再次焕发生机，摇身一变成一个未知的、不可估量的、充满潜力的广阔领域，从而重新点燃了学界对"世界文学"这一古老话题的研究兴趣；其次，他以一种革命者的姿态用引人入胜的实验方法革新了传统的文学研究，并在跨学科研究的基础上，不断扩大文学研究的规模，拓展了世界文学研究的版图；最后，通过人机协作来处理文学数据，莫瑞提重组了学术研究的参与者，与全球化背景下的信息技术发展趋势不谋而合。

歌德在《威廉·迈斯特的漫游年代》中曾写道："文学是碎片的碎片。有史以来，所发生之事，所述之言，只有极少数留存下来。而所写之物，得以幸存至今的更是寥若晨星……"① 达尔文在《物种起源》中也表达过类似的观点："关于这段历史，我们只拥有最后一卷记录；而关于这卷记录，最终也只留下了短短的一个篇章；而这一篇章的每一页，也只剩下了几行字。"② 然而事实是，即使面对这些弥足珍贵的文学"化石"，我们也无法将它们全部读完，从而导致了浩如烟海的文学作品消失于公众视野。虽然莫瑞提的"远读"策略还远远不能把握整个文学史，但毋庸置疑，它可以给我们提供更广阔的文学视野，从而使世界文学研究得到进一步的丰富和完善。当然，莫瑞提的"远读"策略的发展之路还存在诸多挑战，内部的技术实施难度和外部的学理性质疑既构成了"远读"策略进一步发展的重要阻力，也预示了其未来的发展方向。

---

①   Johann Wolfgang von Goethe, *Wilhelm Meister's Years of Wandering*, Stuttgart: Cotta'sche Buchhandlung, 1821.

②   Charles Darwin, *On the Origins of Species by Means of Natural Selection, or the Preservation of Favored Races in the Struggle for Life*, London: John Murray, 1859.

【Abstract】 The concept of world literature, formally put forth and theoretically elaborated by Goethe in 1827, has been further reinterpreted and systematically reconstructed by a host of subsequent scholars during the past, nearly, 200 years of its tortuous development. As a literary research paradigm founded upon interdisciplinary methods, distant reading, a strategy put forward by Franco Moretti at the dawn of the twenty – first century, has launched an unprecedented conceptual innovation and methodological revolution upon the studies of world literature, which has given rise to a heated discussion among scholars. As a matter of fact, far from being something accomplished at one stroke, "distant reading" has emerged rather through a long succession of attempts, which has gradually transformed into unequivocally experimental methods from early casual historiographical practices. The present article tackles with the theoretical contribution and practical guidance that "distant reading" has made to the current world literature studies by tracing its origin and history of construction, scrutinizing the controversies it has triggered and the possible challenges it may encounter, and probing into its future directions. By sketching the historical development of "distant reading" and deliberating over and responding to a wide variety of critiques that the phrase has undergone in the past twenty years, this article aims to brush away some misunderstandings that have accreted around it and make predictions of its future orientations, hoping to contribute to the interdisciplinary studies of world literature in China.

【Keywords】 Franco Moretti; World Literature; Distant Reading

从本土到世界：巴金与世界文学*

邹　理

（上海交通大学人文学院，上海 200240）

【内容提要】 巴金的作品在世界文学中享有盛誉，这与巴金的本土－世界性创作方式和他作品中所体现的世界性特征密切相关。当前的巴金研究中，学界通常关注巴金作品与中国社会文化的关系以及外国思想、文学对他创作的影响，较少从中国的视角探讨巴金中国本土文化书写中的世界性价值。本文尝试以本土－世界性的混合视角去阅读巴金的两部小说《寒夜》《第四病室》，以其中的身体焦虑叙事为案例来探讨巴金作品中的本土性和世界性。本文首先分析了巴金的中国、世界经历与他创作理念的关系，以及巴金作品在世界上的翻译和接受，然后分析了《寒夜》和《第四病室》中对身体物质性需求、生命力透支和身体衰变的焦虑，最后讨论了这些身体焦虑展现的战争时期中国社会个体自我、社会文化边界以及意义的破坏、重构及其世界性特征。

【关 键 词】 巴金　世界文学　身体焦虑叙事

　　从《告少年》里我得到了爱人类爱世界的理想，得到了一个小孩子的幻梦，相信万人享乐的社会就会和明天的太阳同升起来，一切的罪恶都会马上消灭。在《夜未央》里，我看到了另一个国度里一代青

---

* 本文是作者参加的北京市社会科学重大项目"世界文学与中国现代文学"（14ZDA15）的阶段性成果，也是作者主持的上海市哲学社会科学基金青年项目"英语抗战文学中的上海叙事研究"（2019EWY003）的阶段性成果。

年人为人民争取自由谋幸福的斗争之大悲剧，第一次找到了我的梦境中的英雄，我找到了我的终身事业，而这事业又是与我在仆人轿夫身上发现的原始的正义的信仰相结合的。——巴金①

《告少年》是俄国无政府主义倡导者克鲁泡特金（Pyotr Alexeyevich Kropotkin，1842－1895）写给青年人的话，它向青年人揭示了旧的资本主义制度的黑暗和阶级对立，并强调青年人应当到民间去，为建立人人平等的社会而奋斗。《夜未央》是波兰作家廖·杭夫（Leopold Kampf，1881－1913）描写俄国虚无主义革命者反抗沙皇旧制度的戏剧，强调革命者在斗争中的品格和信念。这两本书的思想和内容反映了 20 世纪初流行于欧洲国家主张革新社会制度，实现平等、自由、博爱等目标的思想和社会运动。20 世纪20 年代初，巴金阅读完这两本书后，对两位作者倡导的无政府主义思想深信不疑，认为这些来自异国的思想是医治中国封建残余的良方②，认为应该积极地参照这些思想"划除统治权力"，"灭绝经济制度"，"冲破恶劣底旧环境，改善美好底环境，来适应人类全体生存底要求"。③无政府主义仅是巴金欣赏的异国思想之一。关于此类异国思想、潮流对巴金创作的影响，他在 1984 年的一次访谈中明确表示："我的作品与我的主张是有关系的。我写作品是宣传我的思想，宣传我的看法。写作品要打动我，也打动别人。不是为写作而写作。"④但是巴金也强调在选择写作材料时，应当"写生活中的感受，最熟悉的东西，感受最深的东西"⑤，即作者生活和工作的社会文化环境。从以上两段巴金的话语中，我们可以看出他的作品倾向于以他生活的中国本土社会文化环境为创作对象，而写作的视角，他倾向用他接触到的异国思想来探讨中国在由封建国家向现代国家转型时面临的"恶劣的

---

① 李存光：《巴金传》，团结出版社，2018，第 18～19 页。
② 在某种程度上，20 世纪初的中国社会存在认同西方文化优越论的现象。笔者在论述巴金使用西方思想思考中国问题时，用"异国"思想一词，避免这一刻板印象，表明巴金仅从不同的文化/思想视角来思考中国问题。
③ 李存光：《巴金传》，团结出版社，2018，第 19 页。
④ 李存光：《巴金研究回眸》，复旦大学出版社，2016，第 14 页。
⑤ 李存光：《巴金研究回眸》，复旦大学出版社，2016，第 14 页。

旧环境""旧制度"等问题，最后探索出一种能解决中国社会面临问题的方案，并希望能在解决中国本土问题的讨论中得出能协助建设"适应人类全体生存底要求"这一具有世界性意义的问题解决办法。可见，巴金的写作策略带有明显的本土－世界性特点，即通过将他国思想与本土文化环境相结合，在探讨本国问题的同时为同类世界性问题的解决做出贡献。巴金作品在探讨中国本土问题中展现的世界性意义得到了法国前总统弗朗索瓦·密特朗（François Mitterrand，1916－1996）的明确肯定。在授予巴金法国荣誉军团勋章的仪式上，密特朗指出："我的国家在此推崇现代中国最伟大的作家之一，《家》《寒夜》《憩园》的不朽作者，著述不倦的创作者。他的自由、开放与宏博的思想，已使其成为本世纪（注：20世纪）伟大的见证人之一……然而您却用自己对于人们及其脆弱命运的巨大同情，用这种面对压迫最贫贱者的非正义所抱的反抗之情，用这种——正如您的一位最引人注目的人物绝妙之言的'揩干每只流眼泪的眼睛'使您的著作富有力量与世界性意义的敏锐力与清醒感，在注视着生活。"①密特朗认可了巴金作品的世界性价值，肯定了巴金作为世界文学重要作家的声誉，也表明了巴金的作品对世界文学的贡献。

要了解巴金对异国优秀文化和思想的认同与借鉴、巴金致力于中国社会和世界性问题解决的创作目标，以及巴金文学作品在世界范围内的接受，我们就不得不探讨巴金作品与世界文学的关系。在以往的巴金研究中，许多中国现代文学研究者探讨了巴金作品与中国文化传统的关系，例如陈思和的论文《从鲁迅到巴金：新文学精神的接力与传承——试论巴金在现代文学史上的意义》、曾冬冰的《也论巴金在中国民主革命时期思想的主导面》、周立民的《五四精神的叙述与实践——以巴金的生活与创作为考察对象》、牟书芳的《巴金与中国文化现代化》等，他们讨论了巴金的文学创作与中国社会语境中文学知识生产、意识形态的构建以及与五四运动后中国

---

① 弗朗索瓦·密特朗："在授予巴金［法国］荣誉军团勋章仪式上法兰西共和国总统弗朗索瓦·密特朗先生的讲话"，载张立慧、李今编《巴金研究在国外》，湖南文艺出版社，1986，第32页。

文化构建的关系;① 张中良的《巴金小说的抗战书写》讨论了巴金的小说对中国民族精神的颂扬、国民生存状态及对日本侵略者的控诉等中国社会的抗战主题;张全之的《巴金工运小说新论》分析了巴金小说对中国工人运动的书写及其体现的对中国社会制度的思考等。②也有一些研究者关注巴金对异国文学形式和思想的习得。日本学者樋口进（Higuchi Susumu）在其专著《巴金与安其那主义》中讨论了巴金对西方无政府主义思想的接受，以及在其创作中的表现;李存光提到巴金的《灭亡》《爱情三部曲》等小说"显然带有雨果、左拉和罗曼·罗兰"的风韵，等等。③这两种阅读巴金作品的方式为我们认识巴金的创作与中国当代文化和社会的关系、世界文学对巴金文学创作的影响以及巴金作品的文学价值做出了很大的贡献。美国学者大卫·戴姆拉什（David Damrosch）在谈到世界文学的阅读方式时提到，没有一种阅读方式可以适用于所有文本，或适用于同一文本在不同时代的阐释。④随着中国在世界舞台上扮演的角色越来越重要，中国文学在世界文学中的影响力也日渐上升，因而讨论巴金中国本土社会文化书写中的世界性价值，也变得颇为必要，这也有利于发掘世界文学语境下巴金文学创作的原创性和价值。上述研究对巴金作品中本土文化的深入探讨及其发现的巴金作品中外国思想和文学元素，为我们从中国的视角探讨巴金作品与世界文学的关系打下了良好的基础。巴金作品与世界文学关系的诸多问题有待讨论：采用本土－世界性写作策略的巴金作品中有哪些世界性特点？巴金作品在世界文学同类群体中处于什么样的位置，它们之间是怎么样的关

① 参见陈思和《从鲁迅到巴金：新文学精神的接力与传承——试论巴金在现代文学史上的意义》，《当代作家评论》2006 年第 1 期，第 4～11 页;曾冬冰《也论巴金在中国民主革命时期思想的主导面》，《南昌大学学报》（社会科学版）1994 年第 2 期，第 98～101 页;周立民《五四精神的叙述与实践——以巴金的生活与创作为考察对象》，博士学位论文，复旦大学，2007;牟其芳《巴金与中国文化现代化》，《山东社会科学》1994 年第 4 期，第 75～77 页。

② 参见张中良《巴金小说的抗战书写》，《江汉论坛》2018 年第 2 期，第 80～87 页;张全之《巴金工运小说新论》，《吉林大学社会科学学报》2019 年第 3 期，第 195～205 页。

③ 参见樋口进《巴金与安那其主义》，近藤光雄译，复旦大学出版社，2016;李存光《巴金研究回眸》，复旦大学出版社，2016。

④ David Damrosch, *What is World Literature*? Princeton and Oxford: Princeton University Press, 2003, p. 5.

系，对世界文学有什么贡献？

王宁教授指出，中国的比较文学和世界文学学者应当尝试"借助于世界文学这一开放的概念，从中国的立场和视角出发重新审视世界文学的既有地图，为世界文学的重新绘图注入中国的元素并提供中国的解决方案"①。与此类似，本文尝试根据巴金本土－世界性的创作策略，从中国/世界文学的混合视角去阅读巴金的作品。通过这种阅读方式，一方面，可以探讨巴金作品中中国文化传统和社会书写的世界性文学、文化价值，思考巴金作品与世界文学的关系，同时抛砖引玉，为探索中国其他具有世界影响力的作家，如茅盾、老舍、鲁迅等，在世界文学群体中的位置和贡献提供一种可行的阅读方式，有助于在更加广泛的层面上探索中国现代作家对世界文学的贡献；另一方面，可以为当前的巴金作品研究提供新的活力和新的视角，更好地发掘巴金作品的世界性价值。根据歌德的观点，任何文学作品如果仅从本土的角度去讨论，没有异国角度的批评视角的贡献，它的生命力都将耗尽，所有外部视角对本土民族作品的评价都大有裨益，"哪有自然主义者不会喜欢镜子里面反射的［自然界］的美好事物呢？"② 虽然歌德的观点展示了世界语境中的文学批评对本土文学发展益处的过度偏爱，但不可否认他的观点表露了将本土文学作品置于世界语境中讨论的优点，即有助于摆脱本土文化思维偏好的束缚，避免"不识庐山真面目，只缘身在此山中"的问题。因而，将巴金的文学作品置于世界性的语境中讨论，不仅可以了解巴金的作品为世界其他各国人民呈现了怎样的本土文化，还可以为巴金研究提供新的元素。此外，巴金是受五四运动外国思潮的影响，并亲自体验过异国人文社会环境的代表性作家。中国学者王宁在多篇文章中指出，20 世纪初的中国作家在与西方文学、思想的互动中形成了新的文学传统。③ 巴金是中国现代的代表性作家，对他的作品的考察有助于在更广阔

---

① 参见王宁《作为问题导向的世界文学概念》，《外国文学研究》2018 年第 5 期，第 39 ~ 47 页。

② David Damrosch, *What is World Literature*? Princeton and Oxford：Princeton University Press, 2003, p. 7.

③ Wang Ning and Charles Ross, "Contemporary Chinese Fiction and World Literature," *Modern Fiction Studies*, 62（4），2016, p. 579.

的层面探讨中国现代"新文学传统"在叙述内容和策略维度方面的特点。

在谈到世界文学研究方法的时候，意大利学者弗朗科·莫瑞提（Franco Moretti）和中国学者王宁都认为，世界文学不仅是文学作品的集合体，还是一门以问题为导向的新兴科学，需要新的批评方式。①考察具体对象，得出其中的特点，并应用到对其他世界文学作品的分析中，是研究世界文学的有效方法之一。②所以本文尝试以巴金的两部小说《寒夜》和《第四病室》为例，通过分析这两部小说的身体焦虑叙事的本土性、世界性特征来探讨巴金作品与世界战争文学的关联，以及巴金作品对世界文学的贡献。本文的第一部分简要概述了巴金的本土－世界性写作策略与他的家庭、学习和工作经历之间的关系，巴金作品在世界的翻译与接受；第二部分分析了巴金两部小说中展现的对身体的物质需求、生命力透支、身体衰变的焦虑；第三部分探讨了巴金小说的身体焦虑叙事的本土性、世界性特征，并通过与欧美作家的相关战争研究、叙事对比，探讨巴金叙事模式对世界文学的贡献。

一 巴金、本土－世界性创作、世界文学

巴金原名李尧棠，1904 年出生于中国成都的一个封建地主家庭。他的曾祖父、祖父、父亲均曾担任过清朝知县等官职，并持有田地，是中国封建礼教规则和观念的信奉者和执行者。他早年对中国由封建社会向现代社会转型时期面临的问题的感受和经历与他的本土－世界性文学创作密切相关。巴金父亲的行为方式、两位姐姐及兄长的经历让他对旧的社会制度和观念给中国社会带来的问题有着深刻的感受。据记载，巴金曾看到作为知县的父亲，未经任何审判直接对参与赌博的官员量刑，向差役下令惩罚

---

① 参见王宁《作为问题导向的世界文学概念》，《外国文学研究》2018 年第 5 期，第 39～47 页；Franco Moretti, "Conjectures on World Literature," *New Left Review*, Jan－Feb（1），2000, p. 55。

② Mads Rosendahl Thomsen, "Franco Moretti and the Global Wave of the Novel," in *The Routledge Companion to World Literature*, eds. by Theo D'haen, David Damrosch and Djelal Kadir, London and New York: Routeldge, 2012, p. 140.

"五十板子"，① 感受到了 20 世纪初中国社会以官员为代表的精英阶层对人的侵犯。在家庭教育中，巴金的二姐和三姐被要求熟读《烈女传》，接受若与陌生男子拉手，女性应砍掉手指；房屋起火，女性宁愿烧死，也不应有失体面地出门逃避等观念。在这些思想观念的影响下，巴金的二姐忧郁而死；三姐因为祖父、父母守丧，耽误了传统的出嫁年龄，只能被迫嫁给一位丧偶的中年男人，并在夫家遭受各种不公平的待遇，最后难产而死。通过中国旧社会有关女性的观念对巴金两位姐姐带来的伤害，我们可以推测巴金对中国旧社会各种观念带来的各类问题的认知和体验。据徐开垒记载，巴金也曾对两位姐姐的不幸遭遇表示明确的惋惜与同情："［他］看见他的三姐［出嫁时］那张苍白的没有表情的脸，临上轿时痛哭失声，苦苦挣扎的情景；后来又在拜堂仪式时看到新郎那世故庸俗的神态，禁不住预感到三姐命运的悲惨。"②同时，巴金大哥的遭遇，也让他感受到转型时期中国社会男性面临的问题。巴金的大哥原本想去北京、上海或德国上大学，但祖父和父母强迫他放弃学业，留在成都，并为他安排婚姻，让他通过"抽签"的方式与一位不相识的姑娘成亲。③ 在旧观念熏陶下成长的大哥放弃了反抗，牺牲了自己的职业和婚姻。发生在两个姐姐和大哥身上的不幸在巴金看来是自己的封建官僚家庭所致，也是整个中国社会共同面临的问题。他不断强调，中国社会出现的各类问题是他写作重点关注的对象，即他所有的作品都是为了揭示"一切旧的传统观念，一切阻止社会进步和人性发展的不合理制度，一切摧残爱的努力"，思考如何"给多数人带来光明"，"给黑暗一个打击"，"怎样做人？怎样做一个好人？"④他试图通过写作解决中国社会的问题，希望自己的写作具有世界性，能在普遍意义上为世界其他国家类似问题的解决提供借鉴意义。巴金是通过什么样的视角来思考解决中国社会问题的方式的呢？五四运动时期中国知识分子引入的欧美思想，以及巴金在法国留学期间获得的世界性体验为他提供了帮助。

---

① 徐开垒：《巴金传》，上海文艺出版社，2003，第 10 页。
② 徐开垒：《巴金传》，第 46 页。
③ 徐开垒：《巴金传》，第 25～26 页。
④ 樋口进：《巴金与安那其主义》，近藤光雄译，复旦大学出版社，2016，第 237 页，234 页，236 页。

1919 年，五四运动爆发，中国社会的精英阶层主张使用西方社会的思想、文化来改造中国的旧制度，解决中国社会面临的问题，并兴办各类报纸杂志，翻译西方各类书刊，向中国社会介绍西方思想，探索解决社会问题的方案。年仅 15 岁的巴金在这一时期通过阅读各类新兴的报纸杂志，例如《新青年》《半月》《申报》等，了解其他国家的思想和解决类似中国社会问题的可能路径，为他思考中国社会面临的问题提供了世界性视角。上文提到的《告少年》和《夜未央》是巴金在五四运动时期读到的众多西方思想著作和文学作品之一。巴金在五四运动时期积极地通过他在香港的表哥以及其他朋友购买各类介绍西方思想的书刊。据记载，巴金阅读过《新青年》《实社自由录》《每周评论》《新潮》《进化》《星期评论》《少年中国》《北京大学学生周刊》《少年世界》等五四运动时期兴办的全国性介绍西方思想的刊物，以及成都当地兴办的《星期日》《四川学生潮》《威克烈》等，"每出一期，他都会买来阅读"。① 1927 年，巴金在家人的资助下出发去法国勤工俭学，曾居住于法国巴黎、沙多－吉里等地。在法国期间，巴金进一步深入和广泛地接触了西方的各类思想、文化，了解解决各类问题的方式。据徐开垒记载，巴金在巴黎时经常整日待在家，广泛阅读政治、经济和史学著作，例如马克思、卢梭、雨果、左拉和罗曼等人的著作。② 巴金对艾玛·高德曼（Emma Goldman，1869－1940，又译高曼）的无政府主义思想表现出了特别的兴趣。自五四运动以来，他阅读了她的多篇文章和著作，如《爱国主义》《无政府主义》《组织论》《高曼女士致同志书》等。巴金曾明确指出这些书籍对他的影响："那里面高德曼的文章把我完全征服了，不，应该说把我的模糊的眼睛，洗刷干净了。在这个时候我才有了明确的信仰。"③ 对无政府主义者凡宰特营救活动的参与是巴金将自己了解到的西方思想付诸行动的标志性事件之一。凡宰特是意大利人，20 世纪 20 年代参与美国工人罢工，被美国政府诬陷抢劫并被关押，最后被杀害。巴金通过为国内外刊物写文章还原凡宰特被美国政府诬陷的事实的方式来争取

---

① 樋口进：《巴金与安那其主义》，第 17～18 页。
② 徐开垒：《巴金传》，第 68、82 页。
③ 徐开垒：《巴金传》，第 71 页。

大众对释放凡宰特的支持。①

在广泛了解西方思想、文学的同时，巴金还通过翻译、办刊等方式将自己认同的西方优秀著作、思想介绍给中国的读者。1927 年，巴金在巴黎编辑了出版于美国旧金山的《平等月刊》，发表了大量的文章，阐释如何从无政府主义的角度来解决中国社会在 20 世纪初面临的问题，后来又在《民钟》《通讯》《洪水》等杂志上发表介绍无政府主义和讨论中国社会问题的文章数十篇。② 在翻译世界文学方面，巴金可以熟练使用英文、法文、德国等多种语言。他为中国读者翻译了王尔德的《快乐王子》、克鲁鲍特金的《伦理学的起源与发展》、屠格涅夫的《父与子》等数十部著作。此外，巴金还担任文化生活出版社的总编辑，主持翻译了大量外国文学和经典著作，既包括欧美发达国家的经典作家和理论家，例如法国作家福楼拜、左拉、拉马丁、罗曼·罗兰，英国作家莎士比亚、狄更斯、勃朗特、萧伯纳，俄罗斯作家契诃夫、托尔斯泰和果戈理，又包括与当时的中国一样处于边缘的国家的经典著作，如土耳其、匈牙利、罗马尼亚、秘鲁等国家的优秀作品数十部。③ 在谈到选择翻译这些作品的原因时，巴金多次提到这些作品"教我懂得一个人怎样使自己的生命开花"，"贯穿着敏感的美丽的社会的哀怜"等。④显而易见，"怎样使自己的生命开花""社会的哀怜"表达了让中国社会的个体和普遍意义上的人类在复杂的环境中解决面临的问题、实现自我价值以及对弱小群体同情等世界主义观念。巴金将这些作品中表露的世界性价值作为他译介和关注它们的原因，有助于解释巴金的创作与世界主义文学之间的密切关系，巴金希望引进世界各地的优秀作品，找到解决社会问题的方法，来协助探讨中国民众面临的社会问题，并希望在对中国问题的探讨中促进对普遍意义上的人类面临问题的思考，如使生命开花等。

一般认为，歌德是影响力最大的践行世界文学理念的先驱之一。巴金的本土－世界性文学创作理念与歌德既有联系又有区别。歌德主张通过阅

---

① 参见李存光《巴金传》，第 70 页。
② 李存光：《巴金传》，第 52～58 页。
③ 参见孙晶《巴金：中国出版家》，人民出版社，2016，第 74～121 页。
④ 孙晶：《巴金：中国出版家》，第 114～115 页。

读世界各地的文学作品，如中国的小说、塞尔维亚的诗歌等，了解它们异于德国文化的叙述主题、叙述策略、语言形式等，并将这些特点，如中国小说的"严于节制"（severe moderation）等，合理地吸纳到自己的写作中，以促进自己以及德国的文学创作，① 与此类似，巴金也通过学习、阅读、翻译各国优秀作品，将其中优秀的思想、文学形式和主题融入自己有关中国社会和人文的文学创作中，为思考中国社会问题提供方法和视角。但巴金的文学创作观与歌德的略有差别。歌德认为："广阔的世界，无论多么宽广，都是祖国土地的延伸，并且，如果从合适的角度看，这些广阔的世界也只能提供我们故土所能给予的。"②他将德国文学、文化视为判断其他国家文学、文化差异的标尺，将其他国家的文化、文学置于次要地位，带有明显的德国中心主义。而巴金的本土－世界性的创作方式，注重将他国的思想和文学叙事形式与中国的社会文学语境以适当的方式混合，来讨论中国社会、文化面临的问题，以中国本土社会文化语境为写作材料，以世界各国优秀思想和文学传统为视角，形成了一种介于中国本土文学传统与欧美文学传统之间具有中国特色的世界性叙述方式。巴金的世界文学创作观念鲜有对中国/他国文学文化的中心/边缘关系判断，而更注重中国本土和他国文化的贡献。

巴金的这种具有中国特色的本土－世界性创作方式让他在中国和国外的主流文学界中同时得到认可。在中国，巴金被视为当代最重要的作家之一；在国外，他获得法国荣誉军团勋章（Legion of Honour，1983）、日本福冈奖（Fukuoka Prize，1993）等，他的作品被翻译为英文、法文等多种语言，成为世界文学的有机组成部分。例如，巴金的《家》的英文版由中国籍犹太人沙博理（Sidney Shapiro）翻译，于1958年在北京外语教学与研究出版社出版。这部小说还被改编为戏剧，由英若诚执导，在密苏里州堪萨斯城的海伦剧院表演艺术中心演出，走进美国观众的视野。③《寒夜》的英

---

① David Damrosch, *What is World Literature*? Princeton and Oxford：Princeton University Press, 2003, pp. 10 – 12.

② David Damrosch, *What is World Literature*? p. 8.

③ 参见 http://mini. eastday. com/a/181205113617282 – 2. html（accessed by 15/11/2019）。

文版由美籍华人茅国权（Nathan K. Mao）和澳大利亚籍华人学者柳存仁（Liu Ts'un‐yan）合作翻译，于 1978 年在香港中文大学出版社出版；《随想录》的英文版由澳大利亚汉学家巴姆（Germie Barme）等合作翻译，于 1984 年在香港联合出版社出版；《第四病室》的日文版由日本学者冈崎俊夫翻译，在 1954 年完成，英文版由美籍华人学者孔海立（Haili Kong）和葛浩文（Howard Goldblatt）合作翻译，于 1999 年在美国旧金山的中国图书与期刊出版社出版，等等。巴金的著作在欧美学界得到广泛认可，如在《牛津中国现代文学手册》中，巴金的《家》被视为在中国现代文学中具有开创性（Path‐breaking）意义的小说①；《中国当代文学指南》将巴金与茅盾并列，认为他们是 20 世纪 30 年代中国最重要的两位小说家②；夏志清（C. T. Hsia）在《中国当代小说史》中通过对当代作家的考察认为巴金是中国最受欢迎和最多产的作家之一③；等等。值得一提的是，俄罗斯学者奥尔加·蓝（Olga Lang）写作了一本关于巴金文学作品的英语专著《巴金与他的创作：两次革命之间的中国少年》（*Pa Chin and His Writings: Chinese Youth between the Two Revolutions*），探讨巴金作品与现代中国的社会、政治语境之间的关系。

接下来，本文将以《寒夜》和《第四病室》中的身体焦虑叙事与世界战争文学的关系为例来分析巴金的作品与世界文学的关系。

二　《寒夜》与《第四病室》中的身体焦虑叙事

《寒夜》与《第四病室》是巴金的两部描写抗战时期中国社会的小说。《寒夜》发表于 1946 年。该小说以抗战时期的重庆为背景，讲述了战争时期国民党国有企业工作人员汪文宣感染肺结核，因战争带来的经济困难以

---

① David Porter, "Early Modern Comparative Approaches to Literary Early Modernity", *Oxford Handbook of Modern Chinese Literature*, eds. by Carlos Rojas and Andrea Bachner, New York: Oxford University Press, 2016, p. 311.

② 参见 Zhang Yinjing, *A Companion to Modern Chinese Literature*, MA: Wiley Blackwell, 2015。

③ C. T. Hsia, *A History of Modern Chinese Literature*, Bloomington: Indiana University Press, 1999, p. 237.

及家庭矛盾，未受到及时合理的治疗而最后死亡的故事。小说《第四病室》发表于1947年，以抗战时期贵阳市的医院为背景，以日记体为叙述形式，通过一个虚构的陆姓病人，讲述战争末期医院第四病室里的工人、农民、城市平民以及士兵等受到的痛苦、虐待直至最后死亡的故事。对感染肺结核、传染病的身体以及抗战时期在经济和精神压力下维持健康身体的焦虑是这两部小说叙事的焦点之一。

《寒夜》被翻译为英文、日文、法文、德文、挪威文等多种语言，是世界文学的经典作品之一。瑞典文学院院士，诺贝尔文学奖评委马悦然将《寒夜》列为巴金最重要的小说。以往对《寒夜》的研究，大多遵循前文提到的两种研究模型，即中国本土文化文学传统批评和外国作品的影响研究。在影响研究方面，斯洛伐克汉学家高力克（Marian Galik）和中国学者陈则光都在他们的文章中提到，《寒夜》的人物角色和情节的构建与巴金翻译的世界文学经典作品左拉的《红杏出墙》、奥斯卡·王尔德的《快乐王子》、易卜生的《玩偶之家》有许多共通之处，①认可了巴金在文学艺术上的成就，也说明巴金从他翻译的这些经典作品中吸取了养分。《寒夜》与中国本土文学文化的关系也是学者们重点关注的方面。有些学者认为《寒夜》中有关女性择业和对中国传统家庭矛盾的处理，展示了战争时期中国知识分子阶层的性别关系模型。戴翊的研究是这一主张的代表。他认为《寒夜》中的女主人公曾树生选择独自去社会上工作，拒绝对婆婆唯命是从，体现了中国女性对独立、自由的追求。②另外一些学者注意到了《寒夜》男主人公汪文宣所患的肺结核，以及他在中国传统家庭中面对母亲与妻子之间矛盾时的尴尬局面，并把他因肺结核而导致的最后死亡和他在面对母亲与妻子矛盾时受到的精神挫折视为中国现代性的危机以及国民党政府社会治理失败的隐喻，例如，《寒夜》的英文译者毕克伟（Paul G. Pickowicz）将小说解读为"二战时期中国（社会问题）的阐释"。汪文宣对肺结核和家庭矛盾的无

① 参见 Marian Galik，"Comparative Aspects of Pa Chin's Novel *Cold Nights*，" *Oriens Extremus* 28 (2)，1981，pp. 135 – 153；陈则光《一曲感人肺腑的哀歌——读巴金小说〈寒夜〉》，《文学评论》1981 年第 1 期，第 102 ~ 109 页。

② 戴翊：《应该怎样评价〈寒夜〉的女主人公——与陈则光先生商榷》，《文学评论》1982 年第 2 期，第 142 ~ 144 页。

力控制，象征着主政中国的男性的能力欠缺和对社会责任的推卸，随之引发的官员的贪婪、腐败、通货膨胀等就像癌症一样破坏着整个中国社会。①华裔学者唐小兵认为《寒夜》中汪文宣的肺结核和精神遭遇代表了中国强调个人主义、浪漫爱情、现代家庭、现代国家等现代观念和实践的失败。②

与《寒夜》类似，巴金的《第四病室》也被翻译为英文、日文等，介绍给世界读者。加州大学戴维斯分校的奚密（Miechelle Yeh）认为这部小说通过对抗战时期中国人文主义的展示，体现了巴金文学创作的最好水平，阐释了巴金被称作"中国良心"的原因。学界对《第四病室》的研究主要集中在这部小说与中国文化的关系。严丽珍通过分析《第四病室》中糟糕的医疗条件，认为小说反映了战争时期中国医疗体系的问题以及病人遭受的非人待遇。③ 与此类似，孔海立对《第四病室》中医生和病人的行为进行了分析，认为小说反映了战争时期中国社会的精神和身体疾病以及对人性的践踏。④ 冯陶从叙事空间和叙事时间维度对《第四病室》进行了考察，认为小说采用的日记体和书信体叙事结构在反映抗战时期中国病人的悲惨遭遇时为读者营造了一种较为客观的印象。⑤

学者们对巴金这两部小说的研究为发掘巴金作品的文学价值做出了很大的贡献，但是尚未注意到这两部小说的身体焦虑叙事，也未探讨巴金书写抗战时期中国社会的世界性价值。正如前面学者的分析，巴金这两部小说以他自己在战争中的经历为蓝本，其中的叙事与抗战时期的中国社会、文化、生活紧密相连，但是巴金的世界文学创作视野又使他的作品与中国本土文学传统有所差别。有鉴于此，本文将从本土－世界性的角度对巴金的这两部小说进行阅读，并与世界战争文学中的身体叙事进行比较，让我们了解巴金对战争时期中国社会的书写在世界战争文学中的位置。

① Paul G. Pickowicz, "Introduction: Pa Chin's *Cold Nights* and China's Wartime and Postwar Culture of Disaffection," in *Cold Nights*, Hong Kong: The Chinese University Press, 2002, pp. xx, xxii.
② Xiaobing Tang, *Chinese Modern: The Heroic and the Quotidian*, Durham & London: Duke University Press, 2000, pp. 134 – 35.
③ 严丽珍:《论巴金小说中的人物形象》，博士学位论文，复旦大学，2009，第 88 ~ 102 页。
④ Kong Haili, "Disease and Humanity: Ba Jin and His *Ward Four*: A Wartime Novel of China," *Frontiers of Literary Studies in China* 2012 (2), pp. 198 – 207.
⑤ 冯陶:《〈第四病室〉的时空意义探微》，《名作欣赏》2010 年第 6 期，第 79 ~ 80、89 页.

在探讨巴金文本中的身体叙事之前，熟悉身体叙事与战争文化之间的关系颇有裨益。人的身体通常被视作一个符号和意义系统。约翰·奥尼尔（John O'Neil）认为人直立的躯体以及展示出来的视觉特征构成了一个象征世界。① 布莱恩·特纳（Bryan S. Turner）发展了奥尼尔有关身体象征性的观点，将身体的象征性扩展到与身体相关的物件和特征上。他指出，身体的各种行为，如"吃饭、喝水和睡觉"，以及身体表面的特征，如脸红，均可以根据具体语境阐释其文化象征意义；同样，身体的内在特征，如疾病和其他身体状态，也具有伦理含义。② 奥尼尔和特纳有关身体作为象征系统的研究表明身体的每一个部分，如身体的外在形态、健康状况、维持身体的物质需求等，在特定的文化和社会语境中均是有效的意义生产要素，也是特定文化和社会系统的能指。战争，用詹姆斯·戴维斯（James Daves）的话来说，就在于打破了个体和物质文化系统的原有的意义和互相之间的界限。③ 也就是说，战争的结果之一是重塑某一特定文化、社会的意义和象征系统。身体不仅是战争的直接参与者，其本身特有的意义符号系统也是战争中社会文化意义系统的重要构成部分。因此，身体叙事是展现战争新产生的文化社会意义系统的较为合适的方式。通过对作品的细读，我们发现这两部小说主要呈现了战争时期对身体的物质性需求、生命力的透支以及身体衰变的焦虑。

对身体的物质性需求的焦虑主要体现在小说中的人物对衣物需求的压抑。小说的男主人公汪文宣和他的妻子曾树生是抗战时期中国难得的大学毕业生。他们在上海学习的是教育学，因为战乱，为了生存，他们放弃了原本从事教育的理想，迁居到战时陪都重庆。汪文宣在一家政府与私人合办的出版社做校对，妻子曾树生在一家银行做普通职员。因为通货膨胀以及出版社压低工资，汪文宣竭力压抑自己对衣物的需求。一天，他参加完

① John O'Neill, *Five Bodies: The Human Shape of Modern Society*, Ithaca: Cornell University Press, 1985, p. 17.

② Bryan S. Turner, *The Body and Society: Explorations in Social Theory*, third edition, London: Sage, 2008, pp. 40–41.

③ James Dawes, *The Language of War: Literature and Culture in the U. S. from the Civil War through World War II*, Cambridge and London: Harvard University Press, 2002, pp. 131–132.

出版社的活动，下班回家，发现母亲在为自己缝制新的内衣裤。汪文宣当即委婉表示拒绝，说道："我那两身旧的总还可以穿三五个月"，并表示以后再买新的①。汪母当即揭穿汪文宣，说道："买新的？你那几个钱的薪水哪里买得了？这两年你连袜子没有买过一双。"②衣服作为身体的延伸，不仅有保暖，还有装饰与象征社会文化地位的作用。汪母坚持为汪文宣添置的是涉及基本需求的内衣裤，并未涉及装饰与象征社会文化地位的外衣。从母子的对话中，我们可以看出汪家在基本物质需求方面的困难。

汪文宣对衣物需求的压抑以及随之而来的焦虑在他与妻子曾树生上司的互动中得到了明确的展示。曾树生因为婆媳矛盾，与汪文宣争吵后选择了与汪文宣分居。事后，汪文宣尝试与妻子化解矛盾，并打算去她所在的银行面谈，正好碰见曾树生与经理同路下班。小说从汪文宣的视角对曾树生经理的衣着进行了前景化描写。与连合理的内衣裤需求都无法满足的汪文宣相比，与曾树生同路的经理穿着一件从英国殖民地加尔各答进口的崭新的秋装大衣，③展示了经理在经济和社会地位上的优越性。汪文宣与潜在配偶竞争者在衣着以及暗含的经济、社会地位的明显差别，让汪文宣的内心产生了焦虑，也让汪文宣在与妻子和解的尝试中感到无力。事实上，汪文宣此时已经从对外在衣着的焦虑转化为对自己男性气质的焦虑。在汪文宣和解的尝试被妻子拒绝后，小说再次从汪文宣的视角强调了曾树生经理的衣着。小说描述到，面对离去的曾树生，汪文宣的头脑里出现了曾树生与经理同路行走的幻觉：曾树生与这位穿着漂亮大衣的男人"在前面走着，永远在前面走着"。④小说在汪文宣的和解请求被妻子拒绝时对经理衣着的描写，在一定程度暗示了，物质需求的压抑对汪文宣男性气质的阉割。

小说对身体物质性需求的焦虑还体现在对维持身体所需的食物的焦虑。汪文宣在政府和私人合办的出版社中做校对，战争时期通货膨胀严重，他的收入无法满足自己以及其他家庭成员的生活需要。小说通过汪文宣的意

①　巴金：《寒夜》，人民文学出版社，1995，第67页。
②　巴金：《寒夜》，第67页。
③　巴金：《寒夜》，第18页。
④　巴金：《寒夜》，第28页。

识流叙述和他与出版社同事的互动，展现了他在此层面的焦虑。在汪文宣与妻子和解的尝试被拒绝后，他沮丧地回到出版社。此时的汪文宣已经患上肺结核，健康状况不佳。看到神情疲惫的汪文宣，同事们纷纷表达了对他健康状况的担忧。他回应道："靠这点钱连自己老婆也养不活！哪里说得上保养自己的身体！"① 对家庭成员物质方面生活需要的焦虑让他放弃了自己在生存方面的主体性。在一段意识流叙述中，汪文宣将对物质方面的生活需要的担忧表现得更为明显："你年终一分红就是二三十万，你哪管我们死活！要不是你这样刻薄，树生怎么会和我吵架？"②汪文宣的意识流叙述一方面表明每月"两三百元"无法维持基本的生活需要，另一方面将官僚资本对普通工作人员的压榨与工作人员面临的其他问题，如夫妻之间的紧张关系，相联系，表明身体的物质性需求已经成为普通人与家庭其他成员关系的决定性因素之一，增加了对物质欠缺的焦虑程度。汪文宣的妻子曾树生也同样面临无法满足身体物质性需求的焦虑。正如前文提到的，她与汪文宣一样学的是教育学，理想是从事教育。但是为了生活选择去做一名银行职员。她坦承物质性需求是她放弃自己职业主体性的唯一原因："我觉得活着真没有意思。说实话，我真不愿意在大川做下去。可是不做又怎么生活呢？我一个学教育学的人到银行里去做个小职员，让人家欺负，也够可怜了！"③物质性需求让她放弃了自己的价值观念和职业理想。在这段独白中，她认为拥有教育学学位的人不应当去做银行职员，也不应当被银行的其他职员欺负，这表明对物质性需求的焦虑让她浪费了自己的才华，因为物质性需求而忍受银行职员的欺负，在某种程度上让她甚至失掉了尊严。

《第四病室》主要揭露了战时中国社会由于医疗需求而产生了身体物质性需求的焦虑。第二床病人是一位老头，他因为患淋病而住院。医院要求老头的儿子在支付医药费的情况，买鸡汤、猪肝等为他补充营养。老头的儿子与汪文宣类似，是一名政府工作人员，不过经济负担更沉重，他"三四千块钱"的工资不仅需要为父亲支付医疗费用，还需要支持家庭开支。

① 巴金：《寒夜》，第20页。
② 巴金：《寒夜》，第24页。
③ 巴金：《寒夜》，第26页。

他抱怨道："三四千块钱的薪水要养活一家六口人，哪里够！今天进医院缴的两千块钱还是换掉我女人一个金戒指才凑够的。大夫还要我给他炖鸡汤。可是钱多哪里来？他真的要害死我。"① 高昂的医疗费用给民众造成的物质性需求方面的焦虑还体现在小说对第六床和第十一床病人的叙述中。第四病室第六床和第十一床的病人最初因为皮外伤而住院，但是因为无法支付相应的医疗费用，兼之医疗条件匮乏，他们无法获得医疗服务和相关药品，最后死去。

巴金对抗战时期身体物质性需求的焦虑的描写与他对抗战时期中国社会的细致观察密切相关。抗战期间，巴金辗转于占领区城市，如上海、广州，以及国统区城市，如重庆、贵阳，对战争影响下的民众生活较为熟悉，《寒夜》和《第四病室》也是在这期间写成的，在战后发表。在探讨这两部小说的创作心得时，巴金坦言他创作《寒夜》的目的之一是展现国民党政府治理下的社会状况，② 而《第四病室》中描写的医院、病人等是战时中国社会的缩影③。巴金在对他的抗战小说的评论中表露了《寒夜》和《第四病室》叙事中的现实主义元素。

当时的中国社会，在经历了数年的战争后，正如小说中描述的，面临着社会不稳定以及工资低、通货膨胀严重等问题。美国学者约书亚·霍华德（Joshua Howard）曾对 20 世纪 40 年代重庆军工厂工人的工资进行调查，发现即使是国家支持、战争需要的军工厂工人的工资也一直处于较低水平：

> 虽然管理者们为少数人涨工资，但是他们在 20 世纪 40 年代初故意将大部分人的工资定得比较低，因为他们知道工人们对（在军工厂工作）可以免除兵役的看重高于工资收入。1942 年以后，重工业的其他部门也可以免除兵役，军工厂对工人丧失了吸引力。军工厂工人在通胀条件下可享受一些福利，所以他们的工资在整个 40 年代一直处于较

① 巴金：《第四病室》，中国国际广播出版社，2013，第 72 页。
② 巴金：《谈〈寒夜〉》，载《寒夜》，第 260 页。
③ 巴金：《巴金谈创作》，上海文艺出版社，1983，第 278 页。

低水平。①

与此同时，战争中的中国还面临严重的通货膨胀。加拿大学者戴安娜·拉瑞（Diana Lary）注意到，为了获取抵抗日本侵略的战争经费，国民党政府不得不超发货币，造成社会上的"超级通货膨胀"现象。② 1944～1945年，中国的经济由一种慢性的危机状态，变成全民都在为每天的生存而战斗的状态。③在战争时期的中国社会，身体的物质性需求是民众焦虑的中心。

巴金在展现对身体物质性需求的焦虑的同时，也注重探讨战争中中国工人在面对异化的商业社会制度规训和残酷的战时生存环境时，失去身体的主导权，被迫透支生命力的焦虑。这在小说中主要通过汪文宣透支生命力工作以及由此带来的健康问题表现出来。在一家公私合营的出版社中担任校对的汪文宣，身患肺结核，面部呈现明显的病态特征，时常感到头痛，早上起床时也时常感到筋疲力尽："是什么力量支持着他那带病的身体，连他自己也不知道。他每天下午发着低烧，晚上淌着冷汗。汗出得并不太多。他对吐痰的事很留心，痰里带血，还有过两次。他把家里人都瞒过了。"④汪文宣所在的公私合营的出版社，并无关照员工健康的劳动规定和政策，一律依据商业规定，对请假员工扣除工资。出版社的商业规定和战时社会所带来的生存压力，让汪文宣失去了对自己生命力的控制和管理能力，他在知晓继续工作会断送健康的情况下，仍然拒绝申请病假，透支自己的生命力继续工作。小说随后频繁地强调了汪文宣透支自己生命力后恶化的身体状况。他频繁地咳嗽，并感到疼痛，像有许多虫子在吃掉自己的心脏和肺一样：

---

① Joshua Howard, "Chongqing's Most Wanted: Worker Mobility and Resistance in China's Nationalist Arsenals, 1937–1945," *Modern Asian Studies*, 37 (4), 2003, p. 983.

② *Diana Lary*, *The Chinese People at War: Human Suffering and Social Transformation*, 1937–1945, New York: Cambridge University Press, 2010, pp. 96, 157, 158.

③ Arthur Young, 转引自 *Diana Lary*, *The Chinese People at War: Human Suffering and Social Transformation*, 1937–1945, 第 157 页。

④ 巴金：《寒夜》，第 78 页。

夏天里他更憔悴了。他的身体从来不曾好过，他的病一直在加重。他自己也不知道是什么力量在支持着他不倒下去。他每天下午发热，晚上出冷汗，多走路就喘气，又不断地干咳，偶尔吐一口带血痰。左胸有时痛得厉害，连右胸也扯起痛了。他起初咬着牙在挣扎，后来也渐渐习惯了。①

巴金在叙述中明确表露了汪文宣的身体问题与透支他生命力的工作、领导的监视和出版社制度之间的关联。汪文宣在出版社的具体工作是核对"那些似通非通的译文，那些用法奇特的字句"②。在汪文宣拒绝休病假，坚持工作仅半个小时后，那些"糟糕的翻译"便为汪文宣带来了困扰："还是那些疙里疙瘩的译文，他不知道这是哪一个世界的文字。它们象一堆麻绳在他的脑子里纠缠不清。他疲乏极了。"③在叙述了这些工作为汪文宣带来的困扰后，小说紧接着描述了他健康状况的恶化，暗示了工作中的困扰与他健康的恶化之间的关系：读到那些糟糕的翻译不过一个多小时，汪文宣就感到"背上发冷，头发烧"④，再一会，他便感到"浑身不舒服起来"⑤。汪文宣尝试着闭目养神、忘掉现实来缓解自己的不适，但是部门领导的严格监视让他打消了这一念头："他很想闭上眼睛，忘掉这一切，或者就伏在桌子上睡一觉。但是吴科长的严厉的眼光老是停留在他的脸上（他这样觉得），使他不敢偷懒片刻。后来他连头也不敢抬起了。"⑥部门领导的监视让他无法调整自己，使他的健康状况进一步恶化。

汪文宣的工作、领导的监视与他健康问题之间的关联还在小说的另一处叙述中得到体现。他某天在办公室开始工作时，发现当天的工作任务可以将已经生病的他压垮，他需要努力地挣扎才能完成。但是办公室主任"当天要"的指令打消了他心中为了健康而放弃工作的念头，被迫一直工

---

① 巴金：《寒夜》，第 219 页。
② 巴金：《寒夜》，第 63 页。
③ 巴金：《寒夜》，第 64 页。
④ 巴金：《寒夜》，第 63 页。
⑤ 巴金：《寒夜》，第 64 页。
⑥ 巴金：《寒夜》，第 64 页。

作，随后他开始频繁地咳嗽，身体也发生了变化："他弄不清楚自己看的是什么文章。他的心在猛跳，他的脑子似乎变成了一块坚硬的东西。"①此时的出版社并未实施相关的员工人道主义关怀，反而对员工的生理反应进行了更严格的监视："也不知道是怎样起来的，他忽然咳了一声嗽，接着又咳了两声。他想吐痰，便走到屋里放痰盂的地方去。在十几分钟里面，他去了两次。吴科长不高兴地咳嗽一声，不，吴科长只是哼了一声。他便不敢去第三次。偏偏他又咳出痰来，他只好咽在肚子里。"②汪文宣压抑自己因肺结核而产生的咳嗽和痰，是对疾病生理反应的不合理抑制，让他的健康问题变得糟糕，并在几分钟后咳出了鲜血。

出版社的商业规定、领导的监视和战时困难的生存环境对汪文宣生命力的非人道主义透支，以及随后而来的健康问题，导致了汪文宣本人和他的家庭成员对他的身体状况的焦虑。面对失去的对生命力的管理控制权，以及恶化的健康状况，汪文宣时常质问自己："我除了吃，睡，病，还能够做什么？"③言语中暗示了他对失去身体控制权的无能为力。在这种焦虑心理的主导下，他甚至想到了死亡："有一次他似乎得到了回答了，那个可怕的字（死）使他的脊梁上起了寒栗，使他浑身发抖，使他仿佛看见自己肉体腐烂，蛆虫爬满全身。"④在日常生活中，他也尝试保护自己的身体，以减轻焦虑。某日晚饭后，汪文宣躺在床上，出了异常多的汗，但是他仍然盖好被子，以防感冒，因为"他害怕受凉，也不愿意随意损伤自己的健康，虽然他先前还在想他的内部快要被病菌吃光，他已经逼近死亡"⑤。在发热难受的情况下，他坚持盖好被子，这一细小的行为展现了汪文宣对自己恢复健康的强烈愿望，也暗含了对工作透支自己生命力的担忧。

汪母同样表现了对汪文宣透支生命力进行工作的担忧。汪母卖掉了自己的首饰，筹钱补贴家用，为汪文宣购买营养品，如鸡汤等，还对汪文宣透支身体进行工作的行为进行侧面警告："你是我的儿子，我就只有你一

---

① 巴金：《寒夜》，第 127 页。
② 巴金：《寒夜》，第 128 页。
③ 巴金：《寒夜》，第 199 页。
④ 巴金：《寒夜》，第 199 页。
⑤ 巴金：《寒夜》，第 222 页。

个，你还不肯保养身体，我将来靠哪个啊？"①在战争时期国家福利缺乏的情况下，子孙是赡养老人的唯一支柱。在中国百善孝为先的思想语境中，汪母明确了汪文宣的身体健康与履行未来赡养义务之间的关系，以此督促汪文宣重视健康问题，也从另一个层面表明汪母对他透支身体进行工作的担忧。

巴金在叙述抗战时期中国社会对身体物质性需求、透支生命力的焦虑的同时，也关注战争语境下普通民众对身体衰变的焦虑。小说在叙事中具体描写了民众在面容、体重、健康状况等方面变化时的心理反应，讨论了战争对非战争区民众身体的间接伤害，以及个人在战争时期对身体的控制权的丧失。对身体衰变的焦虑在汪文宣和汪母的身体从正常变为病态的过程中表现得尤为明显。

在《寒夜》中，汪文宣的母亲是旧时中国出生于富裕家庭的女性的代表。在和平时期，富裕的家庭给了她良好的教育，也让她的孩子汪文宣在上海完成了大学学业。在被迫迁徙到重庆以前，她过着舒适的生活，身体也处于良好的状态。巴金介绍道，在正常的情况下，她不需要做任何家务或者其他的工作："她（因为抗战）刚回到四川来的时候完全不是这个样子。现在她自己烧饭，自己洗衣服，这些年她也苦够了。"②当她在重庆开始战时生活时，困难的社会、生活环境让她的身体发生了明显的衰变，主要表现在加速的衰老和身体的病变。

巴金从汪文宣的视角叙述了汪母身体在这两方面的变化以及由此而产生的焦虑。汪母身体的加速衰老主要通过她的头发和面容的变化表现出来。在描述汪母在重庆的生活状况时，小说着重描述了暗示她衰老的身体的表征，如她的虚弱和苍白的头发："这个五十三岁的女人，平素多忧虑，身体不太好，头发已经灰白了。"③类似的关于她衰老的身体的特征在后面的叙述中被多次重复。一日，汪文宣下班回家，发现汪母正坐在家里，在微弱的烛光下缝补衣服。在这微弱的烛光中，汪文宣留意到了母亲的衰老："她显

---

① 巴金：《寒夜》，第173页。
② 巴金：《寒夜》，第52页。
③ 巴金：《寒夜》，第4页。

得那样衰老，背弯得很深，而且一点声息也不出。"①该叙述从汪文宣的视角将汪母的衰老、深弯的背等置于狭小而又昏暗的简陋屋子里，传递了汪文宣在战争条件下无力按照中国传统尽孝的无可奈何和忧虑。小说在后半部分扩大了对汪母身体衰变表征的叙述范围，由对她的花白头发、深弯的背的描述扩大到了对她脸部的皱纹、脸颊等其他面部特征的强调。当汪母修蜡烛的时候，汪文宣再次通过昏暗的烛光留意到汪母身体的变化："这些天她更老了。她居然有那么些条皱纹，颧骨显得更高，两颊也更瘦了。"②

战争引起的社会经济状况及个人生存环境的改变在让汪母的身体加速衰老的同时，也造成了病变。在战时的重庆，汪母不得不改变以前舒适的生活方式，改变自己不做家务的习惯，即使在寒冷的冬天，也只能自己用冷水洗衣服。这一生活方式的改变，让她本已加速衰老的身体面临了更多的健康问题，如她的双手因为浸泡冷水，长满了冻疮。③在小说的最后，躺在病床上的汪文宣发现母亲在心中忧虑和生活劳累的双重影响下，脸色变得惨白，眼睛变得青肿，"她看起来好象随时都会病倒似的"④。《寒夜》中叙述的这样一位与战争毫无关联的老妇人身体上的微小而又典型的衰变，从间接的角度展示了战争的破坏性对普通民众的影响。

战争引起的身体衰变在有关汪文宣的叙述中表现得更为明显。巴金在小说中特别强调了汪文宣的身体状况在战前战后的变化。正如前文提到的，汪文宣身患肺结核，身体健康每况愈下。汪母在与儿子讨论战争中重庆的生活环境时，明确地表示了战争的影响与汪文宣身体衰变的直接联系：

> "不要讲了，你好好睡罢。这不怪你。不打仗，我们哪里会穷到这样！"母亲温和地说，她心理也难过。她不敢多看他：他的脸色那么难看，两边脸颊都陷进去了。他们初到这里的时候，他完全不是这样。她记得很清楚：他脸颊丰满，有血色。⑤

---

① 巴金：《寒夜》，第 43 页。
② 巴金：《寒夜》，第 181 页。
③ 巴金：《寒夜》，第 194 页。
④ 巴金：《寒夜》，第 246 页。
⑤ 巴金：《寒夜》，第 57 页。

　　面对自己难以控制的身体衰变，汪文宣也频繁地表达了自己的焦虑。在《寒夜》第二十二章，当知道妻子曾树生决定跟随年轻的穿着进口秋季大衣的经理去远离重庆的兰州工作的时候，他仔细打量了自己由战前的健康状态演变到现在的肤色发黄、毫无生气的身体："他埋下头看看自己的身上，然后把右手放到眼前。多么瘦！多么黄！倒更像鸡爪了！它在发抖，无力地颤抖着。他把袖子稍稍往上挽。多枯瘦的手腕！哪里还有一点肉！他觉得全身发冷。"①小说在汪文宣妻子离家而去的时刻描写了他衰变的身体，暗示了健康问题与他失去对妻子吸引力的关联，也表明了他对身体衰变的焦虑。

　　战时中国社会中由疾病和医疗导致的身体衰变是《第四病室》关注的另一个重点。美国学者 Ka－che Yip 注意到，虽然在战前，国民党政府修建了各类医疗设施，尝试提供各类医疗服务，但尚不足以覆盖中国的大部分人群，许多人无法接受正规的医疗救治，即使在修建有医疗中心的城市或地区，也因为医疗设施和人员的匮乏而无法提供恰当的医疗服务，而战争对医疗设施的破坏以及日本人对建有良好医疗设施的东部大城市的占领，更加剧了这一状况。②战时物质条件的匮乏和生存环境质量的降低也导致了疾病感染率和人口死亡率的提高。以肺结核为例，台湾学者雷祥麟（Sean Hsiang－Lin Lei）指出，战时中国的农民、工人、富人、穷人均有很高的患病率，上海二十四岁以上人口的疾病感染率超过了97%。③而由于战时中国医疗条件的匮乏，肺结核的死亡率是欧美的四倍之多。④《第四病室》中第十二床的青年司机，根据小说的叙述，因为左眼感染不明病毒，在三天内就丧失了左眼视力，且因为医疗条件的限制，只有挖掉左眼。在得知自己

① 巴金：《寒夜》，第178页。
② Ka－che Yip, "Disease and the Fighting Men: Nationalist Anti－Epidemic Efforts in Wartime China, 1917－1945," in *China in the Anti－Japanese War*, *1937－1945*, eds. by David P. Barrett and Lawrence N. shyu, New York: Peter Lang Publishing, 2001, p. 173.
③ Sean Hsiang－Lin Lei, "Habituating Individuality: The Framing of Tuberculosis and Its Material Solutions in Republican China," *Bulletin of the History of Medicine*, 84（2）, 2010, p. 259.
④ Bridie Andrews, "Tuberculosis and the Assimilation of Germ Theory in China, 1895－1937," *Journal of the History of Medicine and Allied Sciences*, 52（1）, 1997, p. 133.

将会失去左眼时，第十二床病人自言自语道："挖了一只眼睛，脸上不晓得要多难看。"① 在医生离开后，他"躺下来，两只手蒙住脸，头微微颤动"，"他好像在那里哭"②。第十二床病人的语言和行为中充满了对自己左眼病变的焦虑。第二床病人在一个月前"身体很好"，但因为无法支付医治淋病的费用，"图省钱，不肯医，后来也是想省钱没有找好医生"，所以住进医院时，已经皮肤溃烂，难以医治，最后死亡。第二床病人也因为身体的衰变产生了焦虑。在治疗过程中，第二床病人难以忍受痛苦而哀叫："我要死啦！……我受不了啦！……快把针拔了……"为了提升抵抗力，他甚至改变了自己吃素的习惯，开始食用鸡汤③。他的哀叫和为提升抵抗力而改变饮食习惯的行为传递了他对自己病态身体的焦虑。

三　从本土到世界：巴金的身体焦虑叙事与世界文学

抗日战争时期辗转于中国各地的巴金，对战争影响下的中国社会有着细致的观察，在《寒夜》和《第四病室》中使用普通民众对身体物质性需求、生命力透支以及身体衰变三个维度焦虑来间接展现战争对社会的影响。这两部小说是巴金在战时中国意识形态、文化传统语境中创作的，当时，中国主流文化圈选择了从政治的角度来展现抗日战争，主张通过在文学作品中塑造抗战英雄、直接描写战斗场面和非战斗人员的伤亡，强调积极抵抗侵略者的价值观念，从而在中国社会建立支配性的抗日战争叙事，服务于组织民众积极抗日、鼓励士兵斗志的国家意志。在 1931 年 10 月 15 日，"九一八"事变后，中国左翼文联执委以及后来成立的中华文艺抗敌协会等文艺团体机构便向中国文学界和社会呼吁，中国作家应当将文学创作视为反抗日本侵略和残酷的战争行为的有效武器。④受此影响，这时期的许多小说都注重呈现中国的抗日英雄事迹以及中国军队和平民的抗日民族精神。

---

① 巴金，《第四病室》，中国国际广播出版社，2013，第 134 页。
② 巴金，《第四病室》，第 134 页。
③ 巴金，《第四病室》，第 132，135 页。
④ 参见房福贤《中国抗战文学新论》，中国社会科学出版社，2012，第 73～74 页。

邱东平的《一个连长的战斗遭遇》（1938）描写了国民党军队的下级军官林青史炽热的爱国热情，以及在一次上海的抗日战斗中，陷入日军包围圈的他带领士兵浴血奋战，最后以较大的伤亡取得胜利，但因违反军令而被处决的故事。阿垅的《南京血祭》（1939）以报告文学的方式讲述了南京大屠杀中中国军民的英勇斗争和日本人犯下的滔天罪行；李瘦竹的《春雷》（1941）描述了中国农村地区普通民众的抗日事迹。这些文学创作响应了抗战时期国家和民族意志的需要，为中国知识界和文化界营造了支配性的有利于抗战的叙述，为抗日战争的最终胜利做出了巨大的贡献，但是将这些文学作品放入世界文学的历史长河中审视，用美国作家海明威的话说，它们在成功实现协助战争宣传任务的同时，也失掉了对战时中国社会状况的深入探讨和反思。

巴金通过对中国家庭文化中特有的婆媳关系、夫妻关系以及在工作场域中中国式的上下级关系等现象中的身体经验的思考，在《寒夜》和《第四病室》中采用了一种与中国社会主流的政治导向型战争叙述方式相异，与世界文学中通常使用的战争表现途径相似的方式来展现抗战对中国的影响。在世界文学中，作家常常通过叙述民众的身体问题来展示战争对社会的影响。例如，美国作家海明威在《太阳照常升起》（*The Sun Also Rises*，1926）中通过叙述杰克·巴恩斯因在意大利前线因脊柱受伤而性功能障碍的身体问题以及他的意中人对身体和肉欲的执爱来展示第一次世界大战对个体的心理、价值观念及其生活理想的伤害。在随后发表的小说《永别了，武器》（*A Farewell to Arms*，1929）中，海明威通过亨利的妻子凯瑟琳难产而死的身体事件展现战争对人类生活的摧残。约翰·多斯·帕索斯（John Dos Passos，1896–1970）在小说《十九，十九》（*Nineteen，Nineteen*，1932）中通过描述女性在公共和私人空间的自由移动，展现了战争如何解除战前社会文化观念对女性身体的束缚，从积极方面展示了战争对社会中性别秩序的影响。①

---

① 达维斯（James Dawes）对该小说中展现的战争如何打破原有社会边界进行了更加细致的讨论，参见 James Dawes，*The Language of War：Literature and Culture in the U. S. from the Civil War through World War II*，London and Massachusetts：Harvard University Press，2002，pp. 140–141。

与此类似，在《寒夜》和《第四病室》中，如前文所述，巴金采用战时中国社会民众的身体经验，即身体焦虑，来间接性展现战争对中国个体、社会、文化的影响。具体讲来，《寒夜》和《第四病室》中的三种身体焦虑表明抗战时期的中国社会个体的身体的外在形态和内在需求都处在解体的状态中，同时战争也对自我与社会、文化的边界和意义进行了重构。例如，拥有教育学学位的汪文宣和妻子曾树生在战争的影响下放弃在欠发达的中国推广教育的价值观念和事业理想，为获得生存所需的基本衣物和食物委曲求全并在内心产生焦虑，暗示了战争破坏了构成特定社会中个体的自我价值观念和文化传统，迫使他们将全部精力投入对人类基本需求的满足上，这在一定意义上，暗示了战争的破坏让人类社会退化到了仅关注生存的动物性层面。小说中对生命力透支的焦虑，表明了战争时期个体与社会体制之间的冲突以及个体在此类冲突中的被支配地位。以汪文宣所在公司及其相关工作人员为代表的社会体制以通过控制个体生存所需的物质来源来支配体，对个体的生命力施加无形的暴力，在某种程度上破坏了个体自我与物质世界、社会体制之间的合理界限。《第四病室》中因医疗而产生的对身体物质性需求和对身体衰变的焦虑表明战争中的中国医疗体制已经失去了提升民众生命健康的能力，战争对医疗体制与身体的关系进行了重新构建。对身体衰变的焦虑直接展现了战争对个人身体施加的暴力，以及对个人对自己身体状况变化的无能为力，暗示了自我在战争影响下的逐步消解。小说中叙述的身体及其自我的退化说明了战争影响下的社会环境、制度和文化已经通过对个体身体的外在伤害和内在心理的摧残，暴力性地打开了身体与自我的边界，破坏了身体、人的内部世界与外界原有的关系与界限。

这种通过身体经验展现战争对人类社会影响的方式一方面揭示了战争对中国人、社会和环境的影响，另一方面说明了战争对自我、社会文化边界等方面的破坏不拘泥于某一具体的民族和文化，战争对中国的影响与战争对其他国家的影响是一样的，具有共通性，在某种程度上，可以为展示战争对其他社会的影响提供借鉴。可见，巴金在这两部小说中展现的战时身体经验将中国本土的现实状况与世界文学主题、叙述传统进行了良好的结合，跨越了单一的语言和国别，具有世界性意义，体现了巴金本土－世界的创作视角。

【Abstract】 Ba Jin is viewed today as one of the most important writers both in China and across the world. The world recognition of Ba Jin's writing is closely related to his local – global writing strategy. Nevertheless, previous studies mainly focused on the local Chinese social cultural traditions and the influence of Western ideology and literature in Ba Jin's works. This article attempts to take Ba Jin's two Anti – Japanese war novels, namely, *Cold Nights* and *Ward Four* as exemplar texts and read them from a China – global perspective. This article first analyzes the relationship between Ba Jin's glocal experiences and his writing, and then discusses the anxiety about material needs, over – taxing and degeneration of the body represented in the two novels and finds that consequences of these body anxieties are the shattering of self, the dismantling of prewar values, and conflicts between the individual and the social environment in wartime China. At last, this article explores the cosmopolitan characteristics in Ba Jin's approach to represent war and concludes that Ba Jin's approach to representing the war offers fresh perspective for both Chinese and world war literature.

【Keywords】 Ba Jin; World Literature; Body Anxiety

文学阅读与理论阐释

多克托罗文学思想研究

杨 茜

（丽水学院民族学院，丽水，浙江 325194）

【内容提要】 美国当代著名小说家 E. L. 多克托罗不曾撰写文艺理论专著，他的文学思想散见于随笔和论文中，鲜少被论者关注。多克托罗的文学思想主要体现在五个方面：小说叙事宜"宏大化"，小说与非小说并无区别，文学应独立于权力，重视"讲故事"，推崇存在主义。这五个方面彼此联系紧密，对存在主义内涵及作用的认同构成了多克托罗文学思想的基石。

【关 键 词】 多克托罗　文学思想　存在主义

美国当代著名作家 E. L. 多克托罗（Edagr Lawrence Doctorow，1931 –2015）以小说创作驰名文坛，《但以理书》（*The Book of Daniel*）、《拉格泰姆时代》（*Ragtime*）、《大进军》（*The March*）等小说为他赢得了美国全国图书奖、美国笔会/福克纳小说奖、美国全国书评家协会奖等，2013 年，多克托罗获得美国文学杰出贡献奖。在当今的国内外批评界（特别是 2010 年后的中国学界），多克托罗日益成为学者们关注的一个焦点。

多克托罗的主要作品除了 12 部长篇小说、3 部短篇小说集外，还有 3部随笔集、1 部独幕剧等。他不曾撰写文艺理论专著，但他的文学思想散见于随笔和论文中，鲜有论者关注。中国学界仅有两篇论文涉及多克托罗的创作思想：朱云认为"多克托罗诸多散文中反复出现与强调的叙事、正义和道德是其小说创作思想的典型概括"①，李俊丽认为"激进的犹太人文主

---

① 朱云：《叙事·正义·道德——从多克托罗的散文管窥其小说创作思想》，《外国文学动态研究》2016 年第 4 期，第 48 页。

义思想是多克托罗创作的核心思想"①，迄今为止未见国外探讨多克托罗文学思想的相关成果。笔者认为，一个作家的文学思想不仅指导着他的创作方针、反映他的伦理道德观念，也影响着他的写作模式，决定他的作品价值。多克托罗的文学思想主要体现在五个方面：小说叙事宜"宏大化"，小说与非小说并无区别，文学应独立于权力，重视"讲故事"，推崇存在主义。

一　小说叙事宜"宏大化"

在《居住在小说之屋》（Living in the House of Fiction）一文中，多克托罗说："如今出版的大多数小说似乎都非常私人化，或在社会影响力方面不足，每个人都在谈论私生活。"② 在《美国的思维状态》（The State of Mind of the Union）这篇文章中，多克托罗又说："大家也注意到了当今有许多小说在其他方面出色，但缺少社会内容。视野缩小了。如今的小说家在技巧上胜于三四十年前的作家，但他们更不倾向于写大的故事。"③在《作家的信仰》（The Beliefs of Writers）一文中，多克托罗论及美国作家的创作特征，说美国作家怯于写严肃小说，"倾向于走入室内，关上门，拉上窗帘，居留在某种无回响的私生活里"④。

《居住在小说之屋》写于1978年。20世纪70年代既是"以托马斯·品钦、约翰·巴思、约翰·霍克斯、唐纳德·巴塞尔姆和库尔图·冯尼古特为代表人物的'后现代主义极盛时期'（High Postmodernism）"⑤；也是基本遵循现实主义传统（但借鉴了20世纪60年代美国流行的实验主义小说之创作手段）、常以社会生活和历史事件为描写对象的文坛新秀如多克托罗、罗

---

① 李俊丽：《E. L. 多克托罗小说的创作思想和创作模式管窥》，《西安文理学院学报》2011年第2期，第1页。

② E. L. Doctorow, "Living in the House of Fiction," *The Nation*, April 22, 1978, p. 459.

③ E. L. Doctorow, "The State of Mind of the Union," *The Nation*, March 22, 1986, p. 328.

④ E. L. Doctorow, *Jack London, Hemingway, and the Constitution: Selected Essays, 1977 - 1992*, New York: Random House, 1993, p. 111.

⑤ 萨克文·伯科维奇主编《剑桥美国文学史》第七卷，中央编译出版社，2008，第507页。

伯特·斯通、罗伯特·库弗、唐·德里罗等大显身手的时期。在20世纪70年代的美国文坛，贝娄、马拉默德、厄普代克等老一辈严肃作家仍在笔耕不辍，女性作家如乔伊斯·卡罗尔·欧茨、安·贝蒂也成绩斐然、佳作迭出，通俗小说在此时亦获得了极大发展。具体到写作风格层面，巴思和品钦使用"带有嬉戏性质的实验主义创作方法"[①]，或编造离奇古怪的历史，或消解故事的情节；霍克斯和巴塞尔姆的大部分作品写的是梦幻世界中的人与事。相当部分女性作家的作品着力探讨的是婚姻、爱情、家庭——这样的题材是相对"狭窄"的；通俗小说的创作可谓唯大众之下里巴人的阅读口味马首是瞻。20世纪70年代，美国结束了越南战争，但国内发生了水门事件，种族纠纷、女权运动也仍然在持续，可以说，20世纪70年代是风云变幻的时代，也是作家大有可为的时代。多克托罗作为一位关注历史和现实、创作视野比较开阔的严肃作家，自然无法对注重形式与虚构、题材逼仄的作品产生认同。《美国的思维状态》与《作家的信仰》分别写于1986年和1993年。上面提到的三篇文章时间跨度大，从20世纪70年代到90年代，但在每一篇文章里多克托罗均指出与批评了美国小说的"私人化"特征：或是"谈论"或"居留"在"私生活"里，或是"缺少社会内容"。我们再结合多克托罗的所有著作仔细审视，可见他这种写作态度是一以贯之的，从未改变。然而问题也接踵而至，多克托罗缘何如此旗帜鲜明地反对在小说中大力表现私生活？

首先，多克托罗曾经指出该类型的小说家"这样的态度会导致一种孤芳自赏的小小说"[②]。在小说中描写私生活本来无可厚非，但是，"在如今的许多微图画家小说（miniaturist novel）中你根本无法发现如简·奥斯丁小说中展现出来的那种对于社会所具有的广阔意义"[③]。也就是说，"小叙事"的作品如果不能以小见大，令读者见微知著，那么它的意蕴自然无法深厚，它的意义必然流于浅薄。多克托罗认为，如果作家对窗外的世界视而不见，

---

① 萨克文·伯科维奇主编《剑桥美国文学史》第七卷，第591页。

② Christopher D. Morris, *Conversations with E. L. Doctorow*, Jackson：University Press of Mississippi, 1999, p. 133.

③ Christopher D. Morris, *Conversations with E. L. Doctorow*, p. 133.

只执着于"思考厨房和卧室里发生的事情，仿若外面没有街道、没有城镇、没有高速公路、没有国家"①，这样的作品是乏善可陈的。

其次，如果小说一味专注"小叙事"而非"宏大叙事"，只局限于描写私生活却缺乏社会内容，必然会导致作家责任感的缺失，并如学者马德生所言，会"忽视文学自身具有私人性与公共性相统一的特点，对文学理应表现的家国意识、社会担当、人文关怀等重大题材和时代主题，都予以机械地割裂和解构。这样做的结果，势必助长文学与社会的脱节，使写作走向极端的个人化，缺乏深广的社会意义，造成作家放弃对社会的公共关怀与批判意识、对人生的终极思考与人文诉求，进而导致文学的价值意义、社会责任与精神担当深度缺失"②。也许这有助于我们理解为何多克托罗的作品构成了对美国历史的连续审视的原因：《欢迎来到哈德泰姆》描写19世纪70年代的美国西部，《但以理书》反映冷战时期的美国，《大进军》描绘美国南北战争，《拉格泰姆时代》反映镀金时代，《潜鸟湖》（Loon Lake）、《世界博览会》（World's Fair）、《比利·巴思格特》（Billy Bathgate）的背景是大萧条时期的美国，《霍默与兰利》（Homer and Langley）折射20世纪的美国历史，《诗人的生活》（Lives of the Poets: Six Stories and a Novella）叙写当代美国……

最后，多克托罗力主的"小说应具有社会内容"其实是他"介入"式文学观的体现。它意味着小说家应在作品中探讨社会生活中的宗教、种族歧视、科学、犯罪等有关人类共同命运、影响人类社会发展的问题，应以积极介入的姿态去关注国计民生，因为他们知道叙写社会与时代的问题、揭露世界上的不公和苦难是一个有强烈社会担当意识的正直作家的职责；小说不应局限于反映个体的狭隘生活，而应力图表现丰富的社会内容。正是基于这样的创作理念，多克托罗才在《上帝之城》《霍默与兰利》等小说及多篇论文中发出对宗教的问询、质疑与思考；在《拉格泰姆时代》中描写白人种族主义者的恶劣行径；在《供水系统》中表现了科学一旦为恶人

---

① Christopher D. Morris, *Conversations with E. L. Doctorow*, p. 133.
② 马德生：《"个人化写作"的困境与宏大叙事重构》，《晋阳学刊》2012年第6期，第118页。

掌握的后果；在《比利·巴思格特》中重笔描绘了美国纽约黑社会内部的残杀、在外与官场的勾结等林林总总的社会现实问题。

多克托罗的作品关注历史与现实的这个叙事"宏大化"特点当然引起了学界的关注与问询，他也讲述了个中原因：力图发现与还原事实。在《虚假的文献》（False Documents）一文中，多克托罗论及历史上的一些最重要的审判，如斯科普斯审判案（Scopes Trial）、罗森堡案件（the Rosenberg Case）等，在这些审判中，事实被埋葬、废黜、撤销。他论述道：

> 俄国人在其百科全书中居然将每一项重要工业发明都归功于己，并将已经失宠的领导人从历史文本中抹去。那时我们也很无知：我们自己学校和大学的历史学家也对曾生活与死亡在这个国家，却在我们的文本中严重缺席的人——美国黑人、本土美国人、中国人做了同样的事情。除非被撰写，否则便没有历史……撰写的行为永不能停止。[1]

多克托罗指出了俄国和美国的统治者利用权力制造知识，篡改历史，编写有利于其统治的话语和真理的行径。其实福柯在《规训与惩罚》一书中早就说明：权力制造知识，"权力和知识是直接相互连带的；不相应地建构一种知识领域就不可能有权力关系，不同时预设和建构权力关系就不会有任何知识"[2]。对于统治者而言，要掌握权力就必须掌控知识和话语；随着现代社会进入信息时代，他们进行知识生产、牵制人民思想以巩固自身统治的需要也更加迫切。统治者利用权力制造知识，知识反过来又成为加强其统治的手段，权力与知识因此形成了既共生又彼此促进的关系。因为对权力与知识关系的深刻理解，也因为一个小说家的良知以及要发现与还原事实的雄心，多克托罗在自己的作品中不断地回顾历史、重写历史：他在《但以理书》中描写了美国历史上著名的罗森堡案件，塑造了力图发现父母被电刑处死背后的真相、寻求生活意义的哥伦比亚大学博士但以理的

---

[1] E. L. Doctorow, *Jack London*, *Hemingway*, *and the Constitution*: *Selected Essays*, *1977 – 1992*, New York: Random House, pp. 160 – 161.

[2] 米歇尔·福柯：《规训与惩罚》，刘北成、杨远婴译，上海三联书店，2012，第29页。

形象；在《拉格泰姆时代》中描写了黑人与犹太人遭受的社会不公；在《上帝之城》中用了较多篇幅控诉二战期间纳粹对犹太人犯下的罪行……多克托罗关注历史的原因之一是他认为，历史只有不断地被书写、被重写才有可能接近事实，接近知识的本真面目。作为一个作家，多克托罗的历史使命感、严肃的道德责任感和强烈的正义感由此可见一斑。

多克托罗关注历史的原因之二是他认为阐释历史也是小说家的职责所在。他曾说：

> 虽然历史学家是非常有价值的，也很重要，但我们不能把历史仅交给他们。历史学家们很清楚他们也在创作。所谓的客观历史只是一种永远不可能达到的理想……政府也编写历史，但绝大多数是值得怀疑的……社会从它的不同阐释者之间的分歧中昌盛起来。它从小说家、历史学家、教科书编著者、记者等的不同观点中找到自己的身份。一个社会要想健康地发展，必须尽可能地贴近它自身和现实。①

也就是说，撰写历史的不应只是历史学家，小说家、教科书编著者、记者等也有权利和责任编写历史，在小说、新闻等文本中同样可以窥见历史，何况有时这些文本可能更接近历史真相。就像唐代大诗人杜甫的诗之所以被称为"诗史"，就是因为其诗反映了许多重要的历史事件，其中一些事件史书还未记载，这样就让后世之人得以窥见更本真的历史面貌。多克托罗非常重视小说的功能，他曾明确说过："小说能发现事情，可以造就意识的支持者，它们还能赋予勇气，它们的可能性是无限的。"②"有通过文学使思想意识发生变化的情况。一本书可以使一种精神发出声音，或是使一种态度物质化。"③确实，林肯曾说斯托夫人写的小书《汤姆叔叔的小屋》引发了美国南北战争，海勒的《第二十二条军规》推动了美国20世纪60

---

① 陈俊松：《栖居于历史的含混处——E. L. 多克托罗访谈录》，《外国文学》2009年第4期，第90~91页。

② E. L. Doctorow, "Living in the House of Fiction," *The Nation*, April 22, 1978, p. 46.

③ 查尔斯·鲁亚斯：《美国作家访谈录》，粟旺等译，中国对外翻译出版公司，1995，第190页。

年代的反战运动，还有《钢铁是怎样炼成的》激励了全世界无数的青少年！这样的例子不胜枚举。而小说的穷尽事理、铸就信仰、澡雪精神、改变社会的功能，它的无限可能当然要依赖小说家严肃认真的创作才能实现，从这个意义上来说，小说可谓"经国之大业、不朽之盛事"。并且，也正如多克托罗所言，只有通过多重见证人的更广阔的视角以及不同的阐释与观点，我们才能让那些在历史中被消失的声音重新显现，才能更贴近史实，把握事件的真相。

二 小说与非小说并无区别

《虚假的文献》集中表达了多克托罗一些重要的文学观点。在该文中，他明确指出在所有的艺术门类中，唯有文学是把事实和虚构混淆在一起的。譬如在《圣经》中自然与超自然互相交融，人与神携手并肩。多克托罗也言及自己对《堂吉诃德》的作者塞万提斯声称自己不是该书的作者这一点很感兴趣，比如在《堂吉诃德》第一部分的第九章，塞万提斯在介绍了堂吉诃德的冒险后，声称自己在托莱多（Toledo）的一个市场上，在一位阿拉伯历史学家留下的羊皮纸上看到了有关堂吉诃德和桑丘的记载。另一部伟大的小说《鲁滨孙漂流记》也使用了类似手法——有一位鲁滨孙，这本书是他的自传，丹尼尔·笛福不过是这本书的编者。作为编辑，笛福就可以跟读者担保这个故事是真的了。多克托罗认为，塞万提斯和笛福这样做都是"为了获得叙事的权威性，在作品中他们使用他人而非自己的声音，把自己当作文学上的遗嘱执行人而非作者来介绍。用肯尼斯·雷克斯罗斯（Kenneth Rexroth）的精彩用辞来说，他们采用了'虚假的文献'这种传统手法"①。为了取得效果，虚假的文献只需可能真实即可。

多克托罗进而提出：每一部小说都是虚假的文献，因为单词的组成不是生活。《鲁滨孙漂流记》是一部典型的虚假的文献。鲁滨孙的原型亚历山大·塞尔柯克（Alexander Selkirk）的自传出版于《鲁滨孙漂流记》问世前

---

① E. L. Doctorow, *Jack London, Hemingway, and the Constitution: Selected Essays, 1977 – 1992*, New York: Random House, 1993, p. 155.

几年，塞尔柯克本人在孤岛上的经历毁坏了他平静的精神状态，他一回到伦敦就立刻在自己的花园里挖了一个洞，他住在洞里生气、发怒，令家人尴尬，对邻居也是一个威胁。但笛福把这样心理失常的塞尔柯克写成了一个勇敢、坚毅的鲁滨孙，一个凭借对上帝和白种欧洲人的信仰及上帝的洪福生还的天才。

至于非小说（nonfiction），如传记、历史、报道等，则拥有一种小说不曾被赋予的权威性，当然有时因为要达到"真实"（factual）而显得比较沉闷。但是事实真相往往难以获得或不存在。我们可以看看人类的历史，历史经常被人抹杀、杜撰或歪曲，并且最怀疑历史是非虚构学科的就是历史学家本身。多克托罗在此还举出两位著名历史学家的言论来证明这一点。爱德华·霍列特·卡尔（E. H. Carr）曾说过历史不过是撰写历史者与其撰写的事实之间的连续的互动过程；卡尔·贝克尔（Carl Becker）则声称对于任何历史学家来说，直到他创造出历史事实为止，历史事实并不存在。经由以上论述，多克托罗得出响亮的结论："小说与非小说并无我们通常所认为的那种区别，只有叙事。"①

《虚假的文献》写于1975年，而该文中最掷地有声的观点应属"小说与非小说并无区别"。我们知道美国在20世纪六七十年代曾经兴起过新的文学样式——非小说作品（nonfiction，也译成"非虚构作品"），非小说作品的种类包括非虚构小说、新新闻体和口述报告文学。而非小说作品中的一种重要形式就是"非虚构小说"（nonfiction novel）。非虚构小说这个名字肇始于美国作家杜鲁门·卡波特（Truman Capote）。1965年，卡波特发表了《冷血》（In Cold Blood），该小说描写了1959年发生于堪萨斯州的一起凶杀案，为了把这部纪实小说写好，卡波特花了大量时间到案发地点考察，还采访了警方人员、政府官员、罪犯及被害者的邻居等人。小说出版后大获成功，在随后的一次记者招待会上，卡波特宣称《冷血》采用了新的艺术形式，是一本他首创的"非虚构小说"。而后经过诺曼·梅勒、威廉·史泰伦、汤姆·乌尔夫等人的坚持与实践，非虚构小说终于成为一种新的小说

① E. L. Doctorow, *Jack London, Hemingway, and the Constitution: Selected Essays, 1977–1992*, p. 163.

文体，如梅勒的《夜幕下的大军》和《刽子手之歌》都是颇有影响的非虚构小说。

然而多克托罗对非虚构小说这一提法显然缺乏认同感。1975 年，他的小说《拉格泰姆时代》问世，这部作品最显著的一个特点就是采用了将事实与虚构混合在一起的创作手法。小说讲述了一战前夕美国三个虚构家庭（分别是白人、犹太人和黑人）的故事，但有许多真实的历史人物活动其间，比如著名的脱身术大师胡迪尼、金融巨头摩根、汽车大王福特、黑人领袖布克·华盛顿、女权主义者艾玛·戈尔德曼、女演员伊芙琳·内斯比特，还穿插了当时美国的一些历史事件。这种把真实与虚构结合在一起的创作方法令评论界与读者耳目一新，小说发表后获得无数好评，并于次年摘取了"美国全国书评家协会奖"。多克托罗也因此被一再询问诸如此类的问题："摩根真的在他那著名的图书馆里和福特进行了一场对话吗？艾玛·戈尔德曼真的把交际花伊芙琳·内斯比特置于自己的保护之下吗？"[①] 同样是在 1975 年，多克托罗在接受采访时非常明确地指出《拉格泰姆时代》是一本公然反抗事实的小说，是"一本虚构的非小说（fictive nonfiction），这是与杜鲁门·卡波特相反的、背道而驰的"。[②]

多克托罗所谓的"虚构的非小说"毋庸置疑是对卡波特创立的"非虚构小说"的一种公开质疑或抗衡。那么非虚构小说究竟有着什么样的特点呢？我们知道，卡波特的《冷血》描写的是一桩真实的凶杀案，为了在小说中尽量真实地再现案件的缘由与始末，卡波特花了大量时间，调研、搜集了许多一手资料；梅勒的《夜幕下的大军》是在梅勒亲自参加的 1967 年在纽约爆发的反战游行的基础上写就的，该书的创作也依据了报刊、宣传小手册等材料。也就是说，非虚构小说家往往在亲自采访或参与事件获得大量素材的基础上，用写小说的方法将这些素材编写成小说，一言以蔽之，他们力图用小说来纪实、写实。但是，以这样的方法创作出来的非虚构小说是否就丝毫没有虚构或失实的成分呢？答案显然是否定的。卡波特在

---

① Christopher D. Morris, *Conversations with E. L. Doctorow*, Jackson: University Press of Mississippi, 1999, p. 1.

② Christopher D. Morris, *Conversations with E. L. Doctorow*, p. 5.

《冷血》的致谢中说："本书所有资料，除去我的观察所得，均来自官方记录，以及本人对与案件直接相关人士的访谈结果。"① 而观察是一个人对他人、对事物的细察与调查，是不能保证绝对准确与客观的。还有，在《刽子手之歌》中，梅勒描写男女主人公同居后不久，女主人公的祖父曾到他们家中坐了一会儿："老头子朝她挤眉弄眼，像是在说，老天呀，你怎么又勾搭上了一个，我的胖小鸭？胖小鸭是她小时候他给起的外号。祖父了解她能把自己拖入什么境地，当然也看出眼下她正需要这个家伙，所以不一会儿就告辞了。"② 这段描写无疑是非常诙谐生动的，但是这些描写是否百分之百真实？姑且不说祖父是否确实在那个时候拜访过孙女的家，祖父滑稽的面部表情是否真的是在向孙女传达"恨铁不成钢"的信息，之后祖父的告辞难道确实是因为深谙孙女希望与心上人独处的心理？没有丰富的想象，梅勒无法写出这传神的段落，无法通过侧面描写勾勒出一个涉世未深、自律意识不强的年轻女主人公的性格。由此可见，非虚构小说也无法完全摒弃想象、去除虚构。何况梅勒在一次访谈中非常明确地说过："在经验和想象之间没有明显的边界。"③ 在小说中，事实与虚构委实是混淆不清、难解难分的，即使标榜自己完全写实的非虚构小说，也无法逾越这个规则。

让我们再来看看多克托罗的"虚构的非小说"《拉格泰姆时代》。书中有一个这样的场景：75 岁的摩根邀请了当时还是汽车机械师的福特来自己的宅邸会面，向福特展示了自己在私人图书馆中收藏的埃及法老的石棺，并表达了希望福特和自己一起远征埃及的愿望。福特明白了摩根想去埃及是为了寻求再生，然后他理性地拒绝了。暂且不论这个场景是否真实，首先小说对摩根的外貌描写是非常真实的，多克托罗如实地描写了摩根的身材容貌，虽然对摩根的大鼻子不无调侃；其次多克托罗也令人信服地描写了摩根的心理活动：他欣赏福特使用流水线装配汽车的发明，"他在福特的成就中感到了一种追求秩序的欲念，这与自己的欲念一样庄严超凡。这是

---

① 杜鲁门·卡波特：《冷血》，夏杪译，南海出版公司，2010，第 1 页。
② 诺曼·梅勒：《刽子手之歌》，邹惠玲、司辉、杨华译，译林出版社，2008，第 78 页。
③ J. Michael Lennon, *Conversations with Norman Mailer*, Jackson：University Press of Mississippi, 1988, p. 90.

他很久以来得到的第一个启示，说明他在这个星球上或许并不是孑然一身的"①。因为对福特才能的欣赏，摩根产生了一种与福特惺惺相惜的感觉，正是出于这种感觉，还有对自己身体状况的担忧（历史上真实的摩根确实在 75 岁时健康状况已经不佳，他确实建造了收藏丰富的摩根图书馆），摩根才会约见福特并邀请他与自己同往埃及探寻人在死后再生的可能，并且小说中的摩根也确实如历史上的摩根一样去了埃及休养，并死于 76 岁。正是由于情节设置得十分合情合理，摩根的形象被表现得活灵活现，一些读者才会追问多克托罗摩根是否真的在他那著名的图书馆里和福特进行了一场对话。而结合时代背景，我们可以知道提问者受到非小说的影响可谓不浅。那么多克托罗又是如何回答这类问题的呢？虽然他不可能亲眼看见与自己不同时代的摩根的举动，也没有调查过摩根家族，他却大声宣称："我说《拉格泰姆时代》里的一切都是真实的，我这句话是认真的。我尽可能地写得真实。比如说，我认为我对 J. P. 摩根的看法比他授权的传记更接近于此人的灵魂……"② 多克托罗坚称小说和非小说之间并不存在有人认为的那种区别，并用自己的创作实践与非虚构小说分庭抗礼，或者可以更明确地说，他是要解构非虚构小说所标榜的"非虚构"提法，对非虚构小说进行颠覆。在 1991 年的一次访谈中，多克托罗非常清楚地指出："《拉格泰姆时代》是事实与虚构的混合，是一个小说家对于一个崇尚非小说的时代的复仇。"③ 他为什么极力否认小说与非小说的区别？小说与非小说并无区别的观点之积极意义又何在呢？最重要的一点是，这个论断可以消解标榜自己为非小说者（如历史）的权威。因为我们知道纯粹的、绝对客观的写实作品在人类历史上是不可能存在的，即使非小说的撰写不受统治阶级的干涉，它也无从逃离作者的思想、情感与价值判断。如果民众对非小说产生迷信与崇拜，那么非小说就很有可能被一些别有用心的人利用，成为"虚假的文献"，成为传播、控制舆论及民众思想的工具，而民众在很多时候可

---

① E. L. 多克托罗：《拉格泰姆时代》，常涛、刘奚译，译林出版社，1996，第 100 页。
② 柏栎：《E. L. 多克托罗访谈》，《书城》2012 年第 12 期，第 101 页。
③ Christopher D. Morris, *Conversations with E. L. Doctorow*, Jackson：University Press of Mississippi, 1999, p. 1.

能并没有意识到这一点。正因如此，多克托罗才会大声疾呼小说与非小说并无区别，才会力图向一个崇尚非小说的时代进行"复仇"，他其实是从一个小说家的道德责任感出发，力图擦亮民众的眼睛，唤醒蒙昧的民众，《虚假的文献》也因此成了一篇闪耀着智慧的檄文。

三 文学应独立于权力

在《居住在小说之屋》中，多克托罗谈到意识形态坚定的人、有才气的政治人物、被使用的艺术家经常会写出毫无生命力的材料，只因他们的思想已在其作品中打上烙印，并援引 W. H. 奥登（W. H. Auden）的话说一个作家的政见比他的贪婪更危险。在接受中国学者陈俊松采访时，多克托罗又说：

> 诗人奥登曾说，一个作家的政见比他的贪婪更危险。他的意思是说，如果你在创作中受意识形态的驱使，如果你的作品仅仅服务于你的政治信仰，那么你的作品就难免陷入说教而以失败告终……20 世纪30 年代的美国，许多小说有一种政治倾向性，抗议的矛头直指这样或那样的不公，或主张建立一种不同的经济制度。在这些被称为无产阶级小说或革命小说（collectivist novels）的作品当中，真正收到实效的，或经久不衰的少之又少。①

这些论述其实也重申了多克托罗的一个观点："如果文学作品沦为政治小册子，那么它将注定失败。"② 也就是说，文学作品若要获得价值与长久的生命力，便不应充斥太多政治内容。

上述两段话中都有一个关键的核心词语——"政治"。什么是政治？我们知道，虽然"政治"一词人们耳熟能详，但迄今为止，尚无一个得到广

---

① 陈俊松：《栖居于历史的含混处——E. L. 多克托罗访谈录》，《外国文学》2009 年第 4 期，第 89 ~ 90 页。

② 陈俊松：《栖居于历史的含混处——E. L. 多克托罗访谈录》，第 90 页。

泛认同的定义。"一方面，政治被指认为民主、平等、正义、和谐等等范畴……另一方面也被指认为权力、政党、阶级、阶级斗争等等。"① 而多克托罗所谓的政治我们认为应该属于后一范畴。多克托罗认为，作家不应为政见造文，文学作品不应沦为作家政见的传声筒，作品充斥太多政治情感的话难免会失败，而失败的原因常源于措辞。"经常有这种情况发生，小说家或诗人采用了政治措辞，而政治措辞的天性是不能阐释、无法启迪人的。如果你使用政治措辞，你就无法再次系统地阐述任何东西。你只会把别人已经知道的事情告诉他。"② 并且作家自身也应理性地应对政治的干预，即使这种干预是一种支持。在《美国的思维状态》（The State of Mind of the U-nion）中，多克托罗提及 1986 年在纽约召开的第 48 届国际笔会上诺曼·梅勒邀请时任美国国务卿乔治·舒尔茨（George Shultz）为大会开幕式致辞，梅勒说国务卿的出席给会议增添了光彩。多克托罗对梅勒此举却不以为然，他认为："对于作家，或任何一类艺术家来说，工作本就赋予自身尊严，政治支持应让作家警觉——就像罗伯特·洛威尔（Robert Lowell）所做的那样，他在 20 世纪 60 年代拒绝了来自白宫的邀请。"③ 我们不妨运用法国社会学家布尔迪厄的场域和资本理论来分析多克托罗对于梅勒此举的否定。何谓"场域"？布尔迪厄说场域可以被定义为"由不同的位置之间的客观关系构成的一个网络，或一个构造"④。也就是说，场域作为位置空间的结构而存在。在高度分化的现代社会中出现了许多相对自主的微观世界，这些被布尔迪厄称为场域的社会微观世界（如宗教场、哲学场、政治场、文学场等）拥有自身的逻辑与规律；场域是社会行动者自觉不自觉参与的游戏空间，是力量关系的场所，也是一个永远斗争的场所。行动者拥有的资本越多，就越有可能在场域中占据支配地位。以文学场为例，布尔迪厄认为，

① 焦垣生、胡友笋：《文学与政治关系言说的反思与重述》，《人文杂志》2009 年第 4 期，第 100 页。

② Christopher D. Morris, *Conversations with E. L. Doctorow*, Jackson: University Press of Mississippi, 1999, p. 65.

③ E. L. Doctorow, "The State of Mind of the Union," *The Nation*, March 22, 1986, p. 327.

④ 布尔迪厄：《文化资本与社会炼金术——布尔迪厄访谈录》，包亚明译，上海人民出版社，1997，第 141 页。

文学场是一个具备不同习性和文学资本的行动者争夺位置占有权的场所。文学场在社会结构中仍然受到权力场的支配，内部虽然秉持着自主自治原则，却会遭遇外部政治、经济等力量的侵袭。

多克托罗质疑梅勒邀请当权政要在笔会上发言的主要原因在于他对文学自主性的忧患感。他担心文学艺术生产被外部的政治力量侵袭，生怕权力关系伸向自主的文学艺术生产。由于"被假定能代表团体的发言人，因为他的显赫，他的出众，他的'曝光率'而建构了权力的主要部分，这种权力因为完全设置在了解和承认的逻辑的内部，所以它在本质上是一种象征性权力"①。因而国务卿舒尔茨在某种意义上就是权力的代名词。梅勒结交权贵，寻求权力的支持，也间接反映了文学场被权力场统治的地位——布尔迪厄曾明确地说："艺术家和作家，或更笼统地说，知识分子其实是统治阶级中被统治的一部分。他们拥有权力，并且由于占有文化资本而被授予某种特权……但作家和艺术家相对于那些拥有政治和经济权力的人来说又是被统治者。"② 因而梅勒的邀请之举一定程度上也是作家对于大权在握的统治阶级权威的认可之举。

梅勒的邀请之举也可视为文学场中受政治导向影响的作家为寻求和增加自己的社会资本而做出的行动。布尔迪厄认为资本可以表现为三种基本的形态：经济资本、文化资本和社会资本。经济资本主要指财产；文化资本以三种形式存在（具体的状态、客观的状态、体制的状态），以教育资格的形式被制度化；社会资本主要体现为社会关系网。另外，他还把这三种资本的被认可形式称为符号资本。资本生成了一种权力来控制场域，并在有关场域中起作用，不同类型的资本之间存在相互转换的可能。梅勒固然是一位非常优秀的作家，但同时也是一位拥有炽热"政治情怀"的社会活动家，1968 年他曾参加纽约市长的竞选就是一个非常雄辩的说明。梅勒邀请舒尔茨在笔会上致辞，体现他为自己积极营造社会关系网的努力以及为自己谋求更多社会资本的苦心。因为作家如果能与政要保持良好的关系，无疑会提高声誉、增加社会资本，社会资本在某些条件下又可转换为经济

---

① 布尔迪厄：《文化资本与社会炼金术——布尔迪厄访谈录》，第 207 页。
② 布尔迪厄：《文化资本与社会炼金术——布尔迪厄访谈录》，第 85 页。

资本，而丰厚的经济资本往往又是能帮助作家在场域斗争中取得支配性地位、获得胜利的后盾。

多克托罗对梅勒此举的批评与否定属于文学场内部不同习性的文学行动者之间的斗争，反映了自主性的文化生产者（他们竭力维持艺术标准的纯粹）对于文学场内部自治原则的坚守，以及推动文学场独立自治的努力。多克托罗认为作家无须依靠当权政要的支持来取得尊严、地位与价值；认为文学与政治权力之间应该泾渭分明，如此才能使文学作品永葆生命力，文学家才能得以保全独立人格。此般直言不讳的言论充分反映了他的睿智和非凡勇气。多克托罗在美国文学界获得了许多荣誉，在 1998 年获得了美国总统颁发的国家人文奖章，但他并未因此对政府"感激涕零"，为其歌功颂德，相反，他始终不曾间断对美国政治的审视与批判，他在不止一篇文章中批评他认为不合格的总统里根和老布什。在《奥威尔的〈1984〉》（Orwell's 1984）中，多克托罗批判里根政府仅在 1982 年的四个月间就在中美洲国家萨尔瓦多实施了 2334 桩政治谋杀；在《总统的品质》（The Character of Presidents）一文中，他批评老布什：

> 1989 年 6 月，布什先生否决了一项力图在三年内将每小时最低工资提高到 4.55 美元的议案。1989 年 10 月，他否决了一个议案，其中包括使用医疗补助资金支付贫穷妇女流产费用的条款，那些妇女是强奸或乱伦的受害者。1990 年 10 月，他否决了国会通过的民权法案，驳回了最高法院的裁决，使得妇女和少数族裔更难在就业歧视诉讼中获胜。次年 10 月，他否决了一个要为已经耗尽其 26 周失业保险的人群扩大福利的议案。①

多克托罗认为老布什滥用权力，做出了多项违反人道主义决议的行为，造成了美国下层人民的苦难，他对此加以抨击，为美国社会的弱势群体仗义执言，为维护人权慷慨陈词。这对一个作家，尤其是享有盛誉的作家来

---

① E. L. Doctorow, Jack London, Hemingway, and the Constitution: Selected Essays, 1977 – 1992, New York: Random House, 1993, p. 98.

说是难能可贵的！他当然知晓他的言论很可能招致来自政府的迫害（在
《虚假的文献》一文中多克托罗提及世界上有许多作家被无端安上威胁政体
安全的罪名而坐牢，或进入精神病院与酷刑室受折磨），但他仍不惮于批判
总统的不合理作为、社会上的不良现象，在作品中对其进行揭露与抨击。
多克托罗可谓"美国的良心"。

四　重视"讲故事"

在《作家的童年》（Childhood of a Writer）一文中，多克托罗回忆了自
己的一些童年往事，说自己家中的每个人都善于讲故事，无一例外。家人
讲的多为寻常故事，叙述出来之后却颇具重要性和意义。在这样的环境中
长大的多克托罗自然也是个讲故事的高手。多克托罗在布朗克斯中学读书
时曾学习新闻课，有天新闻课的老师布置了一个任务，让学生出外采访。
多克托罗上交了一份有关纽约市卡内基音乐厅（Carnegie Hall）看门人的采
访稿：看门人是个德国犹太难民营的生还者，全家仅剩下他一人，看门人
过早衰老，性情温和，穿着双排扣的蓝色哔叽夹克和棕色布袋裤。每晚来
上班时他都带着装在纸袋里的午餐和一瓶热茶。他用旧式的方法喝茶，就
是拿一块方糖放在齿间，然后再小口啜饮茶水。他的人生被毁但意志坚强，
并懂得生活的全部技能，能够专业地谈论作曲家和音乐家。在过去的这些
年他已成为本地不可或缺的人物，所有的演奏家如霍罗威茨、钢琴家鲁宾
斯坦都认识他，都叫他"看门人卡尔"。

这份采访稿给多克托罗的老师留下了深刻印象，以至于要把它登载在
校报上，她跟多克托罗说想派一个摄影课的学生去卡内基音乐厅为这位看
门人拍照，然后把照片和这个故事登在一起。多克托罗回答老师说不可能，
因为根本就没有卡尔这个看门人，卡尔不过是他编造的人物。

我们认为，这件事足以说明九岁时就决定要当作家的多克托罗讲故事
的天赋，而多克托罗也认为这件事是"一个小说家诞生的寓言故事"，而在
《小爆炸》（The Little Bang）一文中，多克托罗更是把作家灵感的小爆炸与
宇宙大爆炸（Big Bang）相提并论，并提到远古时候口头传统中的讲故事

者，他们的系统讲述最后都被记载入神圣的文本中，他们把这些故事的作者归于上帝，或者说他们认为自己的灵感来自上帝。但是对于上帝虔诚并不妨碍人们使用叙事策略。叙事策略之一是已知结局，故事朝向结局设置；叙事策略之二是讲故事的常规做法，就是对已有故事的改编。前者如已知世界上的人说着许多种语言这个结果，通天塔的故事便朝向这个结果来解释；后者如《创世纪》中的大洪水故事便改编自美索不达米亚和苏美尔地区有关洪水的传说。

行文至此，笔者相信大家都已明白了多克托罗所谓"讲故事"（storytelling）指的就是叙事（narrative），更何况"narrative"本就有着"讲故事"的含义，"a master of narrative"的含义为"讲故事的高手"，当然在不同语境下它也可被译为"叙事大师"。为了把自己创作的故事讲好，多克托罗煞费苦心地运用了许多方法，其中包括后现代主义技巧的运用。他曾说过："我运用了某些后现代主义技巧，但那完全是出自传统的讲故事的目的。"①多克托罗在小说中使用的一些后现代主义技巧主要包括拼贴、戏仿和蒙太奇等。

拼贴（collage）是一种绘画技法，画家将报纸、布片、绳子或其他材料等实物直接拼贴到画中，突破了传统绘画的二维空间，也因此模糊了艺术中真实与幻象的区别。由于艺术的相通性，拼贴后来被移植到现代文学创作中。巴塞尔姆曾评论拼贴的效果说："拼贴的要点在于不相似的事物被粘在一起，在最佳状况下，创造出一个新现实。这一新现实在其最佳状况下可能是或者暗示出对它源于其中的另一现实的评论，或者，还不只这些。"②也就是说，拼贴如果能得到最佳运用，便能在文学作品中营造出一个新境界。多克托罗是善用拼贴的作家，他的《但以理书》《上帝之城》等小说都是结构上带有拼贴性的作品。

以《上帝之城》为例，全书可谓一床令人眼花缭乱的百纳被。第一节论述"宇宙大爆炸"理论，第二节讲述一个男人眼中的女人莫拉；第三节

---

① Christopher D. Morris, *Conversations with E. L. Doctorow*, Jackson: University Press of Mississippi, 1999, p. 193.
② 唐·巴塞尔姆：《白雪公主》，周荣胜、王柏华译，哈尔滨出版社，1994，第331~332页。

提及星系，第四节是神父佩姆伯顿回复小说家艾弗瑞特的电子邮件，第五节描述大教堂后面买卖赃物的市场，第六节讲述一个男子爱上有两个孩子的有夫之妇，第七节的主人公应该是佩姆伯顿，他在纽约城中游荡并对其发出许多感喟……且不说小说描述的事件繁多、缺乏线性、有许多还无果而终；叙述时序颠倒杂乱、叙述人称经常转换，导致读者常无法轻易得知叙述者为谁及所述何事；文体的杂陈也是一个显著特色：电子邮件、日记、祈祷文、流行乐曲的歌词、传记、诗歌等交替出现，还穿插哲学笔记、科普文章、录音誊写文本等；小说充斥多人的声音，如爱因斯坦的、维特根斯坦的、佩姆伯顿的、二战期间在纳粹占领区里送口信的犹太小男孩的，成为一曲多声部交响乐。多克托罗由此描绘出一座光怪陆离的纽约城，这座城市正如小说中所描述的："纽约啊纽约，文学、艺术之都，虚伪之都，地铁、隧道、公寓大厦之都……纽约，人们不工作就大量挣钱的都市。人们一辈子工作最后破产的都市……这是一个所有音乐汇聚的都市，这是一个连树都筋疲力尽的都市。"① 多克托罗是一位生于纽约长于纽约的作家，他看到这座城市的物欲横流，它备受世俗污染却又英才荟萃，读者可以分明看见多克托罗对纽约爱恨交加的感情。

戏仿（parody）又称滑稽模仿，被模仿的对象可以是一部作品、一位作家的文风、一种文类、一桩历史事件等，但戏仿常突出被模仿对象的弱点，以达到讽刺、否定、嘲笑、批判的目的。《欢迎来到哈德泰姆》便是对美国西部小说的戏仿——多克托罗曾经在一次访谈中谈及这部小说的写作动因。

> 我当时为一家电影公司做审读员。我坐在大厅里的一些文件柜后面，审读许多交到这个公司的东西，还得为它们写出故事梗概。我必须忍受一本又一本糟糕的西部小说，这让我产生了一个想法，就是我可以用一种有趣得多的方式来说谎，超过这些小说作者中的任何一人。我写了个短篇故事，它接下来就成了那部小说的第一章。②

---

① E. L. 多克托罗：《上帝之城》，李战子、韩秉建译，译林出版社，2005，第 10 页。

② Christopher D. Morris, *Conversations with E. L. Doctorow*, Jackson：University Press of Mississippi, 1999, pp. 11 – 12.

多克托罗一直认为小说家的创作在某种意义上就是"说谎"（lie），当年任审读员的多克托罗还不到三十岁，工作时他不得不审读许多"糟糕"的西部小说，不想这却激起了他的写作欲望，促成了他的第一部小说。与塞万提斯写《堂吉诃德》意在抨击与扫除骑士小说异曲同工，多克托罗创作西部小说《欢迎来到哈德泰姆》也是为了对美国的西部小说进行戏仿与批判。该小说的叙述者是时任镇长、五十多岁的鳏夫布卢，故事发生在19世纪末美国西部的一个小镇哈德泰姆（Hard Times），一个坏人特纳强奸杀人无恶不作，他烧伤妓女莫莉，使男孩吉米成了孤儿。莫莉曾向布卢求救，布卢却漠然置之。结果特纳一把火烧了布卢所做的小镇记录和小镇。这是小镇的第一次毁灭。

布卢在特纳离开后带领幸存者重建家园，他娶了莫莉也收养了吉米作为赎罪。但他不理会莫莉要离开小镇的请求使之绝望，他一心只想按自己的设想改造吉米并深深伤害了吉米的感情，导致养子性情冷酷慢慢变坏。特纳在小镇重建后返回并要再度摧毁它，但这次一心复仇的莫莉疯狂地折磨特纳，惊惧的吉米用枪射死了莫莉与特纳，也使布卢重伤而死。吉米迅速逃离，本就问题重重的小镇被第二次毁灭。

《欢迎来到哈德泰姆》是对传统西部小说的戏仿。首先，是对主人公的塑造：布卢并非西部小说中能与匪徒格斗、保护弱者的牛仔英雄，他胆怯懦弱，还有其他人格缺陷；莫莉来自纽约，到西部只为摆脱无尊严的侍女生活，结果却被西部艰苦的生活逼得沦为妓女，婚后也不快乐的她一心复仇，最后死于疯狂的复仇。女主人公的面貌与传统西部小说中温柔美丽、结局幸福的女子是迥然不同的。其次，传统美国西部小说讲述的都是正义战胜邪恶的故事，往往有幸福的结局，但在该小说中正并不压邪，结局可悲。特纳虽死，新一代恶棍吉米却已经成长。这是《欢迎来到哈德泰姆》中对西部小说的明显戏仿与颠覆，它与欧文·威斯特、梅恩·里德等作家营造的西部小说模式实在是大相径庭。

"在一次访谈中，多克托罗谈起西部神话时说它不过是那些'不知现实为何物'的作家的创造。而他的小说就是与之有意地对抗。"① 多克托罗戏仿的目的在于解构美国政府及一些作家营造的西部神话，他以一位哲人的客观眼光看待西部：当时的美国西部不仅有辽阔边疆、丰富矿藏、浪漫风情，还有严酷恶劣的自然条件，投机者、矿工、农民等依照丛林法则以求生存。《欢迎来到哈德泰姆》大量描写了靠不法手段发家的卑劣商人及他们的商业活动，而非传统西部小说常描写的拓荒者伟大艰苦的农业拓荒过程。小说中有一位用土办法救治了许多人的印第安人贝厄，但就因为是印第安人，他差点被奸商、种族主义者萨尔打死。贝厄无法忘记自己遭受的屈辱，终于在小镇第二次被毁时剥下了萨尔的头皮，为己雪耻。在美国的西进运动中，印第安人被大量屠杀，被迫逃离家园，印第安人西迁之过程是一条"血泪之路"。多克托罗塑造这样一位印第安人，意在向种族主义者提出严正的告诫。总而言之，多克托罗可谓在小说中还原描写了一个更为真实的西部。

再说蒙太奇。蒙太奇是法语 montage 的音译，在法语中是"剪接"的意思，在制作电影时如果选择从不同距离、角度和地点拍摄的镜头，把它们组合衔接在一起，就会产生各镜头单独存在所不能具有的含义。蒙太奇后来进入文学领域，成为小说艺术手法，作家常对所描写的场景进行切换、挪移、组合以表现作品主旨。如《大进军》的第一部"佐治亚"包括十七个短章：第一章描写南北战争期间南方一个庄园主匆忙处理家产并扔下私生女逃亡；第二章的场景切换到南方军的一个监狱，犯人们被告知可以马上获释，前提是立即从军与北方军作战；第三章的故事背景是一位南方法官的家中，女儿眼看着法官父亲走向死亡并在其葬礼上哭泣；第四章两位南方士兵混入北方军中求生但马上又被南方军抓获；第五章一位北方军中尉在执行任务时被枪击身亡……故事镜头不停切换，使读者在开卷不久便了解南北战争期间南方各阶层民众的思想、战争的残酷、人性的复杂。这种蒙太奇手法的运用避免了线性的平铺直叙，令小说充满张力。

多克托罗把后现代主义技巧运用得出神入化，为他的小说自然增添了

① Douglas Fowler, *Understanding E. L. Doctorow*, Columbia：University of South Carolina Press, 1992, p. 12.

不少色彩，有时也令读者的理解和反应能力受到挑战。有的论者给他贴上后现代主义作家的标签，但他从来都加以否认。在接受中国学者高巍采访时，他说："我对后现代主义方法的使用，完全出于复兴传统小说的愿望，并不是要抛弃传统小说。我并不认为自己是后现代主义者，因为我从根本上说是忠于传统叙述的。我相信已经延续了几个世纪的文学创作价值。后现代主义本身并不吸引我。我从未为了用那些方法而用它们。"[1]

五　推崇存在主义

多克托罗 1948 年上大学，学习的是哲学，当时是存在主义盛行的时期。法国存在主义作家萨特于 1945 年和 1946 年两度访问美国；1946 年，加缪访问美国；1947 年，存在主义女作家波伏瓦抵达纽约访美，被称为"最美的存在主义者"。他们在一些著名大学发表演讲，对公众进行演说，与美国学界与知识界进行广泛接触与交流，这一切极大地激发了美国人对存在主义的兴趣。当时美国的许多杂志如《党派评论》(*Partisan Review*)、《观点》(*View*)、《纽约客》(*The New Yorker*) 都登载了与存在主义相关的文章和消息，为存在主义在美国的传播推波助澜。

多克托罗曾多次提及存在主义对他一生及其作品的重要性，如他曾告诉威妮弗蕾德·法兰·贝弗拉卡：

> 当我上大学时，哲学殿堂中的存在主义非常流行和重要。我学习萨特、海德格尔、加缪和胡塞尔。存在主义的观点不仅令我兴奋，也激起了我情感上的认同。当时作为一个年轻人，我对那种自由和忧伤的感觉做出反应，并且我也从未放弃过那种反应。所以我会说存在主义对于我自己极其重要，并且对于我所有的作品也非常重要。[2]

---

① 高巍：《人文主义、宗教信仰及其他——对话 E. L. 多克托罗》，《外国文学动态》2012 年第 2 期，第 4 页。

② Christopher D. Morris, *Conversations with E. L. Doctorow*, Jackson：University Press of Mississippi, 1999, p. 129.

在《肯尼恩》（Kenyon）一文中，多克托罗说自己就读肯尼恩学院时，有一位哲学教授菲利普·布莱尔·赖斯（Phillip Blair Rice）是著名的《肯尼恩评论》（*Kenyon Review*）的副主编，主编则是著名诗人及文学评论家兰塞姆（John Crowe Ransom）。正是因为赖斯的影响，《肯尼恩评论》才向战后欧洲的存在主义开放。在肯尼恩学院学习时，多克托罗已深受存在主义的熏陶与影响，而当时及接下来的二十年间在美国大学校园、整个美国的思想界和文化界中，存在主义大行其道，正是这样的时代环境造就了美国文学中普遍弥漫着存在主义色彩，因此多克托罗说存在主义对于他个人及他所有的作品都非常重要便是情理之中的事了。

多克托罗也对存在主义的内涵做过精彩的阐释：

> 存在主义是对法西斯主义及在欧洲上升的极权主义国家的重大哲学反应……狂热为法西斯运动提供动力，所以唯一可能的反应就是狂热的反面——就是距离，哲学的疏离。存在主义回归到起点，回到一个没有教条的世界，回归到勇敢承认一个不遵守道德准则的体系的存在……我在萨特和加缪还有其他人如他们二人的先驱胡塞尔的影响下长大。我相信存在主义的视野。就像许多形而上学一样，它实际上是诗的一种形式。但我信任它，因为它放弃了教条，把人的创造力当作在沉寂中的辉煌响声来接受。我想那就是存在主义者所谓“荒诞”的意义吧……它（指存在主义，笔者注）悲观吗？我并不这么认为。存在主义承担着建构公正世界的职责，至少在我看来，它希望能用那种方式找到意义和上帝。荒诞感是非常实用的，它怀疑绝对真理，怀疑来得容易的答案和政治救世主。鉴于20世纪人类社会的历史，它实际上是令人鼓舞的。①

多克托罗认为存在主义是对法西斯主义和欧洲极权主义的重大哲学反应，存在主义回到一个没有教条的世界，认识到世界的不完美或者是丑

---

① Christopher D. Morris, *Conversations with E. L. Doctorow*, pp. 112 – 113.

恶——这个世界并非围绕着既定的道德体系运转。所谓存在主义"放弃了教条，把人的创造力当作在沉寂中的辉煌响声来接受"，其实与萨特存在主义哲学中重视人的行动、认为存在先于本质的观点呼应、对位。多克托罗还特别指出存在主义并不悲观——存在主义哲学因为提请人们认识世界、人生的荒诞与恶心，关注人的痛苦与焦虑情绪、在世上经常处于孤立无援的境地等，经常被误认为是一种悲观、非理性的哲学。比如我国就有学者（特别是 20 世纪 90 年代之前有相当一部分学者）认为："这种哲学，实际上是主观唯心主义的世界观、不可知的认识论、极端个人主义的人生观和乔装打扮的宿命论的大杂烩。当然，存在主义强调'荒诞'等观点，也是资本主义社会混乱、矛盾、面临无法摆脱的危机的现状在人们头脑中反映的产物，它们表现了中产阶级知识分子对这种现实的厌恶、不满、绝望以及一种无政府主义的反抗情绪。"① 这种认识有很大部分的原因可能是潜意识中阶级斗争的观点在作祟。美国的著名存在主义者威廉·巴雷特就曾为存在主义"鸣不平"，他在其名著《非理性的人》中说："存在主义往往未被很好地研究就被当作危言耸听，或仅仅是'心理分析'、一种文学创作方法，当作战后的绝望情绪，虚无主义，或者天晓得是别的什么东西而遭到摒弃。"②

多克托罗同样对存在主义表现出一种认可与捍卫的态度：他认为存在主义摒弃了教条，表明自己对于存在主义的信任，大声疾呼存在主义绝对不悲观。笔者亦以为，存在主义的一些观点具有永恒的宝贵价值与启示意义，比如萨特对于"自在"存在与"自为"存在的划分，对于"存在决定本质""存在主义是一种人道主义"的呐喊，鼓励每一个有识之士把自己变成英雄而非懦夫，呼吁尊重人的价值、尊严、权利及推进人与人之间的和谐共处、人类社会的共同发展；萨特对于异化的人际关系的认识（"他人即地狱"）是犀利然而真实的；加缪对于"荒诞"的深刻认识与感受以及提出的"反抗"对策永远是逆境中的人的精神动力与智力支持；海德格尔认为人应该"向死而生"，在对死的"畏"中体验"本真"的生存，给人醍醐

① 陈慧：《西方现代派文学简论》，花山文艺出版社，1986，第 141 页。
② 威廉·巴雷特：《非理性的人》，杨照明等译，商务印书馆，2004，第 8 页。

灌顶之感……存在主义并非如一些学者认为的那样是一种悲观绝望的哲学，它的深刻内涵与积极意义激励了许多人，包括作家多克托罗和笔者。

然而多克托罗最振聋发聩的一个观点应为：存在主义承担着建构公正世界的重任，并希望由此获得生活的意义及找到上帝。多克托罗曾在《上帝之城》中借笔下人物之口指出《圣经》文本的矛盾和荒唐，指出《圣经》故事都是虔诚的欺骗，说上帝存在《圣经》之外，应当在外部世界中追寻上帝。在多部作品中，多克托罗都对人间苦难（如犹太大屠杀）不闻不问的上帝发出了呐喊和质疑。多克托罗的存在主义宗教观实际上是与"反有神论"者加缪基本一致的：加缪不信上帝、谴责上帝的冷漠无为，但又声明自己并不因此就是无神论者；多克托罗虽然也不信上帝，不遵守宗教习俗，但因受家庭环境（多克托罗的长辈分成无神论者和有神论者两大阵营）的影响，他会被虔诚的宗教氛围、纯真的宗教崇拜打动，也从未声称过自己是无神论者。

多克托罗在情感上认同、崇尚存在主义，他的许多作品也反映了存在主义的一些积极的思想观念，并对萨特和加缪的部分存在主义思想进行了继承与发扬。多克托罗小说的存在主义内涵对萨特、加缪的接受最突出的是对"自由"的诠释和追求，以及对"荒诞"与"反抗"的极尽描摹。身为美国犹太裔作家的多克托罗虽然生长于纽约，不曾经历过二战，更不曾经历过千百年来犹太人普遍经历的颠沛流离与苦难，但他始终不忘犹太民族的历史与磨难，始终希望包括犹太人、黑人在内的世界上所有的人均能获得自由、获得平等的生存条件和发展机会。萨特曾在《存在主义是一种人道主义》中宣称人是自由的，人就是自由。萨特还认为，因为自由选择后总是要担负连带的责任和结果，所以人会恐惧并逃避自己命定的自由，会对自己说谎、对自己掩盖真情即"自欺"（也译作"不诚"），以此来逃避自由，使自己免于烦忧。多克托罗则在作品中着意塑造了一些把握"自由"、勇于选择、拒斥"不诚"的主人公形象，以《拉格泰姆时代》为例，其中的黑人音乐家沃克、犹太人"爸爸"和白人"母亲"，他们或选择坚决用暴力反抗自己所遭遇的不公，或弃绝以往的无产者身份改弦易辙融入主流社会，或选择在精神和物质上独立自主。他们是决不回避自由、积极行动、敢于负责、本真生活的典范。而在《霍默与兰利》中，多克托罗则淋漓尽致地对人物的荒诞命运、荒诞的人际关系进行了书写；两位主人公亦利用了不同方式进行了恪守"本真"的坚决反抗，可谓对加缪荒诞－反抗理论的践行，"从而也印证了萨特和加缪存在主义理论和小说对于多克托罗创作的影响"①。

结　语

如上所述，多克托罗文学思想的五个方面有着紧密的联系：他因为对社会现实的深切关注而反对在小说中过多地表现私生活，并通过对美国历史与现实问题的反映与描摹而切实地践行自己的"宏大叙事"主张；重视"讲故事"即重视叙事则反映了他对创作精益求精的态度，而他既忠于传统叙述，又娴熟采用一些后现代主义技巧的叙事风格让他的作品别具风格；他的小说与非小说并无区别的论断、创作"虚构的非小说"与非虚构小说分庭抗礼的举动则有助于我们认识、去除对非小说的迷信，也彰显了一位作家的敏锐洞察力；文学应独立于权力的思想显露出多克托罗对于作家职责与尊严的捍卫，以及自主性的文化生产者对于文学场内部自治原则的坚守，而小说与非小说并无区别、文学应独立于权力的观点均是作家的睿智见识；对存在主义内涵及作用的认同则构成了多克托罗文学思想的基石，促使他产生了"宏大叙事"及文学应独立于权力等创作理念，也使他的作品深受存在主义积极思想观念的陶染，在某种程度上提升了多克托罗作品的价值。

【Abstract】 E. L. Doctorow, a renowned American contemporary novelist, has never written a monograph on literary theory, but his literary thoughts are scattered in his essays and papers, and rarely noticed by scholars. In view of the fact that literary

---

① 杨茜、李伟荣：《论〈霍默与兰利〉的荒诞书写》，《复旦外国语言文学论丛》2018 年秋季号，第 64 页。

thought is the display of a writer's creative idea, so it also guides his writing mode, reflects his ethical and moral ideas, and determines the value of his works. Thus it is of great importance and significance to systematically sort out and summarize his literary thoughts. The main literary thoughts of Doctorow are as follows: grand narrative is preferable to petty narrative; there is no difference between fiction and non – fiction; literature should be independent of power; value storytelling; deeply influenced by existentialism. These five aspects of his literary thought are closely related to each other, and the identification of the connotation and function of existentialism constitutes the cornerstone of Doctorow's literary thought.

【Keywords】 E. L. Doctorow; Literary Thought

从《陈词滥调》看新黑人美学
视域下的非裔书写[*]

刘　辉

（华北电力大学外国语学院，北京 102206）

【内容提要】 美国非裔作家特雷·艾利斯提出的"新黑人美学"代表的是像他这样的二代中产阶级黑人青年知识分子的美学诉求，反映了美国 20 世纪 80 年代末非裔书写的新趋势。新一代作家能更自由地表达新的时代非裔群体的美学经验，着力塑造"繁荣的文化混血儿"形象，直面复杂的黑人性，并动态地界定黑人性。艾利斯的处女作小说《陈词滥调》借用元小说的外壳，展现了黑人中产阶级作家在探索表达双重意识的过程中所遇到的困惑与挑战。小说分为内外两层文本，外层文本的主人公是两位非裔美国作家：德维恩和伊诗，而内层文本则是他们各自创作的小说。艾利斯让读者从一个文本中看到了非裔美国书写的各种可能性及各自的利弊，探索了族裔表达的新途径。从叙事风格上，一方面，保持现实主义传统中叙事的故事性与连续性，注重人物塑造；另一方面，吸收现代主义及后现代主义小说中更具自由度的创作手法，如意识流及戏仿，使文本表达更为多元化。

【关 键 词】 新黑人美学　特雷·艾利斯　《陈词滥调》　非裔书写

---

* 本文系作者主持的华北电力大学"双一流"研究生人才培养项目（批准号：XM1907469）的阶段性成果

一 何谓"新黑人美学"?

"新黑人美学"这一概念是美国非裔作家特雷·艾利斯在 1989 年提出来的。艾利斯指出:"我所要定义的'新黑人美学运动',从某种程度上讲,综合了'哈莱姆文艺复兴'和'黑人文艺运动'这两次黑人艺术复兴。在 20 年代,黑人希望主流文化认可他们的文化是同样好的。在 60 年代,我们根本不想成为主流文化的一部分。今天,'新黑人美学运动'则要主导主流文化。我们觉得'分开但更好'。"①显然,艾利斯从美国黑人文化与白人主流文化的关系流变中引出他所倡导的"新黑人美学运动"。

1. 哈莱姆文艺复兴

哈莱姆文艺复兴是第一次世界大战结束至整个 20 世纪 20 年代,美国黑人在文学、音乐、舞蹈、绘画、雕塑等方面取得辉煌艺术成就的一段时期。20 世纪初,大批美国南方的黑人随着大迁移脱离了乡村背景,来到北部及中西部,在纽约等大都市扎下根来,并以曼哈顿哈莱姆地区为中心聚集起来。新的都市身份也扩大了他们的社会意识,一些黑人青年知识分子开始积极构建新的黑人文化身份。在哈莱姆文艺复兴运动中崛起的著名作家有诗人康蒂·卡伦(Countee Cullen)、兰斯顿·休斯(Langston Hughes)、克劳德·麦凯(Claude McKay)、斯特林·布朗(Sterling Brown);小说家琼·图默(Jean Toomer)、杰西·福赛特(Jessie Fauset)、华莱士·瑟曼(Wallace Thurman);另外还有詹姆士·韦尔登·约翰逊(James Weldon Johnson)、马库斯·加维(Marcus Garvey)、阿纳·邦当普斯(Arna Bontemps)等杂文及自传作家;艺术上有亚伦·道格拉斯(Aaron Douglas)的绘画及奥古斯塔·萨维奇(Augusta Savage)的雕塑;在音乐上有包括杜克·埃灵顿(Duke Ellington)、弗莱彻·亨德森(Fletcher Henderson)、科尔曼·霍金斯(Coleman Hawkins)和路易斯·阿姆斯特朗(Louis Armstrong)在内的爵士音乐人,以及布鲁斯女歌手贝西·史密斯(Bessie Smith)。

---

① Trey Ellis, "Response to NBA Critiques," *Callaloo* 38 (Winter, 1989), p. 250.

《危机》（*The Crisis*）是美国有色人种促进协会（NAACP）的期刊，也是哈莱姆文艺复兴的重要批评论坛。W. E. B. 杜波伊斯在该刊1925年5月的社论中写道："我们要强调美，所有美，尤其是黑人生活和品格的美；它的音乐、它的舞蹈、它的绘画以及它的文学的新生。"[1] 哈莱姆文艺复兴运动中的黑人作家及艺术家，从黑人的民俗文化中寻找艺术灵感，弘扬独具个性的黑人审美，着力塑造"新黑人"的形象。这些新的黑人形象不再自我憎恨，也不是汤姆叔叔那样逆来顺受的刻板形象，而是有着独立人格，并以自身的种族文化身份为傲。兰斯顿·休斯作为其中的代表人物，宣告了这一文学艺术上的独立：

> 现在从事创作的年轻黑人艺术家意图表达我们深色皮肤的自我，而不会感到恐惧或羞耻。如果白人感到高兴，我们会感到开心。如果他们不高兴，那也没关系。我们知道我们很美丽，也很丑。如果有色人感到高兴，我们会很开心；如果不高兴，那依然没关系；我们会为明天建造庙宇，如我们所知那样强大，我们站在山顶上，内心自由自在。[2]

这些黑人艺术家没有回避他们的种族文化根基，而是找寻和庆祝其根基。带着这种自信与笃定，他们致力于通过艺术创作重新定义种族的角色和形象。休斯本人一直专注于对布鲁斯的研究，并把布鲁斯和其他黑人民俗素材引入诗歌创作中，将民间与流行、"高雅"与"低俗"、大众文化与先锋艺术联系在一起，创造出了新的艺术形式。

通过具有鲜明的黑人文化特色的文学、艺术和音乐的创作，他们力求挑战种族主义，表达对种族平等的诉求，并提升种族地位。阿兰·洛克在他的《新黑人》文集中称赞年青一代"发展了更加积极的自尊和自立精

---

①   W. E. B. Du Bois, *The Crisis* 30（May 1925），p. 8.

②   引自 Eugene C. Holmes, "Alain Locke and the New Negro Movement," *Negro American Literature Forum* 2.3（Autumn, 1968），p. 62。

神"①,"从社会幻灭到种族自豪感的崛起"②。在洛克看来,培养独立而充满活力的艺术精神对于提高整个种族的地位至关重要。这一时期黑人在文学、音乐和艺术上的蓬勃发展也大大提高了黑人的文化自觉及种族自尊心,他们向主流白人文化展现黑人文化的独特价值,并希冀得到主流文化的认可。洛克的《新黑人》文集,如论者所言,"是他对美国文化多元性愿景的深刻描述,这种多元性掩盖了种族自卑感,同时提倡种族间的互动来丰富彼此。他不主张分离主义,而只是主张美国黑人的充分参与,以其独特的文化参与美国机构的建设。他的文化方案旨在对抗种族主义社会的影响,并促使其完全融入美国社会"③。学者杰拉尔德·埃里尔也犀利地指出哈莱姆黑人艺术家复杂矛盾的动机,"既想成为同化主义者又是民族主义者,准备寻求种族独立的同时又希冀与白人融合"④。这种双重性也受到了后来的美国黑人文艺运动倡导者的批判。

2. 美国黑人文艺运动

20世纪60年代,美国民权运动如火如荼,同时在文艺领域出现了黑人文艺运动(Black Arts Movement),运动的主要倡导者之一拉里·尼尔(Larry Neal)指出:

> 黑人艺术是黑人权力这一概念的美学及精神姊妹。因此,它所构想的艺术直接表达美国黑人的需求和愿望。为了达成这一目的,黑人文艺运动提出对西方文化审美进行彻底地重构,提出独立的象征、神话、批评和图像体系。黑人艺术和黑人权力的概念在很大程度上与美国黑人对自决和民族地位的渴望有关。这两个概念都是民族主义的。

---

① Alain Locke, "The New Negro," *The New Negro*, ed. Locke, 1925; New York, 1992, p. 10.

② Alain Locke, "The New Negro," p. 11.

③ Sonia Delgado – Tall, "The New Negro Movement and the African Heritage in a Pan – Africanist Perspective," *Journal of Black Studies* 31. 3 Special Issue: Africa: New Realities and Hopes (Jan., 2001), p. 299.

④ Gerald Early, "The New Negro Era and the Great African American Transformation," *American Studies* 49. 1/2 (Spring/Summer 2008), p. 15.

一个关注艺术与政治之间的关系。另一个是政治的艺术。①

这一运动的核心是建立独立于西方白人审美之外的黑人自己的审美体系，构建以黑人文化和生活为中心的艺术观，并希望以此进一步加强黑人的理想、团结和创造力。在尼尔看来，黑人文艺运动代表着自20世纪20年代以来就被抑制的文化民族主义的盛行。从这一立场出发，他认为哈莱姆文艺复兴本质上是失败的，因为"它没有针对黑人社群的神话建构和生活方式。它未能扎根，无法与该社群的斗争具体联系起来，无法成为其声音和精神。在黑人文艺运动中隐含着这样一种观念，即黑人尽管分散，却在美国白人的腹地形成了一个民族"②。这一文化民族主义观念要求黑人艺术家的主要职责是表达黑人独立的精神和文化需求，并为其政治斗争服务。

艾迪生·盖尔的《黑人美学》（1971）是黑人文艺运动的重要文集，他在书中写道：

> 当前的黑人作家必须放弃同化的传统，努力将他的艺术重新转向种族内部，这样的努力在20世纪下半叶已经是显而易见的了。为此，他必须为大多数黑人写作并与他们交谈；而不是面向由美国最大的大学的编程计算机所培养的精英人士。因为我们站在这里，承认那些20世纪初我们不愿意承认的真相：种族分界线的问题是无法解决的，平等主义美国的思想属于历史的垃圾筐，有理智的人都不会再接受美国熔炉的概念。鉴于这样的现实，同化的文学属于恐龙和乳齿象的时期。③

对盖尔来说，黑人美学所倡导的文化民族主义立场，可以纠正之前黑人艺术家的同化主义倾向。黑人文艺运动的代表人物阿米里·巴拉卡（Amiri Barak）于1965年成立的黑人艺术戏剧学校（BARTS）是这一运动

---

① Larry Neal, "The Black Arts Movement," *The Drama Review*：*TDR* 12. 4（Summer, 1968）, p. 29.

② Larry Neal, "The Black Arts Movement," p. 39.

③ Addison Gayle, Jr., ed. *The Black Aesthetic*, Garden City：Doubleday－Anchor, 1971, p. 418.

的主要机构，与此同时，一批黑人自己的杂志、期刊、出版社的成立也为这一运动提供了传播平台，大学内也开始开设非裔美国人研究课程。这一运动推动了一大批黑人作家和艺术家的发展，使他们意识到不需要同化于白人主流文化，也可以发出黑人自己的声音，并影响文学界。

在黑人文艺运动中，"黑人美学"的概念被正式提了出来，针对黑人作家及批评家所指称的"黑人美学"，学者雷金纳德·马丁精要地列出其内涵：①口头和书面的非小说和小说作品，通常公开直白地表达黑人以及美国黑人的做事和感知方式上的平等和差异（有时是优越性）；②一套政治原则，主要表达对不平等的愤怒；③一套道德和艺术标准，为有效或无效的美国黑人写作制定指导方针；④用来翻译一个世界的无声物质的人类代码，在该世界中，某些种族和不人道的体系相结合，摧毁了其他种族和更加人道的体系。成功翻译该代码意味着在物质、种族和精神层面上得以生存。未能翻译该代码则意味着此生已死。①

在谈及20世纪60年代和70年代初由非裔美国艺术家和评论家所构建的"黑人美学"概念时，贝尔·胡克斯认为其目的是在艺术创作和革命政治之间建立一种牢不可破的联系。她批判了这种本质主义的建构，指出"它的特点是颠倒了'我们'和'他们'的二分法，它颠覆了传统的思考差异性的方式，即一切黑色都是好的，一切白色都是坏的"②。而他们在美学实践中所奉行的观念是，"一个民族的艺术，即为大众服务的文化生产，在风格、形式、内容等方面既不能是复杂的、抽象的，也不能是多样化的"③，这就使得审美判断常常不能顾及黑人经验的多样性或黑人生活的复杂性，而他们所提供的艺术创作范式往往是"限制性的和使人丧失力量的"④。这种建立纯粹的黑人美学的构想带有单一本质主义的特征，是艾利斯所倡导的新黑人美学运动要加以修正的。

---

① Reginald Martin, "'Total Life Is What We Want': The Progressive Stages of the Black Aesthetic in Literature," *South Atlantic Review* 51. 4 (Nov. 1986), p. 50.

② Bell Hooks, "An Aesthetic of Blackness: Strange and Oppositional," *Lenox Avenue: A Journal of Interarts Inquiry* 1 (1995), p. 68.

③ Bell Hooks, "An Aesthetic of Blackness: Strange and Oppositional," p. 68.

④ Bell Hooks, "An Aesthetic of Blackness: Strange and Oppositional," p. 68.

3. 新黑人美学运动

20 世纪 80 年代末，像艾利斯这样在民权运动之后成长起来的黑人青年知识分子也逐渐形成了一个庞大的群体，他们生长于美国大都市的中产阶级家庭，除了爵士乐与肤色，他们还有更多的共同点，他们也时常遭受来自黑人和白人世界的误解。艾利斯提出"文化混血儿"（cultural mulatto）的概念来定义这一群体：

> 拥有白人血统的混血黑人（mulatto）通常与他们的白人祖父母相处融洽，与此类似，一个文化混血儿，受多种族文化的混合教育，也可以在白人世界中从容自处。而且正是这个快速增长的文化混血儿群体为新黑人美学提供了动力。我们不再需要为了取悦白人或黑人，而去否认或压制我们复杂且有时相互矛盾的文化包袱的任何一部分。①

在艾利斯看来，新黑人美学正是这一新的群体应该奉行的美学原则。

美国非裔学者贝尔认为艾利斯的"文化混血儿"这个词使用并不恰当，因为这个词"复活并强化了其贬义意味，在 19 世纪，第一代半黑半白的混血儿常与不会生育的骡子联系起来，他们是'悲惨的黑白混血儿'，为自己既不是白人也不是黑人倍感痛苦"。②实际上，艾利斯将"文化混血儿"分为两种类型。他称作"绝育的突变体"（neutered mutations）的那一种类型，指的就是这一"悲惨的黑白混血儿"群体。他们或是努力融入白人文化而将自己与黑人文化疏远；或是刻意地打造黑人身份，他们"试图取悦两个世界而不是取悦自身，而最终谁也没能取悦"③。这是艾利斯所要批判的。而艾利斯的"文化混血儿"指的是另一种类型，即"繁荣的混血儿"（thriving hybrids）。他们虽然知道这个社会依然存在种族歧视，但不会让其抑制他们的个性发展。"对于种族主义的持续存在，新黑人艺术家既不会像哈莱

---

① Trey Ellis, "The New Black Aesthetics," *Callaloo* 38（winter, 1989），p. 235.
② Bernard W. Bell, The Contemporary African American Novel: Its Folk Roots and Modern Literary Branches, Beijing: Foreign Language and Research Press, 2007, p. 318.
③ Trey Ellis, "The New Black Aesthetics," *Callaloo* 38（winter, 1989），p. 242.

姆文艺复兴时的艺术家们那样震惊，也不会像黑人文艺运动时期的艺术家们那样专注于此。对于我们来说，种族主义是一个顽固不变的常在，我们既不吃惊也不愤怒。"①

以艾利斯自己为例，他 1962 年出生于华盛顿的一个黑人家庭，父亲是精神病医生，母亲是心理学家。在他父母求学于密歇根大学和耶鲁大学期间，他们住在白人中产阶级及工人阶级居住的郊区，这也是艾利斯的成长环境。他中学读的是白人私立精英学校，大学去了斯坦福，师从小说家吉尔伯特·索伦蒂诺学习写作。对于艾利斯来说，他所接触的黑人圈子除了他自己的家庭外，就是大一时居住的斯坦福的黑人宿舍区了。像艾利斯这样的中产阶级黑人青年如何界定自己的文化身份？是忘记自己的黑人族裔身份去全盘接受主流白人话语，还是回归贫民窟来构建更为典型的黑人身份，抑或是走出这两个世界而构建一个属于自己的世界？艾利斯乐观地表示，"新黑人美学告诉你，只要自自然然做自己就行，不需要穿戴一种身份"②。所以艾利斯可以遵从自己的内心去选择大学，读人文艺术科系而不是去读医科。

新黑人美学所代表的是像艾利斯这样的二代中产阶级黑人青年知识分子的美学诉求。他们的父母都是受过大学教育的中产阶级，而他们也得益于这样的家庭背景，接受大学教育并也成为中产阶级。这样一个日渐扩大的都市中产阶级黑人知识分子群体拥有混杂的文化身份，他们有黑人的族裔身份、白人的文化教育背景，这使得他们构成了一个相对独立的群体。他们不需要去贫民窟的黑人世界或主流的白人世界找认同感。他们需要的就是做自己，而不是被打上本质主义的标签，他们希望因为自己的个人价值受到认可和尊重。艾利斯指出："我想定义的新黑人美学实际上是反美学的，它拒绝定义。新黑人美学是一种自由主义的态度，而不是严格的代码。……今天我们可以比以往更诚实更能自我批评，而这种开明与远见可以使我们创造出这个世界上最伟大的一些作品，因为就像牛顿那样，我们是站在巨

---

① Trey Ellis, "The New Black Aesthetics," p. 239.

② Trey Ellis, "The New Black Aesthetics," *Callaloo* 38 (Winter, 1989), p. 236.

人的肩膀上。"①由于这种自由开放的态度，艾利斯对新黑人美学的界定不是规定性的而是描述性的。他更多的是描述这一时期艺术家的群体特征以及他们所做的各种艺术实践。正如论者所言，"新黑人美学具有解放意义，因为它可以让人看到/听到各种类型的黑人性。它摆脱了与新黑人或灵魂兄弟相关的本质主义的镣铐"②。艾利斯引为例证的是 20 世纪 80 年代主导美国大众文化领域的大批黑人艺术家，如艾迪·墨菲（Eddie Murphy）、比尔·科斯（Bill Cosby）、斯派克·李（Spike Lee）、罗伯特·汤森（Robert Townsend），还有剧作家奥古斯特·威尔逊（August Wilson）、诗人丽塔·达芙（Rita Dove，1987 年普利策奖得主）、托妮·莫里森（Toni Morrison，1988 年普利策奖得主）、温顿·马沙利斯（Wynton Marsalis）和布兰特福德·马沙利斯（Branford Marsalis）、普林斯（Prince），以及大批说唱歌手。

实际上，艾利斯的新黑人美学的核心思想并不是全新的。早在 20 世纪初杜波伊斯在《黑人的灵魂》一书中提出双重意识的概念，就表达了这一理念。

> 美国黑人的历史就是这样一场冲突的历史——渴望成为有自我意识的人，渴望将他的双重自我融入更好更真实的自我中。在这次融合中，他希望过去的自我都不会丢失。他不希望非洲化美国，因为美国有太多的东西要教给世界和非洲。他不会在白人美国主义的洪水中漂白他的黑人灵魂，因为他知道黑人血液在向世界传达一个信息。他只是希望同时成为一个黑人和一个美国人，而不被他的同伴诅咒和唾弃，也没有让机会的大门在他面前关闭。③

正如杜波伊斯所言，非裔美国人身上的这种双重意识贯穿他们的整个历史。这两种意识始终在进行争斗，不管是哈莱姆文艺复兴，还是黑人文

---

① Trey Ellis, "Response to NBA Critiques," *Callaloo* 38 (Winter, 1989), p. 251.

② J. Martin Favor, " 'Ain't Nothin' Like the Real Thing, Baby': Trey Ellis' Search for New Black Voices," *Callaloo* 16.3 (Summer, 1993), p. 697.

③ W. E. B. Du Bois, *The Souls of Black Folk*, New York: Fawcett, 1961, p. 17.

艺运动，都是这两种意识在不同时期的此消彼长。但是如何让这两种意识融入"更好更真实的自我"则是一代代非裔美国知识分子要思考和探寻的。

杜波伊斯的双重意识和艾利斯的新黑人美学都看到了黑人文化实践的多元文化传统，相信黑人艺术家有能力超越主流文化规范，生产出独特的文化产品；他们的艺术表达能重塑经验并阐明新世界的力量。艾利斯新黑人美学的实质是探讨这一双重意识在新的历史时期的新的表现。黑人的族裔文化身份从来不是单一的本质化的，是随着时代不断变化的。在 20 世纪末，随着第二代都市黑人中产阶级群体的发展壮大，他们需要表达这一群体的非裔美国特性，并使其得到繁荣发展。艾利斯所代表的黑人中产阶级，对自己的阶级地位有清醒的认识，也感到很自在，他为自己的文化遗产感到自豪，并希冀利用这种地位和遗产来追求新的美学原则。

在艾利斯"新黑人美学"概念基础之上，近期的学者也提出"后解放"（postliberated）、"后灵魂"（post - soul）、"后黑人"（post - black）、新黑人（New Black）等内涵相似的概念来描述新的时期黑人艺术家的美学原则。其中"后灵魂美学"（Post - Soul Aesthetic）概念逐渐受到学界认可，实际上艾利斯也被看作"后灵魂美学"的代表人物。学者贝特拉姆·阿什将其定义为"民权运动后出生或成年的非裔美国人创作的艺术作品"[1]。他之所以把后灵魂美学仅限于民权运动之后出生或成年的一代艺术家或作家，原因之一是这些艺术家在民权运动期间还不是成年人，他们跟民权运动的联系来自祖辈而不是父辈。马克·安东尼·尼尔（Mark Anthony Neal）在《灵魂宝贝：黑人通俗文化与后灵魂美学》中对这一群体进行了总结："在传统民权运动之后出生的那（几）代黑人青年，实际上对运动的早期成功没有任何怀旧情绪，因此可以客观地评价民权运动的遗产，而传统的民权运动领导人既不愿意也没能力这么做。"[2]除了艾利斯外，对新时期黑人美学进行探讨的还有格雷格·泰特（Greg Tate）、纳尔逊·乔治（Nelson George）、

①　Bertram D. Ashe, "Theorizing the Post - Soul Aesthetic: An Introduction," *African American Review* 41. 4（Winter, 2007）, p. 611.

②　Mark Anthony Neal, *Soul Babies: Black Popular Culture and the Post - Soul Aesthetic*, New York: Routledge, 2002, p. 103.

戴维·尼科尔森（David Nicholson）、特里·麦克米兰（Terry McMillan）、保罗·比蒂（Paul Beatty）、丽莎·琼斯（Lisa Jones）、凯文·鲍威尔（Kevin Powell）以及塞尔玛·戈尔登（Thelma Golden）等作家和评论家。

这些新一代作家能更自由地表达新的时代非裔群体的美学经验，同时拒绝被打上"黑人作家"的标签，对这一新的美学原则也没有规定性的界定。为了便于讨论，学者阿什归纳了三个主要特征。①他们都着力塑造"文化混血儿"的形象，即艾利斯定义的"繁荣的文化混血儿"。他们对自己文化混血身份有很明确的认知，并认为这种差异有着积极的作用，它会为文艺创作提供更为丰富的素材，提供更多样化的艺术体验。②他们都积极地探索黑人性的概念。他们通常以一种弹性和流动的态度看待黑人性，"这些艺术家和文本麻烦和困扰着黑人性的概念；他们搅动、触碰、试探它，并以一种新的方式对其进行检视，这区别于以往为争取政治自由所做的奋斗，也不执着于维持一个统一的黑人身份。"①与黑人文艺运动所提倡的铁板一块的黑人民族主义思维不同，他们不再认同那种本质主义的黑人性，他们的作品正是不断地挑战这一黑人性。他们的艺术创作，不管怎样反本质主义，都要直面复杂的黑人性，并动态地界定黑人性。③他们会以戏谑的姿态致敬前辈，尤其是黑人民族主义领袖，但同时也承认没有这些前辈的努力，就没有今天自由表达的艺术空间。他们以自己的距离审视着非裔群体的文化历史，并思考如何有效地表达现在。

二　《陈词滥调》中的美国非裔书写

艾利斯的新黑人美学的提出反映了美国 20 世纪 80 年代末非裔书写的新趋势，以及以艾利斯为代表的大批在民权运动之后成长起来的都市中产阶级黑人作家的写作探索。他们力图反映自己这一群体的非裔作家的独特个性，探索新的时代背景下非裔身份的艺术表达。艾利斯的处女作《陈词滥调》就是对这一黑人作家的永恒主题的新的探索。

---

① Bertram D. Ashe, "Theorizing the Post - Soul Aesthetic: An Introduction," p. 614.

在 20 世纪 80 年代末 90 年代初，发生在 20 世纪 60 年代的民权运动已经过去多年，种族隔离制度已经消除，但种族主义的残余意识依然以隐秘的方式存在。在文学艺术领域，后现代主义大潮也经历了六七十年代的蓬勃发展，到这一时期已经逐渐沉寂和分化。新的时代必然带来新的观念转变，也必然要打破以往非裔文学的固有的刻板形象，呈现新的都市中产阶级黑人群体的族裔身份。

《陈词滥调》出版于 1988 年，总体上以元小说为其构架，分为内外两层文本。外层文本的主人公是两位非裔美国作家——德维恩·惠灵顿和伊诗·阿亚姆；而内层文本是他们各自创作的小说。德维恩是一名中年实验派作家，他先是创作了一部以黑人高中生厄尔为主角的小说，但是中途改变主意，以女高中生多萝西为主角重新开始小说。在新故事的创作途中，德维恩开始寻求其他作家的批评修正。而女性主义作家伊诗对多萝西的故事的男性视角非常不满，对其进行了女性主义视角的改写，形成了另一个故事。小说的外层文本在两位作家的书信来往中进行发展，两位创作观迥异的作家在不断的对话中逐渐互相了解并心生爱意。德维恩在这一过程中也吸收了伊诗的意见，对内层文本厄尔和多萝西的故事进行了不断的修正直至让他们收获爱情。外层文本以德维恩和伊诗的最终的约会见面为结尾。可以说，小说的内层文本是厄尔和多萝西的成长故事，而外层文本是两位作家的非裔书写的探索与成熟。

1. 第一次交锋

小说一开篇呈现的就是德维恩创作的厄尔的故事，主要采用的是第三人称叙事，但不时插入德维恩的第一人称叙事。从厄尔的故事创作中，读者可以看到作家德维恩（作者艾利斯的化身）的创作困境，即对自己族裔身份表达的无力。厄尔是德维恩创造的第一个文化混血儿形象，却是一个"绝育的突变体"。

厄尔的身份符合文化混血儿的条件。他是一名 16 岁的黑人少年，在纽约曼哈顿上西区的富裕社区居住并上高中，他的生活教育环境完全是白人中产阶级的，他也完全适应这一环境，与哈莱姆的黑人社区没有任何交集。除了肤色是黑色的这一典型的非裔特征外，他的文化特征几乎与当时典型的黑人男性的特征背道而驰。他是一个书呆子，喜欢计算机编程，并打算去加州理工学院或麻省理工学院上大学。他身材偏胖没有男性魅力，缺乏社交技能，虽然渴望与异性交往，但在社交舞会上面对异性却无所适从。

厄尔的单身母亲也完全脱离了传统的黑人母亲的形象。在小说的叙事中作者德维恩不忘以第一人称插入第三人称叙事中，借厄尔的母亲调侃传统小说中的黑人母亲形象。"她不胖（她的胸部不会把围裙的蕾丝上身撑得满当当，她从来没有那样的围裙），她也没有金牙。她不会唱歌，也从来不被称呼为嬷嬷（Mama）（尽管她小时候是这样称呼自己的母亲的）。她不从事公共关系工作，她打网球会双手反击，这也一点不让她的同辈嫉妒。"①与厄尔相似，他的母亲也是一个白人化的都市中产阶级黑人女性，她每天早晨坚持跳有氧操，身材健美，目前正与一个中产阶级男性莱维特先生交往。

德维恩在小说开篇创作的厄尔是一个完全融入白人文化的黑人形象，他的身上除了肤色，没有任何认同黑人文化的地方。这就如艾利斯所提到的"绝育的突变体"，很快让德维恩在创作上走入死胡同。因此厄尔的故事仅仅持续了两个章节，到了小说第3章，德维恩就以第一人称道出了内心焦虑："嗯，厄尔的故事到目前为止是不是很快枯竭进行不下去了？你可能会给我说这个故事上写着'卖不出去'几个大字。但是写女孩呢？写妇女呢？我一个出版社的朋友告诉我，现在写黑人女性的作品好卖。"②出于作品的市场潜力考虑，也出于创作更有活力的文化混血儿形象，德维恩于是转移方向，开始了多萝西的故事线，他力求把多萝西塑造成一个繁荣的文化混血儿，她能在白人世界游刃有余，同时也拥抱自己的黑人身份。

多萝西住在哈莱姆上城的黑人社区，但在曼哈顿市中心的私立圣丽塔女子学校读高中。可以说多萝西是黑白两个世界的通勤者，但是她并没有感到任何不适应。在女校，她与其他三位一起学舞蹈的女孩结为闺密，放学与她们一起抽烟，很自在地搭乘好友的豪车；放学后，她会乘坐"开往郊区的脏兮兮的地铁"③，回到她的单身母亲达赛尔在哈莱姆雷诺科斯大街上

---

① Trey Ellis, *Platitudes*, Reprint. Originally published：New York：Vintage Books, 1988, p. 2.

② Trey Ellis, *Platitudes*, p. 10.

③ Trey Ellis, *Platitudes*, p. 10.

开的餐馆里帮忙。为了给多萝西营造一个典型的黑人环境，达赛尔被塑造成一个非常"市井气"①的黑人女性，对女儿言语粗俗，管束严格。而多萝西在母亲身边也是个听话的乖乖女。

此时的多萝西是在典型的男性视角下塑造出来的花瓶女孩形象，是男性欲望的对象。故事开篇就是圣丽塔女校放学的场景，从校门里出来的女孩们被描写为"像形形色色好吃而精致的糖果球"，而在四个女孩中，"最漂亮的是深棕色微甜的多萝西"②。除此之外，对多萝西的描写也是围绕着她穿着校服超短裙的性感模样。"她不会过度摆动臀部而显得俗气，而是撩拨得恰到好处。"③ 多萝西在黑白两个世界的活动也没有任何新意。可以看出来，尽管德维恩力图创造出一个文化混血儿的形象，但人物塑造得浅薄无个性，因此仅仅写了短短的两个章节，他又无法进行下去了。

在小说的第七章，德维恩的第一人称叙事再次出现。他把两条故事线公布在一个公共论坛上，因为"两条故事线（厄尔的和多萝西的）都有问题"④，他留下自己的地址，想寻求其他黑人作家的帮助，希望他们给出建议，帮他决定该"消灭哪个？"⑤女性主义作家伊诗读了德维恩的故事，感到非常愤怒，她回信说："你那个畸形的动物园里的所有女性都应该被'消灭'——都应该从你那个冒着汗的可悲的掌控中解放出来。不，我们有色人种的妇女不需要你那种返祖似的表现方式，谢谢。"⑥伊诗在信中附上了重新书写的厄尔的故事。

女性主义作家伊诗对厄尔故事的重写从背景、主题、人物塑造到文体风格都呈现了一个类型化的非裔美国人的"光荣故事"（glory story）。故事设定在 20 世纪 30 年代的美国南方乔治亚州朗兹县的黑人佃农家庭，这是典型的黑人文学的背景设定。小说中的男性人物有厄尔、厄尔父亲、替白人收租的柯林斯，女性形象有厄尔的母亲及三个姐姐梅琳、纳丁和罗琳。女

---

① Trey Ellis, *Platitudes*, p. 13.
② Trey Ellis, *Platitudes*, p. 10.
③ Trey Ellis, *Platitudes*, p. 11.
④ Trey Ellis, *Platitudes*, p. 14.
⑤ Trey Ellis, *Platitudes*, p. 14.
⑥ Trey Ellis, *Platitudes*, p. 15.

性形象都塑造得高大勇敢，与男性形象形成了巨大的反差。

作为伊诗小说中着力刻画的人物，厄尔的母亲是一个典型的女性大家长的形象。这位忍辱负重的母亲形象浓缩了非裔美国人屈辱与苦难的历史。"这双浸信会教徒粗壮的大腿，这双因几个世纪的不公正和堕落而震动的大腿，这双因数代人的希望落空而抽搐的大腿，这双摩擦着床单带着做爱的腥臭味而兴奋颤抖的大腿，就是从这双大腿间，厄尔降临人世。"①文中用了"努比亚女王""愤怒的母狮""眼冒怒火的母马"等多个意象来突出这位母亲的非裔特征及英勇无畏的形象。文中浓墨重彩地表现了她面对无耻的收租人的上门欺压临危不惧。"她吸了一口气，清香的鼻孔此时愤怒地嗤嗤作响，她巨大而又亲善的胸脯像加利利海般汹涌澎湃。"②而三个姐姐也是勇敢的黑人女性。在收租人来时，她们三人身手麻利地保护厄尔，并像勇士一样端起猎枪面对前来欺压他们的收租人。当母亲要牺牲自己而保护家人时，她们抱成一团，"姐妹情谊的三重支柱痛哭着，酸楚的泪水灼烧着她们那高贵、曾经欢乐的面颊，形成了可怕而绝望的面具"③。虽然只有不长的篇幅，伊诗却将伟大的黑人母亲及姐妹情谊这些黑人女性文学中的典型主题表现得淋漓尽致。

而黑人男性形象是负面的或弱小的。德维恩小说中的男主人公厄尔此时被伊诗塑造成了一个羸弱形象。作为家里唯一的男孩，厄尔吃着母亲与姐姐们节衣缩食省下来的最大一份口粮，虽然已经16岁，遇到恶人挑衅，却只是母亲与姐姐们保护的对象。厄尔的父亲也是类型化的缺失的黑人男性形象，文中仅交代他在厄尔14岁性发育成熟时就抛下全家去了"赌博、酗酒，还有'精致的白皮肤女人'的北方"④。他是典型的不负责任的黑人父亲形象。而收租人柯林斯是文中的恶人形象。他的"硬纸板"肤色表明了他的黑白混血身份，他作为白人地主威特先生的爪牙骑在黑人佃农身上作威作福。

---

① Trey Ellis, *Platitudes*, p. 16.
② Trey Ellis, *Platitudes*, p. 18.
③ Trey Ellis, *Platitudes*, p. 19.
④ Trey Ellis, *Platitudes*, p. 17.

读了伊诗的小说，德维恩在回信中这样说道："我无言以对，阿亚女士。你把我那个单薄的故事拽回到了非裔美国人光荣小说的根源，我该怎样谢谢你呢？"① 为了表示谢意，德维恩附上了厄尔最爱事物的一份清单。很明显，德维恩（作为作者艾利斯的替身）对这一类型化的小说是质疑的，正如小说名"陈词滥调"暗含的寓意，这样的故事创作已经太过于程式化了，作为 20 世纪 80 年代的非裔作家，不应该再沿袭这些陈旧的套路。但是，伊诗的女性主义视角，以及对族裔历史根源的追溯，无疑也引起了德维恩的反思，他又继续修改厄尔和多萝西的故事。

2. 第二次交锋

经过与女性主义作家的第一次交锋，德维恩继续按原来的设定展开厄尔的故事，但做了如下修正。首先，针对厄尔缺乏黑人族裔意识的问题，德维恩这次让厄尔跨出了纽约白人社区，来到了哈莱姆区多萝西母亲达赛尔开的餐馆。在第十章，德维恩用了整篇意识流的手法，细致地展现了厄尔的黑白文化意识的碰撞。从没来过黑人社区的厄尔，就像一个白人文化的入侵者，对这里的食物、达赛尔的发型、餐馆的设施和人都感觉很陌生并充满警惕与敌意，"我可不想死在这儿"②。他害怕被认出不是哈莱姆区的居民，提醒自己："不要犯傻啦，假装看起来猥琐一些，这样他们就不知道你不是上区来的。"③但是，在品尝了食物之后，他放下了心里的抵触，"嗯嗯，在这儿灵魂城镇吃点灵魂食物还是不错的……"④ "噢我怎能忘记热爱非裔美国风格呢？"⑤此时，厄尔已经开始唤醒自己的黑人文化身份，但只是从一种旁观者的视角浅尝辄止。

另外，在呈现厄尔的生活过程中，德维恩吸收了伊诗小说中的姐妹情谊元素，为厄尔设计了两个好友：黑白混血儿唐纳德和白人安迪，三个少年的肤色由深棕、浅棕到白色构成彩虹三人组。他们形影不离，都爱好科幻小说和计算机编程，对漂亮的异性充满懵懂的幻想，却因为书呆子气不

---

① Trey Ellis, *Platitudes*, p. 19.
② Trey Ellis, *Platitudes*, p. 23.
③ Trey Ellis, *Platitudes*, p. 23.
④ Trey Ellis, *Platitudes*, p. 24.
⑤ Trey Ellis, *Platitudes*, p. 25.

受女生欢迎。跟其他两位一样，厄尔暗恋同班的白人女孩简妮，并把她当作性幻想的对象。总的来说，此时的厄尔依然更认同白人文化。

厄尔母亲的形象没有太大变化，作为一个黑人中产阶级女性，她追崇白人主流文化的消费主义观念。她就职于航空公司，非常注意自己的形象，喜欢去高级的餐馆就餐，因为在那儿可以遇到一些明星。而她与厄尔父亲的分手就是由于两人的文化观念的差异。对于她爱去的餐馆，厄尔父亲的评价是："这儿净是些无所事事的有钱白人，花十美元吃两美元一块儿的肉。"[1]而这种文化观念的差异造成两人的分手，因为"他那时一点也不开心，一分钟也不开心……"[2]

对于德维恩这次的续写，伊诗给出了"幼稚、厌女症、支离破碎和业余的射精行为"的评价，称其"玷污了黑人文学的圣殿"[3]。伊诗从以下几个方面批判了德维恩的作品。首先，故事主题缺乏深度，主要事件就是几个少年在计算机课上的恶作剧。其次，从女性人物塑造上来说，小说中的两个主要女性角色都是没有闪光女性意识的人物。简妮是一个典型的被物化的花瓶形象，小说对她的描写只集中在她身穿吊带背心裙的性感身材上。厄尔母亲也没有丰富的精神追求，她爱慕虚荣，热衷八卦追星。再次，以厄尔为主的三位男性更没有所谓的英雄特质，他们除了科幻小说，更多的时间都在性幻想。最后，小说主要采用的是现代主义意识流的写作手法。不管是厄尔在哈莱姆餐馆、厄尔的性幻想，还是厄尔母亲在餐馆与厄尔的对话，都是以一种自由联想的方式呈现给读者，这对于追求现实主义传统的伊诗来讲是难以接受的。

不满于德维恩故事的伊诗又续写了厄尔的故事，但是经过第二次交锋，伊诗的故事也进行了修正。除了保持光荣故事的写作风格、主题和主要人物设定，伊诗借用了德维恩故事中的人物元素。首先，她安排多萝西和达赛尔加入了厄尔家所在的教区。作为一个女性主义作品，多萝西自然而然被塑造成典型的独立自强的黑人知识女性。"多萝西智慧过人，对这个世界

---

[1]　Trey Ellis, *Platitudes*, p. 39.

[2]　Trey Ellis, *Platitudes*, p. 39.

[3]　Trey Ellis, *Platitudes*, p. 39.

的理解有着远超过 16 岁年龄的敏锐。"①她要成为这片土地历史上的"第一个法学博士—医学博士—哲学博士"。②

除此之外，伊诗为厄尔创作了两个绰号分别为"玉米包"和"低音嘴"的伙伴。三个少年在一起的主要活动是钓鱼，同时谈论性的话题。虽然对德维恩的作品中充斥的性幻想部分嗤之以鼻，但是伊诗的这次续写刻意加入了这一部分，这是德维恩带给伊诗的启示。十六岁少年正处于性体征和性意识的发育期，回避这个话题显然并不符合现实。

但是伊诗续写的最大一处变化是对厄尔形象的正面塑造修正了黑人女性文学传统中对男性形象的刻意贬低。厄尔和多萝西在教区唯一的学校成为同学。与他的朋友相比，厄尔是唯一能比较流利朗读课文的男孩。而得益于母亲的教诲，多萝西却能用流畅标准的英文大段朗读文章，"她让这个魔力知识之屋充满了一种之前从没有过的力量、活力、精神和希望"③。多萝西的优秀激发了厄尔求学的渴望，两个积极向上的灵魂找到了共鸣。

3. 第三次交锋

德维恩创作的厄尔的故事进入第三阶段，此时叙事风格已经演变成典型的后现代风格。这一部分由长短各异的 8 个章节构成，如同 8 个碎片，记录了厄尔的生活状态。有些章节类似文字堆积，一字不漏地记录了厄尔收看的电视节目或电影广告的内容；也有类似意识流小说中内心独白的片段，包括厄尔对简妮的性幻想，以及偶遇多萝西后对后者的倾慕；有些章节则平实地讲述了三个好友去游乐园玩以及看限制级电影的情节。

其中篇幅最长的一章是记录厄尔参加学术能力预备考试（PSAT）的全过程，这章可以说是一个典型的戏仿作品。表面上看，作者完整呈现了试卷的全部内容以及厄尔的作答情况，而实际上，作者借试卷内容展现了对族裔问题的思考。试卷中分散在各处的题目半严肃半调侃地探讨了民权运动以及黑人中产阶级的话题。例如，试卷第三部分的例题是这样的：

---

① Trey Ellis, *Platitudes*, p. 42.
② Trey Ellis, *Platitudes*, p. 43.
③ Trey Ellis, *Platitudes*, p. 51.

纳贝斯克公司的奥利奥饼干是世界上吃的人最多的零食饼干之一，但绝大多数人不知道它的有趣起源。这个饼干是由一个富有的非裔美国烘焙师发明的，他也是 20 世纪 40 年代支持同化运动的领袖，如果人们意识到这一点，就不会把两片巧克力饼干拧开，分开吃里面的奶油了。

作者可能认为……

a. "白人是魔鬼。"

b. 今天是你余生的第一天。

c. 已经备受困扰的黑人中产阶级现在已经陷入把自己同化成碎片的危险。

d. 生命中最好的事情是免费的，我这个小子，生命中最好的事情是免费的。

正确答案热议中。①

这道例题中奥利奥饼干黑皮白心的比喻形象地刻画出德维恩这样的黑人中产阶级的白人文化内核。选项 c 也表明这种一味追求同化而忘却自己的黑人族裔身份的忧虑。此时的德维恩正处在创作困境中，不知道如何表达中产阶级非裔美国人的双重意识，而这种碎片化的后现代方式无疑是他的一种尝试。

试卷中另一道阅读理解题则戏仿了伊诗的"光荣故事"。这篇小故事的主人公是黑人女作家伊西，很明显是暗指伊诗。伊西出生于乔治亚州，后经过努力上了大学，成了作家，获奖无数，现定居加州。故事呈现了伊西开着豪车荣归故里与母亲见面的情景。而篇章后设计的其中一道问题就文章的风格进行了探讨。"你如何描述这篇文章的风格？a. 新古典主义，b. 后现代主义，c. 非洲巴洛克风格，d. 讽刺非洲巴洛克风格。"②厄尔选择的答

---

① Trey Ellis, *Platitudes*, p. 70.

② Trey Ellis, *Platitudes*, p. 75.

案是非洲巴洛克风格。巴洛克风格一般指"怪异或奢华的风格"①，这里德维恩用"非洲巴洛克风格"对这一"非裔美国人的光荣故事"所采用的文体风格进行了概括。这类文体带有浓重的宗教色彩，语言华丽激昂，大量运用"自豪、骄傲、荣耀、欢快、喜悦"等词语以及比喻、排比等修辞手法，主要表现黑人女性人物的正面形象。以文中的一小段为例："嫲嫲，她的鼻孔骄傲地忽闪着，就像拉着神的战车的母马一样，她厚重而喜悦的胸脯随着每一次有力的呼吸而起伏，带着乔治亚州甜美的微风气息，她的腿像高大的乔治亚州的松树一样强壮和结实……"②德维恩借用试题的形式告诉伊诗，并不是他不会写这种风格的作品，而是质疑这一风格是否能够有效再现当代非裔中产阶级的生活。

但是，针对伊诗女性主义视角的批判，德维恩修正了之前作品中把女性物化为花瓶的倾向。他让厄尔与多萝西在达赛尔的餐馆相遇并对多萝西一见倾心，从厄尔大段内心独白中可以看出他内心的转变。虽然承认"她是我见过最漂亮的黑人女孩"③，但是厄尔坦言："我甚至没有注意她的胸部或臀部或别的什么，就算你给我钱我也说不出她身材是啥样，但是我敢打赌肯定倍儿棒……"④厄尔被多萝西散发出的独立知性气质所吸引，而不再关注带给他性幻想的肉体。

对于德维恩这次的续写伊诗主要从文体风格上进行了批判。"你就这么盲目沉迷于这种后现代主义的符号学式的诡辩（顺便说一句，现在都没人信了），难道'叙事'和'连续性'这样的词对你没有任何意义吗？"⑤与德维恩一样，伊诗也质疑这种后现代的碎片式戏仿文本是否能够有效再现现实。文学上的后现代主义在 20 世纪 80 年代末已经衰落，这种耽于文字游戏缺乏叙事连续性的后现代实验性文本在伊诗看来也是明日黄花。

4. 第四次交锋

在德维恩对其"非洲巴洛克风格"戏仿之后，伊诗也修正了自己的写

---

① Chris Baldick, *Oxford Concise Dictionary of Literary Terms*, Shanghai: Shanghai Foreign Language Education Press, 2000, p. 22.
② Trey Ellis, *Platitudes*, p. 75.
③ Trey Ellis, *Platitudes*, p. 78.
④ Trey Ellis, *Platitudes*, p. 79.
⑤ Trey Ellis, *Platitudes*, p. 79.

作风格，叙事风格趋于平实，去掉了炫技式的修辞铺陈。在保持其女性主义主旨不变的情况下，她也把自己故事中的多萝西设定为黑白混血儿身份。随着对达赛尔过去故事线的展开，整个故事背景也由乡村转入城市。达赛尔也是典型的女性主义的人物设定。她聪明睿智，获得全额奖学金去号称"南方的巴黎"的亚特兰大的斯佩尔曼学院上大学。她求知若渴、学业出众，是大家眼中最有希望留校成为教授的人选。但是春心萌动的达赛尔恋上了 A 教授。"尽管在这个全非裔的女子学院很多教授都是白人男性贵格会教徒，似乎只有 A 教授对学生的种族全无嘲弄和傲慢之意。"①达赛尔和这位温文尔雅的文学教授相爱了，后来达赛尔怀孕了，此时 A 教授才告诉达赛尔他已婚。白人教授的名字只用了字母 A 来代替，伊诗的用意很明显，这个 A 就像《红字》里的 A 一样，可以指代"通奸"。但是，即使 A 教授未婚，在种族隔离时期的南方，黑白通婚也是触犯法律的。达赛尔被驱逐出校，带着多萝西在南方四处飘零，靠给富有的白人洗衣勉强糊口。幸运的是多萝西的肤色足够黑，所以达赛尔才躲过了周围人的质疑。

德维恩的叙事风格也发生了变化，叙事的连续性明显增强。这个部分生动细致地讲述了多萝西和三位漂亮好友在舞蹈课后去"流浪汉"酒吧与另外四位男士放浪形骸的情节。几位好友中，朱莉是法国和以色列混血，金发碧眼，性格放荡，而希娜是肤色较浅的黑人，身材丰腴性感，父亲是曼哈顿最大的地产开发商，周围都是些看中她钱包的追求者。尽管出身不如其他几位，多萝西却是四人中实际的领导者，也是最有魅力的女孩。在酒吧一位帅气的白人模特理查德主动向她示好，两人最后亲密拥吻，但多萝西拒绝进一步的发展。午夜时分，多萝西回到了哈莱姆的家。

德维恩为多萝西设计了大段的内心独白，透露出她对自身阶级地位的反思。"我们有时很狂野、放荡，但总体还是不错，尽管我知道希娜认为她比我强，但那是她的烦恼，不是我的，我又不是黑人美国公主。……穷归穷，我可不想整个下午听酒鬼们胡说八道。那太奇怪了。我也不想像个奴隶一样关在那个塑料笼子里。这简直要了我的命。我想在学校附近的哈根

---

① Trey Ellis, *Platitudes*, Reprint. Originally published: New York: Vintage Books, 1988, pp. 82 – 83.

达斯，或新浪潮卡片商店或者在一家精品店找份工作。我需要大把的钱才能跟我这帮朋友混。我都等不及在四十五岁退休，而且从没给老板打过工，在位于维尔京岛宅邸的门廊品呷着各色高级饮品。再见贫民窟。"①这段心理描写使多萝西的人物更加丰富立体起来，她不会因为自己穷而觉得低人一等，但是她也不甘于贫穷，希望通过自己努力创业而脱离哈莱姆，过上更好的生活。而这个部分的处理也使德维恩第一次得到伊诗的正面评价："虽然你坚持这种自杀式的和不可饶恕的色情癖好，我必须承认这个关于多萝西的最新篇章并不是没有优点的。阶级斗争与文化同化之间的对立统一关系，从中产阶级哈莱姆家庭（???！）崛起为富有的、白人的、纽约的、适度物质享乐的精英的内心挣扎，几乎可以说处理得很有意思。"②

但是伊诗依然批判德维恩作品中的厌女症倾向。"女性控制了每一个色情浪漫的相遇——而且总是对男人有害。"③为此，他给伊诗回信表达了自己对她的好感，同时也介绍了自己详细的个人情况。德维恩富有的妻子一年前离开了他，这种情感与经济的双重压力，"入侵了"④他的叙事，也解释了为什么他的作品中会出现伊诗眼中的厌女症倾向。除此之外，德维恩提出每年一度的非裔美国作家协会会议即将在纽约召开，他希望与伊诗在会上见面。但是，德维恩也表达了对这类黑人作家群体的不满。"我总是回避黑人作家搞的事情，因为我觉得他们华而不实而且夸张造作，被移居佛罗伦萨的非裔骗子作家理查德·约翰逊之流的雇佣文人和造假者所控制。"⑤这里，德维恩对于某些黑人作家群体也提出了自己的批判，认为他们的作品追求浮夸的文风，完全脱离了非裔美国人的生活现实。

5. 第五次交锋

德维恩继续书写厄尔和多萝西的故事，并做了如下改动，去掉了所有伊诗认为的厌女症元素。首先，厄尔扔掉了他所有的色情杂志。色情杂志作为一种把女性物化成男人性欲的发泄对象的象征物被彻底清除。其次，

---

① Trey Ellis, *Platitudes*, pp. 106 – 107.

② Trey Ellis, *Platitudes*, p. 109.

③ Trey Ellis, *Platitudes*, p. 109.

④ Trey Ellis, *Platitudes*, p. 110.

⑤ Trey Ellis, *Platitudes*, p. 111.

厄尔树立了新的爱情观。文中巧妙地嵌入了厄尔参加的学校关于性方面的调查问卷,并通过调查问卷以直观的方式呈现了厄尔对爱与性的理解。关于性行为,厄尔的回答是:"……起初她觉得他怪怪的,然后发生了些什么,她发现他其实是很特别的,于是他们亲吻几小时,抱着对方的头做爱,但可不是像色情片或《花花公子》那样的,因为他们彼此爱对方,所以我觉得这是可以的,是美的,我说实话。"①厄尔认为性行为的基础是爱情。而被问到是否爱过时,厄尔则真实流露了对多萝西的感情。"我在上城区遇到这个女孩,看了她不过一分钟,但是我就想跟她结婚……如果你能许我一个愿望,那就是这个女孩爱上我,而不是得到加州理工学院的奖学金……"②

而对于黑人族裔身份,德维恩也做了如下修正。厄尔母亲梅琳(伊诗小说中厄尔大姐的名字)辞去了具有种族歧视倾向的航空公司的工作,即将担任纽约市卫生和人类服务委员会的发言人。梅琳现在与奈特·米约会,他是纽约市为数不多的黑人选区领袖。而奈特正在组织黑人阿尔·罗宾逊竞选纽约市长的民主党初选活动。厄尔被邀请加入志愿者,在哈莱姆区帮助游说更多黑人选民注册。厄尔在做志愿者的过程中,深入哈莱姆区,也开始更为深入地了解黑人运动的历史与现状,以及自己所做工作的意义。至此,厄尔一家已经不再是原来完全同化于白人主流文化的黑人家庭,而是意识到了自己的族裔身份,并积极投身政治活动,为自己的族裔谋福利。

德维恩同时安排了各种巧合来发展厄尔与多萝西的爱情线。首先,作为竞选活动的志愿者,厄尔顺理成章地每日下课后去哈莱姆区达赛尔餐馆所在的街区拉票,多萝西每天在母亲的授意下为厄尔送饮料,两人开始熟悉对方。其次,德维恩又通过简妮安排的一次派对,让厄尔与多萝西相遇,并遭遇了情敌——身材魁梧但不够聪明的黑人男子勒沃。这进一步激起了厄尔对多萝西的爱意。最后,厄尔精心策划了一场"多萝西行动",他假装意外被水溅湿,并去多萝西家里换衣,跟多萝西进一步拉近了感情,而这一切又被来访的勒沃撞见,造成两人的分手。

对于这一部分的书写,伊诗继续给了了高度评价。针对爱情故事主题,

---

① Trey Ellis, *Platitudes*, p. 116.
② Trey Ellis, *Platitudes*, pp. 116 – 117.

她给予积极肯定:"两个完全不同类型的人相爱的爱情故事自古就是人们的最爱。"①另外,她对德维恩去掉了之前作品中的较多的色欲描写表示赞赏。而对于德维恩的文风,伊诗这样评价:"你知道,我从来就不是你们实验派的粉丝,而且我常常发现那一学派对自己过于自信,但是,我必须承认有时我妒忌你们文体上的自由。"②伊诗此时已经去掉偏见,不是一味排斥德维恩的实验写法,而是试着去欣赏,去吸收其长处。

伊诗对德维恩的个人情况也做了一些调研,了解到他曾离开斯坦福成为学生非暴力协调委员会(SNCC)的协调员,也曾在贝宁的和平部队驻扎过,并不是一个对自己的非裔身份完全置身世外的人。伊诗渐渐开始理解德维恩对如何再现当代黑人中产阶级生活所做的探索。她在信中说道:"我已经知道怎样'阅读'你关于种族和种族关系的陈述了,我感到自在多了。"③

6. 第六次交锋

在得到伊诗赞赏后,德维恩再接再厉,继续发展厄尔和多萝西的爱情线。这部分文体风格以生动细微的现实主义叙事为主,其间用斜体嵌入内心独白。厄尔和多萝西的感情随着不断地亲密接触而逐渐升温,终于在厄尔送了多萝西一首诗作为礼物后,多萝西主动亲吻了他,而这个部分就以二人的一吻定情圆满结局。毫无疑问,伊诗给予了最高的评价:"两个人的关系从厄尔单纯地痴迷于性转变为一种深沉的持久的友谊,这种微妙的美让我激动不已。很难找到一个男人真正理解两性间的友谊能有多么美妙。"④

除此之外,伊诗又解释了她未能如约参加非裔美国作家协会会议的原因:她的老朋友理查德·约翰逊突然从佛罗伦萨造访。她称赞理查德是她所认识的"最聪明、最有趣和最有天分的人"⑤,并希望德维恩以后有机会能与理查德见面。这对于德维恩来说无异于当头一棒。一方面,伊诗对作品中厄尔与多萝西之间"友谊"的强调暗示她与德维恩之间也只是友谊,

---

① Trey Ellis, *Platitudes*, pp. 148 – 149.
② Trey Ellis, *Platitudes*, p. 149.
③ Trey Ellis, *Platitudes*, p. 150.
④ Trey Ellis, *Platitudes*, p. 157.
⑤ Trey Ellis, *Platitudes*, p. 158.

这让已经对伊诗产生爱意的德维恩异常失望；另一方面，伊诗对于德维恩所厌恶的作家理查德的高度褒扬也让德维恩自尊心受损。出于报复，德维恩在接下来的续写中对故事来了180度的大反转。厄尔撞见多萝西与之前认识的白人模特理查德旧情复燃而备受打击，转而投向了简妮的怀抱，两人的情欲场面被用近乎白描的手法铺陈出来；厄尔的母亲嫌新工作赚钱少又回到了原来的航空公司，并与原来的男友复合了；奈特收受贿赂，指控候选人阿尔·约翰逊渎职和挪用公款，使得后者竞选失败。

如德维恩所愿，这次续写刺痛了伊诗，她回信说："我不知道我在非裔美国作家协会会议上犯的错误会毁掉你对黑人女性乃至整个黑人种族的信任。"[1]伊诗耐心解释了她与理查德只是定期见面的好友，而理查德多年来饱受争议，在会议上，他被人称作"不被他的人民需要的流亡黑人国王"，"一个纯粹希伯来式焦虑的明星作家"[2]，所以伊诗与他见面，安慰他。这里，理查德代表的是黑人移民作家的困境，他们流散在外，远离了自己的人民，他们的流散书写也遭受到质疑。伊诗最后大方承认自己喜欢德维恩，并约定在她去纽约讲座后与德维恩见面。作为礼物，伊诗呈上了自己续写的故事的大团圆结局。在故事中，厄尔与多萝西和达赛尔勇斗收租人和地主恶霸威特，并出于自卫杀死了后者，三人走上逃亡之路，经历各种生活的艰辛，厄尔与多萝西最终相爱相守一生。

德维恩如约去听伊诗的讲座。在讲座后的提问环节中，伊诗也表达了自己的写作观。首先她对后现代的写作手法有了更高的认可度。"最近我也在读一些后现代的作品，这些作品比我曾经想象的要好。"[3]针对有人提问说她"反男性"，伊诗表达了自己的女性主义写作立场：

> 我认为他们是对的，尤其是在我非常早期的作品中。我曾经跟一个大学教授有过几次灾难性的浪漫邂逅，之后不久我就开始写作，我早期的作品反映了这种厌男情绪。然而，一个男性可以写500页讲女性

---

① Trey Ellis, *Platitudes*, p. 171.

② Trey Ellis, *Platitudes*, p. 172.

③ Trey Ellis, *Platitudes*, p. 177.

的故事，她们或者是妓女，因此，在他的眼睛里是诚实的，或者是荡妇，她们别的什么都不做只伤人的心，嫁男人是为了钱，是病态的不忠诚的。这些作家成了规范，而却很少被打上"反女性"的标签。①

伊诗又谈到在大众文化范畴中，强有力的女性形象的缺失，以及女性不被重视的社会地位。"因此，可能这个社会能够容忍多一点男性是坏人的文学，但是我们绝对不能再容忍更多反女性的作品了。"②女性的视角毫无疑问是非裔美国小说的一个不可或缺的方面，女性的声音需要得到重视，并不断修正男权社会对女性的压迫。

讲座过后，德维恩与伊诗见面，他们去了小说中提到的"流浪汉"酒吧共进晚餐，最后回到了德维恩在纽约上西区的家里。两个相爱的人终于相互拥吻，但是德维恩也经历了短暂的性勃起障碍，这时他最后续写了厄尔与多萝西的故事，让两人冰释前嫌，故事以两人炽热的拥吻和爱结束。而此时德维恩也恢复了性能力，小说以德维恩走向床边而结束。

结　语

在小说《陈词滥调》中，作者艾利斯借用元小说的外壳，展现了20世纪80年代末黑人中产阶级作家在探索表达双重意识的过程中所遇到的困惑与挑战。德维恩与伊诗的数次交锋也是创作观的相互挑战和取长补短。文中不但批判了故事背景、主题、人物塑造都远离新的时代的美国光荣故事的老套模式，而且质疑了后现代文本游戏与实验对小说叙事连续性的破坏，并且从女性主义视角修正了男权社会对女性的物化塑造和厌女症倾向。正是采用了元小说的形式，艾利斯才能让读者从一个文本中看到非裔美国书写的各种可能性及各自的利弊。内层文本的厄尔与多萝西在德维恩的多次修订中，最终成长为"繁荣的文化混血儿"，他们接受白人文化教育，在白人世界自信自在，但他们对黑人族裔身份意识明确，知道他们所处的状况，

① Trey Ellis, *Platitudes*, p. 177.
② Trey Ellis, *Platitudes*, p. 178.

也愿意为自己的族裔争取政治权益。而外层文本的两位作家在彼此的交锋中，也探索出了族裔表达的新途径。从叙事风格上，一方面保持现实主义传统中叙事的故事性与连续性，注重人物塑造，另一方面，吸收现代主义及后现代主义小说中更具自由度的创作手法，如意识流及戏仿，使文本表达更为多元化。艾利斯在新黑人美学中提出的"做自己"就是做一个"繁荣的文化混血儿"，这样才能呈现一个杜波伊斯所说的"更真实的自我"。

【Abstract】 "The New Black Aesthetics" put forward by African – American writer Trey Ellis represents the aesthetic pursuit of the young black middle – class intellectuals of the second generation and the new trend of the African – American writing in the late 1980s. These new – generation writers can express more freely the aesthetic experience of African – American groups in the new era, focus on shaping the image of "thriving cultural mulatto", face the complex blackness, and attempt to define it dynamically. By means of metafiction, Ellis' maiden work *Platitudes* shows the perplexities and challenges the black middle – class writers encounter in their exploration of the ways to express their double consciousness. The novel is divided into inner and outer texts. The protagonists of the outer text are two African – American writers: Dewayne and Isshee, while the inner texts are the novels they created. Ellis enables readers to see the various possibilities of African American writing and their advantage and disadvantage in a text, exploring a new way of ethnic expression. In terms of narrative style, on the one hand, it maintains the narrative continuity of the realist tradition, with importance attached to plot development and characterization. On the other hand, it absorbs creative methods in modernist and postmodernist novels, such as stream of consciousness and parody, achieving diversity in textual expression.

【Keywords】 "The New Black Aesthetics"; Trey Ellis; *Platitudes*; African – American writing

文学达尔文主义与《弗洛斯河上的磨坊》

潘 滢

（天津外国语大学英语学院，天津 300204）

【内容提要】 达尔文主义文学批评是一种近些年兴起的、从人性出发来解读文本的批评范式。达尔文主义文学批评家认为，所有有机体的生命史都可以被理解成对人类生命历史基本现实的努力，也就是说，构建和维持有机体的努力和传递基因的努力，这是普遍的人性。从进化论的角度来看，乔治·爱略特的小说《弗洛斯河上的磨坊》中的爱情故事承认了人类生命历史基本现实的重要性，但是更重要的是表现了对个人头脑和性格的尊重。这部小说还体现了人类生命进化史中的另一个重要动机：对亲缘关系的忠诚。主人公麦琪和她的哥哥分别选择了忠诚于不同的亲缘关系。从进化论的角度理解这部文学作品，可以使我们更充分地理解文学的意义和功能。

【关 键 词】 进化论方法 资源 婚姻 亲缘关系

　　《弗洛斯河上的磨坊》是维多利亚时期英国小说家乔治·爱略特的一部经典作品，长期以来一直被认为是小说这种体裁的典范之作。这部小说的主人公是一对兄妹——汤姆和麦琪。小说围绕两条主线展开：一是麦琪的爱情故事，二是兄妹二人从误解到和解的亲情故事。本文将从达尔文主义的视角来解读这两条主线所体现的人性和人类生活中的动机。

　　从人性出发来解读小说文本，是近几年来兴起的达尔文主义文学批评的主要方法。达尔文主义文学批评是最近兴起的一个文学批评流派。近十几年来，一些文学学者、理论家和批评家致力于把文学研究与达尔文主义社会科学结合起来。这些学者逐渐形成一个新的学派，因为他们都赞同一套基本的理论。他们都把"适应的头脑"（the adapted mind）当作一种组织原则，他们的研究与社会科学领域内的"适应主义计划"（adaptationist program）如出一辙，因此，文学达尔文主义又被称为适应主义文学研究（adaptationist literary study）。适应主义思想的基础是达尔文主义关于人性的概念。人性体现了生物学上受各种条件约束的一套认知和动机特点。适应主义者相信，所有的有机体都是通过自然选择的适应性过程进化而来，在有机体的发展过程中，复杂的功能性结构是适应主义限制性的初级证据。他们认为人性和人类动机、行为系统展示了复杂的功能性结构，而他们的任务就是要识别出已经进化了的人性的基本组成部分：一套普遍的、物种典型的行为和认知方式。在他们看来，这些方式都受到基因的限制，反过来，结构上的特征和生理过程又调节了基因。人体的生理结构包括神经系统和荷尔蒙系统，它们直接调节了感觉、思想和感情。文学达尔文主义的代表人物是美国密苏里大学的约瑟夫·卡罗尔（Joseph Carroll）。以卡罗尔为代表的文学达尔文主义者创建了一种新的理论批评方法，并以这种新理论为切入点来探讨文学中的一些重要主题。文学达尔文主义者认为人性既是文学的起源也是文学的主题。

根据达尔文主义文学批评的原则，笔者认为《弗洛斯河上的磨坊》中的爱情故事有一个中心的冲突。这个冲突的双方一方面是对人性的重要性的承认，另一方面是对个人头脑和性格的尊重。尽管对于财富的追求是人性中最主要的动机，但是在寻求适当的婚姻对象的过程中，书中的主人公麦琪、费利普和斯蒂芬都没有考虑财富的重要性，相反，他们更看中对方的头脑和性格方面的魅力。书中的另一条主线是围绕人性中的另一个重要动机——对亲缘关系的忠诚——来展开的，在这本小说中，亲缘关系成为主人公麦琪和哥哥汤姆所有行为中最重要的动机。麦琪克服了财富和爱情的巨大吸引力，以道德和良心的力量约束自己，放弃了心心相印的爱情和富裕舒适的生活前景，选择忠诚于自己的哥哥汤姆和表妹露西。汤姆则选择了忠诚于自己的家族荣誉。爱略特承认人类的肉体和繁殖基础是统治一切的力量，但是同时更强调个人的认知水平。几乎所有的主要人物都是以他们个人的头脑水平来被评估的，这种超越了普遍人性的爱情故事正是这部小说的独特魅力所在。

一　什么是文学达尔文主义？

文学达尔文主义就是文学概念与以人性的进化和适应性为特点的当代进化理论的结合，其目标并不是创建一种新的文学理论流派或者发动一场短暂的文学运动，而是从根本上改变所有文学研究的框架。文学达尔文主义有两个主要的领域：理论和批评。前者致力于解释文学或者艺术为什么进化；后者致力于用文学达尔文主义的视角去理解并解读具体的作品、作者、体裁等。从理论渊源上讲，文学达尔文主义是进化心理学的延伸，尽管在很多方面它与它的母学科是相对立的。文学达尔文主义者认为进化心理学会使艺术琐碎化，而文学达尔文主义能给所有学科提供一个统一的模式，去解决这些学科中的困境。

建立在适应主义基础上的文学达尔文主义可以与其他形式的进化论文学研究区分开来，因为它有一个简单的因果循环。适应主义者肯定下面两个因果命题：第一，大脑是通过自然选择的适应性过程进化而来的；第二，经历适应过程后的头脑创造文学。这种因果关系至少可以使适应主义文学研究与三种进化论文学研究区分开来：宇宙进化论；进化被当作一种类比模式；进化被当作一种规范价值。

文学达尔文主义者认为所有关于人类行为的知识，包括人类想象的产物，都能也都应该用进化论的视角来解释。几乎所有人文学科和社会科学领域中的达尔文主义者都明确地表达了"生物—文化"的观点，也就是说，他们承认人类是有文化的动物。在当今的人文学科中占统治地位的"文化构成主义者"也认为人类与文化密切相关。但是对于他们来说，文化自动运转，文化使人产生各种思想和感情，文化使人具有个体身份和集体身份，但是文化不受任何意义上的生物学限制。虽然他们承认人有具体的身体机能，但是他们认为，饥饿跟性欲一样，都是被构建的。达尔文主义者试图从进化论的角度来理解文化。达尔文主义者在人的身上识别出一系列天生的、通过基因传递的性情（disposition），这些性情强烈地限制了文化中的性别角色、家庭关系、社会互动和认知形式。他们认为，这些性情没有一个能在文化真空中表达自己。虽然还有一些物种以基因的方式传递性情，比如灵长类动物、鲸目动物、鸦科鸟类等，但是只有人类的基因进化出体现伦理规范的象征性结构，它们可以描绘世界和人类经验，激起主观情感。只有人类拥有共同的象征系统，可以互相理解对方的经验。不同的社会有不同的文化、艺术、宗教和哲学传统，但是它们只是普遍的人性的不同表现形式而已。

　　每一种特定的文化都由一系列通过基因传递的、所有人类成员共同拥有的性情组成。生物文化批评家们的一个主要任务就是细致地描述那些与既定文化中的人类共性不同的特性，另一个任务就是解释那些特性是如何产生的——找出它们在特定的生态和社会条件下的起源，在现存的文化材料中找到宗教、哲学和艺术的传统起源。但是他们还有一个任务，尤其是对人文学者来说，那就是解释既定文化体系的美学和情感特征。生物文化批评家们需要知道：想象的普遍形式是什么，不同文化中的想象有什么不同，这些不同又如何限制了某位作者的想象力，每一个作品又是如何产生具体的想象效果的。

　　当人类学家说到文化的时候，他们指的不仅是高雅文化和哲学，还包括技术和社会组织。说到这种广义的文化时，他们常常引用乳糖耐受作为基因－文化共同进化的例子。通过自然选择，游牧民族进化出能够消化奶类的酶，饲养奶牛这种文化实践便改变了这一人群的基因组，反过来，改变了的基因组又导致了田园经济的扩张。相似的逻辑也可以用于想象文化。发展想象世界这样的能力对于我们的祖先来说一定具有适应性价值，否则他们不会在想象上花费那么多时间或者发展专门的认知能力来进行想象。这些认知能力，如果它们是适应性的，将会作为一种选择性力量作用于人群，改变基因组，促进想象的产生，并且创造出想象作品。语言为这种选择性的力量提供了一个清晰的例子。在遥远的古代，人类没有语言能力，但是某些拥有元语言的人具有某种选择上的优势，这使得他们的基因突变，反过来，基因突变又加强了文化环境的语言特征，强调了促进语言发展的基因所给予的选择优势。

达尔文在《人类的由来》（*The Descent of Man*）中提出一个假设，即语言进化是特定的人类思想进化的一个中心特征，这个特征明确地把人类的大脑与其他动物的大脑区分开来。语言是象征性思维的主要媒介。象征性思维能力使人类能够构建关于现实的概念上的模式，而人类的行为则会参照这些模式。在人类进化的过程中，构建这些模式，进行概念上的操作，或许成为人类在适应环境的过程中最重要的选择性特征，这个特征使人类能够获得社会生物学家理查德·亚历山大（Richard Alexander）所说的"生态意义上的控制权"。人类占据了每一个可用的地理上的角落，至少是陆地上的角落，而在每一个角落里，人类都是具有控制权的掠夺者。在这种情况下，在人类环境中，唯一重要的选择性因素就是其他人类——既指我们与之形成合作性小组的伙伴，也指我们与之竞争的对手。象征性思维，在基因－文化共同进化的驱使之下，使人类能够在更大的群体条件下进行思考。在所有的物种中，只有人类可以这样做，与人类比较接近的物种黑猩猩，它们的社会组织不超过 200 只黑猩猩。在下一个进化阶段，人类就可以在"种族"的条件下思考，种族的特征是传统和信仰，服装和身体标记的装饰风格互不相同。竞争的人类群体的进化最终产生了部族、民族、宗教团体和文明。所有这些都是基因－文化共同进化的结果。

在认识论的立场上，文学达尔文主义者是统一的：他们都拒绝所谓标准社会科学模式。他们是哲学上的唯物主义者，相信人类是第一种重要的、有着很多遗传行为模式的生物体。事实上，大多数文学达尔文主义者把社会构成主义和它的衍生物——德里达的解构主义、福柯的社会学理论、心理分析等——描述成某种智力上的悲剧。他们对这些思想持讥讽的态度，因为在他们看来这些理论都是无休止的、洛可可式的猜测，他们追求的是乔纳森·戈特沙尔（Jonathan Gottschall）所说的"持久的知识"。卡罗尔、戈特沙尔和他们的同僚们信奉一种经验主义、实证主义、量化和进步的叙事，他们都是志得意满的理性主义者。文学达尔文主义最受关注的倡导者、美国生物学家威尔逊（E. O. Wilson）在 1978 年出版了《关于人性》（*On Human Nature*），在 1981 年与查尔斯·兰斯顿（Charles Lumsden）又共同出版了

《基因、头脑和文化：共同进化过程》（*Genes*，*Mind*，*and Culture*：*The Coevo-lutionary Process*）。在这两本书中，威尔逊清晰地指出，人性虽然属于生物学的范畴，但它总是内嵌在文化之中。在 2005 年出版的《文学动物》（*The Literary Animal*）一书的前言中，威尔逊自信地认为，如果人性和离人性最远的文学作品都可以证据确凿地与生物根源相联系，那么科学和人文学科就可以最终统一在一起，这将会是智力发展史上的一个大事件。

文学达尔文主义归根结底也是要进行传统的文本分析的，只不过是通过达尔文主义的视角来分析。在分析过程中，他们主要致力于解释人类行为的内在模式，包括抚养后代、获取资源、群体之间的竞争与合作等。比如戈特沙尔在 2008 年出版的《特洛伊的强奸：进化、暴力和荷马的世界》（*The Rape of Troy*：*Evolution*，*Violence and the World of Homer*）中从生物学角度探讨特洛伊战争的起因，他认为在荷马时代男人进行战争是为了争夺年轻的女人；而詹姆斯·伍德（James Wood）在《包法利夫人的卵巢》（*Mad-ame Bovary's Ovaries*）中认为，女性是制造卵子的人，男性是射出精子的人，根据这一模式来分析小说中的冲突，他认为，在《奥赛罗》（*Othello*）中，引导冲突的主要事实不是他的肤色、他的年纪或者他的战争经历，确切地说，奥赛罗身上的任何外在特征都不重要，重要的只有他的精子，而黛丝狄蒙娜身上重要的只有她的卵子。文学达尔文主义者关注文学的适应性功能，他们的理论范围很广。有人认为小说叙事在本质上就是一种性欲的展示，比如杰弗里·米勒（Geoffrey Miller）的《交配的思想》（*The Mating Mind*）；有人认为文学达尔文主义是一种构建共同的社会身份的方式；还有人认为想象能力是进化的副产品，是其他更为实际的认知能力发展的分支。但是大多数文学达尔文主义者都认为文学想象是一种特定的、进化而来的特征，就像与其他手指相对而生的大拇指或者新大脑皮层一样，是为了使我们的祖先在冰川时代能够更好地适应环境。因此，戈特沙尔相信小说是一种强有力的、古代的虚拟现实技术，它可以让我们的大脑练习对各种挑战做出反应，这些挑战通常对于我们作为一个物种的生存至关重要。

达尔文主义文学批评的领军人物卡罗尔主要以进化论方法对小说这种形式进行解读。他认为小说作为一种认知管理的形式尤其经历了一个进化的过程。人类智力在大约四万年前有一个大爆发，它打开了人类头脑潜能的新领域。小说其实就是讲故事，这种形式结合了情感因素和概念因素，以新的方式给我们进化得复杂的内在世界带来了秩序。卡罗尔文学批评的基本依据是达尔文的自然选择和性选择理论。在自然选择中，环境决定了哪些有机体可以存活下来进行繁衍；在性选择中，大多数情况下是有机体中的雌性决定要和谁一起繁衍子嗣。性选择理论使达尔文能够对自然界中的反常现象，如雄孔雀的尾巴，做出解释。雄孔雀拥有漂亮的尾巴，达尔文认为这是一种健康的展示，大大的、五颜六色的尾巴表明雄孔雀很健康，携带良好的基因，可以传递给下一代。达尔文认为这也是音乐、艺术和舞蹈发展起来的原因：为了追求女性，展示健康。这一主题在很多爱情歌曲中仍然很常见。

卡罗尔认为，在大多数小说，尤其是维多利亚时期的小说中，往往存在一种对抗结构：反派人物几乎无一例外都以控制行为作为他们的主要特征——追求财富、权力和名望；而主人公大多是社群主义者，他们热心照顾亲戚，交朋友，同其他人一起合作工作。他认为这种社群主义的模式与以"打猎—采集"为主要活动的原始社会模式基本是一样的。每个人都希望自己拥有控制权，却憎恨其他人控制自己。打猎—采集者通过集体工作来抑制个人身上的控制欲望。没有人能够获得他或她想要的全部控制权，也没有人必须服从其他人的控制，这种模式使社会成员得以和谐共处，社会得以发展，因此是一种进步的模式。维多利亚小说中的对抗结构强烈谴责了控制行为，重视社群主义的性格特征。这样的小说为读者提供了一种媒介，让读者参与集体主义的文化精神之中。这种社群主义、平等主义精神是人类进化的动机系统的一部分，在文化层面上，是人类社会共同的精神。在这种意义上，小说体现了一种适应性的社会功能，至少是实现了心理学上的功能。

文学达尔文主义将会继续给人类科学提供积极的压力，让它们关注现实和人类行为中想象性文化的重要性。文学达尔文主义者已经建立起一个共生性理论来讨论艺术的适应性功能与进化科学之间的关系。他们认为，文学研究未来会继续脱离那些关于人性和人类认知的经验性事实，使文学进入科学领域。最终批评家们意识到，科学不是文学的威胁者或竞争者，而是寻求人类理解的联盟。文学达尔文主义不仅给我们提供了一个新的视角来研究现存的知识，还给我们提供了一个起点，让我们进入一个连续的、进步的研究框架之中，去创造新的关于艺术和科学相联系的知识。以卡罗尔为代表的文学达尔文主义者已经意识到，他们不仅要吸收之前的理论和批评之精华，而且必须重新审视这些精华，把它们归置到一个全新的框架之中，这个框架隶属于人类科学更宏大、更完全的领域。他们不能仅从现有的文化进化理论中截取概念，还必须吸收进化理论，批判性地检验它们，当这些理论不足以描绘文学经验的现实的时候便摒弃它们，并且在文学研究中构想新的基本概念——正式的、普遍的和历史的概念。他们必须参与塑造他们自己的具体研究领域与进化的人类科学更广泛的领域之间的联系，也就是说，他们必须重新创造世界。

用达尔文主义来解释文学作品，我们能够更充分地理解文学是什么，它的功能和它是如何运作的，它代表什么，是什么促使人们去创作文学和阅读文学，为什么它会采纳它现在采纳的形式。

二 达尔文主义文学批评中的生命历史分析

在达尔文主义文学批评中，有一个广泛的生物学概念"生命历史"。每一个物种的孕育、生长速度、生命长度、交配形式、后代的数量和间隔周期、父辈的养育时间和种类都不尽相同。对于任何一个既定物种来说，这些基本的生物特性构成了一个统一的结构，生物学家将之命名为物种的"生命历史"。在进化生物学家看来，人类的生命历史包括母亲与后代之间的哺乳联系、不同性别的成年人之间的夫妻或者父母联系、长时期的童年发展。尽管在组织的细节上有所不同，每一个物种的生命历史都形成了一种繁殖的循环。对于人类来说，尽职的父母会养育出有能力的后代，这些后代在长大之后，会找到自己的配偶，成为社会中有用的成员，并照顾自己的子女。人类具有适应性，人类的生命历史有一种规范性的（normative）结构，在这里，"规范性"表明人类可以成长，成为具有社会性和性能力的个体。

人类这个物种的生命历史有一个独特的组织形式，这种组织形式的逻辑渗透进人类行为和认知秩序的每一个方面。人类是高度社会化的动物，夫妇同居，有着一夫一妻的交配系统和非常高水平的亲本投资。他们有着直立的身姿、狭窄的产道和较大的大脑。结果，他们的繁殖经济必然会涉及动机系统，适合于男女同居、稳定的家庭结构、扩展的亲属体系以及复杂的社会结构。他们的大脑需要长期的发展，这样，他们就能获得生活所需的信息和技巧。他们的孩童时期比较长，导致子女对父母的依附关系、男女合作的养育模式、延伸的亲属网络。他们的大脑给了他们独一无二的适应性机会，不管是技术上的还是社会上的，也给了他们其他物种不会面对的挑战和问题。

与生命历史分析密切相关的一个概念是"行为系统"。"行为系统"这一概念最早出现在达尔文主义精神病学中，在进化论心理学的正统版本中，它也含蓄地、半自觉地作为一种组织原则出现了。在《达尔文主义精神病学》（*Darwinian Psychiatry*）一书中，作者麦圭尔（Michael McGuire）和特洛伊西（Alfonso Troisi）把行为系统定义为一套合作的行为，帮助实现特定的生活目标。"行为系统这个术语是指功能上和因果上相联系的行为模式以及与之相对应的系统。"[①] 麦圭尔和特洛伊西确定了四个明确的行为系统：生存、繁殖、姻亲辅助和互利（互利是一个广义的术语，指姻亲之外的社会互动）。在如今不计其数的进化心理学教科书中，有一些非常相似的术语被用作一系列章节的标题。比如，大卫·巴斯（David Buss）在教科书《进化心理学：头脑的新科学》（*Evolutionary Psychology：The New Science of the Mind*）中介绍完进化心理学的历史、理论和方法论之后，把主要部分的标题定为"生存的问题""性与交配的挑战""养育子女和姻亲关系的挑战""群居的问题"。巴斯教科书中的标题为后来的教科书制定了模板，这一模板本身无言地为行为系统理论提供了保证。

通过把生命历史分析理论与行为系统概念结合起来，我们能够构想出

---

① M. McGuire and A. Troisi, *Darwinian Psychiatry*, New York：Oxford University Press, 1998, p. 60.

另外一个概念来代替适应性最大化（fitness maximization）和适应实施（adaptation execution）这两个对立的概念。人类通常不会以任何直接或者积极的方式去最大限度地获取子孙，他们也不是单纯追求肉体享受，仅仅满足于快感体验。人们既不追求适应性最大化，也不想实施适应性。他们是高度统一的行为系统集成装置，受到人类生命历史循环的逻辑的组织与指导。人性在行为系统的结构装置上是有组织的，这些系统有助于实现一些目标，这些目标分布在肉体的和繁殖的生命活动的基本功能中。适应性最大化本身不是一个积极的动机，但是基本的肉体冲动（生存和获取资源，不管是身体上的还是社会上的）和基本的繁殖冲动（获得伴侣，交配，生育和照顾孩子，帮助姻亲）实际上都是直接、积极的动机，这些动机也是人性最重要的组成部分。

麦圭尔和特洛伊西所确定的行为系统——生存、交配、养育子女和社会互动——是人类有机体的一部分。人类天生的结构即基因决定的结构、生理机能、荷尔蒙和神经化学等会调节这些行为系统。帮助实现最大的生命历史目标的主要行为系统对于适当的刺激是敏感的，但是它们在所有的生命条件下都是隐藏的。比如，男性的性欲在看到适婚女性的时候会被挑起来，即便一个男性在完全孤立的情况下由机器抚养长大，我们也可以认为他有自己也不明白的性欲和性感觉的萌芽。语言是一种本能，但是不在人类社会中长大的孩子永远不能实现言语上的流畅。母性是一种本能，但是在孤立情况下长大的母猴子不能很好地充当一个母亲。正常的人类发展需要社会化，但是社会化本身要受先天的性情的引导。

在大多数情况下，人们承认整套动机系统的心理学力量，这些系统是按照人类生命历史的逻辑发展起来的。通常人们都有强烈的需要去让这整套的行为系统发挥充分的、完整的作用。虽然有很多例外情况和特例，但是人们需要激活行为系统的潜能，这些行为系统已经成为他们身体和头脑的最大特征，这是关于人性的一个普遍真理。对于大多数人而言，生活中的满足感依赖于根植于这些系统中的情感需要的实现。

卡罗尔认为，达尔文主义文学批评有一套基本的概念，涉及生命历史分析或者人性分析的主要有两点：①人类的本性是一个关于动机的有层次的等级结构，其中，维持生存和繁殖成功的本性是人类生命历史的最基本的事实，构建具有想象力的作品的动机也占据一个重要位置；②人类的本性可以被当作一种可供参考的通用框架，参照这个框架，作者识别他们自己的个人身份和他们自己独特的意义结构①。

在《弗洛斯河上的磨坊》这部小说中，我们可以看出作者爱略特对生命历史基本现实的重视，这也是人性所在。在卡罗尔看来，"所有有机体的生命历史都可以被理解成是对躯体和繁殖功能的努力——也就是说，构建和维持有机体的努力和传递基因的努力"②。生存的动机和繁殖的动机是人类生活中最重要的动机。人类生命历史理论为人类生活的所有阶段和社会角色提供了一个系统的框架。在这个框架之内，我们可以把基本的生物学原则与人类的共性和个人身份联系起来。躯体和繁殖原则与基本生活目标的共同分配联系起来，以便生存和繁殖。我们还可以把基本的生命历史目标——生存、成长和繁殖——与特定作品的文学意义组织中的主题、语气和风格上的细微差别联系起来，生命历史分析的基本原则进入所有文学作品的组织中，任何作者处理这些原则的方式，对于那位作者的作品的特点和品质来说，都是一个决定性的特征。文学作品中大多数故事都是关于人是如何追求资源和繁殖上的成功的——财富和爱情。正如余石屹所说："进化论文学研究者基本同意进化心理学的猜想，认为创作和欣赏文学艺术是人类经过自然选择遗传下来的适应功能，属于人的认知行为之一，其终极目的，是为生存和繁殖这两个中心动机服务。"③

生命历史分析的中心类别是出生、成长、死亡和繁殖。所有物种的有机体都会从事两种基本形式的努力——获取资源（肉体活动）和在繁殖中消费资源。出生、成长和死亡都是肉体活动。求偶和养育子女是繁殖活动。当然，不是所有物种的所有个体都从事繁殖活动，但是如果繁殖努力不是

① Joseph Carroll, *Literary Darwinism*: *Evolution*, *Human Nature*, *and Literature*, New York and London: Routledge, 2004, pp. 185 – 186.

② Joseph Carroll, "The Truth about Fiction: Biological Reality and Imaginary Lives", *Style*, 46. 2 (Summer 2012), p. 136.

③ 余石屹:《达尔文进化论与 21 世纪的文学批评》,《清华大学学报》（哲学社会科学版）2013 年第 3 期，第 50 页。

一个物种整体特征中的一部分，那么这个物种在一代之内就会灭绝。在一个有机体的生命历史中，所有主要的活动都是完整的，相互依存的。"一个有机体在一次努力中所消耗的资源不能再次被消耗在另外一次努力中。因此，生命历史，我们所看到的出生、成长和死亡的模式，都是在生命周期任何一点上的不同活动的相互矛盾的损失和收益的结果。"[①]生命历史分析会进行比较，比较内含适应性的逻辑——最大限度的繁殖成功——调节不同物种之间行为准则相互作用的方式。生命历史包含关于身高、生长速度、寿命、求偶行为、后代的数量和间隔时间、后代的性别比例以及养育子女的策略等方面的特点，这些特点渗透到物种特性的每一方面，蕴含在它的生理机能、它的骨骼结构及它的行为之中。因此，生命历史理论可以被视为一种包罗万象的理论，既能解释生物学的宏观经济学，也能解释它的微观经济学。

三 生命历史分析之对财富的追求

文学达尔文主义者认为，获取资源体现了人类对于构建和维持有机体的努力，因此是人类生活中最重要的动机。

在小说中，那些次要人物把对资源的追求当作生活中最重要的目标，对于财富的追求和重视是书中次要人物的灵魂所在，其中最典型的代表就是多德森姐妹。葛莱格太太、浦来特太太、迪安太太和塔利弗太太身上都有相似的家族特征，她们四姐妹都信奉同样的生活准则，这个准则最明显的特征就是对财产的尊重，其中以葛莱格太太为典型代表。她的生活以她的财产和现金为中心。她有最好的衣服，却坚持把旧衣服穿坏之后再去穿新的衣服；她有最好的花边，却从不拿出来使用，"等她死了以后，别人一定会在她那件'花斑室'里的衣橱的右首抽屉里，发现她的花边比圣奥格

---

① B. S. Low, "The evolution of human life histories", in C. Crawford and D. L. Krebs eds., *Handbook of Evolutionary Psychology*: *Ideas*, *Issues*, *Applications*, Mahway, NJ: Lawrence Erlbaum Associates, 1998, p. 131.

镇的伍尔太太一生中所买的都要好"①；她有各式各样漂亮的假发，却都放在抽屉里保存，很少拿出来戴。对个人物品的极度谨慎和在意表明葛莱格太太是物品的奴隶。在商量送汤姆去牧师那里学习这件事情上，葛莱格太太认为自己有发言权，这是因为塔利弗先生欠她五百英镑，而塔利弗先生认为她没有权力管他的事情，因为他已经付给她五厘利息了，他们之间并不是亲戚之间的人情债，而是公事公办的债权人与债务人的关系。葛莱格太太用金钱来衡量一切事情，她认为塔利弗太太很可怜，是因为她有一个常常在打官司的丈夫，把家产都败光了。她的丈夫葛莱格先生也是一个以金钱为中心的人。他之所以娶了葛莱格太太就是因为他认为她是"女人的精明和节俭结合起来的漂亮化身"②。看到可怜的寡妇拍卖家具的时候，他会很同情她，眼含热泪，但是他断断不会从口袋里拿出一张五英镑的钞票来解她的燃眉之急，因为他认为捐钱给别人是疯狂的浪费行为。葛莱格太太是塔利弗先生破产的一个间接原因，正是为了还欠给葛莱格太太的五百英镑，塔利弗先生才欠了外债，最后不得不用他的财产做抵押。这夫妻二人在听到有人去世的消息的时候，会非常感慨地说："啊！又有人可以做一笔好生意了。"③

在葛莱格太太和葛莱格先生眼中，只有维护自己的财产，使自己的财产免于流失才是他们生活中最重要的原则。文学达尔文主义认为，人性中最高的动机是内含适应性，次要的动机才是身体动机和繁殖动机。在这本小说中，葛莱格太太把获取生存资源的身体动机发挥到了极致。

最可笑的是塔利弗太太，在整部小说中，她似乎是一个没有思想和灵魂的人物，她甚至没有金钱的概念，她所在意的只是吃穿的问题。她每天谈论的只是她的被单、瓷器等。官司打败之后，塔利弗先生在回家的路上从马背上摔下来，昏迷不醒，麦琪去斯特利牧师那里找汤姆。等他们俩回到家的时候，发现他们的母亲待在储藏室里，坐在一堆瓷器和桌布中间。

---

① 乔治·爱略特：《弗洛斯河上的磨坊》，祝庆英、郑淑贞、方乐颜译，上海译文出版社，2008，第65页。

② 乔治·爱略特：《弗洛斯河上的磨坊》，第109页。

③ 乔治·爱略特：《弗洛斯河上的磨坊》，第115页。

对塔利弗太太而言，生活中最大的灾难不是她的丈夫昏迷不醒，他们已经分文没有，而是她要与她的财产分离，她的财产就是她的生命。爱略特以多德森姐妹为例，宣布了在社会互动中起作用的基本要素之一是财产，她认为，财产在社会活动中占有重要地位，并且在某种程度上决定了人类行为的普遍模式。但是，同时她也承认反常现象，承认个体差异。以多德森姐妹为代表的次要人物仅仅依照概论来行事，她们不考虑其他人的内心想法，而以财产的拥有或者失去作为个人成功或者失败的标准。她们是这本小说讽刺的主要对象。在她们构建的关于自己的自私的叙事中，她们不考虑亲情和道义，只是以确保自己财产的安全为生活原则。

与多德森姐妹们形成某种程度的对比的是塔利弗先生。尽管他充分意识到了财产的重要性，却没有完全变成财产的奴隶。在小说的开头，塔利弗先生打算让汤姆受到教育，对于这个教育的要求就是，"一种使他将来能够谋生的教育"，具体来说就是，"我只要他做个工程师那样的人，不然就做个测量员，再不就像瑞里那样当个拍卖员或者估价员，或者做一桩只有赚钱、没有开支的好买卖"。[①]在塔利弗先生看来，学问之类的东西并不重要，学问唯一的价值是带来财富，让他的儿子变成一个有钱人是他毕生的梦想。因此他把所有的亲戚都召集在一起，讨论汤姆是否应该去斯特利牧师那里读书。在所有亲戚都反对，而且他自己还欠着葛莱格太太五百英镑的前提下，他还是坚持每年花一百英镑让汤姆去读书。塔利弗先生拥有了超出他的出身和他所属阶层的远见，没有受财产束缚，相反，他要利用自己所能支配的不多的财产去培养他的儿子。

尤其值得称道的是他对妹妹摩斯太太的态度。在跟葛莱格太太因为汤姆的教育问题大吵一架之后，他下定决心要偿还欠葛莱格太太的五百英镑。他的妹妹摩斯太太欠他三百英镑，他去妹妹家里想要她偿还这笔钱，这样他就可以还钱给葛莱格太太。在借钱的时候，塔利弗先生对他的妹妹就很宽大，因为相比于葛莱格太太要求的五厘利息，他让他妹妹两年不用付利息。他尽量硬起心肠让摩斯太太还钱，可是在从摩斯家回去的路上，他想

---

① 乔治·爱略特:《弗洛斯河上的磨坊》，第5页。

起了他的女儿麦琪，认为麦琪在这世上唯一能依靠的人就是她的哥哥，同样，他的妹妹唯一能依靠的人就是他了。这样一想，他又掉头回去，告诉摩斯太太不用着急还钱了。甚至在他破产之后，在昏迷的空隙醒来的时候，他还叮嘱汤姆不要去讨还这笔钱。他们家已经落到要变卖财产的地步，塔利弗先生仍然如此坚持，不得不说，他的这种行为与多德森姐妹形成了鲜明的对比。在爱略特笔下，塔利弗先生并不是一个十分正面的人物形象，然而他对亲情的重视，使他的形象在他的一群只以财产来衡量别人的亲戚和邻居之中显得异常高大。塔利弗先生对妹妹的态度实际上也为作者阐述亲缘关系的忠诚这个主题埋下了伏笔。尽管从昏迷中醒来之后，他也变成了一个守财奴，每天把数汤姆赚来的钱当成他唯一的乐趣，但是这并不影响这个人物身上体现的这种超越财产控制的独特性。

四　生命历史分析之繁殖成功与个性魅力

文学作品中所表现出来的另一个人类共性就是繁殖上的成功，也就是对幸福婚姻的追求。对于资源的重视使得人们在寻求婚姻的时候重视资源，但是现实中的人的行为模式并不能证明普遍的、通用的人类共性，他们有自己的个性，其特征是他们个人性情的独特性、他们的文化条件及他们的个人经验。人类的生命历史有一个独特的组织形式，这种组织形式的逻辑渗透进人类行为和认知秩序的每一个方面。卡罗尔相信："在关于人类进化和人性的这个新兴的新视野中，认知领域的观念也没有被丢弃。它被吸收进这个更大的人类认知总体结构中，并与之融为一体。认知领域有它们的位置和功能。"[1]进化理论都认同一个道理，那就是每个人都想得到好的婚姻——女人都想嫁给有钱有势的男人，男人都想娶年轻漂亮的女人。但是，在这部小说中，衡量个人品质的最重要的标准就是在何种程度上，男人和女人超越了这个基本需求，要求对方在性格和头脑上的优秀品质。

在这部小说中，费利普和斯蒂芬都先后爱上了麦琪，在很大程度上是

---

① Joseph Carroll, *Literary Darwinism*: *Evolution*, *Human Nature*, *and Literature*, New York and London: Routledge, 2004, p. 190.

因为麦琪具有认知的和性格的力量。她超越了周围人的世界，那一世界的风格以露西为代表，是肤浅、枯燥和平淡的。麦琪展现出来的深刻的思想和判断力、热情叛逆的性格给这个平淡的世界加上了绚丽的色彩。麦琪的思想并不是一成不变的，她经历了一个重大的思想转变，尤其是在读了保勃给她拿来的书之后。"她好像突然得到了一个答案，她明白了：她的年轻的生活中所以会有这么多不幸，就是因为她一心一意想着自己的欢乐，就跟欢乐是宇宙中最不可缺少的东西似的。现在她开始第一次看到她可能转变以前那种只想满足自己欲望的态度，可能撇开自己来看问题，把自己的生命当作受到神指导的整体中的一个无足轻重的部分看待……在刚有了这个新发现时的那一股热诚中，她好像认为克己能够使她得到她一直渴望而无法得到的那种满足。"①这段描写至关重要，从中我们不仅能够看出麦琪的心路历程，也能为后来她与斯蒂芬交往时的畏缩态度找到依据，因为这样一个敢作敢为、热情奔放的女子原本就该努力去追求自己的幸福。对繁殖成功即美满的爱情的追求是普遍的人性，麦琪用自己认知的力量克服了这种人性的普遍动机，显示了她的个性风格。

在这段话里，爱略特就在她自己的视角——一种既考虑了她自己的观点又包括了个体差异的视角——与麦琪的亲戚们的视角之间建立了一个基本张力。亲戚们的视角也是小说之外普通世界的视角。在这部小说的发展过程中，小说的主人公们在本质上是文明的，有教养的。能够做出风格上区分的主人公，最终形成了一个小团体，这个小团体能把他们自己与周围的大众世界区分开来。麦琪、费利普、斯蒂芬属于这个团体，没有读过多少书的保勃也属于这个团体，而自以为很精明的汤姆却不属于这个团体。这些人物之所以会成为经典，是因为他们身上体现的教养和远见超越了他们的社会经济地位：麦琪是一个破产的磨坊主的女儿；费利普的父亲虽然是一个律师，但是唯利是图、没有任何良心和道德；斯蒂芬的父亲是迪安先生公司的老板，也是一个商人；保勃只是一个小贩。他们都超越了自己的阶级。允许读者加入这个小团体的标准是对人物个性和精神层面的重视，

---

① 乔治·爱略特：《弗洛斯河上的磨坊》，第267页。

忽视人类生命历史分析的最低水平的共性，不依据"财产"来对人进行判断。

麦琪与费利普的交往表现了麦琪判断事物和人的独特标准。她并没有因为费利普是个驼背的残疾人就瞧不起他，也没有因为他是她父亲仇人的儿子而敌视他。她从人类普遍的同情心出发，诚挚地关心费利普。当然她不是看中了费利普家的财产才与他交往的。塔利弗先生的官司失败之后，麦琪与费利普在红苑的树林中相遇，从他们的谈话中，我们可以看出，费利普已经对麦琪情根深种，但是善良的麦琪并不爱菲利普，只觉得如果能让费利普快乐，她或许可以瞒着家人来见费利普。而且，她喜欢与费利普交谈。尽管后来在费利普的追问下，麦琪承认自己爱任何人都不会比爱费利普更深，但是，这并不是真正的爱情。麦琪与费利普之间的关系，更像是两个同样独一无二、敏感热情、情感丰富的头脑之间的共鸣。事实上，麦琪和费利普拥有相似的头脑，他们都不太重视资源，正如芭芭拉·古思（Barbara Guth）所说："很明显，麦琪和费利普之所以会觉得在他们的社会里格格不入，不仅是因为他们不适合他们自己本身性别的文化规范，而且主要是因为他们想要从生活中获得的不仅仅是物质产品。"①

后来麦琪正式进入社交场合的时候，作者爱略特用三种视角的互动来介绍麦琪的出场。在求偶过程中，对于女人来说，年轻和漂亮是最重要的资本，"精明的人"都看出麦琪拥有了这两个资本，因此，他们认为她有机会通过找一个有钱有势的丈夫来进入上流社会，这是书中普通人的观点。次要人物盖司特小姐等却不这样认为，她们认为自己是降低了身份才与麦琪这类普通人家的女孩交往的。在她们眼中，麦琪身上最重要的标签是贫穷。她们不会允许麦琪进入她们的阶层，成为她们中的一员。麦琪并不是一个爱慕虚荣的女孩，但是，对于舒适和幸福生活的向往是人类的天性，不管麦琪如何用禁欲和良心这样的条条框框来束缚自己，她终究压抑不了她自己的天性。因此，这种环境对于麦琪的影响是潜移默化的，这也从另一个方面解释了为何斯蒂芬对她具有巨大的吸引力。

---

① Barbara Guth, "Philip: The Tragedy of 'The Mill on the Floss'", *Studies in the Novel*, 15.4 (Winter, 1983), p. 359.

斯蒂芬最开始心仪的对象是露西。他选择露西的理由与塔利弗先生选择塔利弗太太的理由是一样的：漂亮、温顺、温柔。露西虽然善解人意，但是我们在她身上看不到使这个人物出类拔萃的头脑的力量。露西可以是任何一个上流社会的女主人：漂亮、优雅、大方、得体。她并不敏锐，斯蒂芬和麦琪彼此相爱，费利普几乎在第一次看见斯蒂芬和麦琪相处的时候就注意到了，她却一直没有意识到。这个人物不具备麦琪身上的那种热情和认知力量，因此注定会在散发出光彩夺目的个人魅力的麦琪旁边黯然失色。而且，由于麦琪经历过生活的剧变，从一个小康之家的磨坊主的女儿，变成一无所有、不得不靠自己来养活自己的独立女性，所以她的性格中具有坚忍和善于思考的特点。麦琪身上最重要的特点是独立。在父亲破产之后，尽管姨母们再三劝告，并且愿意收留麦琪，但是麦琪不想靠任何人生活，坚持进寄宿学校，并且在长大后靠做家庭教师来养活自己。麦琪身上具有独特的认知风格和情感力量，在费利普和斯蒂芬的眼中，这些都绽放出异样的光彩。

对于麦琪而言，斯蒂芬代表的是一个完全不同的世界，他在三个方面吸引着麦琪：健壮的身体、富裕的家庭和与麦琪相似的认知水平和风格特征。

斯蒂芬身体强壮，相比于身体有残疾的费利普，他给了麦琪更多的安全感。父亲已经去世，哥哥汤姆执着于复仇，与她并不亲近，况且他也没有足够的钱去养活他的母亲和妹妹。麦琪的世界中缺少一个强有力的男性形象。所以，当斯蒂芬出现在她眼前的时候，她的眼中出现的是一个高高大大的、身材健壮的男人形象。在小说中，作者无数次提到"生动""有力"这样的字眼。麦琪为了躲避斯蒂芬的情感，逃到了摩斯姑母家。当斯蒂芬骑着一匹高大的栗色马出现在她面前的时候，斯蒂芬就像是一个为了解救困在古堡中的公主从天而降的骑士。斯蒂芬恳求麦琪跟他一起去划船，麦琪原本是不肯去的，但是斯蒂芬拉住她的手，就把她带走了。事实上，不管麦琪表面上看起来多么叛逆，多么独立，她一直渴望依靠，而这种依靠只能是深深爱着她又强壮有力的斯蒂芬才可以提供给她："麦琪只觉得有人领她穿过玫瑰盛开的花园，小心地用力扶她上了船，把垫子放好，让她搁脚，再在她脚上盖上斗篷还替她撑开阳伞（她自己却忘了）——一切都由这个强有力的人来代办，好像她没有任何主张地给带走了，就像强烈的补药突然产生令人兴奋的力量，造就了另一个自我一样，除此以外她什么都感觉不到。往事给忘得干干净净了。"①在《人类的由来》中，达尔文观察到，"男子与女子相比，由较大的身材和体力，又有更宽阔的肩膀、更发达的肌肉、棱角更多的全身轮廓、更勇敢好斗，所有这一切，我们可以了无疑义地认为主要是从他的半人半兽的男祖先那里遗传而来的。但这些特征，在人的漫长的野蛮生活的年代里，通过最壮健、最勇敢的男子们，不仅在一般的生存竞争中，并且在为取得妻子的争夺战中——双重的成功，而保存了下来，甚至还有所加强，因为这种成功保证了他们能够比同辈中不那么壮勇的弟兄们留传下更多的后代"②。从进化论的观点来看，自然选择和性选择使身材高大健壮的男子更受女子的喜爱。斯蒂芬对麦琪的吸引力正是这样的。

斯蒂芬出生于一个富裕的家庭。他的父亲拥有圣奥格镇规模最大的油坊和面积最广的码头，是盖司特公司的老板，他的姐妹们都认为自己是特权阶级，不屑于与圣奥格镇的普通人家来往，甚至家境富裕的露西，在她们的眼中，也配不上富少爷斯蒂芬。他不需要像汤姆一样，每日去公司工作，闲时还要琢磨一些投机生意，不惜一切代价地去赚钱。他每天的主要工作就是陪陪漂亮的露西，唱唱歌，聊聊天，划划船，在露西家里打发一天中的大部分时间。无论从财富的角度来说，还是从社会地位的角度来说，斯蒂芬都是处在圣奥格镇金字塔顶端的人物，因此在穷困潦倒、不得不靠做家庭教师来养活自己的麦琪眼中，斯蒂芬简直是一个闪闪发光的人物。财富和地位决定了斯蒂芬在婚姻市场上的受欢迎程度。麦琪在经历家中破产的变故之后，就一直过着捉襟见肘的生活。她处于社会的最底层，不能随心所欲、自由自在地生活。在麦琪决定为了露西放弃斯蒂芬的时候，她极端痛苦，她问自己："为什么正当她能获得最幸福的生活——爱情、财富、安逸、高雅和她生来就渴望的一切的时候，她必须放弃这一切，让别

① Barbara Guth, "Philip: The Tragedy of 'The Mill on the Floss'", pp. 425–426.
② 达尔文：《人类的由来》，潘光旦、胡寿文译，商务印书馆，2003，第853页。

人去占有呢？而别人，也许并不像她那么需要？"①在这里，"最幸福的生活"中，只有第一项——爱情——是与金钱无关的，剩下的——财富、安逸、高雅——都是建立在金钱的基础之上的，而地位是建立在金钱的基础之上的。麦琪对斯蒂芬的爱情，掺杂了太多她对贫困生活的厌倦、对富裕和安逸生活的向往，所以，放弃斯蒂芬，不仅意味着放弃爱情，而且意味着放弃一步登天、获得充足资源的机会。在古往今来的各种爱情故事中，没有哪一个故事能离开财富的基础。在求偶游戏中，获取资源的重要性在爱情生活中是不言而喻的。

斯蒂芬和麦琪拥有相似的认知水平。麦琪虽然压抑了她自己的天性，但是她有一颗有趣的灵魂，正像费利普所观察到的，其丰富的内心世界都通过她的眼睛表现出来："她长着这么一双眼睛：又像挑衅又像哀求，又像抗辩又像依恋，又像专横又像恳求，充满了可爱的矛盾的表情。"②斯蒂芬和露西在一起的时候，不能进行任何心灵的对话。露西的认知水平与斯蒂芬的认知水平不在一个等级上，斯蒂芬也乐于欣赏露西的窘态。但是麦琪在与斯蒂芬的交谈中却总是可以掌握话语权。在一部小说中，人物头脑的特点总是在他们所说的话中、在他们的说话方式中展现出来的。爱略特的风格是灵活敏锐而又一清二楚的。在这部小说中，最能体现爱略特的认知风格的人物是麦琪。麦琪不像露西那样温顺、迟钝，相反她总是尖锐而又反抗的，这就给她与斯蒂芬的交谈加上了各种调料，谈话不再是枯燥无聊的。尽管斯蒂芬开始是被她的独特古怪的美貌所吸引了，但是在进一步的交往中，他真正爱上的是麦琪独特的头脑和性格。麦琪渴望知识，因此在斯蒂芬绘声绘色地讲述一本地质学家写的论文的时候，她被他吸引，放下活计，专心地听那些地质学故事。斯蒂芬和麦琪经常进行有趣的谈话，有时候他们认真讨论，有时候争论，各自发表意见，这些都是露西所做不到的。

总而言之，如果世界上真的有心心相印、灵魂与灵魂契合的爱情，那么斯蒂芬和麦琪之间的爱情就是这样的。但是，这两个人为了不伤害其他的人，努力地克制住了自己，尤其是麦琪，在最后关头拒绝了斯蒂芬，拒

---

① 乔治·爱略特：《弗洛斯河上的磨坊》，第 421 页。
② 乔治·爱略特：《弗洛斯河上的磨坊》，第 378 页。

绝了所有幸福生活的希望，任凭自己成为圣奥格镇耻笑的对象，选择用心灵的力量支撑自己活下去。

五 内含适应性原则——对亲缘关系的忠诚

财产和性是在人类生活中处于中心地位的动机行为系统，但是故事的主角麦琪最终拒绝了斯蒂芬——这个代表财富和爱情的男人，选择忠诚于亲缘关系。在人类生命历史中原本处于次要地位的对亲缘的忠诚作为一种占统治地位的动机理论被呈现出来。在由爱略特的视角所构建的规范性价值结构内，对家庭成员保持忠诚是个人优点的一个基本标准。

内含适应性原则是进化心理学的一个关键原则，其基础在于成功地传递一个人的基因。根据这一原则，自然选择不仅会选择那些保存自身遗传基因的行为，即经典适应性，也会选择与自己基因相近的那些人的行为，比如父母、兄弟姐妹、表亲等，并且认为，与个体的亲缘关系越远，则帮助行为越少，因为他们携带的与自我相似的基因越少。在进化论文学批评看来，人类动机的顶端是内含适应性原则，是根本的调控原则，但是它们不是作为活跃的、直接的动机。活跃的、直接的动机是获取资源的肉体努力和保存基因的繁殖努力。在这部小说中，这些努力都让步于对亲缘关系的忠诚。

这种结构上的安排与作者爱略特的生活经历有关。爱略特在32岁的时候，爱上了作家乔治·亨利·刘易士。刘易士已有妻子，但是他的妻子早有外遇，为此夫妻俩已经分居多年。爱略特和刘易士志趣相投，但是当时离婚需要经过议会的特别法令的批准，需要一大笔钱，这些都是刘易士没有的，于是两个人决定公开同居。因为刘易士在当时的身份仍然是有妇之夫，因此他们的行为不被人们接受。爱略特的哥哥、姐姐与她断绝了往来，她的哥哥艾萨克很长时间都没有原谅她，也不与她通信，直到爱略特去世的那一年才给她写信。也许在现实生活中，爱略特没能遵从哥哥的意愿，所以在小说中，她塑造了一个极度渴望哥哥的爱、无条件服从哥哥的要求的麦琪的形象，作者的视角总是与作者的生活经历相关的。

　　对亲缘关系的忠诚的典型代表是汤姆，但是汤姆忠诚的对象是他的父亲塔利弗先生。官司失败之后，塔利弗先生陷入昏迷之中，他在醒来的间隙，告诉汤姆一定要把欠别人的钱都还清，而且对摩斯太太欠他的钱，他不打算讨还了。关于借条，汤姆牢牢地遵从了父亲的嘱托，尽管塔利弗太太哭泣着不肯卖掉她视为宝贝的瓷器和台布，尽管姨母们冷嘲热讽，但是汤姆暗自下定决心一定要毁掉摩斯姑母的借条。而还债，从此以后成为汤姆生活的全部。他没有自己的个人生活，我们也不了解他的思想，他全部行为都围绕着还债来进行。首先他去恳求迪安姨父给他在盖司特公司找到了一份工作，接着他在儿时伙伴保勃的带领下，开始进行投机生意。把债务还清的那一天，塔利弗先生却因为过度激动而再次病重。在临终之前，他握着汤姆的手，汤姆问他父亲还有什么愿望需要他来完成，塔利弗先生告诉汤姆买回磨坊，并且永远不要原谅威科姆。于是，从那以后，汤姆就把全部精力用在了买回磨坊上。他没有时间和精力去照顾他的妹妹和母亲，也不关心麦琪的生活。在麦琪去他租住的保勃家看他的时候，保勃说他的这位伙伴"从来不吭气，就像一个铁汽锅似的……一个人闷闷不乐地坐在那儿，紧锁眉头，整夜盯着炉火"①。汤姆没有个人生活，为了完成父亲的遗愿，他不眠不休地盘算努力。当他发现麦琪在和威科姆的儿子费利普谈恋爱的时候，他怒不可遏，要麦琪把手放在《圣经》上发誓，永远不再跟费利普私下来往，因为他认为去跟一个毁灭自己父亲的人的儿子私下见面会给父亲带来致命的打击。在汤姆的心中，对父亲的忠诚大于兄妹亲情以及其他一切事情，甚至因此放弃了自我，在父亲被毁灭的那　天，他的生活轨迹就已经被规定好了。在得知麦琪与斯蒂芬去划船，并且一直未归之后，汤姆认为在麦琪身上能够发生的最糟糕的事情，不是死亡而是丢脸，也就是说他认为麦琪死了也比丢脸要好。五天之后，麦琪放弃了斯蒂芬回到圣奥格镇，汤姆甚至不想听麦琪的解释，他认为她破坏了家族体面，伤害了可怜的露西，因此把麦琪逐出家门。作者爱略特有勇气有魄力地放弃了自己的家庭，而在故事中，她却安排了另外一种可能性。表面上，爱略

---

　　① 乔治·爱略特，《弗洛斯河上的磨坊》，第362页。

特并不在乎她的哥哥艾萨克是否理解她的行为，但是，在她的内心，可能渴望以一种殉道的方式换取哥哥的原谅，正像麦琪所做的一样。

而麦琪认为自己对于父亲、哥哥甚至表妹露西都有一种责任感。对亲缘关系的忠诚使她放弃了她的心灵伙伴费利普，放弃了能使她过上幸福生活的斯蒂芬，最终为了救汤姆放弃了自己的生命。

麦琪的这种不惜一切代价忠诚于亲缘关系的思想起源于保勃送给她的书。从那之后，她就决定自我克制，甘愿忍受苦难。虽然在汤姆的要求之下，她决定放弃费利普这个朋友，但是她主要考虑的对象是她的父亲，因为汤姆威胁她要把这件事告诉父亲。她不想使父亲的生活更艰难，因为她的父亲已经一点也不快乐了。这是她为了亲缘关系做出的第一次牺牲。但是在父亲去世之后，她还是继续遵守自己对汤姆的诺言。尽管露西告诉她可以不必考虑汤姆的意见，她还是专门跑去见汤姆，问他她是否可以与费利普来往。在这时候，汤姆因为还清了债务，并且买回了磨坊，已经成为家族的权威，所以忠诚于家族，就是忠诚于汤姆。露西很热心，告诉麦琪她会想办法说服汤姆同意麦琪与费利普结婚，听到这里，"麦琪想笑，却浑身哆嗦了一下，好像她突然感到一阵寒冷"[1]。这说明，对于家族的忠诚已经融入她的血脉，与费利普见面等于破坏这种忠诚，现在她是不能这样做的。她必须去征求汤姆的同意。

斯蒂芬带着麦琪去划船，并且划过了他们原本的目的地，想要带着麦琪私奔，麦琪进行了激烈的思想斗争，但最后她听从了内心的声音，坚决地与斯蒂芬分手了，因为她不能辜负露西对她的信任，她不能背叛露西。斯蒂芬认为他和露西之间没有明确的婚约，所以不能算作背叛，这时候麦琪说："你和我一样，都觉得真正的约束是我们已经使别人对我们发生了感情和期望。不然的话，在没有外来惩罚的情况下，一切盟约都可能被撕毁，也说不上什么叫忠诚。"[2]麦琪认为，他们的幸福不应该建立在别人的痛苦之上，她认为爱情是发乎自然的，但是忠诚也是处于自然的。她坚决地拒绝了斯蒂芬的求婚，并且在离家五天之后，回到了磨坊。尽管她已经不容于

---

① 乔治·爱略特，《弗洛斯河上的磨坊》，第359页。
② 乔治·爱略特，《弗洛斯河上的磨坊》，第413页。

汤姆，也不容于圣奥格镇，但是她从来没有后悔过，也没有悲伤。她做出了巨大的牺牲，放弃了唾手可得的、近在眼前的幸福。不仅如此，她认为自己犯了巨大的错误，因此拒绝了远走他乡的机会，选择留在圣奥格镇，因为她要找机会让露西原谅她。

洪水来临的时候，已经逃到了安全地带的麦琪想到母亲和汤姆还留在磨坊，就拼尽全力把小船划到了磨坊那里。汤姆坐在小船上，看着广阔的水面和麦琪真诚的眼睛，他终于明白了麦琪所做的一切，并且原谅了麦琪。最后，在小船被打翻的前一刻，汤姆紧紧地抱住了麦琪，兄妹二人在汹涌的河水中相拥着死去。最后的结局，我们可以理解为麦琪终于完成了她对于亲缘关系的忠诚。

《弗洛斯河上的磨坊》表现了主人公麦琪在获取资源和对亲缘关系的忠诚之间的一种张力，在其他人物身上体现了获取资源和实现繁殖成功永远是人类生命历史分析中最重要的主题。小说中的人物都具有鲜明的个性，然而在个性之下，又蕴含着普遍的人性。爱略特通过这些小人物的爱情和亲情，向我们展示了人类生活中永恒的主题。从人性的角度出发，对这部小说进行生命历史分析，我们可以更清楚地了解这部小说的脉络，并把它归到一个更广泛、更普遍的的分析范畴之内。同时，小说中人物对于获取资源和实现繁殖成功的努力也体现了文学达尔文主义的基本分析原则，这些对我们分析其他的文学作品都具有借鉴意义。

【Abstract】 Darwinist literary criticism appeared about a decade ago. As a new critical paradigm, it interprets literary texts on the basis of human nature. Darwinist literary critics believe that the life history of all organisms can be analyzed as efforts towards somatic and reproductive functions—that is, the efforts of constructing and sustaining organisms and passing over genes, which is human nature. *The Mill on the Floss* written by George Eliot affirms the importance of basic reality of human life history, but more importantly, it shows respect for individual minds and characters. Loyalty to kinship is another main motive of human history in the book. The main characters Maggie and

Tom choose to be loyal to different ties of kinship. Analyzing the novel with the Darwinist method enables us to understand more fully the meaning and function of literature.

【Keywords】 Evolutionary Method; Resource; Marriage; Kinship

文学视域中的历史叙事：英国当代历史小说的新历史主义解读[*]

文学视域中的历史叙事：英国当代历史小说的新历史主义解读[*]

王艳萍

（集美大学外国语学院，厦门 361021）

【内容提要】本文以格雷厄姆·斯威夫特、约翰·福尔斯、彼得·艾克罗伊德、朱利安·巴恩斯、伊恩·麦克尤恩和拜厄特的作品为主，用新历史主义理论，从质疑传统历史叙事、用故事建构历史、互文本编织历史、历史编纂元小说、回归心灵与叙事意义这五个方面分析英国当代历史小说。"新历史主义"一词由斯蒂芬·格林布拉特在 20 世纪 80 年代首次提出，本文探讨的作家大部分也是在这个时期进入历史小说的创作高峰。新历史主义理论与这些历史小说相互映照、彼此渗透，分别从理论和文学创作角度展现了当今学界对历史本质及历史书写意义的认识。

【关 键 词】英国当代历史小说　　新历史主义　　历史叙事

从 20 世纪 80 年代至今，很多英国作家通过聚焦过去的事件和人物，创作出一大批历史题材小说，"转向历史主题是近三十年间英国小说的一个重要特点"①。这些作家包括格雷厄姆·斯威夫特（Graham Swift）、彼得·艾克罗伊德（Peter Ackroyd）、亚当·索普（Adam Thorpe）、朱利安·巴恩斯

---

* 本文是教育部人文社科研究项目（青年项目）"当代美国亚裔都市叙事中的'漫游者'空间政治研究"（19YJC752029）阶段性研究成果。

① E. Tony Jackson, "The Desires of History, Old and New", in *Clio* 28. 2 (Winter 1999), 169 – 187.

（Julian Barnes）、伊恩·麦克尤恩（Ian McEwan）、拜厄特（A. S. Byatt）、石黑一雄（Kazuo Ishiguro）、马丁·艾米斯（Martin Amis）、萨尔曼·拉什迪（Salman Rushdie）等。这些小说频频荣膺英联邦各种主要的文学大奖（包括布克奖），占据销售排行榜并被改编为影视剧。有评论家宣称，"历史小说最好的时代到来了"①。与传统的历史小说作家不同，他们对帝王将相并不感兴趣，而是试图发掘那些没有进入官方历史的人物和事件。有的作家选取历史上的文化名人进行重写，例如，艾克罗伊德以诗人托马斯·查特顿（Thomas Chatterton）、小说家奥斯卡·王尔德（Oscar Wilde）、建筑家尼柯拉斯·霍克斯摩尔（Nicholas Hawksmoor）为原型再现了与传统历史记载不一样的人物形象。有的作家选取渺小平凡的人物，通过他们的爱恨情仇、悲欢离合等折射民族、国家及世界的状况和历史变迁，斯威夫特的《洼地》（*Waterland*）、《最后的遗嘱》（*Last Orders*）、《世外桃源》（*Out of This World*）等就是这类小说的典型代表。还有的作家以元小说的形式探讨历史叙事与历史真实之间的悖论关系，打破"创作"与"批评"的界限，如拜厄特的《占有：一部浪漫传奇》（*Possession：A Romance*，以下简称《占有》）、麦克尤恩的《赎罪》（*Atonement*）等。

总之，这些小说都以这样或那样的方式重访历史。它们的产生是历史、文化、政治等多种因素互相作用的结果。首先，20 世纪的两次世界大战使得大英帝国的殖民体系瓦解，帝国元气大伤，从世界霸主沦为一个普通国家。1956 年的苏伊士运河危机标志着大英帝国在国际舞台上的统治地位让给了美国，这给英国国民心理上带来极大的阴影。1982 年的福克兰群岛战争似乎让英国人找回了一些民族自信，于是一种对帝国辉煌往昔的怀旧感油然而生，这种情感在文学上的表现就是书写历史的热潮。其次，后结构主义、后现代主义、后殖民主义、解构主义、女权主义等理论对"宏大叙事"（grand récit）的质疑引发了人们对"微小叙事"（petit récit）的关注，人们开始重视和挖掘少数族裔话语、边缘叙事、弱势群体及以前被压抑的声音，进而思考重写历史。最后，新历史主义将历史叙事与文学叙事相结

---

① Richard Lee, "Historical Fiction：Warts and All", in *The Historian* 117 （Spring 2013）：16－21.

合，为人们认识和书写历史提供了新的视野。总之，以上三个原因导致当代英国文坛涌现出一大批历史小说家。

斯蒂芬·格林布拉特（Stephen Greenblatt）于 1982 年在《文类》杂志首次提出"新历史主义"一词，以后它逐渐发展为一种文学批评流派。新历史主义者认为，我们应该从历史的本体和对历史的认识这两个方面去探究历史。前者指的是那些在历史上真实发生过的事件和真实存在过的人物；后者指的是人们对这些事件和人物的记忆、阐释与描述。本体意义上的历史已然消逝，人们只能通过文献资料、历史档案及各种历史遗迹来认识历史。新历史主义的"新"是相对于旧历史主义（传统意义上的历史主义）而言的。二者的最根本差别就在于对文学与历史之间关系的认识上。传统的历史主义者认为，历史是一种客观、中立、真实的存在物，而文学是虚构、想象和创造出来的。新历史主义者对这种说法进行了尖锐的抨击，他们认为历史是书写出来的，而这种书写过程不可能不掺杂书写者的主观因素，因而历史和文学在本质上是一样的，都是人为建构起来的叙事文本。

新历史主义者认为叙事是人类与过去进行对话的主要方式，历史与文学都离不开语言，都是一种叙事，属于一个符号系统。恰如怀特所说："历史的语言虚构形式同文学上的语言虚构有许多相同的地方。"[1]历史是一种话语，是一种言辞结构，"文本是我们接近历史的唯一途径"[2]。新历史主义深受强调历史文本性的法国后结构主义与解构主义的影响。罗兰·巴特（Roland Barthes）认为，历史只是一种语言建构，人们根本不可能用双手直接触摸历史的纵深和皱褶。德里达提出"文本之外，别无他物"[3]。新历史主义者虽然对这些观点有所保留，但是在历史与文学都是一种文本这一点上是一致的。

路易斯·蒙特罗斯（Louis Montrose）用"文本的历史性和历史的文本

---

① 海登·怀特：《作为文学虚构的历史文本》，选自张京媛主编《新历史主义与文学批评》，北京大学出版社，1993，第 161 页。

② Fredric Jameson, *The Political Unconscious: Narrative as a Socially Symbolic Act*, New York: Cornell University Press, 1981, p. 67.

③ Jacques Derrida, *Of Grammatology*, trans. Gayatri C. Spivak, Baltimore: Johns Hopkins University Press, 1976, p. 158.

性"（the historicity of texts and the textuality of histories） 高度概括了历史与文学之间的共生关系。按照他的解释，"文本的历史性"是指所有的书写文本都具有特定的历史、社会与文化性。"历史的文本性"则包括两方面的内容：人们只有通过保存下来的文本才能清楚完整地了解过去；当这些文本被历史学家转变成文献时，它们本身将再次成为文本阐释的媒介。简而言之，"文本的历史性"是抨击形式主义将文本与外部因素相分离的做法；"历史的文本性"则是质疑历史的客观真实性，指出历史本质上是以文本的形式存在的。

新历史主义理论与英国当代历史小说有着明显的共通性。前者对历史与文学相互杂糅的考察是以理论阐释为出发点，后者则是用文学创作方式加以展现。二者都质疑传统历史叙事的客观真实性。英国当代历史小说从主题和形式两个方面表明过去历史真相的神秘性与不可知性。"追本溯源"是这些小说的一个重要的叙述主题，很多小说都追问"过去到底发生了什么？"针对这一主题，作家们采用了"不可靠叙事者""嵌套式（mise en abyme）结构"等相应的叙事形式。新历史主义者主张历史的文本性，认为历史与文学都是一种文学制品（literary artifact），这一观点被英国当代历史小说家以文学作品的形式表现得淋漓尽致，表现方式主要有：质疑传统历史叙事、用故事建构历史、用互文本编织历史、历史编纂元小说、回归心灵与叙事意义。新历史主义者与英国当代历史小说家都认为历史叙事、历史阐释与人的心灵密切相关，人们以何种方式写作和思考历史，又以何种方式解读和接纳历史，取决于他的生活背景、愿望和目的。通过重访历史，人们的心灵可以得到复苏、成长、净化和升华，进而更好地拥抱现在和未来。

一 质疑传统历史叙事

新历史主义者认为历史作为一种叙事的产物，不可避免地带有一切语言构成物的虚构性与想象性。语言是不透明的中介，具有模糊性、多义性与不确定性，是不能客观反映外部现实的。英国当代历史小说家与新历史主义者的思想不谋而合，他们从主题和形式两个方面表明过去历史真相的不可知性与不确定性。"追本溯源"是英国当代历史小说的一个核心主题，很多小说都追问"过去到底发生了什么？"斯威夫特的几部小说都有这样的特点。在《糖果店主》（*The Sweet – Shop Owner*）中，叙事者自始至终没有弄明白艾琳为何嫁给威廉，她为何欣然迎接死亡的到来。在《洼地》中，叙事者汤姆试图揭开他的儿时伙伴弗莱迪之死因，但是终究没有调查出凶手到底是谁。在《世外桃源》中，哈里为何选择当个摄影师，安娜为何通奸，索菲亚为何嫁给一个贫穷的美国人……这些都没有确切答案。在《羽毛球》（*Shuttlecock*）中，普兰提斯的父亲在二战中到底是英雄还是叛徒，这是个不解之谜。拜厄特的《占有》、麦克尤恩的《黑犬》（*Black Dogs*）、巴恩斯的《101/2 章世界史》（*A History of the World* 101/2 *Chapters*）等都充满了历史谜团，叙事者想还原过去的事件与人物，可是都无功而返，被更多的疑问所困扰。

巴恩斯的小说《福楼拜的鹦鹉》用寻找鹦鹉标本原型隐喻对历史的追根溯源。叙述者布雷斯韦特试图调查福楼拜创作《一颗质朴的心》时所用的那只鹦鹉模型到底是从哪儿借来的。他在福楼拜的两处故居都找到了一只鹦鹉模型，两处的管理员都自信地声称自己的模型才是福楼拜曾经借用过的。在小说的最后一章，福楼拜研究者安德里给出的答案让人哭笑不得，他说那两只鹦鹉模型都不是福楼拜借用过的，它们都是赝品，是博物馆工作人员按照福楼拜在作品中的描述，从自然博物馆的 50 只鹦鹉标本中精挑细选出来的。布雷斯韦特感到既满意又失望，因为他觉得这是个"似是而非的答案；既是结论又非结论"[1]。他找不到关于过去的确定性，感到"历史有时是一只涂了油脂的猪，有时是一头蜷缩在洞穴里的熊，有时是一只鹦鹉，透过丛林向你投射嘲弄的眼神"[2]。巴恩斯用鹦鹉模型隐喻历史真相，似乎在告诉读者真实的历史的确存在，但是我们难以追寻到它，因为它留给我们的只是纸上的东西，"纸张、思想、词语、比喻，构思精美的可转化

---

① Julian Barnes, *Flaubert's Parrot*, London：Picador, 1985, p. 248.

② Julian Barnes, *Flaubert's Parrot*, p. 112.

为声音的文字"①。布雷斯韦特曾两次引用福楼拜本人的话:"语言就像一只有裂缝的壶,我们在它上面敲出曲子,让熊合着节拍跳舞,同时还老是希冀感动天上的星辰。"②由此可见,福楼拜在大致一百年以前就已用如此生动形象的语言表达出20世纪语言哲学的基本观点。布雷斯韦特试图通过看似无比真实的历史素材还原出一个真实的福楼拜形象,可结果却是让读者看到了矛盾和分裂。他对历史追索的失败体现了旧历史主义的深层问题,如怀特所说,旧历史主义以朴素的实在论和经验主义为基础,在历史撰写中试图"以正确的态度、真实的视角"再现生活,幼稚地期待关于过去事件的陈述与某些事先存在的"原始事实相对应"③。这种历史客观化、科学化的理念在这部小说中遭到了无情的嘲讽和颠覆。

针对"追本溯源"这一主题,英国当代历史小说家采用了相应的叙事形式,来凸显历史叙事的不可靠性。这些形式主要有"不可靠叙事者""嵌套式结构"④。斯威夫特的小说《羽毛球》中的普兰提斯父子、《世外桃源》中的哈里父女、《洼地》中的汤姆、巴恩斯的《101/2章世界史》中的木蠹、麦克尤恩的《赎罪》中的布里奥妮、拉什迪的《午夜之子》(*Midnight's Children*)中的萨里姆等都是不可靠叙事者。麦克尤恩的小说《黑犬》蕴含了许多不可靠叙述。琼遭遇黑狗这一情节是小说的核心事件。琼本人是这样讲述的:她和丈夫伯纳德来到威斯河谷,伯纳德走得慢,落在后面,独自一人的琼猛然间看到两条巨大的黑狗张着血盆大口向她扑来。她大惊失色,一边呼喊着丈夫,一边拿起地上的石块和随身携带的折叠小刀与它们搏斗,最后黑狗落荒而逃。五分钟后才赶过来的伯纳德没看到这一幕。在琼看来,遭遇黑狗一事是千真万确、不容置疑的,然而伯纳德却彻底否定了她的说法:"关于那段生活和那个时代?……你大可以把那些有关'与邪恶相遇'

---

① Julian Barnes, *Flaubert's Parrot*, p. 2.

② Julian Barnes, *Flaubert's Parrot*, p. 161.

③ 海登·怀特:《后现代历史叙事学》,陈永国、张万娟译,中国社会科学出版社,2003,第58页。

④ Brian McHale, *Postmodernist Fiction*, New York and London: Methuen, 1987, pp. 124 – 25. mise en abymes是布莱恩·麦克黑尔(Brian McHale)提出的一个术语,目前尚无公认的汉语翻译,本文选用"嵌套式结构"这一翻译。这种结构突破了传统叙事线性、单向、一维模式,使叙事空间复杂立体化。

的胡说八道统统忘掉。全是些宗教的套话。……是我告诉她关于黑狗的故事的……"① 麦克尤恩在整部小说中多次表明黑狗事件并不存在，力图告诉人们不可以完全相信某些历史言说、证据及人的回忆。

"嵌套式结构"是一种后现代叙事方式，有人称之为"镶嵌式结构""同素内置""叙事内镜"，也有人称之为"纹心结构"，指的是主要叙事（framing narrative）中套着嵌入式叙事（embedded narrative）。在这种结构中，一个人物既可以是叙述者，也可以是被叙述者。小说中嵌套着小说、故事中嵌套着故事、叙事者中嵌套着叙事者，构成很多层次。迈克黑尔（Brian McHale）在其《后现代主义小说》中将这种结构称为"窝形结构"（nesting）、"递归结构"（recursive structure）或"中国套盒结构"（Chinese boxes）。它的意义和作用不可一概而论，但是在英国当代历史小说中，它主要用来质疑叙事权威、削弱叙事的稳定性，进而凸显历史认识危机的。斯威夫特的《洼地》、《羽毛球》②、《从此以后》（Ever After），拜厄特的《占有》，麦克尤恩的《赎罪》都采用了这种叙事结构。《洼地》中的叙事者中学教师汤姆被学校辞退，表面的原因是学校历史课被裁减了，真正的原因则是他妻子的偷婴事件给他带来了负面的社会影响。为了找出妻子偷婴的原因，他一步一步回溯历史：妻子太喜欢孩子而自己却不能怀孕；她不能怀孕是因为年少时曾在一个乡村医生那里做过人流手术；她之所以年少怀孕，是因为她和汤姆、迪克的性交游戏；而她为什么会与迪克做爱，是因为她可怜白痴迪克，想对他进行爱的启蒙教育……由此汤姆顺藤摸瓜，追溯出妻子年少时期的怀孕还引发了"弗莱迪被迪克谋杀"这一事件，因为当时迪克误以为她怀了弗莱迪的孩子。如此这般，汤姆的叙述演变成一系列的故事，一个引发另一个、一个套着另一个，令读者眼花缭乱。汤姆本来想追根溯源，结果"发掘的只是比以前更多的神秘、更多的怪事、更多的奇迹和令人诧异的东西"③。

---

① 伊恩·麦克尤恩：《黑犬》，郭国良译，上海译文出版社，2010，第120页。
② 1977 年 Picador 出版社出版的《羽毛球》版本封面设计凸显了"嵌套式结构"这一特点，封面中嵌套了小说叙事者父亲回忆录《羽毛球：一个特工的故事》的封面。这样就构成了双重封面，即一个封面包括两本不同的书。
③ Graham Swift, *Waterland*, London：Picador，1992，p. 62.

《占有》跨越三个相距遥远的历史时期：远古时代、19 世纪后叶及 20世纪 80 年代末。第一叙述层由作者式叙述者（authorial narrator）完成，他描绘了 20 世纪西方学术圈追名逐利的众生百态像：以大学助理研究员罗兰为主的各色人物追踪 19 世纪著名诗人艾什的一段爱情史。艾什与他爱恋的女友拉摩特的书信、日记等构成第二叙述层，从中可窥维多利亚时代的精神风貌。他们二人文字中暗含着第三叙述层，即人类早期的神话传说、史诗和民间故事等。这三个层次构成历史的三个横断面，向读者展示人类文明发展的不同时期的风貌，而平行的三个横断面又被纵向串联起来，构成一个人类发展的进程图。这样的"嵌套式结构"拆解了单一的、线性的、前进的历史发展模式，使历史呈现出循环往复的态势。历史真相在纵横交错、古今穿梭中变得若隐若现、虚无缥缈。

《赎罪》的前三部分是内层叙事，是小说人物布里奥妮以第三人称叙述形式创作的小说，讲述了 20 世纪 20 年代至 40 年代她自己、姐姐塞西莉娅和管家的儿子罗比之间的爱恨情仇。第四部分（尾声）是外层叙事，老年的布里奥妮以第一人称叙述形式将读者的视线拉回到当代的伦敦，叙述她写的那部小说（前三部分内容）面临出版困境的问题。如此这般，麦克尤恩在布里奥妮的小说中"加入了关于小说现代派手法的元叙述层次的交流"[1]。内层叙事者布里奥妮与外层叙事者（隐含作者）在许多地方完全一致，甚至难分彼此，例如，他们的幻想、对万物存在的思考以及对小说创作的自我意识，但是，二者在许多地方又是不同的。这些异同点需要读者自己去思考与明辨。麦克尤恩有意识地用双层叙事精心安排故事情节，"质疑现实与虚构的界限，暗示除了叙事作品之外无现实可言"[2]。

二　用故事建构历史

新历史主义者有意摆脱被社会、政治、经济结构所操控的官方历史，希望另辟蹊径，从前人所忽略的东西入手，探求历史文本的新意。他们认

---

① 詹姆斯·费伦：《当代叙事理论指南》，申丹等译，北京大学出版社，2007，第 383 页。
② Rimmon Kenan, *Narrative Fiction*: *Contemporary Poetics*, London: Routledge, 2001, p. 95.

为，经过别人叙述的历史是不可靠的，要恢复历史的真相与全貌就必须在各个领域搜索资料，尤其是那些不为常人注意的材料，如逸闻、书信、方志、法律条文、日记、回忆录、人物传记、报纸杂志、学术报告，等等。那些边缘叙事（插曲的、轶事的、意外的、稀奇古怪的、卑下的或者不可思议的叙事）成了他们视若珍宝的素材。这种书写历史的方法可称为"厚描"（thick description）。厚描是人类学家克利福德·格尔兹（Clifford Geertz）等人在论述人类文化属性形成过程时所使用的一个术语。很多英国当代历史小说家也采用"厚描"方式创作，例如，巴恩斯在《福楼拜的鹦鹉》中让布雷斯韦特搜寻、编辑、整理福楼拜的编年史、文献（书信日记等）、文物（鹦鹉模型）、文评界对其的评论，等等。

在这些小说家的作品中，厚描的主要表现方式是故事。他们以历史为题写小说，非常重视故事这一文学体裁。他们小说中的叙事者或者明确告诉读者自己在讲故事，或者以元叙事的形式提示读者历史具有故事性，旨在表明历史本质上是一种文学叙事。这些作品包括：拜厄特的《占有》《传记家的故事》（The Biographer's Tale），斯威夫特的《洼地》，拉什迪的《午夜之子》，巴恩斯的《10 1/2 章世界史》，麦克尤恩的《黑犬》等。拜厄特在其论文集《历史与故事》（On Histories and Stories）中，以作家兼文学理论家的视角深入探讨了故事与历史的关系。她借用巴恩斯的话表达了历史与故事难分彼此这一理念：

> 什么是世界历史？它是黑暗中的声声回响；是闪烁了几个世纪之后暗淡下去的点点意象；是故事，是那些时不时就相互重叠的古老故事……我们依靠编造故事来弥补我们所不知道或不愿接受的事实。我们保留一些真实事件，就此编造出一个新故事。……我们称之为历史。[①]

其实，关于历史与故事之间的关系早就引起一些哲学家和史学家的重视。乔治·屈维廉（George Macaulay Trevelyan）早在 20 世纪初就提出，从

---

① A. S. Byatt, *On Histories and Stories*: *Selected Essays*, London: Chatto & Windus, 2000, p. 50.

本质上来说，历史就是关于"人们在社会中生活的经验故事"①。柯林伍德宣称历史编纂学家就是"一个故事讲述者"，他"具有敏锐的洞察力，能从一系列的'事实'中创造出一个可信的故事"②。保罗·利科（Paul Ricoeur）说："如果我们的历史编写与故事讲述没有任何联系，那么历史就不能成为历史了。"③蒙特罗斯在 20 世纪 80 年代提出的"历史的文本性"更是明确地将历史与文学联系在一起，而故事则是文学的一种重要表现方式，因此我们可以说，新历史主义者将历史和故事联系在了一起。他们挑战自亚里士多德《诗学》以降的"史""诗"分离的主张，提出文学叙事与历史叙事的一致性与融通性。怀特说："倘若说一切的诗中都有历史性的因素的话，那么每一种对世界的历史性描述中也都有诗的因素。"④他指出实在的过去是不具任何形式的一片混沌，由各种"坚硬"的事实构成的，这些事实不会自动组合构成故事。历史学家通过创造和想象来建构故事，故事的类型决定了构成故事要素的各个事件的意义和相互关系：

> 任何偶然记录下来的历史事件自身不能自行构成一个故事。这些事件给历史学家提供的只不过就是一些故事元素而已。事件要被打造成故事，就需要通过描述、基调重复、声调和视角变化、不同叙事策略等来排斥或贬抑其中的某些事件，突出其他事件。简而言之，我们在构思一部小说或一出戏剧时所采用的那些情节化技巧在这里都可以找到。⑤

在《元历史》的导论中，怀特综合哲学、社会学、语言学、文学等多方面的理论，将历史叙事分为五个层面：编年、故事、情节化模式、论证模式和意识形态蕴含模式。编年是最初级最原始的层面，指的是按照时间

---

① 转引自 William B Gallie, *Philosophy and the Historical Understanding*, London: Chatto & Windus, 1964, p. 105.

② Hayden White, "Historical Text as Literary Artifact", in *Clio*, 3. 3 (1974), pp. 284 – 293.

③ Paul Ricoeur, *Time and Narrative*, trans. K. McLaughlin and D. Pellauer, Chicago: University of Chicago Press, 1984, p. 91.

④ Hayden White, *Tropics of Discourse*, *Essays in Cultural Criticism*, Baltimore: The Johns Hopkins University Press, 1978, p. 97.

⑤ Hayden White, *Tropics of Discourse*, *Essays in Cultural Criticism*, p. 84.

先后顺序记录下来的历史事件。编年中的一些事件被叙事者按照初始、过渡和终结动机进行排列组合，具有了一定的因果联系，就进入到故事的层面。故事有一个可辨识的开端、发展和结局。情节化模式（浪漫、悲剧、喜剧、讽刺）、论证模式（形式论、机械论、有机论、情境论）和意识形态蕴含模式（无政府主义、激进、保守主义、自由主义）是将过去的事件演变为叙事的基本手段。

怀特、路易斯·明克（Louis Mink）和弗兰克·安克斯密特（Frank Ankersmit）等人指出，历史本身没有开始与结束，也没有悲、喜剧等因素，有的只是一个个凌乱的事实。它所具有的意义都是历史编纂者所赋予的，就如怀特所言：

> 在叙述故事的过程中，如果历史学家提供的是悲剧的情节结构，他便以一种方式"解释"这个故事；如果他把故事建构成喜剧，他便以另一种方式进行了"解释"。情节编排是把一系列事件编成一个故事，通过逐渐展开而使其成为一个特殊种类的故事。①

因而，历史学家和小说家一样，不仅"发现"故事，而且"创造"故事。②如果强调初始事件的决定性作用，那么随后发生的一切事件就都成了它的注脚，都因可以最终回溯到它而得到清楚解释。如果强调中间事件的决定性作用，那么它就成了之前和之后所有事件的注脚，之前的事件都因导向它而得到解释，之后的事件都因可以回溯到它而得到解释。如果强调终结事件的决定性作用，那么它就成为一切已经发生的事件的注脚，规定了它们的意义和合理性。新历史主义者并不否认历史事实的存在，但是他们认为不同的排列顺序、强调对象、描述手段会展现出不同的故事、解释和意义，这就是历史学家的创造性所在。历史学家以何种方式建构故事取决于他的文化背景、伦理立场、审美情趣及政治态度。

英国小说家 E. M. 福斯特曾区分过"事件"和"故事"这两个概念，

---

① 海登·怀特：《后现代历史叙事学》，第 376 页。
② 海登·怀特：《元史学：19 世纪欧洲的历史想象》，陈新译，译林出版社，2004，第 8 页。

他打比方说，"国王死了，王后也死了"是事件，"国王死了，王后因悲伤而死"是故事。他的意思是，原本单独存在的、彼此无联系的事件，被放入一个具有前因后果的框架中，就变成了一个故事。旧历史主义者认为事件属于历史范畴，而故事属于文学范畴。在新历史主义者的眼中，这种区分是无稽之谈，他们认为，"国王死了，王后因悲伤而死"是叙事的结果，是对某一历史事件运用特定叙述策略之后呈现出的文本；"国王死了，王后也死了"同样是叙事的结果，也是运用一定的叙事策略之后呈现出的文本，只是"表述"（representation）不同而已。二者的真实性都是值得商榷的，到底什么是客观真实的历史事件，新历史主义者没有给出答案，甚至根本就无意给出答案，因为他们坚持认为人们根本不可能找到历史的本真模样，只能找到关于它的叙述、解读与阐释。

英国当代历史小说家与新历史主义者的思想有着异曲同工之妙，他们在历史叙事中融入了大量故事成分。斯威夫特的《洼地》共52章，其中26章是关于历史事件的描述，26章是以故事的形式呈现历史。在小说扉页，从作者所给出的"历史"定义中，我们可以看到历史既是"对过去所发生的事情的叙述"，又是"任何形式的叙事：记述，传说，故事"①。斯威夫特在此用的是希腊语"historia"，这个词最初包含"历史 history"和"故事 story"两种意思。英语中最初有一个与之类似的词，也同时包含这两种意思，但是它渐渐演化成"history"和"story"这两个不同的词。"history"用来指那些"关于过去真实事件的叙述"，而"story"用来指那些"比较不正式的关于过去事件和想象出来事件的叙述"②。关于历史与故事的关系，小说家拉什迪也从词源学的角度论述过："我以非历史的方式来研究历史，这便是随意的虚构。我的确认为，意识到历史与故事之间的密切联系是至关重要的。意大利语中 Storia 既有'历史'又有'故事'的意思，乌尔都语中 qissa 既有'历史'又有'传说'的意思。"③由此可见，英国当代历史

---

① Graham Swift, *Waterland*, London：Picador, 1992，扉页。

② Williams Raymond, *Keywords*, London：Fontana/Croom Helm, 1976, p. 119.

③ 转引自 Syed Mujeebuddin, "Centres and Margins：Shame's 'Other' Nation ", in Rajeshwar Mitta-palli and Joelkuortti eds.，*Salman Rushdie：New Critical Insights*, New Delhi：Atlantic Publishers and Distributors, 2003, pp. 123 – 152.

小说家在重访历史的过程中，对故事这一文学体裁情有独钟。

在《洼地》中，作者将历史与故事自然巧妙地结合在一起，呈现出生动活泼、立体灵动的历史画面。小说一开篇，叙事者汤姆就说："童话似的语言；童话似的忠告。我们生活的地方好像一个童话世界。"[1]故事的高潮是乡村医生玛莎给玛丽做堕胎手术，汤姆对那一场景的描述很容易让读者联想到格林童话中"汉塞尔与格莱特"的故事。汤姆经历过二战，万念俱灰，带着一颗沧桑冷漠的心回到家乡，玛丽是他精神上的唯一寄托。可是，玛丽过去这些年的生活也极其心酸，她再也不是那个活泼可爱的小女孩了。汤姆热烈地吻她，但是"这个吻却唤不醒被淹死的好奇心，唤不醒那个曾经躺在破旧磨坊里的女孩"[2]。显而易见，这是影射《睡美人》和《白雪公主》。除了童话，作者也借用民间传说故事来建构汤姆的家族历史。汤姆的母亲家族曾有一位女性充满了神奇色彩，她就是汤姆的曾祖母莎拉·阿特金森。她的故事被这个地区的人们广为流传。传言说她酗酒成性的丈夫在一次酒后暴打她，致使她失去了意识，变成了植物人，每日静静地坐在窗前。从此以后她具有了一种神力，家族财富逐日增加"都是莎拉的杰作"[3]。萨拉去世的那一日，洪水泛滥成灾，毁坏了啤酒厂，导致家族事业破产崩溃。有的村民断定这场洪水是含冤去世的莎拉的鬼魂带来的，因为就在发洪水的第二日，有的村民看见她披头散发在海边踯躅前行，有人看见她在自己的墓碑前驻足良久，还有村民看到她"像美人鱼一样钻进水里，再也没有出现过……"[4]总之，"谣言、传言、鬼故事……一直攀附着不肯离去……"[5]除了童话与民间传说，迷信也在历史建构过程中发挥了一定的作用。芬斯地区的村民非常相信口口相传的迷信，"看见新月的时候，就要转动口袋里的钱币……新鞋千万不能放在桌上，也不能在周日剪指甲"[6]。他们认为"鳗鱼皮能治愈风湿，烤老鼠能治愈百日咳，女人腿上放一条活鱼，就会终

---

① Graham Swift, *Waterland*, p. 1.
② Graham Swift, *Waterland*, p. 121.
③ Graham Swift, *Waterland*, p. 87.
④ Graham Swift, *Waterland*, p. 101.
⑤ Graham Swift, *Waterland*, p. 103.
⑥ Graham Swift, *Waterland*, p. 18.

生不育"①。叙事者认为，就如"在每一个童话当中，都存在着一丝真相"②一样，在每个传说、每个迷信里也都存在着一丝真相。作者似乎在暗示，历史真相扑朔迷离、若隐若现，传统的、单一的叙事方式是难以给历史一个明确的解释的，所以必须借助各种边缘的、非正统的叙事方式。

巴恩斯的《101/2章世界史》由十个半章节构成，除了在第八章和第九章之间插入的那半个章节的关于爱的随笔以外，其他十个章节都与故事相关，有的纯粹是一个故事，有的是历史中夹杂故事。这部小说的题目似乎告诉读者这是一部关于人类历史的小说，可是书中却充斥着虚构、幻想与故事。这部小说以"世界史"为名，但是这个"世界史"前面用的是不定冠词"a"（一个历史），而不是定冠词"the"（这个历史），③这显然是福柯所说的"小写历史"的注脚。小说用"偷渡客""幸存者""不速之客""海难"等故事情节拼凑的一个个历史断面构成一个非线性、无因果联系、杂乱无章的"小写历史"。这些"小写历史"讲述者们众声喧哗，发出了与主流话语不同的声音。小说借用诺亚方舟上的偷渡客（一只蠹虫）之口，对《圣经》中的诺亚乃至上帝的救世之说进行解构。人微言轻的蠹虫在虚构的历史"方舟"中，一步步引导读者由历史探查走向对历史书写背后的权利、政治、意识形态等的思考。巴恩斯的创作理念暗合着新历史主义的主张，他向读者表明：单数的、大一统的历史是不存在的，存在的只是断断续续、互不关联甚至相互矛盾的"小写历史"。一体化、系统化的和谐历史只是统治阶层为自身利益而创造出来的神话。④

三　互文本编织的历史

互文性（intertextuality），亦称文本间性，是历史叙事文本性的充分体现，是英国当代历史小说家在创作中经常采用的策略。它指的是两个或多

---

① Graham Swift, *Waterland*, p. 18
② Graham Swift, *Waterland*, p. 215.
③ 英文题目 A History of the World in 101/2 Chapters 中用"A History"，而不是"The History"。
④ R. A. Selden, *Reader's Guide to Contemporary Literary Theory*, New York & London: Harvester Wheatsheaf, 1989, p. 105.

个文本之间的相互映照、吸收与转化的关系。朱丽娅·克里斯蒂娃（Julia Kristeva）指出，"任何文本都是由引语的嵌合体构成的，任何文本都是对其他文本的吸收和转化"①。它作为一种叙事手段，"渗透于多种后现代文类，包括元小说、元诗歌、反叙事、纯小说、戏仿、拼贴等等"②。按照德里达的说法，每一个文本都是能指的"交织物"（interweaving）或"纺织品"（textile），都载有多重所指的"印痕"（trace），都受到先前话语及其他相关话语的"污染"（pollution）。斯威夫特的小说充满了与乔叟、莎士比亚、约翰·邓恩、华兹华斯、狄更斯、福克纳等作品的互文。《从此以后》是对《哈姆雷特》的戏仿，其主人公比尔在生活中经历了一系列的打击，最终迷失了自我。在哈姆雷特身上，他找到了很多共鸣。于是他利用《哈姆雷特》的结构、主题和语言来建构自己的叙事，将自己与哈姆雷特联系起来，试图赋予自己的平庸生活一些悲剧英雄色彩及高贵精神。然而，他逐渐发现自己永远成不了哈姆雷特。与他想象中的英雄不同，他是一个十足的失败者、一个无聊透顶的角色。最后他意识到自己只不过是哈姆雷特的一个荒谬模仿者而已。《最后的遗嘱》是对《坎特伯雷故事集》"羊皮卷式"的重写，是现代版的坎特伯雷朝圣之旅。"羊皮卷"指的是一种手稿纸，其上面的文字可以被磨刮或冲洗掉，这样人们可以在上面重新书写。小说中的四个人物都曾经历挫折和失落，他们从伦敦出发，旅行至肯特海边去撒他们刚刚离世的一个朋友的骨灰。这场旅行不仅是身体之旅，更是心理和精神之旅，是寻找信仰与生命意义之旅。斯威夫特的小说不但与经典文本互文，而且与小说的内文本互文。《从此以后》中的比尔不断引用他生活在维多利亚时期的祖先马修的日记，《羽毛球》中的普兰提斯不断与他父亲的战争回忆录《羽毛球——一个特工的故事》进行对话。

麦克尤恩的《赎罪》与前文本的互文俯首皆是。小说开篇设置的背景散发出简·奥斯汀的《诺桑觉寺》的哥特式气息。布里奥妮与凯瑟琳一样沉湎于恐怖、冒险及奇思妙想中，严重混淆了虚构和现实。她在嫉妒心的

---

① Julia Kristeva, "Word, Dialogue and Novel", in Toril Moi ed., *The Kristeva Reader*, Oxford: Blackwell, 1986, pp. 36 - 45.

② "互文性"，选自赵一凡等编《西方文论关键词》，外语教学与研究出版社，2006，第219页。

驱使下指控姐姐塞西莉娅的男友罗比强奸了她的表姐罗拉，导致罗比百口莫辩、身陷图圄。布里奥妮觉得姐姐塞西莉娅的形象和性格很像理查逊的《克拉丽莎》的女主人公，善良美丽、柔弱纤细。实际上塞西莉娅与克拉丽莎大相径庭，她敢爱敢恨，敢于挑战世俗偏见。无论罗比在狱中还是在残酷血腥的战场上，她都不断地给他写信，坚贞不渝地守候着这份纯真爱情。罗拉与纳博科夫的《洛丽塔》中的洛丽塔十分相似，都是身体尚未发育成熟，却懂得如何引诱男人的小女孩。《赎罪》中的人物布里奥妮、塞西莉娅、罗比、罗拉的内心独白交替进行，各自述说自身经历、对人生的看法和愿望，这与伍尔夫的《海浪》中的六个人物的独白有异曲同工之妙。在这部小说中，前文本以或明显或隐蔽的方式与当前文本交流对话，构成了一个众声喧哗的立体世界。

巴恩斯的《101/2章世界史》中充斥着大量的互文现象，仅从小说最后部分的"作者注释"就可管中窥豹。由作者注释可见，这部小说与《塞内加尔远征记》（*Narrative of a Voyage to Senegal*）、《籍里柯：生平和作品》（*Géricault：His Life and Work*）及《亡命之旅》（*The Voyage of the Damned*）等前文本产生互文。这种互文本相当于法国著名叙事学家热拉尔·热奈特（Gérard Genette）所说的类文本。热奈特将类文本分为两种：一种是边缘或书内类文本（peritext），另一种是外类文本（epttext）。前者包括"标题、副标题、笔名、前言、致谢、题词、序言、字幕、注释、结语和后记"，[①]后者包括前文本、信件、日记、回忆录等。《101/2章世界史》的这个"作者注释"属于边缘或书内类文本，它作为主体文本的延续，对文本内的叙述进行了必要的补充说明。主体文本与类文本都宣称各自文本内容的真实性，但当二者并存时就使读者陷入真伪难辨的尴尬境地，不知道到底是谁借用谁、谁模仿谁，其结果是二者的真实性都被消解了。作者指出自己所讲述的故事的来源，将文本的语言建构性公然暴露于读者面前，提醒读者他所读到的不是历史真实事件，只是人为建构物而已。琳达·哈琴（Linda Hutcheon）认为互文本解构了传统意义上单一、主体叙事的绝对权威，"质

---

① Richard Macksey, "Foreward" in Jane E. Lewin Trans., *Gérard Genette*, *Paratexts：Thresholds of Interpretation*, Cambridge：Cambridge University Press, 1997.

疑了人文主义唯一性和独创性的概念"①。

拜厄特的《占有》同样具有丰富的互文性。在文论集《历史与故事》一书中，拜厄特坦承《占有》包括神话史诗、中世纪诗体传奇、霍桑的荒诞历史传奇、浪漫主义式的寻根之旅、现代传奇、侦探故事、人物传记、三个女人的原始童话故事等。②这部小说对前文本的借鉴方式比较多样，有时是开诚布公地指出出处，有时是用隐喻秘而不宣地指涉。前文本包括用前人话语作为卷首引语、借鉴人名、指涉神话与童话故事等，它们与现文本之间的对话引领读者将古人与今人联系在一起，为现文本所要表达的思想提供了道具与背景。同时，它们在新的历史语境下也获得了崭新的意义。

小说扉页的两段引语开宗明义地表明了此部作品与其他文学作品之间具有千丝万缕的联系。一段引语来自霍桑的《七个尖角顶的房子》：

> 当一位作家以"浪漫传奇"来命名其作品时，毋庸赘言，他希望自己能具有灵活处理小说风格和素材的权利。……本书故事采用浪漫传奇这个定义，目的是试图将一个久远的过去与正在飞逝的现在联系起来。③

从这段话中，我们可以看出霍桑的创作理念：作家可以充分翱翔在想象、虚构的天空，可以自由创作。拜厄特借用霍桑的理念表达自己的创作思想，她在这部小说的标题之后又精心设置了一个副标题"一部浪漫传奇"，强调了历史书写亦真亦幻、亦假亦真的特征。小说扉页的另一段引语来自勃朗宁的诗歌《泥淖先生：灵媒》（*Mr Sludge：the Medium*）。在这首诗中，诗人用自称神灵附体的"灵媒"来暗示叙事的虚构特征与招灵术的伪善特征是一致的，都具有一定的欺骗性。同样，拜厄特借用这段话来表明

---

① Linda Hutcheon, A Poetics of Postmodernism：History, Theory, Fiction, London：Routledge, 1988, p. 172.

② A. S. Byatt, On Histories and Stories：Selected Essays, p. 48.

③ A. S. Byatt, *Possession：a Romance*. New York：Vintage Books, 1991. 扉页。

这部小说所叙述的历史也具有一定的欺骗性。除了扉页的引语，小说大部分章节之首也配有长短不一的各种引语。这些引语大部分出自希腊神话和北欧神话，用古代英雄赫拉克勒斯等的勇敢正直、大公无私与精神高贵来影射现代人物罗兰等的卑微龌龊、唯利是图与精神堕落。

《占有》中充斥着与古代神话、故事的互文。小说中的人物拉摩特与艾什是生活在维多利亚时期的诗人，他们痴迷于人类童年时期的历史，改写了源远流长、家喻户晓的神话故事和民间传说，因为"维多利亚人不仅是维多利亚人。他们阅读过去的历史，并使之复活"①。通过他们的改写，读者看到了很多神话人物：希腊神话中的奥丁、巴尔德、普罗塞耳皮涅、美鲁希那，北欧神话中的拉格纳罗克诸神，法国传奇里的仙女美鲁希，《门槛》里著名的三难选择，等等。这些神话人物的非凡伟业凸显了当代人物的碌碌无为与滑稽可笑。

《水晶棺》是格林童话中的故事，故事中的小裁缝杀死了想霸占公主的黑巫师，救出了被囚禁的公主和她的哥哥，最后与公主结婚，从此以后三人过上了幸福的生活。在《占有》中，当代学者罗兰和毛德发现拉摩特曾对《水晶棺》的故事进行了改写。拉摩特并没有让公主嫁给小裁缝，而是赋予公主以女性独立意识，二人各得其所，和平共处。小说中关于《水晶棺》的互文性不仅体现在拉摩特对其改写这个简单的层面上，还体现在复杂的人物关系上。拉摩特陷入与同居女友布兰奇、情人艾什的三角爱情关系中，但是结局与格林的童话大相径庭。布兰奇伤心绝望自杀，拉摩特与艾什分手，三人命运都以悲剧告终。这种三角爱情关系同样适用于当代学者利奥里娜、毛德与罗兰。毛德和利奥里娜情投意合，恰如童话中的公主与她的哥哥。芬格丝相当于黑巫师，专横霸道、歧视女性，他对毛德的追求是受占有和征服欲所驱使。温文尔雅、尊重女性的罗兰就如小裁缝，最终赢得了毛德的青睐。如此这般，拜厄特将格林童话、维多利亚时期与20世纪末的人物交织在一起，构成多重对话，引发读者思考女性命运。

---

① A. S. Byatt, *On Histories and Stories*: *Selected Essays*, London: Chatto & Windus, 2000, p. 47.

四　历史编纂元小说

旧历史主义者认为，历史是第一性的，文学是第二性的，是反映历史并被历史所决定的。怀特和多米尼克·拉卡普拉（Dominic Lacapra）等新历史主义者反对这种观点，他们认为历史和文学是相互交融的，二者同属一个符号系统，都是充满了虚构想象成分的叙事产物。琳达·哈琴的历史编纂元小说完美地体现了这种关系。按照她的定义，历史编纂元小说指的是那些"闻名遐迩、众所周知的小说，它们既有强烈的自我指涉性，又悖论式地宣称指涉历史事件与真实人物"①。"有强烈的自我指涉性"指的是文学创作的自我意识性，"指涉历史事件与真实人物"指的是历史，因而这个概念以其独特的方式将历史与文学融为一体。它与传统的历史小说主要的不同之处在于：传统历史小说利用历史上的真实事件和人物的目的是给小说营造出一种真实的氛围，而历史编纂元小说将吸收历史真实元素这一过程有意凸显出来，让读者看到叙事者搜集资料、编排情节、组织叙事的步骤与策略。

哈琴认为大多数当代历史小说都具备以下两个特点。（1）它具有元小说的特点。元小说是指那些在小说中，用各种自我指涉手段告诉读者小说是如何写的小说。它们有时运用自我意识、自我反省式叙事者，有时让作者直接闯入小说文本指手画脚，有时设置空白邀请读者参与，有时玩弄文字游戏。（2）它频繁地调用历史事件和人物，对它们进行戏仿或反讽，促使读者重新思考传统、历史、宗教、政治和意识形态等问题，起到借古喻今的作用。也就是说，它们重访历史的方式是以一种近乎布莱希特式的"陌生化"效果来实现的。哈琴指出，虽然这类小说有内向观照和戏仿等特点，但它们并不回避历史。她指出《法国中尉的女人》《百年孤独》《午夜之子》《万有引力之虹》《但以理书》《女勇士》《中国佬》等都是历史编纂元小说。英国著名文论家苏珊娜·奥列伽（Susana Onega）基于哈琴的理论，

---

① Linda Hutcheon, A Poetics of Postmodernism: History, Theory, Fiction, p. 5.

专门撰文《不列颠的历史编纂元小说》来探讨英国近二三十年的历史小说，她认为以下都是历史编纂元小说：约翰·福尔斯的《蛆》（A Maggot），斯威夫特的《羽毛球》和《洼地》，巴恩斯的《福楼拜的鹦鹉》、《凝视太阳》（Staring at the Sun）、《10 1/2 章世界史》，彼得·艾克罗伊德的《伦敦大火》（The Great Fire of London）、《奥斯卡·王尔德最后的证词》（The Last Testament of Oscar Wilde）、《霍克斯摩尔》（Hawksmoor）、《查特顿》（Chatterton），拜厄特的《占有》，等等。

斯威夫特在《洼地》中，用讲故事的方式既建构历史，又解构历史，充分体现了历史编纂元小说既指涉历史又强调历史文本性的悖论性。为了弄清自己目前遭遇的人生窘境的原因，汤姆回顾了自己的人生经历，在此过程中不但建构起他的个人及家族史，也建构起地区史（芬斯）和国家史（英国）。然而，读者经常听到一种具有强烈自我意识（selfconsciousness）的"侵入式"元叙述声音。汤姆不断地对自我叙事话语进行质疑、反思和评判。他意识到，"也许历史只是讲故事而已"，"人类是讲故事的动物……"[1]他感到，历史"好像是一系列有趣的虚构故事"，"历史陷入神话的泥沼之中"[2]。汤姆在小说中身兼两职，他讲述历史，同时又像一位深谙后现代历史理论话语的元叙事者，对自己的叙述进行拆解。哈琴认为"他应该不只读过柯林伍德。他认为历史学家是讲故事的人和侦探，这表明他熟知海登·怀特、多米尼克·拉卡普拉、雷蒙德·威廉斯、米歇尔·福柯和让－弗朗索瓦·利奥塔"[3]。

历史编纂元小说一个突出的特点是打破"创作"与"批评"的界限，将小说创作和小说创作行为同时进行、彼此呼应，你中有我、我中有你。《赎罪》中的小说人物布里奥妮具有文学天赋，在十几岁的时候就开始尝试写小说，长大成人后专门从事小说创作。作者借助这个人物来展现元小说的特点，因为她在创作的过程中不断反思写作方法和技巧，例如，"她也将

① Graham Swift, *Waterland*, London: Picador, 1992, p. 40.

② Graham Swift, *Waterland*, p. 40.

③ Linda Hutcheon, *The Politics of Postmodernism*, New York: Routledge, 1989, pp. 56 – 57.

意识到自己曾在事实中混入了多少想象的成分"①。有时候她呈现给读者多种讲述故事的手法，告诉读者她不知道应该选择哪一种。她对亚里士多德以降的创作传统提出质疑，认为文学作品中充满不确定性是符合现代心理学的。海登·怀特曾说："文学在文类上的变化反射出社会语言符码的变化，也揭示了某种语言游戏的历史文化语境的变化。"② 在《赎罪》中，除了布里奥妮，其他人物也或多或少就小说创作发表了自己的意见。塞西莉娅不喜欢理查逊的《克拉丽莎》，认为它没有什么深刻意味。在她眼里，菲尔丁的作品观照现实，具有很强的生命力。罗比则认为菲尔丁在心理描写上没有理查逊细腻。这些人物的声音与布里奥妮的声音构成复调，从不同角度探讨了文学创作理念。在小说中，无论作者还是小说人物都经常引导读者注意小说的创作过程，这恰恰就是元小说的特点，"元小说有意识地、有计划地让人们注意它的艺术特征，从而提出关于虚构和现实的关系问题"③。

《占有》也是打破"创作"与"批评"界限的经典读本。在《占有》中，两位现代学者罗兰和毛德试图运用各种时髦的文学批评理论来阐释维多利亚时期的诗人艾什和拉摩特的故事。小说一开始，叙事者就告诉读者，罗兰"曾受过后结构主义训练，提倡解构主体"④。当他在图书馆发现艾什的信件时，虽然他也想找出这封信是写给谁的，但是他对藏匿在"句法结构中的曲折之线"⑤更感兴趣。叙事者以介入的姿态告诉读者，这种将真实之物看作符号能指的文学观是现代学者的通病。毛德尝试用弗洛伊德的精神分析、结构主义、解构主义和女权主义批评理论解读拉摩特的信件。罗兰和毛德都认为，真实世界中的"物"是所指，描述"物"的符号是能指，二者都隶属于语言范畴。叙事者说："长期以来，罗兰接受了这样一种思

---

① 伊恩·麦克尤恩：《赎罪》，郭国良译，上海译文出版社，2005，第41页。

② Hayden White, "The Problem of Change in Literary History", in *New Literary History* 7 (1975), pp. 108 – 120.

③ Patricia Waugh, Metafiction：The Theory and Practice of Self – Conscious Fiction, London：Methuen, 1984, p. 2.

④ A. S. Byatt, *Possession：a Romance*, New York：Vintage Books, 1991, p. 13.

⑤ A. S. Byatt, *Possession：a Romance*, p. 25.

想：语言本质上是一种不足之物，它永远不可能指涉客观存在物，它只能指向自身。"①熟悉语言哲学转向的读者读到这里会立刻意识到这就是德里达的思想。拜厄特以元小说自我意识的叙事者为代言人，表达她本人对现代学者一味强调形式实验和文学理论的不满。她非常明确地指出，如果只是把语言看作符号系统，"有可能使我们看不到语言试图向我们展现的现实世界"②。拜厄特在这部小说的创作中，一面模仿现实主义小说的叙事手法虚构故事，一面通过严肃的理论探索揭露小说作为人为建构物的虚构本质，"这种形式上的张力打破了'创作'和'批评'的界限"③。需要指出的是，拜厄特虽然强调虚构是叙事的必要因素，但是她并不否认文学对现实生活具有一定的指导作用。在小说的世界里，"人人都知道一切都是虚构的"④，但是我们不能因为虚构性就全盘否定叙事的必要性，因为语言"创造并改变我们观察事物的方法"⑤。她在一次采访中说：

　　　阅读的时候，我感到生活在一个更为真实的世界里，感到更有活力，尽管那是一个由语言组成的世界。语言努力捕捉稍纵即逝的生活瞬间，并试图将那一瞬变成永恒，虽然我们知道那是不可能的。⑥

　　从这段话中，我们可以看到拜厄特认为小说是具有现实意义的。维多利亚时期的现实主义小说家倡导文学应该严格地以现实为基础并反映现实。英国当代历史小说家也力争表现现实，但他们的表现是通过凸显历史的虚构性与语言的建构性而实现的。拜厄特认为，虽然这两个时期的作家创作理念看似截然不同，但实际上并不矛盾，而是相互依存的，因为二者均展现了人们的真实感觉（一个是现实真实，另一个是语言真实）。

---

① A. S. Byatt, *Possession: a Romance*, p. 513.

② A. S. Byatt, *Iris Murdoch*, London: Longman, 1976, p. 14.

③ Patricia Waugh, Metafiction: The Theory and Practice of Self - Conscious Fiction, London: Methuen, 1984, p. 6.

④ Eleanor Wachtel, "A. S. Byatt", in *Writers and Company*, Tortonto: Knopf, 1993, pp. 88 - 94.

⑤ A. S. Byatt, *Interview with Juliet Dusinberre*, *Women Writers Talking*, ed. Janet Todd, New York: Columbia University Press, 1980, p. 14.

⑥ Ibid. , pp. 81 - 82.

约翰·福尔斯的《法国中尉的女人》是一本将真实与虚构、"创作"和"批评"相结合的优秀作品。历史上的真实事件和人物或作为故事背景，或与人物发生关联，给小说增添了亦真亦幻的色彩。叙事者在叙述19世纪60年代社会状况时提到大量历史上的真人真事：马克思在大英博物馆撰写《资本论》，达尔文的《物种起源》在英国上层社会引起轩然大波，1835年的埃米尔·德·拉龙谢中尉的冤假错案，卡罗琳·诺顿夫人出版诗集《加拉夫人》，经济学家约翰·斯图亚特·米尔在西敏寺会议上倡议给妇女同等选举权，等等。如此之多的史实让人怀疑这到底是小说还是历史方面的书籍。福尔斯在第13章中承认：

> 也许我正让你翻阅一部改头换面的论文集。也许我应该将一些章节的标题改为"论存在的横断面"，"进化的幻想"，"小说形式发展史"，"论自由之原因"，"维多利亚时代某些被遗忘的角落"，等等。①

作者让这些真实事件与虚构的人物发生关系，例如，走投无路的萨拉（小说中的虚构人物）结识了前拉斐尔派画家罗塞蒂并成为他的助手，同时，她与罗塞蒂的妹妹克里斯蒂娜·罗塞蒂结下了深厚的友谊，二人经常一起谈诗论画。作者将有据可查的历史事件与人物嵌入虚构的故事框架中，将虚构人物的思想言行投射到一个貌似真实的历史文化背景中，营造出亦真亦幻的叙事效果。然而，所有这些历史真实都是经过作者精心筛选的，为的是在现代背景下对历史进行重新阐释。

福尔斯为了凸显叙事的自我指涉性，没有选用全知全能的叙事视角，而是采用一种"复调"的、众声喧哗的、灵活多变的叙事视角，第一人称和第三人称交替使用，作者在小说中来去自由，人物不受作者控制。这样的叙事方式让作者和他笔下的人物都获得了自由，人物能独立决定自己的命运。小说先采用全知全能的叙事视角，一本正经地娓娓叙事，正当读者

---

① 约翰·福尔斯：《法国中尉的女人》，陈安全译，云南人民出版社，2007，第10页。

怡然自得、忘我投入的时候，叙事者却突然宣称："我所讲的这个故事纯粹是虚构出来的。我所塑造的人物只存在于我的脑海之中。"①他用嘲谑的口吻揭穿全知全能视角的虚假性，告诉读者小说家装出一副无所不知、仅次于上帝的样子，目的是让读者对故事信以为真。福尔斯借用元叙事者之口对作者的地位和小说人物的自由度等问题进行了探讨。他认为在传统小说中，人物没有自主权，不能决定自己的动作、言语和命运。他们只不过是作家手中的牵线木偶，一切活动都是按照作家的安排进行的，"小说家只要牵对了线，他的傀儡就能表现得活灵活现"，"在第一章所预见的未来，到了第十三章不可避免地必定成为现实"②。福尔斯认为，如果按照这种方式写小说，那么作者、人物和读者都会陷入僵死局面，毫无真实可言。在《法国中尉的女人》这部小说中，作者赋予查尔斯、萨拉、欧内斯蒂娜、波尔坦尼太太这些人物极大的自由。当查尔斯离开悬崖，小说家"我"曾命令他直接返回莱姆里吉斯小镇，但是查尔斯没有那么做，而是转身去奶牛场了。"我"说："这主意来自查尔斯，而不是我自己的。他已经开始获得了一种自主权，我必须尊重他，放弃我为他制定的一切半神圣的计划。"③作者认为，唯有给人物以自由，创作才会真实，"只有当我们的人物和事件开始不听我们指挥的时候，他们才开始有了生命"④。实际上，福尔斯这是在探讨如何进行创作的问题。

在英国当代历史小说中，历史的面目变得含混、暂时和不确定，历史的本质以及我们对历史的认识都被"问题化"了，宏大叙事所主张的目的论、因果律、进步性受到了质疑。但是，"问题化"和"质疑"并不等于否认某些历史事件与人物的真实存在，只是意味着这种"存在"是建立在语言的基础上的，并不具备客观公正性和永久稳定性。哈琴指出，在后现代小说中历史不再是客观世界的真实再现，小说也不是纯粹虚构，二者都是

①　Relf Jan, et al. "An interview with John Fowles" in Dianne L. Vipond ed. , *Conversation with John Fowles*, Jackson MS: Mississippi UP, 1999, pp. 243 – 260.

②　约翰·福尔斯：《法国中尉的女人》，陈安全译，云南人民出版社，2007，第 67 页。

③　约翰·福尔斯：《法国中尉的女人》，第 68 页。

④　约翰·福尔斯：《法国中尉的女人》，第 68 页。

"话语、人为建构的表意系统"①。历史编纂元小说中的历史是"文本化的残留物（textualized remains）"② ——历史档案、人物传记、新闻报道及书信日记等。哈琴曾将现实主义小说、现代小说和后现代小说做了一个系统的分析。她认为现实主义小说通过抹杀真实与虚构的界限而试图给读者提供一个看似逼真的世界，现代主义小说则脱离外部世界，缩回到文本这个"自给自足"的领域中，而后现代小说将"过去作为现实和过去作为文本化的可及性（textualized accessibility）"③的悖论摆在了读者面前。虽然后现代主义小说包罗万象，但是在哈琴的理论体系中，后现代主义小说指的是历史编纂元小说。历史编纂元小说阅读者既意识到小说的虚构性又意识到这种虚构性是建立在真实历史资料基础之上的。也就是说，读者时时刻刻意识到历史与文学、真实与虚构总是如影随形，既对立又统一，既矛盾又和谐。这种阅读体验无疑使读者进入了一种后现代主义的悖论状态，而这恰恰就是这类小说力图达到的效果。它的重要价值在于对传统历史叙事的质疑，以及对历史再现的意识形态内涵的揭露。

五　回归心灵与叙事意义

人们以何种方式讲述历史，如何看待过去是与自己的经历、需求、目的息息相关的，"我们都按照自己的兴趣和意图，或多或少地发明我们的过去"④。在 20 世纪初，意大利历史学家克罗齐和英国历史学家柯林武德沿袭德国思想的传统，从理论上阐释了历史学家的主观因素在历史研究中的重要地位和作用。克罗齐提出"一切历史都是当代史"⑤，指出人们总是从当前问题和兴趣出发来关注历史。柯林武德提出"一切历史都是思想史"⑥，

---

① Linda Hutcheon, *A Poetics of Postmodernism: History, Theory, Fiction*, London: Routledge, 1988, p. 93.

② Linda Hutcheon, *A Poetics of Postmodernism: History, Theory, Fiction*, p. 96.

③ Linda Hutcheon, *A Poetics of Postmodernism: History, Theory, Fiction*, p. 114.

④ John Barth, *The Sot - Weed Factor*, New York: Anchor, 1987, p. 743.

⑤ 转引自 Robin George Collingwood, *The Idea of History*, London: Oxford University Press, 1956, p. 16.

⑥ Robin George Collingwood, *The Idea of History*, p. 228.

强调历史研究最重要、最艰巨的任务是探究历史行为者的思想。二者都强调历史研究中"重新复活"（re-live）、"重演"（re-enact）历史事件及人物的重要性。于是，移情、想象、建构等创造性活动在历史研究中开始占据了合法的一席之地。

历史叙事、历史阐释与人的心灵密切相关。尽管由于历史的非透明性并不能为漂泊不定的文学语义提供一个坚实的停泊地，尽管叙事者不可能完全进入过去的文化历史场景中，也不可能在文学解码中摆脱自己所处的当代历史语境，但是他在书写与阐释历史的过程中潜移默化地寻求与历史人物的心灵共鸣。对此，格林布拉特说：

> 我不会在混杂多义前退缩，它们是全新研究方法的代价，甚至是其优点所在。我用以修正意义含混和缺失的方法是不断返回到个人经验和特定环境中去，回到当时男男女女每天面对的物质生活和社会压力上去，并落实到一小部分有共鸣性的文本上……并不是说它们能帮助我们看到深藏其中的或作为前提而存在的历史原则，而是说，我们依赖这些作者生涯和较大的社会场景可以阐释它们之间象征结构的交互作用，并可以把它们看作一个复杂完整的自我塑型过程。通过这种阐释，我们才会理解文学与社会特征是在文化中形成的。①

这段话是理解格氏新历史主义理论的关键。它表达了以下两种主张：首先，任何历史阐释都不能超越历史的鸿沟，任何文本都是两个时代、两颗心灵的对话；其次，任何对个别文本的进入都不能仅仅停留在语言层面，而是"不断返回到个人经验和特定环境中去"，也就是回到人性的根本、人格自我塑型的原始统一上去，回到个体与群体所能达到的"同一心境"上去。

除了格林布拉特，狄尔泰、克罗齐和柯林武德也阐释过心灵与历史的关系。他们认为历史学家在编纂、书写、阐释历史的时候，必然要将自己

---

① Stephen Greenblatt, *Renaissance Self-Fashioning: From More to Shakespeare*, Chicago: Chicago University Press, 1980, "Foreward".

的心灵融入那些资料之中，书写历史的过程实际上就是书写者的自我认识过程。怀特赞同这些观点，他说："历史不仅指涉事件，而且指涉这些事件之间的关系，这些关系并非事件本身所固有，而是产生于反思它们的历史学家的心灵之中。"①这些历史学家们认为历史上的确存在过某些事件与人物，但是这些存在是杂乱无序、互不相关的，经过历史学家的心智加工才具备意义。

英国当代历史小说虽然凸显了历史叙事的主观、想象、虚构与不确定性，但是并不否认叙事的作用。拜厄特曾说：

> 对于那些将语言看作无法触摸现实世界的、自我指涉的符号系统的理论，我很关注也很担忧。有些人声称我们所探求的只是自我主体性的艺术，对于这个观点我不仅担忧而且坚决抵制。我希望至少在这样一种认识前提下创作：尽管规律不能被全部认识，但是规律比任意性更为有趣；精确的描述是可能的也是可贵的，语言的确能表明事物。②

巴恩斯也曾表达过类似的看法，他认为艺术创作不能再现真实的过去，因为"历史本身并不是发生了的事情"，而是历史学家按照自己的方式创作的"有程式、有计划、有扩张、有民主的进程；是织锦挂毯，是一连串的事件，是繁复的记述"，但是，我们可以按照我们自己的需求和目的来解读、审视历史。③

英国当代历史小说家认为通过重访历史，人们的心灵可以得到复苏、成长、净化和升华，进而更好地拥抱现在和未来。在小说《洼地》中，斯威夫特之所以重视故事，不仅是为了暗示历史的文本性，而且是为了表明故事讲述行为在人们现实生活中的重要作用。小说中的人物汤姆给人类下

---

① Hayden White, *Tropics of Discourse*, *Essays in Cultural Criticism*, Baltimore: The Johns Hopkins University Press, 1978, p. 4.

② A. S. Byatt, *Passions of the Mind*: *Selected Writings*, London: Chatto and Windus, 1991, p. 11.

③ Julian Barnes, *A History of the World in 101/2 Chapter*, New York: Vintage International, 1990, 后记。

了这样一个定义：

> 人类——让我给你们下个定义——是一种讲故事的动物。不管一个人走到哪里，他想留下的绝不是一团混沌、一段空白，而是能抚慰人心的故事。这故事就好像是浮标和印痕。他只能且必须不停地编造故事。只要故事存在，一切就安好。①

人在这个世界生活就犹如一叶小舟漂泊在茫茫大海，很多事情（如两次世界大战）的发生是始料不及的，是超乎人力所能把握的。可是人不甘心被命运吞噬，总要做一些抗争，古往今来的文人墨客的文字就是这种抗争的最好体现。文字给人以安慰、幻想和希望。故事是文学表现的一种方式，讲故事能安慰别人也能安慰自己。美国叙事学家华莱士借用弗洛伊德精神分析理论细致地分析了故事的作用，他认为一个人若能将杂乱无章的事件组成一个有逻辑关系的故事就说明他能够正确地理解自我、认识自我，否则就有可能是一个精神病患者。

> 我们无法理解错综复杂、千头万绪的社会历史，除非是把它讲成一个有头有尾的、向着一个未来发展的、情节统一的大故事。弗洛伊德及其后来的精神分析学家们则发现，叙事对于个人的自我理解和自我认识也是至关重要的。我们理解和认识自己的方式就是讲一个有关我们自己的有意义的故事，而精神分裂则部分地源于未能把个人的过去组织成一个完整的叙事。②

《洼地》再现了一个充满战争、恐怖、绝望和伤痛的世界，在这个世界里，人们苦苦追溯苦难的根源，可是百思不得其解。小说人物汤姆、玛丽、海伦等在生活中都历经沧桑，故事成了他们生活下去的支柱。人们无法用语言再现（representation）历史，就只好用讲故事的方式构建（construc-

---

① Graham Swift, *Waterland*, p. 40.
② 海登·怀特：《后现代历史叙事学》，第 63 页。

tion）历史。在讲故事的过程中意外地获得了心理安慰，找到了生活的意义。恰如评论家阿尔罕（Ernst van Alphen）所说："历史叙述和故事创造都受行为力量的驱使……都是为了使难以承受的现实世界变得可以承受……使人们能够在残酷的现实中生存下去。"① 斯威夫特本人曾经直言不讳地表达对故事的喜爱："我们给自己讲故事，把自己的生活编成故事，通过这些方式我们得以生存下去……我们一直都在讲故事，通过这样或那样的故事来安慰、娱乐、充实自己和他人。"②

斯威夫特《羽毛球》的主人公普兰提斯通过重新诠释父亲的回忆录而获得了自尊感和权力感。他在叙事过程中不断引入父亲的自传体回忆录中的内容，二人的话语构成了双声话语，相互补充也相互矛盾。父亲的自传体回忆录描述了他在二战期间舍生取义、英勇无畏的高尚行为。然而，普兰提斯在父亲的回忆录中找出了许多自相矛盾之处，进而认为父亲只不过是"以出卖同志的性命换取自由"③ 的懦夫，而回忆录是父亲美化其丑行的欺人之作。细心的读者会注意到这部小说所采用的嵌套式结构，小说的名字为《羽毛球》，其中嵌入的另一文本就是父亲的回忆录《羽毛球：一个特工的故事》。两个文本各有其叙事者——普兰提斯及其父亲。虽然父亲还活着，但是患了失语症，住在精神病院中，不能为自己做任何辩解，他作为从属叙事者被普兰提斯玩弄于股掌之中。而且，普兰提斯本人也是一个不可靠叙事者，他的言语中同样充满了矛盾。他在家庭生活与工作中百般不顺，不被人认可和尊重，父亲的光辉形象凸显了他的卑微与无能。为了从父亲给他造成的心理阴影中走出来，找到自尊感和权力感，获得他人的认可和尊重，他竭尽所能地贬低父亲、颠覆他的英雄形象。通过诠释父亲的回忆录，他的确达到了这些目的。在小说的结尾处，普兰提斯突然从家庭暴君变成了情意绵绵的丈夫、宽厚慈祥的父亲。有人认为这种翻天覆地的

---

① Ernst van Alphen, "The Performativity of Histories: Graham Swift's *Waterland* as a Theory of History," in Mieke Bal and Inge E. Boer eds., *The Point of Theory: Practices of Cultural Analysis*, New York: The Continuum Publishing Company, 1994, pp. 206 – 221.
② 转引自 Catherine Bernard, "An Interview with Graham Swift," in *Contemporary Literature* 38. 2 (1996), pp. 216 – 231.
③ Graham Swift, *Shuttlecock*, London: Picador, 1997, p. 45.

变化是他的社会经历造成的。以前他只是一个名不见经传的默默无闻的小人物，在工作中仰人鼻息，在家庭中被妻儿歧视。后来他成功取代了奎恩的位置，成了部门总管，具有了一定的权力，于是就没有必要在家里大发淫威了。可是，我们或许应该把他的这种变化看作他臆想出来的结果，或是他故意编造出来的故事，因为毕竟我们所能获得的信息都是他自己说出来的（这部小说就是他自己写的日记）。普兰提斯运用一个更微妙的技巧来获得权力，他用叙事来"转变、产生事情，引发满足，形成知识，产生文本"[1]。也就是说，他"为了扩大和保卫自己的权力，利用文本策略'创造'或'发明'了一个自我"[2]，他通过书写建立了一个特殊的文本空间，在这里他获得了妻儿和同事的爱和尊重，获得了权力感。

斯威夫特的《从此以后》中的主人比尔，在母亲、继父和爱妻相继去世后，失去了生活下去的勇气，迷失在茫茫人海中，找不到自我。自杀未遂的他翻出祖先马修·皮尔斯的日记本，本来他只想通过阅读来消磨时光，谁知他在阅读的过程中慢慢修复了自己那颗伤痕累累的心。这本日记就像一根纽带将他和维多利亚时期的祖先联系在一起，帮他在历史链条中找到了一个位置，弥补了历史断裂感。这本日记对某些事件的记录并不全面，例如，马修和妻子是如何相爱、结婚，又是如何分手的，日记并没有明确记载。比尔在阅读的过程中充分发挥自己的想象力、创造力。可以说，在某种程度上，他所做的工作就如历史学家所做的，通过编辑、整理过去的事件而创造出一个历史。可是，他的想象并不是信马由缰的，而是出于他的意愿和目的。他不但重构出马修与妻子浪漫初遇、温馨幸福的家庭场景，也重构出马修在读了达尔文的《物种起源》后开始质疑《圣经》，与笃信基督教的岳父争论的场景。他对这本日记的重新解读和阐释完全是为了满足自己的需要，就如他所说："也许我要寻找的不是祖先，而是恰恰相反，我寻找的是我自己，我想知道我是谁。"[3]通过解读马修的日记，他认为自己和

① Michel Foucault, "Two Lectures", in Colin Gordon ed., *Power/Knowledge: Selected Interviews and Other Writings*, 1972 – 1977, New York: Pantheon, 1980, p. 119.

② Donald P. Kaczvinsky, "'For one thing, there are the gaps': History in Graham Swift's *Shuttlecock*", in *Critique*40. 1（Fall 1998）, pp. 3 – 14.

③ Graham Swift, *Ever After*, London: Pan Books, 1992, p. 249.

祖先在"精神危机""对爱的渴望"这两方面有很大共同之处，他发现19世纪的人与20世纪的自己同样面临着不知何去何从的精神苦恼与困惑。如此这般，他与马修得以穿越时空进行对话，不再觉得"身世浮沉雨打萍"，意识到"从哪里来，到哪里去"是人类共有的迷茫，因而他的自我迷失、自我异化之感有所减轻，慢慢恢复了直面人生的勇气。

巴恩斯《福楼拜的鹦鹉》中的主人公布雷斯韦特与斯威夫特《从此以后》的主人公比尔一样，也试图通过重新阐释历史人物来解决自己目前的困惑。如果我们把《福楼拜的鹦鹉》看作一部关于福楼拜生平的传记，那么小说的研究对象虽然看似是福楼拜，实则是布雷斯韦特本人。布雷斯韦特是一位平凡的医生，虽不算富裕但也不贫寒，过着平平淡淡的生活。可是天有不测风云，妻子突然自杀，让深爱妻子的他痛苦万分。在尝试过多种抹平伤痛的办法都无解的情况下，他只身来到卢昂，试图查明福楼拜在创作《一颗质朴的心》时所用的那只鹦鹉模型是从哪弄来的。这种探究并无多大实际意义，因为鹦鹉模型的来源对福楼拜的生平及创作思想研究并没有什么帮助。可是，这个探究过程本身却有着非凡的意义，它使布雷斯韦特渐渐忘却了当下实际生活中的种种烦恼，找到了福楼拜与他的共同之处：二者都曾哀伤、绝望过，都对过去感兴趣，都希望创作出惊人之作。在追溯的历史踪迹的过程中，布雷斯韦特得以"借他人酒杯浇自己块垒"，安度现实。

麦克尤恩的《黑犬》由主人公杰瑞米以第一人称叙事，既讲述了他幼年、少年时期的经历，又讲述了他的岳父母伯纳德和琼之间的故事。故事发生地涉及英国、法国、意大利、德国和波兰等，故事从二战时期跨越到20世纪80年代。这部小说让读者意识到过去的事件，无论大小，都对当今人物的生理和心理造成了一定的影响。杰瑞米八岁时父母双亡，他一直寄居在姐姐家。姐姐姐夫性格不合，经常争吵，他每日生活在忧郁痛苦之中。由于他乖巧懂事，聪明好学，深得邻居一对中年夫妇的喜爱，于是他经常去他们家里。十八岁时，他去牛津大学读书，仍然时常感到孤独无助，直到遇到詹妮并与其结婚才找到生存价值。小说"前言"到此戛然而止，随后的正篇转向了他的岳父母的生活经历。作者用"写意画"的方式十分简略地勾画了伯纳德和琼的相知、相爱、分离及琼的去世等，用"工笔画"的方式对琼于二战期间在法国威斯河谷遭遇黑狗这一事件展开论述。小说各章节之间没有十分明显的因果联系，情节支离破碎，人物的意识在现在与过去之间自由穿梭。叙事既聚焦于渺小人物，又涉及宏大的历史背景。二战中的欧洲满目疮痍、奄奄一息，既不能在琼所崇拜的神秘主义宗教下免于战火，也不能在伯纳德所信仰的理性主义下拯救众生。信仰危机带给社会和人类的恐惧和无助感就如无父无母、四处流浪的孤儿的所感所受。而父母的角色和影响，恰如过去对当代社会的影响一样不可低估。两次世界大战虽然已成过往，但是其影响挥之不去，当代人类也时刻面临着邪恶力量的威胁和恐吓。麦克尤恩用小说的形式，将个人与社会，现在与过去紧密地联系在一起，他似乎在告诉读者，一个没有记忆的人是一个随波逐流的人，同样，一个没有记忆的社会也是一个随波逐流的社会，因而书写过去可以让当今的人以史为鉴，追求真正的幸福与生命意义。

麦克尤恩的《赎罪》是一本通过回忆、书写过去进行自我救赎的小说。女主人公布里奥妮年幼时情感细腻、喜爱阅读，但是过于天真幼稚、盲目无知，在幻想和嫉妒心的支配下作了伪证，指控姐姐塞西莉娅的男友罗比强暴了她的表姐，导致罗比身陷囹圄，断送了姐姐和男友的美好爱情。十八岁的她深感愧疚，每每想起自己年幼时犯下的错便寝食难安、心如刀锉。二战爆发了，罗比走出牢狱，走向战场，在战场上英勇奋战。布里奥妮也决定离开幽静的家乡，投身到救国救民的事业中。她来到伦敦，和姐姐在同一个战地医院工作，尽心竭力地照顾伤病员、拯救生命，希冀以此来洗涤内心的罪恶感。每次看到日渐憔悴的姐姐，她就想鼓足勇气坦白自己的过错，可是她终究没有这种勇气。待到她终于要将秘密袒露的时候，姐姐却被德机空投的炸弹炸死，罗比也随之与世长辞，她漫长而痛苦的自我救赎不得不中断。这是小说前三部分的内容。读者进入小说第四部分时恍然大悟，原来前面所述是布里奥妮以自身生活经历为基础创作出来的一部小说。最后一部分以元小说的形式探讨人生、人性的问题，同时也探讨了英国当代历史小说创作的特点与意义。布里奥妮创作小说，记录消逝的历史，用文字复活姐姐与罗比的刻骨铭心的爱情。她希望用文字洗刷罗比的不白之冤，进而实现自我救赎之道。然而近六十年过去了，这部小说却一直不能出版，因为当年强暴事件的施暴者仍然在世，而且位高权重，对这本足以使其身败名裂的小说的出版设置了层层障碍，从这个意义上来说，作家和作品并不能为所欲为。但是布里奥妮坚信，人性的自私与龌龊可以毁灭人间的美好，而文学可以拓宽人类的精神空间，可以在精神和现实之间构筑一堵墙，减轻残酷现实带来的冲击和伤痛。文学的真善美能战胜假恶丑，能创造出一个洁净的世界，在那里有情人可以促膝而坐、谈笑风生，可以相亲相爱、长相厮守。

如前所述，"新历史主义"一词由格林布拉特在 20 世纪 80 年代首次提出，而本文探讨的作家大部分也是在这个时期进入历史小说的创作高峰。新历史主义批评理论与新历史主义小说相互映照、彼此渗透，它们分别从理论和文学创作角度展现了当今学界对传统历史叙事所主张的客观真实性的质疑以及对历史本质上就是一种文本这种观点的认同。

毋庸置疑，虽然新历史主义在阐释历史文本的虚构性方面做出了一定的贡献，但也有一定的局限性。在怀特的眼中，历史学家似乎是绝对自由的，而其所面对的历史文档是绝对静止的、中立的。拉卡普拉反对这种观点，他指出，在历史学家将文档转化为历史的过程中，文档本身起到了一定的约束和影响作用。[1]当代历史学家罗杰·夏蒂埃（Roger Chartier）认为怀特混淆了历史与历史编纂、事实与叙事之间的界限，进而犯了历史相对主义的错误。虽然历史只有通过叙事才能得到展现，但是"支配语言学和阐释学的逻辑是不同于支配行为和行动的实用逻辑的。无论人们采取何种历史立场，都应该认识到经历不能简化为语言，都应该警惕对文本这类词语的任意滥用"[2]。夏蒂埃的观点在强调历史的主观建构性的当代社会具有一定的参考价值，能够使人们避免走上历史虚无主义的道路。

同样，英国当代历史小说家也不认同后现代思潮那种将历史所指完全

---

[1]　Dominick LaCapra, *History and Criticism*, New York: Cornell University Press, 1985, p. 35.

[2]　Roger Chartier, "History between Narrative and Knowledge", in Lydia G. Cochrane Trans., *On the Edge of the Cliff: History, Language, and Practice*, Baltimore: Johns Hopkins University Press, 1997, pp. 19 – 20.

放逐的观念。巴恩斯认为虽然各人有各人的视角和观点，但是通过交流，人们对历史的认识最终会走向视域融合，进而全方位地掌握历史，而不是陷入历史虚无主义的泥潭中。他说："我并不相信所有的观点都是平等的，也不相信这些观点可以替代真相。"但是如果我们丧失面对历史真实（战争、死亡、爱）的勇气，就会"陷入欺骗性的相对论中"①。

刚刚过去的 20 世纪和现在的 21 世纪是前所未有的迅速发展的时代。科学技术的突飞猛进让人们感觉到"永远在加速，和上一时刻相比，此时此刻更加呼吸急促"②。这加剧了人们的焦虑感和虚无感。世界瞬息万变，人们感觉与历史的联系被割裂。自启蒙运动以来，很多事件表明人类很容易陷入极权主义、压迫他人和集体毁灭状态中。所谓"宏大叙事"——最终人类解放的人文主义宏大叙事——"已经被证明是对当地利益而非全球利益、对欲望而不是知识的错误预测"③。实践证明，建立在理性主义启蒙思想基础上的传统历史叙事不能胜任对当代世界的描述。

英国当代历史小说家放弃"宏大叙事"，用特别的方式建构历史，创造出大量的能为现实生活提供坚实基础的、丰富多彩的微小叙事。他们挖掘被历史淹没的文献资料，探索历史事件潜在的多种可能性，关注边缘叙事和微弱声音，颠覆主流意识形态的统治地位。他们的目的并不是提供一种新的方式来建构历史，不是要用一种方式取代另一种方式，而是试图提供一个全新的认识历史的维度，引领读者建立起一个多元共存的历史空间。

此外，虽然当代历史小说家质疑传统历史叙事，强调历史的文本性，但是他们并不否认叙事的作用。恰恰相反，他们认为历史叙事在人类生活中有着必不可少的作用。这些小说暗示：叙事是将过去、现在和将来联系起来的纽带，能够帮助人们"以史为鉴"，以免重蹈覆辙。更为重要的是，这些小说都表明回归心灵是一切叙事的意义所在。人在心灵深处渴望权力

---

① Julian Barnes, A History of the World in 10 1/2 Chapter, p. 246.

② Luckhurst, Roger and Peter Marks, eds. *Literature and the Contemporary*: *Fictions and Theories of the Present*, Harlow: Longman, 1999, pp. 1 - 2.

③ David Bennet, "Postmodernism and Vision: Ways of Seeing (at) the End of History", in *History and Post - war Writing. Postmodern Studies* 3. Ed. Theo D' haen and Hans Bertens. Amsterdam: Rodopi, 1990, pp. 259 - 279.

和爱、洗刷负罪感、战胜虚无感、建立自我认同感。现实生活的种种无奈和痛苦不能帮助人们实现这一愿望，那么历史就自然而然成了一种载体、一种工具。通过重访历史，这些小说中的人物在不同程度上达成了与过去的和解，重拾了生活下去的勇气、信心和希望。历史是语言建构的产物，具有主观性、暂时性和不稳定性。但是，人离不开历史叙事。恰如艾米·埃利亚斯（Amy Elias）的"历史崇高"理论所论证的那样："人们试图了解人类起源和生存的意义，但是永远无法达到，只能（通过叙事）逐渐接近这个理想境界。"①我们按照自己的需求和目的来解读、审视、重写历史，目的是"发现给人以希望的结论，找到前进的道路"②。

【Abstract】This article aims to study contemporary British historical novels from the perspective of New Historicism, with the works of Graham Swift, John Fowles, Peter Ackroyd, Julian Barnes, Ian McEwan, and A. S. Byatt as the focus. It explores the novels from these five aspects: questioning the traditional historical narrative, constructing history with stories, the intertextualized history, Historigraphic Metafiction, returning to spirit and the significance of narrative. The term "New Historicism" was first proposed by Stephen Greenblatt in the 1980s, a period of great creativity among the writers to be discussed in this article. The theory of New Historicism and the contemporary historical novels echo each other, respectively manifest the present understanding of the essence of history and the significance of historical narrative.

【Keywords】Contemporary British Historical Novel; New Historicism; Historical Narrative

---

① Amy Elias, *Sublime Desire: History and Post – 1960s Fiction*, Baltimore: The Johns Hopkins University Press, 2001, xviii.
② Julian Barnes, *A History of the World in 10 1/2 Chapter*, New York: Vintage International, 1990, 后记。

图书在版编目（CIP）数据

文学理论前沿. 第二十二辑／王宁主编. -- 北京：
社会科学文献出版社，2020.12
　ISBN 978 - 7 - 5201 - 7715 - 3

　Ⅰ.①文…　Ⅱ.①王…　Ⅲ.①文学理论 - 文集　Ⅳ.
①I0 - 53

中国版本图书馆 CIP 数据核字（2020）第 255421 号

文学理论前沿（第二十二辑）

主　　编／王　宁

出 版 人／王利民
组稿编辑／宋月华
责任编辑／罗卫平

出　　版／社会科学文献出版社·人文分社 （010）59367215
　　　　　地址：北京市北三环中路甲 29 号院华龙大厦　邮编：100029
　　　　　网址：www.ssap.com.cn
发　　行／市场营销中心 （010）59367081　59367083
印　　装／三河市尚艺印装有限公司

规　　格／开　本：787mm×1092mm　1/16
　　　　　印　张：21.25　字　数：322 千字
版　　次／2020 年 12 月第 1 版　2020 年 12 月第 1 次印刷
书　　号／ISBN 978 - 7 - 5201 - 7715 - 3
定　　价／89.00 元

本书如有印装质量问题，请与读者服务中心 （010 - 59367028）联系